莱茵河传奇

曹乃云 编译

人民文学出版社
PEOPLE'S LITERATURE PUBLISHING HOUSE

图书在版编目(CIP)数据

莱茵河传奇/曹乃云编译.—北京：人民文学出版社，2020
ISBN 978-7-02-014736-6

Ⅰ.①莱… Ⅱ.①曹… Ⅲ.①民间故事-作品集-德国 Ⅳ.①I516.73

中国版本图书馆CIP数据核字(2018)第274063号

责任编辑 **甘 慧 汤 淼**
装帧设计 **李苗苗**

出版发行 **人民文学出版社**
社　　址 **北京市朝内大街166号**
邮政编码 **100705**
网　　址 **http://www.rw-cn.com**

印　　刷 **上海盛通时代印刷有限公司**
经　　销 **全国新华书店等**

字　　数 **325千字**
开　　本 **720毫米×1000毫米 1/16**
印　　张 **20**
版　　次 **2020年1月北京第1版**
印　　次 **2020年1月第1次印刷**

书　　号 **978-7-02-014736-6**
定　　价 **69.00元**

目录

前　言

“莱茵河，世界上最美丽的河。”音乐家彼得·科尼利厄斯的一曲颂歌唱遍了莱茵大地。

气势雄伟的莱茵河以滔滔不绝的滚滚洪流组成了响彻云霄的天籁之音。这是一组集优美风景、浓重历史和神奇传说为一体的三部曲，它让充满浪漫气息的莱茵轰鸣更加激荡人心，久久挥之不去。

莱茵河发源于瑞士戈特哈尔特地区的涓涓细流，年轻的莱茵河几经转身以后便以奔腾入海的蛟龙姿势穿越瑞士、奥地利、德国、列支敦士登、法国、荷兰六国，给世人留下许多美丽的传说，让人赞赏不尽。

德国的浪漫主义文学家们对莱茵河更是推崇备至，把它称为动人的“父亲，莱茵”。

莱茵河流经六国，在荷兰奔腾入海，全河流程一千二百公里。河流不算长，可是，它也许是世界上受人歌颂得最多并且最为热烈的大河。

呵，父亲，莱茵，雄伟矣哉。

诗情画意，浪漫曲折，莱茵河轰轰烈烈

欧洲大地，古堡林立，宫殿如画。

多少河流在美丽的原野上轰然流淌，它们给欧罗巴民族带来勃勃生机，让人产生无数想象。

自古以来，欧罗巴人就为他们的城堡、宫殿、山川、河流添加了魔幻般的生命，让他们虔诚行善，或者纵情作恶，从而为人类的生活混沌和精神会餐添加了许多酸甜苦辣，恰如烹调中的佐料一般。

莱茵河自然不甘寂寞，它在铿锵激昂的轰鸣声中流淌出无数美丽的传说。这里有男有女，有妖有魔，有仙女，有侏儒，也有皇帝、强盗，更多的还数平民百姓。

呵，美丽的传说和故事正如大自然里常见的鸟儿喂食一样，从上一代的口中传承到下一代的口中，直到今天，丝毫不失当年的精彩。

莱茵河滚滚流淌，河旁山峦绵延，有时候峭壁突兀，有时候山峰如笛，更有河面上危岩隆起，小岛丛生，它们为莱茵河横添色彩，让多少人犹如置身于美丽的仙女之乡，产生无限的想象，诗意勃发。

莱茵河孕育的无数传说之中，有一则故事流传得特别广泛，那就是急流险滩旁的女妖罗累兰的故事。

罗累女妖常常坐在莱茵河德国河段旁的一座巉岩——取名为兰的山顶上。于是，人们把这则美丽的故事索性称为“罗累兰”。传说中的罗累兰喜欢坐在山峰上，极目远眺莱茵河的无限风光，口中唱起动人的歌曲。姑娘的形态生动、迷人。

罗累兰穿在身上的衣衫飘舞，如同绿色的波浪衬托着姑娘的万般妖艳，一头长长的金发顺着肩膀垂挂下来，让美丽的故事香飘万里，传遍人间。美丽的姑娘为善良的渔夫指点迷津，送上打鱼收网的欢乐。可是，她对嘲笑仙女的恶人也会不失时机地掀起巨浪，让他们葬身水底，不见天日。

德国著名的女作家里卡尔达·呼赫曾经撰文称赞：“正是浪漫主义发现了莱茵河。”呵，是的，人们甚至可以说是浪漫主义塑造了莱茵河。人们对莱茵河的想象如同它那滚滚流淌的河水一般，让陌生的外国人也能身临其境——无论他们是否见过莱茵河。关于想象的威力，恐怕没有什么能够比莱茵河提供的例证更为生动，更加无与伦比的了。

享誉世界文坛的德国诗人亨利希·海涅勤奋笔健，语言犀利，著作等身。他从年轻时代就显示了读书人的善良，写书人的正直，呼吁爱心，抨击时弊。只是后来人对他进行了太多的政治诠释，他们如同拔河一样用足了各自的政治力气，结果为海涅绘出不少其实并不全是他真实面貌的内容。

具体的作家应该放在具体的作品里评论，用不着过分地政治化、阵营化，应该让文学享有自身的地位。不过，类似海涅这样的人和事在世界文学史上不乏先例。中国有一句古话说得好：山不在高，有仙则名；水不在深，有龙则灵。用提炼得如此精湛的中国古话形容德国诗人海涅的《罗累兰》一诗，那是十分妥帖的。

《罗累兰》为美丽的莱茵河增添了许多“仙风道骨”，让它成为轰动莱茵河的“龙脉”之作。海涅的诗文是这样的：

罗累兰

不知道意味着什么，
我的心里如此悲伤；
一则古老的童话，
它始终萦绕在我的心房。

夜幕降临，天色渐凉，
莱茵河平静地流淌；
山峰掩映在晚霞
之中，闪烁光芒。

美丽的姑娘坐在那边
山上，神采奕奕，多么漂亮，
飘逸的金发夺目闪亮，
她在轻轻地梳理金发。

她用金梳慢慢地梳理，
一面唱起动人的歌儿；
神奇的歌声激越嘹亮，
享有多么动人的神奇力量。

小船上的渔夫闻听歌声，
禁不住心头的狂野生疼，
他只是抬头仰望山顶，
不再顾忌船旁的礁石。

我相信，最后一定是
波浪吞食了渔夫和小船；
那是罗累兰以她的悠扬
歌声造就的下场。

海涅的《罗累兰》成了莱茵河的不朽颂歌，而德国的诗人亨利希·海涅无疑就成为莱茵大合唱的总指挥。他以无限的才艺把文学的修养融入汹涌澎湃的莱茵河水，任其流淌，直至永远。

说起来，德意志的大地上恐怕没有一个地方能够比莱茵河更能让仙男仙女们驻足停留，让他们泼墨画彩，把历史和人文融合在无限美好的山水之间，组成了忽而善良、忽而残暴、忽而笑、忽而哭的精彩画卷。

浪漫主义文学家们推崇莱茵河，把它称为“父亲”，这是对历史的提炼和升华。细细推论，“莱茵”一词在语言上本来是“沟”的意思，而源头地区的农民早就把它昵称为“父亲”，不过是方言而已。激情的诗歌和两岸河旁的雕像无不昭示了莱茵河在欧洲的地位和价值。

历史上，多少诗人、思想家、画家、雕塑家、建筑师和作曲家的灵感受到莱茵河的启发，他们中的许多人本来就是莱茵河旁土生土长的知识儿女。

这里有早期的神秘主义者希尔德加德·冯·宾根，有写下了不朽爱情名作《特里斯坦和伊索尔德》的戈特弗利特·冯·斯特拉斯堡，有发明活字印刷、排印过《四十二行圣经》的约翰内斯·古登堡，有荷兰的人文主义学者、著有名作《愚人颂》的伊拉斯谟，有荷兰画家、创作群像油画《夜巡》、素描《老人坐像》等作品的伦勃朗，有写下《阿勒曼人诗歌集》的教育家约翰·彼得·黑贝尔，有毕生追求“自由、平等、博爱”的德国作曲家路德维希·范·贝多芬，还有闻名世界文坛和歌坛的德国诗人、作曲家勃伦塔诺、舒曼、毕希纳，等等，他们全都在自己的作品和事业中打上了难以忘怀的莱茵烙印。

莱茵人崇尚自然，思路清晰敏捷。他们热爱生活，喜欢幽默，这是他们独特的天性。其实，莱茵河从瑞士的巴塞尔到德国的科隆城之间牵连着一根无形的狂欢节热线，它或许正是莱茵风俗的中心舞台和中心地段。这种狂欢节的欢乐场面正是莱茵文化的精神剖面之一。

面对莱茵河的滔滔波浪，不仅诗人海涅思潮滚滚，写下了不朽的诗篇《罗累兰》，还有不少虔诚的诗人，他们用河水拌匀了激情，调和成美丽的诗情画意。诗人阿特尔赫特·冯·斯图尔特福特面抚莱茵风云，不由得衷情歌唱：

莱茵河的波浪轻轻地拍击涛岸，
聆听精灵们连绵的话儿不断；
但看庄严小教堂的门前，
凭着朝拜者们往日休憩的地方，
常青藤枝繁叶茂，
高高地盘绕着一座座坟茔，
显得多么的粗野、凄凉。

诗人看到这里，不由得情绪激昂，引吭高歌，赞美欢乐的莱茵魂，指出：

莱茵河的两岸沸腾着美丽的生活，
先祖们从毁灭的尘埃中
扑扇而出，演绎成了活泼的精灵，
他们受尽了坟墓的劫掠；
却从那里响起了欢乐的歌声，
送上了神秘的问候，多么亲切。

诗人充满着乐观和自信，唱道：

我把从前听到的，找到的，
又在别人面前讲得娓娓动听，
倘若有人不信，他可以迈步
走进我们的莱茵天地，
趁着夜晚时分侧耳倾听，

无论是旷野还是在山顶——
他的心始终能够找到
多么希望寻觅的一切。

诗文的色彩多么罗曼蒂克，想象丰富，语言深沉、幽默，衬托着莱茵河的咆哮奔腾，让人心潮澎湃，遐想无尽。难怪英国天才的浪漫主义诗人拜伦在结束莱茵河的游程时也会禁不住地脱口而出：

呵，再见，美丽的莱茵河！行路人满怀深情，
已经忘掉了匆匆忙忙地追赶路程。
爱情无比忠诚地抓住了男女之心，
游人热切地盼望在河边静静地驻足流连！

诗人在1816年后移居瑞士和意大利，最后捐躯于希腊的自由战争。他放眼莱茵河的汹涌波涛，不由得纵情歌唱：

当双眼生疼地稍稍离开时，
灵魂在你的绚烂色泽中闪烁光亮，
渴望的目光定格在美丽的莱茵河上。
心中感激不尽地涌上了赞美的告别话儿：
多少地方升腾起无比自豪的光辉灿烂。
古老的莱茵河萦绕着无比魅力，荣耀、慈祥，
充满着魔幻般的神秘色彩，浩荡、欢畅。

诗人饱噙热泪：

重复一声，再见！是啊，也许是永远！
这样的深情我再也不会送给第二个王国。

中国的古人在游历位于安徽境内的黄山时，他们把激情浓郁的赞美凝炼成“黄山归来不看山”的动人名句，想不到这样的话儿在英国诗人拜伦游罢莱茵河时竟也会找到天衣无缝的知音和伴唱。

文学的无限魅力让天下人同于心，情同于理。

诗人们的激越高亢和他们笔下无限的诗情画意为人类的精神生活积聚了宝贵的财富，值得吟诵，值得怀念。

爱情缠绵，青春荡漾，莱茵河甜甜蜜蜜

德意志民族的伟大儿子、诗人、史学家弗里德里希·席勒曾经说过：“请给我童话和传奇，让我阅读，因为在它们中间孕育着一切的美好、伟大和善良。”

在伟大的历史进程里，莱茵河的滚滚洪流如同绵绵不断的纺纱，摇纺出多少精彩绝伦的传说和故事。它们如同价值昂贵的珍珠，闪闪发光，点缀着辽阔富饶的莱茵大地，丰富了德意志民族的精神宝库。

在德国，《莱茵河传奇》一书为青年文学的优秀读物，因为童话和传奇能够穿越任何时代的风云，它们的阅读价值和历史功勋是永远的、不朽的。正如古老的莱茵河坚定不移地朝着大海流淌一样，童话和传说也在他们的流域王国里呈现生动活泼的欢乐面貌，愉悦着、熏陶着一代又一代的读者。

文学在这里显示了巨大的魅力。说到文学，多少人愿意把它比喻成表达爱情的舞台和桥梁。这样的比喻不仅生动，而且也是言之有理的。《左传·僖公十四年》里有句古话，叫“皮之不存，毛将焉附”。看来，爱情和文学是有这么一层明显的皮毛关系，文学是皮，爱情是毛。

《莱茵河传奇》里的爱情故事丰富多彩，让读者在阅读时不忍释卷。随意点数一下，诸如《七姑娘》《盖诺维娃》《铁锤山的情战》《巨龙岩》《艾琴哈尔特和埃玛》等故事立刻悠扬悦耳地声响起来，组成了气势磅礴的莱茵爱情大合唱。

葡萄飘香，枝繁叶茂，莱茵河郁郁苍苍

莱茵河流淌着古老而又多元的文化，如同它所抚摸的大地一般，多姿多彩，

无比妖娆。如果寻根溯源，人们很快便在瑞士的版图上发现了莱茵河的多头起源。涓涓溪流蜿蜒曲折地奔腾在海拔两千多米高的圣·戈特哈尔特的寂寞山谷，流经多玛河。

莱茵河的另一起源是从瑞士的天堂冰川开始，流经后莱茵山地，一路咆哮，穿过萨姆斯山谷。沿途石屋林立，墙上布满着美丽而又古老的壁画，伴随着众多的教堂、城堡、宫殿。后莱茵在拉埃辛凹和前莱茵拥抱汇合，而前莱茵也在自己穿越的领地上留下了本笃会教士修道院和许多雅致的小村庄。不少村庄里还有中世纪的浓重痕迹。

顺着早年商贸市场的遗迹，游人眼前常耸立一座座带有中世纪木刻神龛的教堂和中世纪的城堡废墟，令风尘仆仆的游客流连忘返。

瑞士境内的楚尔是位于莱茵河旁的历史名城，罗马帝国的遗迹遍地皆是。楚尔城曾经是阿尔卑斯山北部地区第一座主教堂所在地，它到公元十二世纪时已经成为威震一方的主教大教堂。从这里开始，莱茵河被称为阿尔卑斯莱茵河。它从四座塔的宫殿旁流过，穿过奔特纳山谷，从萨尔冈斯首次进入奥地利的版图，形成与列支敦士登侯国的西部边境。

莱茵河再度流入瑞士国，构成与奥地利的疆界。两岸建筑林立，古老的城门、教堂、宫殿扑面而来。许多重要的建筑向人们叙述着欧洲中世纪和文艺复兴的滔滔历史。

圣·玛尔伽勒腾的四周有许多中世纪的城堡遗迹和巴洛克的教堂，莱茵河在这里被称作“老莱茵”。它穿过莱茵角，奔腾流入博登湖，形成富庶的莱茵三角洲，今天成为世界著名的鸟类保护区。人们在这里完全可以领略一番不同凡响的南国风光。温暖舒适的气候，植被茂盛，葡萄成行，诱人的果树，充满着诗情画意，孕育着丰富的生活气息。

此外，市场、市政厅、宫殿、城堡伴随着田园风光的渔村和浴场在莱茵河两岸时隐时现，河中岛屿如同碎玉镶嵌其间，闪闪发光。尤其进入五月，鲜花盛开，果木飘香，绿油油的蔬菜令人馋涎欲滴。美丽的博登湖的确不愧为人间天堂的美称。

莱茵河从博登湖的南端脱颖而出，在夏芬豪森·劳芬宫殿一侧形成闻名于世的莱茵瀑布，流程一百五十米，飞流直下，跌入二十二米以外的深渊。这就是欧洲中部地区最大的瀑布。挣脱了莱茵瀑布，莱茵河一路往下，浩浩荡荡。两岸山势蜿蜒曲折，河岸风光别具特色，无比艳丽。

在瑞士和德国的边界小城莱茵拔地而起的双座塔楼映衬着巴洛克教堂的雄伟姿态。公元八世纪时，曾是本笃会的修道院。这里的莱茵河又被称作高地莱茵，流淌在瑞士和德国之间。莱茵河流经瑞士国的最后一座城市是古老而又美丽的巴塞尔城。高耸的教堂与莱茵河相映成趣，互诉衷肠，共同畅叙建城以来的千年古史。

漫步横跨巴塞尔城莱茵河的老桥，遥望由瑞士、德国和法国组成的莱茵三角，让人们在心里充满着对世界、对世界文化的无限虔诚。人们可以从巴塞尔乘坐豪华游轮沿河而下，直到荷兰国的港城鹿特丹。莱茵河在这里流经了飞鸟的王国，不少河岸都成为自然保护区。

法国的埃尔萨斯从河的左岸一路延伸开去，那里洋溢着古老的哥特式的传统文化，斯特拉斯堡的大教堂便是杰出的典范。在它的右岸德国一侧，也同样展示着雄伟的哥特式文化。从瑞士的巴塞尔到德国的卡尔斯鲁厄，莱茵河构成了德国和法国间的天然边界。

它一路奔腾，又在早期罗马人、后来成了皇帝所在地的斯巴埃迎来了闻名于世的浪漫主义大教堂。它也许是欧洲仅见的几座漂亮的教堂之一。

还在罗马时代，甚至在罗马时代以前，莱茵河便是一条活跃的商贸水道。两岸人民在沿途修造了许多重要的商贸港口。这里除了交换货物外，还努力地交流文化。试看从瑞士一直到北海，民族交会，文化交融，呈现了多么欢乐的生动景象。

中世纪时，莱茵河的两岸诗人放声歌颂莱茵河的山清水秀和迷人的风光，歌颂古老的城市。而进入二十世纪以来，作家们纷纷投书，谴责莱茵河的灰色篇章，首先便是由于工业而造成的污染。

从德国的工业城市洛特维希港往下二十公里，沃尔姆斯古城高高地耸立在莱茵河右侧。浪漫主义时期的雄伟教堂更使人称颂这块载着《尼伯龙根之歌》的风水宝地。沿河而下，两岸山势高低起伏，这里是闻名世界的葡萄区。山坡上葡萄成行，滴散着沁人心脾的苍翠碧绿。罗马人早就学会品饮莱茵河的葡萄美酒。今天，游客们纷纷成了莱茵河畔的红脸醉汉。而从中世纪一直沿袭至今的渔村和葡萄村还展示着当年美丽的乡村木架房屋，牛眼形的窗户，富于幻想的商店标牌。

呵，美丽的莱茵河，真是葡萄不醉人自醉。

莱茵河，尤其在德国的地段上，它简直成为一条香飘万里的葡萄沟，留下多少可歌可泣的故事和传说。莱茵河的葡萄史可以追溯到美名远扬的卡尔大帝。这位大帝不仅在生前热衷于他的葡萄事业，即使在死后，他的幽灵也会在月夜时分飘离位于阿亨的坟墓，来到他生前栽种葡萄的地方。

这是文学的浪漫，上天入地，别出心裁。

莱茵人对葡萄事业倾注了满腔的热情和艰苦的劳动。他们在两岸的山坡上开辟葡萄园，用石头围成长长的梯田，漫山遍野，气壮山河。远远望去，梯田如同长城一般，点缀着莱茵河的美丽河岸，给两岸人民带来无限的生机、商机和诗意般的美学享受。

呵，色彩鲜艳的葡萄藤、葡萄和葡萄佳酿如同莱茵河的灵魂和生命象征。葡萄把莱茵河打扮得无比妖娆、美丽，让它看起来如田野，如公园，如诗，如画。

甜蜜的葡萄酒把莱茵人送上幸福的天堂。

侏儒仙女，不绝登场，莱茵河沸沸扬扬

《莱茵河传奇》涉及莱茵河的起源以及它在尼德兰王国的入海。从某种意义上讲，它就是包含着莱茵河和莱茵民众的传说。

莱茵河两岸居住着日耳曼民族和法兰克民族，因此，在它的传奇作品中折射出许多史前的神话，还有古代的历史、民族的趣闻以及带有历史含量的莱茵风光。于是，阿尔卑斯山、莱茵河的高地山脉、莱茵河的平缓山地，直到莱茵河下游地区的辽阔平原通通欢腾踊跃地展现在读者的眼前，令人拍案叫绝。

这里涉及的故事比较集中地显示了近两千年以来莱茵河及其重要的支流区域的人物精神风貌，它几乎成为反映莱茵河人文风光的风俗宝库。跟童话有所区别的是，传奇故事通常是跟具体的地点、具体的时代以及具体人物的命运密切相关的。

欧洲有一种文学理论，把传奇跟宗教人物的传说相联系，而把凡人的故事纳入到平常的传说之中。这种理论有点儿琐碎，不过也是一种说法。传奇通常是对

一些发生事物的报道。它们对讲述故事的人以及听众说来如同真实的一般，认为值得相信，尽管在传奇之中涉及一些超自然的力量和人物。有时候，传奇似乎借助于这样的叙述方法，简洁明了地反映世界和生活，衬托社会的本质和面貌。

我们看到，在《莱茵河传奇》的每一则具体的故事中，人始终站立在生命团体的中心位置。这里的人无论在跟超自然势力的活动以及在跟命运的交涉中，他们一直都是故事的核心力量。我们只有站在这样的文学角度和高度才能清楚地把它跟神话和鬼怪故事加以区别，认识它们之间的相同和相异。

传奇往往阐述一种群体生活，如家族和氏族团体。它以事件和活动为基本素材，涉及的地点有乡村、城镇、城堡、教堂等。人们在团体生活中不断地借助文学的表达，从而希望追问人类生活的自身价值和意义。

这里，除开一些莫名其妙、无法证实的现象外，其他诸如人类活动和生活的酸甜苦辣，无论战争、生产、爱情、盗窃、嘲笑、淘气，等等。总之，人类生活的物质世界和精神世界都生龙活虎地流传到故事之中，成为口头或书面流传的材料。

传奇不仅是报道也是文学创作。

这就说明，《莱茵河传奇》并不只是提供了有关传奇的故事和研究材料。其实，它的每则故事，无论在内容含量还是在艺术形象方面都有自身的文学特色。它们在印刷的故事书中获得自己的生命，然后在阅读、讲述过程中发扬光大，从而取得了生命的传承和升华。人类在远古时代借助简单而又丰富的想象把许多超自然的势力无意之中抬上了文学表达的大雅之堂。

这些纵横天地的神仙、精灵，乃至于妖魔鬼怪，他们全都打上自然生物的生命烙印，显示人类社会中善恶两大性格，表现出诸如小侏儒、雾中人、家庭精灵等艺术形象，纷纷登场。他们喜欢在沉默中显示自身的作用和力量。他们按照自身的法则生活，常常在人类迫切需要的地方作出恰如其分的帮助。如果有人滥用他们的身份和作用，那么，这些超自然的力量也会显示正义，施以惩罚。

传说之中也有妖怪的故事，他们跟具体的所在似乎没有确切的联系，因此常常把活动的地点选择在山上，从而让自己表现为一种善良的施助角色。在人类社会，或者在宇宙间，正义和非正义、善良和恶毒始终是人类评判社会价值和生活意义的重要依据和砝码。这样的生活态度，或者说这样的世界观组成了人类追求未来的思想基础和精神财富。

因此，文学艺术中的负面势力常常以魔鬼的形象来到故事中间。他们招摇撞骗，追求黑暗，充分显示了人类的弱点，显示他们盲目追求权力、追求财富、追求盛气凌人、追求无法实现的狂妄。如此种种，构成了多少精彩的场面，让一些人读罢故事后不由得面红耳赤，心灵受到撞击。

读者可以看到，《莱茵河传奇》在不少的故事里都有负面角色引诱世人的情节。那些妖魔鬼怪可以满足世人的一切享受欲望。可是，他们的要求始终只有一样：在多少年以后当事人必须贡献出自己的灵魂，这是跟魔鬼签约的条件和报酬。这样的故事和它的核心内容不用说从前，即便在今天，或者在一万年以后的明天，都始终保持着文学的犀利、尖锐和现实的价值。

文学啊，它是人学，具有永恒的劝世主题。

德国的作家卡尔·西姆洛克在一百多年前曾经颇费匠心地从民间和诗人的口中摘下《莱茵河传奇》一书，这是多么动人心弦的作品啊。当然，类似西姆洛克这样的作家还有很多，他们的共同努力，为《莱茵河传奇》谱写了美丽的诗篇。在德国，传奇如同童话、民歌和民间作品一样，它们是由浪漫主义的文学时代和思潮发现并且挖掘而出的民间财富。

从世界文学的广义角度上看，这样的文学思潮是许多地区和国家迄今为止仍然缺乏的历史环节。在他们那里，多少传奇、童话、民歌、神话等丰富的民间财富常常瘫痪在民间意识里，自生自灭，无法登上高雅的文学和艺术殿堂。

试看在莱茵河的许多地方，那是冬日的夜晚，村妇们聚集在她们的纺纱房里。她们借助着纺纱的时机摇纺出色彩鲜艳的传说、童话和故事。而且，她们又成为向社会传播故事的载体，向孩子们，向孩子们的爷爷奶奶和爸爸妈妈，让他们成为故事作品的传声筒。

还有多少故事慢慢地进入莱茵河沿岸的店铺。店铺的老板们，他们在民间被称为神聊的口袋，慷慨地把地方上的传说如同礼品一样纷纷向熟悉的以及不熟悉的客官奉上，然后看着他们登上新的旅程。

这里还有徒步的工匠、行吟诗人、歌手，甚至包括许多大学生，他们把那些漂亮的传奇肩扛手拎，让那些僵硬的文字有了丰富的思想活力，成为民众们喜闻乐见的鲜活语言，传布四方。

今天，我们看到，许多在浪漫主义文学时代呈现奇光异彩的故事和传奇渐渐失去了它们的光芒。可是，《莱茵河传奇》仍然透现着强大的文学活力。那是一种从不枯竭的莱茵河式的生命活力，它表现出对待生命的虔诚和追求生命的欢乐。

《莱茵河传奇》让多少陈旧的画面和人物始终保持着历史的鲜艳。它们围绕着古老的城堡和修道院的废墟，围绕着河流两岸的城市和乡村，围绕着莱茵人的勤劳和智慧展开了自身的活动。因此，它们的舞台背景始终都是带有生命活力的莱茵河。

这里有古代的勇士，有《尼伯龙根之歌》的好汉，有强大的皇帝和侯爵，有令人称颂的骑士，还有穿着世俗布衣的农民、市民和套着僧侣衣衫的修士、修女，真是形态各一，精彩纷呈。例如盖诺维娃和里查，果阿和阿波里娜，当然还有圣母马利亚，基督耶稣和他的弟子。他们这些天字第一号的圣人不知道是否还去过其他地方，可是，他们对莱茵风光似乎情有独钟，始终不忘徜徉在莱茵河两岸。

另外还有一批小侏儒、小精灵和骗艺高超的美丽造物，有的如同希腊神话中活动在大海上的塞壬女妖，她们能够把世人引诱进急速转动的旋涡。

此外，这里还有形形色色的城堡女人，虔诚的、恶毒的，以及江洋大盗、豪赌豪饮者，包括异教徒的市长、吝啬的地方长官、勤劳的行业大师、欢乐的小学徒、骄傲自满的老学究，等等，欢乐社会的众生相调剂着沸腾的莱茵社会，留下无比生动的人生画面。

这一切都在理智的莱茵环境下显得分外的平静和浪漫。难怪有许多人说道，莱茵河的传奇本来就是浪漫主义文学时代的产物。

城堡林立，故事壮美，莱茵河浩浩荡荡

在早已被遗忘得几乎没有了痕迹的过往岁月里，莱茵河上下涌现了多少英雄好汉、土匪强盗。他们砌房造屋，建立城堡。他们杀人放火，攻城略地，让牧场、城堡、教堂、田地通通进入传奇的视野，弹奏出多少慷慨激昂的战歌和温馨动听的婚礼曲。

城堡的枯竭井水里传来了悄悄的耳语声，废墟教堂边的树林中响起围猎的号角声，断垣残壁的上空投枪呼啸，王冠迎着幽暗的朦胧闪烁动人的光芒，凡此种

种，多么引人神往，让读者希望一气呵成，读毕再掩卷沉思。

莱茵河在瑞士的巴塞尔城如同膝盖似的打了个弯，从而改变了它的东西流向，开始垂直往北。河流两岸布满了片岩山，山势起伏，连绵不断。河床犹如银链，在山间盘绕，即使到了中莱茵地区，河面上仍然会有不少的窄狭之处。个别的窄狭地带仅仅一百一十五米宽，而且水势湍急，行船艰难。地势复杂，让人们想象出许多脍炙人口的美丽传说，而山涧岸旁的许多城堡恰如热情好客的莱茵人招呼和问候着过往莱茵的游客。

莱茵河的大部分城堡和废墟源于公元十一至十四世纪。那是欧洲走向觉醒和现代文明的时代，时代的标志是建立大学和城市。其实，城堡正是城市的核心结构。

今天，在我们中文里出现的“市民”一词，在德语中来源于“城堡”，实际上是“堡民”的意思。不难想见，莱茵河的多少河段犹如壮年人生，满载着人类生活的辉煌成就。欧洲在浪漫主义文学时代的多少墨客骚人饱蘸着莱茵河水创作了许多引人入胜的童话、传说和对中世纪的不朽颂歌。

莱茵河尤其到了德国地段上更是山水相连、情景交融，呈现出带有生命气息的大自然胜景。写到这里，笔者禁不住地幻想它或许有一天能够开口说话，畅怀欢笑。不难理解，莱茵河两岸古堡林立，废墟不断，看似陈旧的历史遗迹，其实，它们正是人类现代文明的起源。

公元十九世纪的后叶，欧洲人还在许多地方随意翻新和扩建了许多城堡。直到二十世纪，这些城堡才获得合理而又科学的修缮。今天，莱茵河畔有的城堡成了博物馆，例如普法尔伯爵山，它选址在莱茵河的一座小岛上。又如莱茵山，那里是一座城堡废墟，高高地耸立在莱茵河旁，热情地迎送两岸游客，提示着往日辉煌。莱茵河的城堡往往屹立在水边路旁，有时候扼守山岭。它们起着城防、税收或者王宫大院、官员府衙的作用，书写着地方上的历史篇章。

莱茵河昂首高歌，驾着七百三十米宽阔的河床，从古老的商城埃默利希跃进而入荷兰。这里商船如织，点缀着辽阔的荷兰平原，与不时而遇的古老城堡、风磨相映成趣，呈现了一方面带有中世纪色彩，一方面又表现社会现代化的生活风貌。

莱茵河如同它的双头起源一样，它在荷兰的帕麦尔登又开始分流而行，组成宽广的三角洲流域。美丽的莱茵河在荷兰被称作勃恩列茵，由它分出的主干流水改称为魏尔河。魏尔河流经古老的尼姆魏根城，那是建立在七座山坡上的古城，而它的支流——尼特列茵河的河岸上装点着盖尔塘的首府阿尔赫姆，更显雄伟。

在莱茵河与玛斯河相互交汇处坐落着一座古老的商贸港城，多尔特莱茜特，巨大的商业中心和港城鹿特丹则是莱茵河流经到海的最后一座漂亮城池。起源于瑞士的莱茵河在距离海牙城不远处跃入北海，完成了它的一千二百公里的壮丽流程。

目送着莱茵河的浩浩荡荡，听着沿途多少委婉动人的城堡故事，看它们或者刀光剑影、杀声震天，或者让多少青年男女花前月下、卿卿我我，一行行大字书写着莱茵人的往昔，倾诉着他们的衷肠，着实让人无比留恋，无比感叹。

传奇故事与世长存，莱茵河呢呢喃喃

水是生命的起源。美丽的莱茵河从古代起一直就是莱茵人生存繁衍的风水宝地。河流两岸出土过许多史前的文物，它们无不佐证了莱茵河的悠久历史。

在凯尔特人统治时期，特别在罗马帝国时代，便利的河流交通除了发展经济外，也为文化发展和人员往来提供了有利的条件。

中世纪时期，莱茵河因诗艺、修道院、教堂和城市的建设从而经历了辉煌的繁荣时代。它在许多城堡和哥特式的教堂建筑达到了艺术的顶峰。

文艺复兴时期，这里发明了印刷术。多少诗人和思想家犹如灿烂的繁星点缀着莱茵河上晴朗的夜空，让莱茵河更显风光。

巴洛克时期，君主和教主们竞相争斗，他们修建了许多的宫殿和教堂。而十九世纪浪漫主义的文艺思潮更让莱茵文化显得无比灿烂。

今天，人们仍然难以忘怀德国诗人歌德颂扬斯特拉斯堡的大教堂，无法忘怀瓦格纳激情吟咏的《尼伯龙根之歌》。

莱茵河除了受到墨客文人的歌颂外，还历来都是兵家争斗之地。中世纪对过往行船的赋税引发了多次兵灾。两次世界大战更是把莱茵河沿岸轰炸得支离破碎，尸横遍野。

想当年，莱茵河流水一定呜呜咽咽，在风浪中含着哭声，控诉它的不肖子孙造孽于世，引祸上身。今天，莱茵人正在致力于排除工业造成的河水污染。工业界自觉行动，奋力支持。国家和民众通过艰巨的环境保护措施，通过认真的清洁劳动，使莱茵河又以欢乐的面貌哺育着流经六国的两岸人民。

德国的《汉堡晚报》曾经高度评价《莱茵河传奇》，说它是“隶属于青年文学的传世之作。故事的语言简洁明了，生动有力，使人们想起了格林兄弟的童话。书中散落着多少圣人和妖怪的故事。小侏儒、皇帝、女妖，犹如乡村教师般的上帝等等，纷纷登场，吸引着广大的读者，让他们欲罢不能，手不掩卷”。

黑森州电台说到《莱茵河传奇》时指出：“它的范围从高山延伸到莱茵河下游平原，让我们在熟悉的地方读着熟悉的故事。”

上两个世纪，德国曾有几位学者和诗人致力于收集、整理莱茵河传奇和故事，其中有威廉·罗兰、洛特维希·贝希斯塔因、卡尔·西姆洛克等人。

威廉·罗兰的《莱茵河传奇》涉及许多故事的历史背景，因此，他的作品对河流两岸的精神生活和历史，包括政治都具有特别深刻的洞察力和创造力。而且，他的十四行诗《莱茵河传奇协奏曲》也写得别有洞天，似乎已经融合在滔滔不绝的莱茵河河水之中，呢呢喃喃，奔腾向前：

莱茵河传奇协奏曲

山坡上的葡萄园在眼前汇成了传奇，
景色相叠，“呵，请立刻记录下来！”
我在眼前看到了昔日辉煌，多么美丽，
急流汹涌，掩映着修道院和巍峨的堡垒。

我抛出了诗歌，一面苦苦地思索，
央求可爱的精灵，请她们说话、唱歌。
精灵们招手示意，对我有问必答，
直到扑扇着翅膀消失在远方。

笔者书写着，最后表达出虔诚的愿望：

但愿上帝让我的莱茵大地永远含苞待放！
可是他却迟疑着用手按住了我的文字。

他是否能够找到合适的嗓音和词句？
正当他在疑问的时候，你们微笑地捡起花束，
这是我亲自给你们送上的家乡问候。

高山牧场

从前，在莱茵河的源泉之地有一片青苍碧绿的高山牧场，沐浴着天空恩赐的阳光雨露。

牧场的主人是个忠诚老实的牧民，他在山谷的平地上建造了一幢小房子。小房子又整洁又漂亮，里里外外都被收拾得干干净净。这幢小房子是牧民全家生活的依靠。天有不测风云，牧民不幸患上重病，几经折磨，死在病床上。

他的妻子和孩子无比悲伤，便将他安葬，使他入土为安了。

几天以后，有个相邻的牧民来到这位遗孀面前。这个牧民在地方上已经有了大片的牧地。可是，他对已故牧民家的那块高山牧场垂涎已久，希望从遗孀手中霸占过来。

牧民的遗孀看到他站在自己跟前，心中疑虑着，不知是福是祸。这位客人直截了当地告诉遗孀，他们家的高山牧场已经换了主人，她丈夫在生前因为收成欠佳，已经把牧场私下抵押给了他。他也把银两付清了，现在没有任何异议。

牧民的遗孀不由得怒气冲天，竭力反驳，说他是个吹牛说谎的大骗子。不速之客却从身边掏出一张欠条，他把纸条摊开在女人面前，露出一脸的狞笑，说这张欠条白纸黑字，清清楚楚地证明了他的主张是合理合法的，不容抵赖。

女人看到这里，心急如焚，泪流满面。可是，她仍然赌咒发誓地大声申辩，声称她不幸去世的丈夫不会写下如此神秘的单据。这块高山牧场是她儿子从父亲手上得到的唯一遗产，她是无论如何也不会把牧场拱手相让，交给这位不速之客。

“呵，你们交出一片牧场，当然是个损失，我愿意为此给你们送上一笔补偿，尽管我用不着如此行善，而且也没有必要尽这等无谓的义务。”邻居似乎面露同情，假惺惺地说着，一面从衣服里面掏出钱袋。

女人不由得放声大哭，她一边用手推挡邻居的钱袋，一边请他立刻离开。

邻居见事情并不那么顺利，只得悻悻转身回去了。

三天以后，可怜的遗孀被传唤至法庭，她站在法官面前，那个邻居出示了书面单据，然后口口声声坚持要收回属于他的那片高山牧场。法官已经无耻地暗中收受了他的贿赂，于是当庭宣布这份单据确凿无疑，把高山牧场判给原告。

女人如遭受雷击一般，心急如焚，踉踉跄跄地回到家中。且说高山牧场的新主人，他这回志得意满，不由得兴高采烈，一路朝着山地走去。

三天以来，山地上风云突变，飓风夹着雨雪，呼啸不止。暴风雪摇撼着牧场，地动山摇。新主人迫不及待要去看看通过阴谋诡计和贿赂法官的卑劣手段获得的那笔财产。他顾不上脚下泥泞，只是埋头朝着山顶奋力攀登。这个恶劣的新主人来到山顶，他抬头一看，只见从前清香碧绿而且粉嫩的牧草早被一只无形的巨手抹去了，眼前留下的是一片没过脚背的鹅卵石。鹅卵石把早先的牧场遮盖得严严实实，不留一丝儿空隙。

法官判给他的牧场早已不见了踪影，连旁边的自家牧场上也堆积起碎石和泥浆，一片荒凉。他再往下看，其他一些牧民家的田地却如同天鹅绒地毯，大地迎着朝阳熠熠生辉，一片繁荣昌盛的兴旺景象。新主人看到这里，顿时感到天旋地转，脚下一个趔趄，倒在地上，晕了过去。

中午时分，牧民们看到从山上摇摇晃晃下来一个浑身是伤的人。他一边艰难地走着，一边口中骂骂咧咧，似乎抱怨老天给他制造祸端，让他遭遇不幸。

山下的牧民们窃窃私语，纷纷说道："呵，圣母在斋期夜晚率领她的圣女们造访了山谷。她们经过那个贪得无厌的富人房前，给他送上无以修复的灾难。看来，房子的主人逃脱不了上天给予的惩罚。"果不其然，那位黑心的主人不久便死了。他把自己的灵魂交到地狱深处，再也无法出来作祟了。

可是，那片怪石嶙峋的高山牧场却一直遗留至今。它无声无息地警告着世人：必须正直善良地生活，不能贪婪不义之财。

渐渐地，山石之间出现了一块绿地，冬天白雪皑皑，绿地间渗出细细泉水，淙淙流淌，从山谷间寻找出路，湍急而下。

相传，那里就是莱茵河的襁褓之地，莱茵河的摇篮所在。

野男人

从前，在瑞士莱茵河发源的地方是一片茂密的大树林，树木参天，密密麻麻。树林旁有一座简陋的小草房，里面住着野男人和他的妻子。

野男人只要心血来潮，便不顾一切地窜到山下的村庄，偷牲口、抢粮食，无恶不作。村里人都知道，在他面前没有一样货物是安全的。

春夏秋冬，日月如梭，时间过了一年又一年。村里人对他非常痛恨，可是大家敢怒不敢言，更不用说来对抗他了。

一天，有个陌生人来到这个地方。他听说了在山上住着一个可怕的野男人。陌生人十分勇敢，知道应该如何行事。可是，他还是不忘问一声：“我如果帮你们把野男人除掉了，你们将会怎样报答我呢？”

乡邻们商量了一阵，给他凑起了一大堆钱物。

第二天，陌生人顺着山路朝树林走去。他看到树林前面的那座小草房，便径直走了进去。野男人坐在屋前，看到有人进来，便问道：“喂，陌生人，你从哪里来，要到哪里去？”

“我要找活干。”陌生人回答。

野男人听到回答，不由得抬起眼，朝着擅自进来的陌生人上上下下打量了一番，然后说道：“行啊，我有很多活儿可以让你干。你就留下吧！”

第二天清晨，野男人交给陌生人一把斧子，领着他钻进密密麻麻的大树林。他们一起劈木柴。劈了一阵以后，陌生人搬来一棵高大的树干，对着野男人大声说道：“过来帮我扶住，别让它滚掉了。”

陌生人用斧子狠狠地劈了一下，等到野男人伸出手抓住树干时，他的双手已经被劈开的树干紧紧夹住，无法脱身了。

“你快回去，”野男人斥责地叫喊起来，“去向我的妻子要一把钳子来，它能够把这个缝口撬开，让我把双手挣脱出来。”

陌生人答应了，回到简陋的小草房。他没有提到钳子的事，反而让野男人的妻子把家中的金银珠宝通通交到他的手上。

"什么？"妻子惊叫起来，"我可得事先问一下我的丈夫。"

她说着，便对着大树林尖着嗓子问道："我必须把一切都给他吗？"

"是的，是的，都给他，"树林里传来了回答，"快一点！"

陌生人接过大把的金银珠宝，从容地走了。不一会儿，他便离开了大树林。

他在回村庄的路上遇到一个牧人，牧人放牧着他的羊群。陌生人向他买了一头小羊羔，杀了后把羊血灌在羊肚里。他把羊肚揣在外衣里面，又继续往前走去。

他往前走了几步，便掏出一把小刀，往羊肚上轻轻刺了个小洞，只见羊血汩汩地流淌下来，染红了他的双脚。陌生人大步流星地往前走去，留下一片血红的足迹。

路上的牧人看到他时都很惊讶，他们不知道陌生人为什么挥舞尖刀，而且不时地对着自己的身体刺去。

且说野男人的双手被大树夹住后脱不了身。他等了一阵，没有看到陌生人回来。于是，他忍不住咆哮起来，吓得鸟儿们惊慌失措，吓得鹿儿们在树林里东奔西窜。

"快拿钳子过来！"野男人高声大叫，而且不断地重复，"快拿钳子过来！"

他的妻子终于奔跑过来。她带来一把钳子，把丈夫的两只手解脱出来。

野男人听了妻子讲述一切，才知道陌生人干了什么。他不由得又气又恼，立刻顺着强盗的足迹大步流星地追赶上去。

野男人首先遇到放牧羊群的男人。

"你看到有人从这里经过吗？"野男人大声问道。

"是的，"牧人回答，"他向我买了一头小羊羔。这是个奇特的人，他离开我以后便举刀朝自己的胸膛刺进去。可是，他没有倒下，反而大步流星地往前走着，而且越走越快。我还没有见过这般善于行路的人。"

呵，野男人不由得满心欢喜，他知道了能够飞快奔跑的秘密。原来这般重大的秘密竟然如此简单，只要掏出尖刀往自己的胸膛狠狠地刺去。我也会。

野男人说着，立刻掏出尖刀，对准自己的胸膛一连几刀，刀刀见血。

野男人抬起脚正想往前大步流星走动时，只见眼前天旋地转，他的身体已如同一只口袋，软软地瘫倒在地上，死了。

不一会儿，陌生人朝着他走过来。他看到野男人死了，知道他再也无法危害村民了。陌生人走进村子，把发生的一切讲述给村里人。村里人听到消息，奔走相告，异常兴奋。

陌生人这回获得更多的报酬和财富，从此以后生活幸福，富足有余。

末代伯爵

几百年前，杜姆莱西格山谷经历了瑞士农民争取自由的艰苦斗争，山谷成为一块激烈奋战的悲伤之地。

山上曾经有一座坚固的伯爵城堡。可是，这位伯爵的家族命运不济，日益衰落。等到城堡传到最后一位伯爵手上时，可怜的城堡已经成为地方上让人害怕和恐惧的象征。伯爵不仅敲诈勒索当地的牧民，连从下面走过的商人和教民也在劫难逃。他们都会遭到伯爵的抢掠，甚至烧杀。

牧民们怒不可遏，心里诅咒着这位骑士败类，希望看到伯爵遭到惩罚和灾殃。

一天，伯爵在巡逻他的领地时，突然看到山谷下有一个漂亮的姑娘。姑娘正在寂静的树林里采摘浆果。伯爵看到姑娘不由得起了歹念，一把抓住姑娘，不顾姑娘的喊叫和挣扎，把她拉上自己的马背，然后朝着陡峭的山地宫殿扬鞭而去。

有个猎人看到了事情的全部，他立刻奔回村庄。于是，消息传遍了图西施村。

村民们愤怒地拥到一起，成群结队地冲上山去。他们砍下许多高大的树木，搭建桥梁，从而越过城堡外面的沟渠。村民们对着城堡扔出许多火把，然后大声呐喊，从城门和城堡的缺口冲进贵族的宫殿大院。

宫殿大院里早已火光冲天，烟雾腾腾。城堡主人眼看大事不好，急忙跳上高头大马，冲了出来。他把抢来的姑娘抱在马背上，右手提着利剑。利剑借着熊熊大火显得寒光森森，分外吓人。

城堡主人把战马的双眼蒙住，然后挥舞利剑，朝着左右两边狠狠斩劈，如同砍瓜切菜，一面策动马匹朝山下突围而去。

可是，前面的人墙重重叠叠，城堡主人根本无法通过。他急得连忙掉转马头，对着面前的悬崖冲了上去。这座悬崖高出年轻而又湍急的莱茵河面二百公尺，地势险要，堪称绝境。

城堡主人的坐骑累得气喘吁吁，大汗淋漓。它绝望地站在悬崖前，看着如同张开大口的深渊，吓得往后退缩。

恐怖的夜空如同魔鬼，令人胆战心惊。四周杀声震天，千百个村民朝着抢劫姑娘的强盗伸出抓捕的双手。他们中有个人竟然成功地抓住姑娘，把姑娘从强盗的马背上拽了下来。

这时，城堡强盗残忍地使用剑柄和马刺踢打坐骑。他的马四蹄腾空，朝着前面的万丈深渊跳了下去。末代贵族就这样结束了可耻的强盗生涯。

第二天，当浓烟滚滚的黑夜终于给灰蒙蒙的白天让位时，从前那座势不可挡的城堡已经成为呻吟不已的废墟。废墟向居住四周的牧民宣告了自由和安宁。后来，周围的牧民传说纷纭，他们说末代贵族每年到约翰尼斯之夜时都会出来一回。有人说他身穿黑甲，骑着木马，围着塌毁的城堡走上一圈。

今天，莱茵河畔图西施的城堡废墟还在，它们不忘向着世人讲述当年的故事。只有莱茵河滔滔不绝，朝着它的前方迅猛流淌。

山侏儒

当年轻的莱茵河还在山石铺地的河床上湍急流动时，那里有个不大的村庄，名叫下洼茨。

下洼茨附近的山坡上有一座小草房，里面住着一个贫穷的长工。长工卖力地干活，也只能勉强为家庭挣得一天的干面包。长工的家中有妻子和五个孩子，家里养着一只母羊，能够挤一点羊奶。母羊能让孩子们的面包吃起来更可口，是个不小的宝贝。

清晨，母羊跟着村子里的牲口一起走上牧场。牧场上青草茂密，为羊奶增添了许多的油脂和香料。

一天傍晚，牧人回家时没有带回长工家的母羊。长工家的孩子们看到母羊不见了，急得眼泪汪汪。他们的餐桌上少了盛放羊奶的小碗，孩子们无法把干面包往羊奶里浸泡。

长工的妻子说道："呵，我昨天看到一只老鹰在天空盘旋，那是一种喜欢抓捕羔羊的雄鹰，也许是它抓走了我们的母羊……"

长工回答："别在开始时就想到糟糕的结局，我现在出去找找看。"

长工说着，站起来走出门，寻找母羊去了。当然，他也不敢抱太大的希望。他只是顺着山坡往上走，口中不停地叫喊着他给母羊起过的漂亮名字。

夜幕披上了山谷，远方的山峰早就跟黑暗的天空连成一片。有时候，山石的影子在眼前晃动着，长工努力地擦拭眼睛，还以为看到了他的母羊。可是，等到他伸出手想把眼前的母羊抓住时，不料却是空的，白费力气。

长工走得疲倦不堪，前面是悬崖峭壁，他连挪动半步的力气都没有了。长工坐了下来，心里挂念着家中的孩子，他进退两难。

他把头靠在山壁上，不知不觉地睡着了，鼾声陡起。后来，长工坠入梦乡，梦见一个小侏儒从他身旁的山石堆里露出身影。小侏儒穿着一身浅绿色的大衣，头上戴一顶尖尖的小红帽，用两只手紧紧地抓住母羊的羊角。长工必须仔细地看，才能分辨出母羊，因为母羊身上挂满了蜗牛壳和贝壳。可是千真万确，这就是他们家的母羊。母羊开始活动时，那些奇怪的挂件都会发出轻轻的铃铛声。

小侏儒弯着腰，朝着山石摊开一块布，那是一块织造得十分精致的花布。长工看得目瞪口呆，他还从来没有见过这般精致的织物呢！接着，小侏儒拿出一块奶酪，还从口袋里掏出一个空空的贝壳。

看到这里，长工觉得十分惊讶。可是，他突然惊醒了。长工不相信地揉了揉眼睛，他眼前的一切如同梦中见到的一样，连小侏儒都站在他的身旁。小侏儒还没有离开呢！

小侏儒看到长工醒了，立刻友好地对他说道："现在请你回家去吧，看望你的孩子去！带上你的母羊，别忘了，还得带上这块白布。你回到家中时，可以把那些贝壳从母羊身上取下来，搁在小白布上，整整一夜别去动它们。"

长工惊讶得说不出话来，他只是朝着小侏儒不停地点头，连连说道："好的，好的。"

小侏儒接着又说："除此之外，你还必须妥善地保管好这只空壳和这块白布，每天晚上都往空贝壳里注满奶油，然后把它搁在窗前。不过，你千万别去看到底是谁喝了奶油。如果你能够按我的吩咐行事，那么，你的幸福就会指日可待，就在眼前。”小侏儒说完，倏忽一声，消失不见了。

长工摇了摇头，回家去了。他听到挂在母羊身上的空贝壳不停地发出惊人的铃铛声，长工以为自己又在做梦。他不由得揉了揉眼睛，又摸了一把鼻子，发现自己并没有做梦，而是醒着。他感到眼前的一切都是真实的，可是回家的路似乎比平常的路程缩短了许多。长工回到家中，立刻摘下母羊身上的挂件，按小侏儒的吩咐做完一切，然后躺下休息。

清晨，孩子们的叫喊声把他惊醒了，他看到孩子们全都站在那块小白布的周围。他的妻子朝他走来，觉得这一切真是难以置信，于是问丈夫怎么会有这么多的财富。

“财富？”这回轮到丈夫不敢相信了，“什么财富？”他站起来，不忘追问一句。

突然，他看到眼前的蜗牛壳和贝壳全都变成了纯净的黄金白银，变成了珍珠宝石。贫穷的长工不敢相信自己已经成了富人。他随手拿起几件珍宝，来到集市卖了，然后买回许多食品和货物。

长工不忘每天晚上都往空壳里注满奶油，然后把壳子搁在窗前，吩咐任何人都别关心晚上进屋喝奶油的客人。他知道客人会把壳里的奶油喝得干干净净。

从此以后，长工生活在幸福和宁静之中，无忧无虑。不过，他也始终不敢忘记侏儒的帮助和嘱咐。

驼根堡的伊达

驼根堡位于距离博登湖不远的地方。从前，它是与驼根堡同名的伯爵族第的住地。城堡高大，装饰华丽。

一天，伯爵夫人伊达把婚戒从手指上摘下来，搁在敞开的窗台上。阳光下钻石婚戒闪闪发光，煞是漂亮。夫人住房的窗前有一棵大树，树上住着一只乌鸦。乌鸦看到下面黄澄澄的闪光，便嗖的一声飞下来，把钻戒叼在嘴上，又嗖的一声飞回自己的巢穴。

伯爵夫人转过身来寻找戒指时，发现戒指不在了，不由得大吃一惊。她担心脾气暴躁的伯爵会责怪自己，于是，在丈夫面前她不敢提起丢失钻戒的事。

有一回，伯爵的仆人在树林里看到一只乌鸦窝，他仔细一看，发现里面有一枚漂亮的戒指。仆人心中大喜，连忙捡出钻戒，回家后把它戴在自己手指上，十分开心。

却说伯爵看到仆人戴着漂亮的钻戒，认出这是他夫人的。他立刻觉得夫人对待爱情不忠，背叛了他。于是，他愤怒地抓住仆人，把仆人捆绑在烈马的马尾上，让烈马拖着仆人，顺着怪石嶙峋的城堡山路往前飞奔。仆人经不住残酷的折磨，被拖死了。

伯爵仍然怒气未消，他又回来处置夫人。他把夫人逐出宫殿的豪华居室，把她推下树木丛生的山岩。可是，善良的天使却保护着夫人，因为知道她是无辜的。伯爵夫人如同被一双看不见的大手托着，缓缓地透过树枝的保护落到下面软软的苔藓地上。

伯爵夫人感谢圣人的无私相助。她离开山谷，一路往前，走入无路可循的荒野中。她在那里用树枝搭建起一座简陋的小房子，在里面居住下来，成了隐女。每日，她不停地向上帝作着虔诚的祈祷。她常常捡拾林中的浆果和药草草根，喝着附近的晶莹泉水。

一天，伯爵的另一位仆人告诉伯爵，说自己的伙伴在树林里看到了一只乌鸦窝，从窝中捡到了一枚漂亮的钻戒。伯爵闻罢，知道自己错怪了从前的仆人和夫人，顿时感到十分内疚，罪孽深重。

有一回，伯爵的仆人外出打猎。他走进了树林深处，无意中看到寂寞孤单的伯爵夫人住在里面。仆人急忙回去，把消息告诉伯爵。

伯爵闻听消息后当即朝林中深处走去，找到了隐居的夫人。伯爵再三恳求夫人原谅他的粗鲁举动，说愿意把她接回城堡。

伯爵夫人不为所动。

驼根堡的伯爵无可奈何，只得收起十字架，带领他的仆人一起前往圣地，参加十字军东征。他希望以此为自己的行为忏悔，并获得夫人的宽恕。

伯爵参加了许多战斗，威震敌胆，敌人听到他的名字都感到害怕。后来，他渴望能够回到家乡，希望夫人从此以后能够原谅他，回到他的身旁。自从在林间见到夫人以来，他心中的愧疚和爱情与日俱增，让他不知如何是好。

一年以后，伯爵搭乘大船回到驼根堡。他开始打听夫人的下落，这时才知道，夫人已摘下面纱，进入了修道院，开始安静而又神圣的生活。

伯爵闻听消息，立刻摘除了身上的骑士装饰，在夫人居住的修道院附近挑选一处地方，建造一座简陋小房。

伯爵终日祈祷，成为一名可怜的隐士，直到生命终结。

拉小提琴的汉斯

一天，拉小提琴的汉斯正在急急忙忙地往前赶路。他要穿过莱茵河，前往对面的列支敦士登，为那里的教堂落成庆典演出。可是，他因为在居住的小城里忙里忙外，等到动身时，天色已近傍晚了。

于是，当他赶到巴尔策准备过河时，夜幕早已披上了大地。突然，他看到面前站着几个衣衫漂亮的人。他们招呼他，请他走进稍稍偏离马路的小房子。小房子里喧嚣热闹。汉斯走进去，看到眼前一片陌生，感到不知所措。

“呵，这里有美酒润喉，还有不少的小钱。是啊，不期而遇的幸福也许会有的。”小提琴手汉斯不禁自言自语。

当然，他曾经从这里路过几回，可是他不记得见过这座小房子。

他们穿过高高的楼梯进入大厅。大厅里聚集着一群客人，个个衣衫华丽，光彩照人。有人对着他大声建议，请他马上开始演奏。可是，他不能使用自己的小提琴。

这时，有人递给他一把银制的小提琴和漂亮的琴弓。这是一把奇特的小提琴，拉出来的歌儿如同天籁之音，就像天使们在合唱一样。

大厅里人们翩翩起舞，男男女女不断眉目送情。房间里灰尘扬起，烟雾腾腾。等到舞蹈间隙时，汉斯坐到一张餐桌旁。餐桌上铺着漂亮的桌布，摆满了精美佳肴，连盛放饭菜的碗盏都价值昂贵、精致无比。

一旁还有上等的饮料。小提琴手放开肚子，一饱口福。曾经给他递送银制小提琴的先生穿着华丽，他告诉汉斯，他可以尽情地享受，只是不要关心周围发生的大小事情和任何活动。

汉斯听到吩咐，觉得十分奇怪。不过，他还是点头同意。后来又是拉奏、休息、用餐，反复循环。

时间长了，汉斯感到累了，觉得十分无聊。汉斯喝着火热般的烈酒，看着眼前的混乱和嘈杂，不禁又端起银制的酒杯，大大地喝上一口，口中嘟嘟囔囔地说道："汉斯，上帝赐你幸福，健康！你不用害怕，你不会出现意外，不会死的。"

可是，汉斯的话儿还没有说完，他看到眼前的一切嘟的一声消失不见了。他低下头，看到自己坐在怪石嶙峋的山岩上，无法动弹。天色已近拂晓。他先前端着的银制酒杯，现在却握着一只牛蹄。那把银制的小提琴也早已不知去向，他的怀里抱着的是一只死猫。

汉斯觉得奇怪，自己怎么会坐在高高的山坡上无法下来呢。后来，还是牧人在放牧经过那里时，看到有人坐着山岩上，便给他送上梯子，让他慢慢地下了山。

可是，他的小提琴却搁在可怕的绞刑架下。

从此以后，汉斯再也不敢趁着夜晚时分独自穿越莱茵河了。

圣　山

很久以前，海伦当上了希腊的女王。她日理万机，十分忙碌。

一天，有个高贵的人从特里尔专程赶来，希望面见女王。这位特里尔人名叫埃默利乌斯。女王海伦拥有许多神圣的宝物，那是教徒们从巴勒斯坦回来时带给她的。女王希望把这些圣物全都搁在一起，让人妥善保管，以便更多人在参观宝物时能够为她祈祷、祝福。

于是，海伦接见了远道而来的特里尔人埃默利乌斯，请他前往德意志某个王国时多加留意，寻找一个地方，能够贮藏她所委托的神圣宝物。

特里尔人埃默利乌斯肩负女王重托，他急忙回去，寻找了很长时间，终于在施瓦本地区找到一座适合的小山。他站在山顶，周围风景如画，多么像一座美丽的花园。呵，真是天设地造的藏宝之地，埃默利乌斯高兴地自言自语。

埃默利乌斯叫人在山上建造一座小教堂，用来表示对神圣的十字架的敬意。然后，他回到雅典，面见女王，向女王陈述了一切。海伦听到消息，心中大喜，她沉思后说道："现在应该找到一个虔诚的男子，他愿意住在山上，担当看守圣物的义务。"

"我愿意亲自看守，"埃默利乌斯回答，"那个地方跟我密切相关。我觉得如果让我和我的妻儿老小住在那里，那是再也合适不过了。"

海伦见他自告奋勇，很是赏识，觉得除他以外真是找不到更加合适的人了，于是吩咐："你立刻准备起程。"

女王海伦命仆人取出一个神圣的十字架、王冠、圣母马利亚的头发、一件耶稣穿过的衣服、一块由耶稣在橄榄山跪拜祷告时的石头，她把这一切通通交给埃默利乌斯，同时还赐给忠诚的特里尔人许多黄金白银。

埃默利乌斯立刻踏上旅程。他携带着价值无比的神圣宝物，需要穿过无路可循的大山，经过广阔的平原草地。他在旅途上必须分外小心，才能确保万无一失。埃默利乌斯走了几个星期，终于来到建造着小教堂的山顶。他开始在小教堂周围砌造一座坚固的城堡，用来珍藏圣物。

天有不测风云，德意志大地上正在流行一场可怕的瘟疫，许多人刚刚还在生龙活虎地干着活，突然就倒在地上死了。瘟疫横行，几乎家家都有人死去。活着的人个个惊慌失措，不知如何是好。

却说当年有个隐居的女士，名叫克拉雷塔。她住在湖中的小岛上，距离埃默利乌斯的城堡不远。一天夜里，克拉雷塔在梦中听到有个声音对她说道："去吧，告诉所有的人，他们应该前往对面山上的小教堂朝拜，那么，一切疾病都会烟消云散。"

隐居的女士听到吩咐，不敢怠慢，立刻照办。不久，人们成群结队地前往山上朝拜，甚至还有许多人不惜远道而来，希望赶到圣地进行祈祷。说来奇怪，一场甚嚣尘上的瘟疫顿时消失得无影无踪。

特里尔人埃默利乌斯居住的小山后来被称作"圣山"。埃默利乌斯和他的儿孙们也按新的名字称呼他们的族人。从此以后，圣山族第香火鼎盛。许多人投奔过来，希望为小教堂尽力作仆。有的人租种附近的田地，成为圣山的居民。他们共同担负起守护圣物的虔诚任务。

圣山附近的骑士和城堡主人看到他们蓬蓬勃勃，心里都很窝火。

那是三月的一天，春天刚刚攀上了山坡，附近的两位城堡主人带领大队人马来到特里尔人埃默利乌斯的城堡前。两位骑士把城堡围得水泄不通，一连围困了四天四夜。到了第五天，据说那是三月十二日。

他们觉得十二日这一天能够攻陷城堡，因此跃跃欲试，志在必得。可是，就在这时候围困城堡的大队人马突然个个失明，通通成了睁眼瞎。两位围城的骑士急得团团转，不知道该怎么办。他们感到绝望，于是派人去找隐居的女士克拉雷塔。女士立刻来到阵前，看到了眼前发生的一切。

“你们应该立刻停止围城，缔结和平条约。你们快去见埃默利乌斯，请他把你们领进小教堂！”

围困城堡的骑士对隐居的女士言听计从，他们齐刷刷地跪在珍藏着圣物的小教堂地上。天哪，他们跪下去时还是睁眼瞎，可是，等到他们站起来时，个个恢复了视力，可以看见周围的一切了。

从此以后，他们保持着友好的关系，其中一位骑士还把女儿嫁给埃默利乌斯的儿子阿尔巴为妻。埃默利乌斯为年轻的夫妇建造了一座新的城堡，并给它起个好听的名字林湖，就在圣山的附近。

好　山

瑞士的阿尔地区是个山多水多的好地方。劳宇斯河和利玛特河在这里涌入阿勒河，阿勒河在轰隆声中跳入汹涌奔腾的莱茵河。附近有座山，名叫羊山。山峰上残留着一座城堡的废墟，直到今天人们还可以看得清清楚楚。这座城堡，包括它的废墟那是大有来历。

从前，维林根地区有一位善良的骑士。他在那里建造了一座漂亮而又结实的城堡，为此他感到十分高兴。骑士希望在城堡安度晚年，在这里为仆人们当个仁慈的主人，为孩子们担负起忠诚的父亲之责。

城堡建造竣工，应该举行庄严的落成典礼。骑士的几个儿子和朋友们全都兴冲冲地聚集在一起，他们交杯换盏，歌声、祝福声此起彼落，十分热闹。

维林根骑士站起身，看着他的几个儿子，开口说道：“呵，你们瞧，住在这么漂亮的地方该是多么幸福啊！周围都是勤劳的农民和牧人，我们的城堡位于许多村庄的中央。我们有坚固的城池可以抗击敌人。我们应该对朋友敞开心怀，为苦难人士提供保护，给穷人送上住宿，这就是我建造这座城堡的初衷。”

“是的，父亲，”儿子们应声回答，“这是一座坚固的城堡。我们住在城堡里可以对那些无足轻重的民众发号施令，让他们服从我们的旨意。我们从这里还可以对经过水陆两路的行人征收税赋，连穿过莱茵河急流和田间阡陌的人也不放过。整个地区的人都必须向我们进贡财物。我们可以凭借城堡增加财富，光大名声，威震四海！”

儿子们说得头头是道。维林根骑士听到儿子们的回答，不由得大吃一惊，感到浑身上下的血液似乎凝固了，而他的心被愤怒炸得粉碎。

骑士作色回答：“呵，你们几个变坏的儿子，难道这是你们的真实思想，是你们的真情实话吗？你们等着，我会教训你们，让你们知道好歹！”骑士说着，把端在手上满满的酒杯狠狠地摔在地上。酒杯摔得粉碎。

骑士说道：“正如这个碎成一地的酒杯，你们瞧，这座骄傲的城堡珍藏着我的欢乐和希望，可是，它现在必须如同酒杯一样，很快会被彻底粉碎。”维林根骑士说罢，开始召集仆人、下属和民众，吩咐他们拆除刚刚建造完毕的坚固城堡。

“良好的石块胜过压迫民众的城堡！否则，民众们的仇恨会彻底破坏维林根骑士的高贵威望！”骑士大声呼喊着。

从此以后，羊山就残留下了城堡的废墟。然而，周围的民众却对维林根骑士赞不绝口，他们索性把羊山称做好山。

戛恩荷芬的农民

距离博登湖不远的戛恩荷芬是个美丽的村庄，它坐落在奔腾的莱茵河旁。那里的农民天生纯朴，留下许多美丽的传说。

戛恩荷芬的村庄广场上长着一棵高大的樱桃树。有一年，樱桃花开，一片粉红。后来，树上结满了樱桃，长势良好，丰收在望。村里的农民集合在一道，他们作出一个公正的决定：树上的樱桃人人有份，不管男女老少。农民们欢天喜地，称赞决定的合理。

樱桃成熟的时候，他们全都走出家门，成群结队地来到樱桃树下。然后，一起爬上大树进行采摘。

呵，多么壮观的摘樱图。他们坐在树杈间，站在树枝上，吊在树枝下，用手摘、用嘴咬、用脚踩，忙得不亦乐乎。可是，他们快乐得还没来得及笑出声来时，只听大樱桃树的树枝，不管粗的、细的，全都噼噼啪啪发出片断裂的声音。爬上大树的农民个个摔得鼻青脸肿，有好几个骨头都摔断了，痛苦不堪。

戛恩荷芬的农民至今都没有明白，他们拥有合理的决定，为什么采摘樱桃时却落了个栽跟斗的下场。他们不知道自己在哪个环节上出了差错，真是冤枉。

* * *

戛恩荷芬的农民在村里有一口井，井水清澈，不过井水很深。有一回，他们决定把深井测量一下，看看它究竟有多少个人的深度。

他们一个接着一个地排列下去，让下面的人抓住上面人的脚，一直往下垂挂。他们已经下去十个人了，还没有探到水井底。最上面用双手抓住井栏的是个大个子，力气很大。可是，下面毕竟已经悬挂着十个人了，他也觉得很重，两只手抓得非常吃力。

大个子农民有经验，他知道抓不住时，应该往手掌心上吐口水，然后两个手掌合拢搓擦一下，那样就会给自己添加力量。于是他习惯地朝手掌上吐了口口水，可是两只手还没有来得及搓擦，自己已经掉下去了。

那些垂挂在他脚下的人呢？

呵，你怎么像戛恩荷芬的农民一样还不明白呢？

* * *

一天，戛恩荷芬的农民希望帮助他们的村长扩建住房。他们推着空车走进树林，砍下一棵可以建造房屋的大树。

他们准备把大树装上车，这时，其中年龄最大的农民开口说道：“呵，这辆车能够装一棵大树，那么它就可以装第二棵。”于是，他们又往上搬运一棵大树。

这时，第二个农民也脑洞大开，说道：“呵，它能装第二棵，那么也就能装第三棵。”农民们立刻动手，把第三棵大树扛上大车。接着又是第四棵。

他们手脚不停地往车上装载。突然，他们听到了沉闷的破裂声。

戛恩荷芬的农民急忙检查，看看哪一根树干断了。结果不用检查了，树干全都好好的，他们的大车翻倒在地，几乎被大树压塌了。

怎么办呢?

农民们首先抬下一棵大树干，思索一会儿，说道：“这辆车装不下四棵树干，那么它也装不下三棵。”于是，他们又卸下一棵。

“可是，它不能装三棵，那么也装不下两棵。”有个农民聪明地提出建议。

他们依此类推，最后把车上的木头全都卸下来，推着空车回去了。

村长不是扩建房屋需要木材吗？呵，他这回可得亲自操办运输木头的头等大事了。

泰格尔山的白玫瑰

距离博登湖不远的地方有一座城堡。从前城堡归于一位女主人，她叫安娜，是个心冷如石的残暴女人。

安娜有三个女儿。可是，三个女儿都像她们的母亲，真是同一棵苹果树上掉下的三个苹果，不仅模样，连品性都是一样的。母女四人个个傲慢，不可一世。她们对人毫无同情之心，十分冷漠。这是天性，让人无可奈何。

城堡里到处长着白玫瑰，开花时无比鲜艳，赏心悦目。白玫瑰成了城堡的象征，让人流连忘返，赞叹不绝。其实，在这座城堡里，除了那些美丽的白玫瑰，其他可以让人赞美的人和物已经不多了。

有一天，正值玫瑰花盛开的季节，从城外走来一个贫穷的女人。

骄横的女主人安娜正在城堡花园里散步赏花。突然，她看到了身穿补丁黑衣的贫苦女人，便显出一脸的不愉快，粗鲁地开口问道：“你想干什么?”

“呵，”女人脸上挂满了悲伤的泪珠，“我的女儿死了，她是我的唯一的孩子。我女儿特别喜欢你们的玫瑰花，她多么希望能够手里拿着一朵漂亮的白玫瑰。可是，她已经死了。”

“那又怎么样呢?”安娜不耐烦地叫喊起来。

“我请求你，赠送我一束白玫瑰。你的花园里开满了玫瑰花，多么鲜艳、美丽!”女人哀求地说着，“我想把花束搁在女儿的棺盖上。”

“什么?”城堡女主人惊叫起来，“每天从我面前走过的丐妇足有一大群，难不成我都要向她们赠送一束鲜花吗？你快收拾收拾，滚蛋吧！你还是去找些荨麻野草，扎个花圈，这正适合你的小杂种。”

安娜的话刚说出口，突然，她被吓得面如土色，连骨头都酥软了，也许快成为粉末了。原来，安娜看到面前站着的已经不是可怜的女人，而是一位高大无比的女巨人。

女巨人伸出强健的手臂，对着安娜威胁说：“现在轮到你用玫瑰花为自己织造花圈了!”说完，女巨人如同迷雾似的消失了。

不久以后，女主人的三个女儿如同开败了的花朵，一朵接着一朵凋谢，她们死了。女主人安娜也莫名其妙地跟着一起入了土。

城堡主人安娜直到死后都难以获得安宁。在她的族人中只要有女人去世，人们似乎都会看到她在花园里忙忙碌碌地采集花朵，然后用白玫瑰编织一个用于悼念的花圈。

雾中精灵

博登湖浩瀚开阔。美丽的湖面掩映蓝天，分外妖娆。每当湖边的草地上升腾起重重迷雾时，人们总会津津乐道地讲起雾中小侏儒的故事。他们中有恶毒的，也有善良的，各色人都有。

一天，有个博登骑士希望外出闯荡世界，经历冒险，于是他向妻子告别，说道：“我不知道在陌生的异国他乡将会遭遇何等命运。如果我过了七年还没有回到家乡，那么你可以另嫁他人为妻。好吧，再见了!”

广阔的世界多么精彩，时间对他说来如同巨大口袋中的小麦粒一样，微不足道。他已经不再关心哪一年哪一天，只是随着自己的马蹄，迎接一回又一回的战斗，化解一场又一场的险遇。

有一天，博登骑士来到一个荒凉的国度。在那里，别说见不到一个人，连一条狗也没有。不过，远方的高山上却亮着一盏灯。骑士立刻命令仆人前去打探，看看是谁住在山上。

仆人走了以后，骑士等了半天也不见仆人回来。他又派出第二个仆人出去打探。他等啊等，第二个仆人也没有回来。

博登骑士只得亲自上路来到山前。他看到眼前有一座小房子，便走到门前，只见小房子里坐着一个年迈的妇人。

老妇人看到有人进来，便开口说道："快请迅速离开！否则，你的遭遇将会跟你的两个仆人一样，因为我的丈夫仇恨人类，他是个雾中精灵。"

不过，骑士已经来不及逃跑了，他看到雾中精灵已经走过来，离他不远了。

老妇人朝着结实威武的骑士看了一眼，对他十分同情，便说道："立刻躲到地下室去！"老妇人把他领过去，然后把门关上。

雾中精灵走进大门，朝周围看了一眼，他鼻子里嗅到生人的气味，便咆哮着叫喊起来："这是什么味道？让他出来！我闻到人的气味了。"女人听到话音，吓得不敢吱声，她都忘了应该安抚丈夫的暴躁情绪。

博登骑士听到雾中精灵在房间里声震如雷，不由得暗自沉思："如果我被他发现了，肯定就彻底完了。我还是立刻上去，说不定能够对他发起突然袭击。"骑士想罢，便打开地下室大门，走了出来，站在门外。

可是，怎么啦？

雾中精灵见到他时顿时露出友好的笑容，而且直呼他的名字，向他问候，表示欢迎。骑士感到疑惑不解，十分惊讶，不禁问道："呵，你是如何知道我的名字的？"

"呵，"雾中精灵回答，"我知道的还有更多。你记得自己出来多长时间了吗？七年时间已经过去了。明天，你的妻子就会在博登湖旁的山地教堂里跟另外一位男士结婚。"

博登骑士不由得倒吸一口冷气，面色煞白。

"是啊，"雾中精灵说道，"这就是时间，一切都会发生的。可是，我不会白白跟你交往一场，而是应该跟你订立一个契约。你听着：我是博登湖上的雾中精灵。你还记得在家乡时每天晚上听到的教堂钟声吗？你们的钟声让我头晕目眩。你如果答应把那口大钟永远地沉降在博登湖中，那么，我可以帮助你，让你赶在天亮前回到家中。”

“愿意，”骑士回答，“我答应你提出的条件，而且不会食言。”

这时，雾中精灵招呼他的一名仆人来到面前，问他：“你跑动时速度有多快？”

“快如箭！”

“呵，太慢了。”雾中精灵说着，他又唤来第二名仆人，问道：

“你的速度有多快？”

“快如风！”

“还是太慢，”雾中精灵说着，又唤来了第三个仆人问道，“你的速度有多快？”

“如同人的思想，想多快就多快。”

雾中精灵听到回答，满意地点了点头，立刻命令他把博登骑士送往博登湖。当博登骑士如同梦中醒来时，他看到自己正好站在距离他的城堡不远的大道上。

拂晓之际，博登湖闪烁着清晨的光芒，旁边的菩提曼山高耸入云，直指蓝天。教堂里的钟声洪亮，招呼周围的村民前去礼拜。骑士立刻上路。可是，从旁走过的人谁也不认识他。他被当作礼拜的客人引到宴会大厅的荣誉席上，新娘亲手给他送上一杯饮料。

博登骑士双手接过饮料，然后趁新娘不注意的时候摘下戴在手上的戒指，把戒指放进饮料杯中。骑士恭恭敬敬地把杯子送给新娘。新娘看到杯底有枚闪闪发光的戒指，从杯底取出戒指，顿时认出了面前站着的人正是她以为已经死去的丈夫。

欢乐的庆祝开始了，雄伟的城堡沉浸在笑声之中。

后来，骑士不忘旧约，完成向雾中精灵答应过的承诺，那已经是故事以后的事情了。

卡尔埃克的姑娘

从前，在宇白林根湖旁的山上有一座城堡。这里山势陡峭，城堡取名为卡尔埃克。城堡里生活着一位骑士和他的女儿福尔图娜。湖的对面耸立着哈尔腾城堡。

年轻的哈尔腾堡骑士爱上了漂亮的姑娘福尔图娜。如果不是卡尔埃克城堡主人从中作梗，哈尔腾堡主人和福尔图娜真是一对幸福美满的夫妻，那是上帝和世界应该为他们带来的欢乐。

卡尔埃克城堡的主人对年轻的哈尔腾堡骑士十分恼火，他坚决地断绝了女儿跟哈尔腾堡骑士的一切来往。可是，他没有想到，真正的爱情始终都会让两颗互相渴望的心找到在一起的通道和途径。

每天晚上，姑娘福尔图娜独守闺房时，她便点上一支蜡烛，把蜡烛搁在窗台上。哈尔腾堡骑士见到烛光立刻下水，游很长的距离。他穿过湖面，来到心爱的姑娘身边，跟姑娘幽会。摇曳的烛光为他照亮了爱情的通道。

凌晨之际，拂晓的朦胧让游泳的骑士劈波斩浪，赶回他的城堡。

有一回，哈尔腾堡年轻人在湖中央遇到了一场风暴。年轻人奋力搏击，可是波浪滔天，席卷一切，最后把他吞没湖下，让他成了湖中冤魂。等到风平浪静、湖水终于交出它的牺牲物时，卡尔埃克的姑娘哭得死去活来。

后来，她感到世上再也没有任何羁绊了，于是戴上面纱，走进修道院，成了修女。

狮子口中的孩子

莱茵河边的宇白林根是一座美丽的城市。从前，城里有一幢古老的房子，房子歪歪斜斜的，一点儿没有特别之处。可是，它却让人们津津乐道，难以忘怀。这里的原因不是别的，是因为房子的门上塑有一个石质的狮子脑袋，狮子口中还有一个孩子。其实，这幢房子早就倒塌、消失不见了。可是，那个故事却流传于世，脍炙人口。

据说那时候，房子里住着一个善良的妈妈和她唯一的儿子。孩子还在襁褓之中时，妈妈就视他为心肝宝贝。

一天清晨，妈妈刚起床，一面梳理头发，一面拉开门栓，突然看到门外有一头狮子，正往家中走来。她的孩子还在摇篮里睡觉。狮子进了大门，径直朝着摇篮走过去，它张开血盆大口，用牙齿叼起孩子，然后转过身子走了。

妈妈看到这里，只觉得浑身冰凉，差点儿晕倒在地。可是，她猛地清醒过来，于是披散着头发，挥舞着梳子，勇敢地朝狮子追了上去。后来，这位妈妈连自己都不知道从哪里获得了这般勇气，从可怕的狮子口中把孩子夺了下来，抱回家中。

孩子丝毫无损，等到被放进摇篮时，他口中还咿呀一会儿。接着，他又睡着了，如同什么也没有发生的一样。

为了纪念这次神奇的救援，妈妈请人在房子的门上雕刻了一个狮子脑袋的石像，狮子口中叼着襁褓里的婴儿。

玛埃瑙岛

辽阔而又浩瀚的博登湖被当地人称作斯瓦本海。在斯瓦本海的中央有一座可爱的玛埃瑙小岛。几百年来，它的名字始终跟主人波特曼先生密切相连。

相传在公元十三世纪时，玛埃瑙岛转归德意志骑士团。关于那回属地转移，它竟然在历史上留下一则美丽的传说。

从前，这座漂亮的岛屿归属于两个善良的女人。后来，其中一位漂亮的姑娘获得岛屿的遗产权。许多年轻人闻讯赶来，纷纷向姑娘求婚，希望娶她为妻。姑娘有了心仪之人。她挑选的是年轻漂亮的容克朗厄斯塔因。

每天傍晚，当太阳刚刚落进湖面进入波涛之际，年轻的姑娘便悄悄地来到湖边，侧耳倾听渐近暮色的潮讯。不一会儿，水面上传来摇橹的声音。接着，从岸边的船上走出一位风流倜傥的少年，他羞涩地站在姑娘面前问候她。两个年轻人亲密地依偎在一起。他们打量着眼前的黄昏暮色，憧憬着幸福的未来。

一天晚上，年轻的容克心急慌忙而又神情沮丧地来到姑娘面前，心事重重地向姑娘报告了一个悲伤的消息，说他的父亲向上帝和皇帝立下誓言，决定投身于十字军东征的战争。可是，父亲患有痛风病，不能亲自上前线，只得把这项任务转交给他的儿子，由他的儿子前去完成。

姑娘听了这个消息，不由得泪水直流，心里着急得不知如何为好。

年轻的容克安慰她，说道："呵，你要相信我，相信我亲自为之祭供的神仙。我会回来的。我相信，我们的将来会很幸福。"年轻的十字军战士说完，瞪着一双明亮的目光，看着悲悲戚戚的姑娘。

*　　*　　*

从此以后，每天晚上，当太阳落入湖面时，姑娘便准时来到岸滩旁。她带着热切的愿望，眺望着雾色茫茫的远方。

春去夏来，候鸟又开始往南方迁移。姑娘拜托飞向远方的鸟儿带上她的愿望和祝福。冬天随着纷飞的雪花笼罩着湖面。姑娘坐在窗后，朝着夜空投去一瞥希望的目光。她的面色跟雪花一样苍白。

许多征战的武士从东方回来了，他们对姑娘说，朗厄斯塔因先生被关在土耳其，他在一个偏远的宫殿里为一位帕夏老爷当奴仆，受尽苦难。

高尚而又坚强的姑娘忍受着心灵的打击，整日里以泪洗面，苦度光阴。

她很少说话，不停地向上帝祈祷。

*　　*　　*

却说在遥远的东方国度里，有一位年轻的英雄坐在高墙背后。他被折磨得骨瘦如柴，生活艰难。他不断地向上帝祷告，有时候甚至发出痛苦的呻吟。他在心里时时刻刻地思念着未婚妻，命运把可怜的自己从她的身旁赶走。

帕夏老爷把自己的爱女许配给这位碧眼金发的法兰克人。帕夏的女儿姿色出众，显现着东方姑娘的秀丽。她扑扇着一双热烈的黑眼睛，盯着站在自己面前的异国囚徒。

囚徒从她面前不声不响地走了过去，没有搭理那双怀着渴望的目光。

这天夜里，朗厄斯塔因做了一个非同寻常的梦。他梦见天使出现在他的床前，还听到天使对他的说话声："对我发誓吧，我可以让你重新回到家乡！"

骑士猛地从床上跳下来，轻轻地说道："呵，这是神仙的召唤！"被囚困的骑士思绪万千。他顿时拜伏在地，虔诚地立下神圣的誓言，如果能够让他再度见到日思夜想的未婚妻，他愿意从此皈依。

突然，他的眼前出现了剧烈的地动山摇，地震震塌了牢房的大门，把囚犯从牢房中推了出去。朗厄斯塔因神奇地获得了解放。他急急忙忙地来到海滩旁，看到一条正要驶往威尼斯的大船。骑士猛地一步，纵身跃上大船。

大船慢慢驶近他的家乡，骑士的心里如同油煎一般。他想起帕夏老爷，想起美丽的东方姑娘。

这时，天空中狂风大作，神仙又在他的耳旁响起了提示的声音："驶向岛屿的大船将被飓风裹胁着，面临沉船之祸，它会让归心似箭的人遭到灭顶之灾。"

骑士连忙对着苍天起誓，把曾经作过的誓言重复一遍。

海面上顿时风平浪静，大船靠上岸边。不过，眼前并不是骑士的家乡，而是邻近的地方，那是德国十字军团的驻地。

姑娘终于听说未婚夫要回来的消息，而且听说他已跟一位东方姑娘结婚了，便随即下定决心，把玛埃瑙岛赠送给德国军团，可是提了个条件，必须让骑士朗厄斯塔因担任最高军团的司令。

德国军团立刻答应照办。

于是，高贵的姑娘离开了博登湖上祖居的岛屿，她独自一人走进一家修道院。这个修道院究竟位于博登湖的哪个方向，没有人能够说得清楚。

可是，关于胡克·冯·朗厄斯塔因骑士却留下许多传说。据地方志记载，他是德国十字军团中出色的司令，主管玛埃瑙岛。

此外，他还是一位受到上帝青睐的歌手，相传他写过一首关于烈女玛尔娣娜的长诗。直到今天，人们还可以找到这首古老的诗歌，而且还是朗厄斯塔因的手迹，古朴大方，让人难忘他当年的苦难。

提前一个小时

从前，巴塞尔城遭遇敌人围困。巴塞尔面临着巨大的危险，尤其在城里还有一群心怀叵测的人，他们跟围困的敌人里应外合，图谋不轨。这是一群毫无忠诚可言的人，他们甚至希望跟外面的敌人一起占领并且控制城市。

那是一个伸手不见五指的夜晚。城里城外的敌人已经商量停当，他们决定在半夜十二点钟声响起时一起行动。防卫的士兵们全然不知城里有这么重大的变故。他们以为城市稳固，万无一失，没有想到敌人已经悄悄逼近城墙，准备进攻了。

半夜时分，巴塞尔城面临厄运。这时，守卫塔楼的士兵突然发现动静。他看到里外夹攻的行动，顿时明白敌人的企图。可是，他想把消息告诉城防司令已经来不及了。守卫塔楼的士兵急中生智，连忙把塔楼上大钟的指针往前拨动一个小时。

沉闷的钟声响起来了，清清楚楚地报到现在是深夜一点钟。城里的叛贼和城外的敌人全都竖起耳朵听得清清楚楚。他们感到后悔莫及，因为他们错过了里应外合的时机，现在已经一点钟了。

他们耽误了大事。敌人和叛贼们陷入一片混乱，他们不知道这回该怎么办。

守卫塔楼的士兵不敢懈怠。他立刻赶到城防司令面前，把严峻的形势报告清楚。城防司令当即命令吹起号角，拉响警报，对敌人发起反击。围困城市的敌人看到自己面临灭亡的威胁，立刻撤出战斗，逃了回去。

巴塞尔市议会十分明智，为了表彰和永远记住城市大钟的历史功勋，他们让那口大钟始终如守卫塔楼的士兵提前拨动一个小时的局面不变。拥有如此重大价值的时差一直保留到 1789 年。

传说当地人把时间提前一个小时的习惯一直维持了一百多年。

蔡林根的起源

蔡林根山谷蜿蜒曲折。山谷里树木丛生，一直长到山顶。高大的树木直指蓝天，山谷多么美丽、宁静。这座山峰名叫马首。

从前，山谷里住着一位年轻的炭夫。他不仅是个壮实的小伙子，还是个能干、正直的人。年轻的炭夫对自己的手艺感到心满意足。父母亲还能助他一臂之力，因此，他们的收入颇丰，生活平静。

有一回，父亲让他去城里看一场演武比赛。看完以后，小伙子心潮澎湃，对英武的骑士敬慕不已。父母去世以后，炭夫用不着守在家里了，于是，他渐渐产生远走他乡的念头，希望找个高尚的骑士，给他当个仆人。

一天，当炭夫想把自己的愿望付诸行动时，只见迎面走来一位年迈的隐士。隐士开口道："我知道你在想什么。可是，请你相信我，实现你诸般愿望的途径就在这座树林里，在你迄今为止的手艺活中。当然，你应该找个更好的烧炭的地方。来吧，跟着我，我可以给你找到一个合适的地方。"

年轻人听了隐士的话，十分惊讶，便跟着他一起往前。隐士把他领到树林深处，那里有一座山丘。

"就在这里，"老人说道，"继续烧你的木炭吧！"隐士说完消失不见了，年轻人都没来得及再向他提问。

"随着时间的推移，"炭夫不由得琢磨起来，"老人的话自然就会灵验的。我只要按他的劝告行事，那是不会有差错的。"

于是，他开始努力地砍伐粗大的树木，然后建造一座炭窑。接着，他用结实的黏土盖住窑顶，点火烧炭。后来，当他烧完炭，开始移动顶端盖板的时候，他从窑内不仅取出了木炭，还有大块大块的黄金。那是因为通过烈火燃烧，把石块锻烧成了黄金。

年轻的炭夫把他的宝物悄悄地藏在附近的岩石缝隙里。接着，他又开始建立第二座炭窑，这回又烧出许多的黄金。他依此照办，一连造了许多的窑，烧出了大量的黄金。炭夫成为拥有巨大财富的年轻人。

黄金多了，该怎么办呢？

年轻的炭夫思绪万千，有时候，他在床上辗转反侧，心里充满忧虑。有一回，他在床上翻来覆去无法入睡时，突然听到有人在外面轻轻地敲门。炭夫从床上站起来，怀疑地听着，外面的敲门声越来越重。

呵，他没有听错。

年轻的炭夫大胆地打开大门。借着微弱的月光，他看到门前站着一个男子，请求进门。炭夫对深夜前来的不速之客感到十分奇怪，周围一片荒凉，怎么会有徒步过来的人呢？因此，他十分迟疑，不想收留这位陌生的客人。

可是，陌生的客人再三申明，说自己是个遭受迫害的不幸之人，他只有藏匿起来，才能获得拯救，逃过一劫。年轻的炭夫见他说得可怜，便不再犹豫，答应让他进门，接待了他。

炭夫的茅舍位于偏僻的地方，这对寻求庇护的人说来是个极佳之处，那是个让迫害他的人很难找到的地方。陌生人很快看出炭夫是个诚实而又可靠的人，于是放心大胆地居住下来。

一天早晨，陌生人起床以后对炭夫说道：“我可以毫无顾虑地告诉你一切。你不会出卖我的，是个可靠的朋友，会给我带来很大的帮助。这里的树木生长茂密，我辨别不清任何方向，也无法走出大树林。因此，我需要一个信得过的向导，领我寻找我的人马。可是，年轻人，你知道我是谁吗？我是你们的皇帝，目前是个不幸的人。我遭遇强敌迫境，被他们打得溃不成军，落荒而逃。我的部队和财物全都付之东流，我只得独自逃到深山密林里，躲藏起来，悲叹自己的命运。现在，我希望你提供最后一回服务，请你把我从神秘的林中送到我的队伍手上，他们正在外面等待着我。我曾经无比强大，现在却无法报答你的服务，真是惭愧。”

炭夫听了此话，惊骇无比，不由得热泪盈眶，伏地跪在皇帝的脚下。然后，他站起来扶着高贵客人的右手，说道：“呵，我现在终于明白上天的安排了，他以如何神奇的方式让我在这座山谷里得到巨大的财富。当然，这笔财富的价值就在于能够为高贵的君王服务。”

接着，他把皇帝领到茅舍的一侧，那是藏匿黄金的地方，他说道：“你瞧，我从山石里获得了多少财富。这些全都送给你，算是我的礼物吧。我只要跟随你，当你的随从，至于其他的一切，我别无所求。我愿意为你的正义事业助自己的一臂之力。”

皇帝听到这些话十分感动，心里充满了新的希望。两个人趁着暮色，带着大宗的财富，离开了茅舍小房。皇帝用黄金组建了一支强大的军队。后来，经过几回激烈的战斗，失势的皇帝终于打败了敌人的进攻。

炭夫始终跟着皇帝。皇帝感谢他的忠诚，封他为骑士，给他送上一个名字，叫蔡林根，并且吩咐在那座密林深处的山谷里为他建造一座城堡，供他和他的后人生活居住。

那就是名闻遐迩的蔡林根城堡。

圣女奥狄莱

从前，埃尔萨斯地区的公爵阿铁西举办了隆重的婚礼，他娶的妻子又漂亮又贤慧。夫妻恩爱，情深如海。公爵也非常希望能够有子女，享受做父亲的快乐。于是，他常常趁着夜深之际向着天空祈祷，盼望获得婚姻的结晶。

可是，他的心愿似乎难以实现。

一天，他又开始无比虔诚地祈祷，而且承诺，如果上帝满足他的愿望，给他赐送孩子，他愿意让孩子一辈子为上帝服务。

他的祷告终于被上帝听取了。公爵夫人不久见喜，怀上身孕。十月怀胎，一朝分娩。公爵夫人成了慈祥的母亲，生下一个无比可爱的女儿，洗礼时起名叫奥狄莱。

可是，父亲在欢欣之余脸上仍然堆砌着愁容。这位姑娘啊，多么像上天为了监督公爵立下的誓言是否有诚意，而留有余地。姑娘双目失明，是个盲人。盲姑娘长大出落成一位虔诚的花季少女，她对上帝充满着爱戴，在上帝创造的广阔天地里茁壮成长。

姑娘看不见眼前的一切，因此对世界和大自然只是凭着不完全的想象，描绘出自己的图案。她听到人们详细描述周围的一切，心里感到十分悲伤。有时候，她觉得分外烦闷，便开始虔诚地祈祷，希望为自己寻得心灵的安慰。姑娘怀着孩童般的天真和热忱，不断地向万能的上帝祈祷，说愿自己能张开双眼，看看眼前的世界，享受到大自然真正的阳光雨露。

没有想到，姑娘的心愿真的实现了。真是喜从天降，上天给姑娘创造了奇迹。姑娘成了明眼人，能够看清周围的一切。父母看到在女儿身上发生了不可思议的奇迹，真是说不出的高兴，心里充满对上帝的敬畏和爱戴。

可是，天下永远有许多人生活在一种糊涂的思想之中。他们曾经立下了誓言，但后来又想逃避承诺，不愿意身体力行地兑现。

姑娘奥狄莱自从恢复视力以来，显示了巨大的魅力，前来求婚的人络绎不绝。父亲看到年轻人成群结队地进出宫殿，心里感到十分遗憾，因为女儿已经决心要奉侯上帝一辈子，不能涉及婚姻大事。但是，父亲阿铁西却开始动摇了。有时候，他暗暗希望能更改当年的誓言，常常犹豫不决。

却说当年的伯爵阿特尔哈特是一位杰出的骑士，他为阿铁西服务，建立了巨大的功勋。骑士愿意向姑娘奥狄莱求婚，希望娶她为妻。公爵看到时机成熟，便不再坚持当年的誓言，答应了伯爵骑士的心愿。

虔诚的姑娘听到消息时，不由得大吃一惊，她不能涉及人间的婚姻。姑娘希望能够追随自己的心愿和父亲当年的决定，让她立刻住进修道院。于是，她对父亲的决定表示强烈的反对，觉得这是亵渎神灵，有违天意。

姑娘竭力劝说父亲，请求父亲收回成命。可是，一切都是徒劳，她看到万事已经准备就绪，马上就要迫使她登上婚姻的殿堂。于是，她悄悄地逃出城堡，藏身在附近的树林里，宁愿艰难度日。可是，父亲很快就知道了女儿藏身的地方。他率领一群打猎的伙计，准备带回女儿。

姑娘躲在树林里，十分警惕。她突然听到附近人声嘈杂，知道寻找自己的人就在眼前，便立刻转过身，如同一只被追赶的小鹿，慌乱地朝着无路可遁的树林深处逃去。

突然，她看到前面是一座陡峭的悬崖，父亲和他的仆人们随着姑娘的脚印跟踪而至。眼看走投无路，姑娘便双膝跪地，呼唤上帝救救自己。

呵，瞧吧！眼前的悬崖峭壁突然裂开一道口子，接纳了被追赶的姑娘。等到姑娘进入岩壁之后，石缝如同大门一样，吱的一声关上了。追踪而来的人看到眼前这幕感到又惊又怕，尤其是公爵，他对自己的罪孽行为感到无比的痛心。

正当父亲无可奈何地看着岩壁时，石头背后传来了姑娘的喊叫声。“我的父亲，你如果想要见到我，那么就该忠诚地履行誓言。倘若你一意孤行，坚持要把我嫁出去，那么，你就会永远失去我。”

阿铁西终于明白，他的女儿属于上帝，那是不可逆转的。于是，他发誓放弃自己的想法，不再强迫女儿。他的誓言刚刚立下，只见女儿从石缝后面走了出来。

后来，为了纪念这段神奇的经历，忏悔自己的罪孽，公爵命人在女儿躲进山洞的地方建造一座修道院，让女儿奥狄莱当上修道院的首位修女。几年以后，他女儿还当上了修道院的院长。

奥狄莱死后由罗马教皇亲自追封为圣人。

谎　田

优雅舒适的堂城对喜欢古老传说的读者来说真是具有双重的价值。堂城有一座著名的教堂塔楼，比塔楼更加出名的是位于附近的一块谎田。

这里的教堂塔楼建造在大旱之年。那是一次巨大的灾荒，天气炎热，滴雨不下。人和牲口全都干渴得伸出了舌头，不过，大旱之年却给种植葡萄的农民带来了福音。等到秋天收获葡萄时，农民家中的小盆大桶全都装满了，他们还愁着没有更多堆放的地方。

后来，城里决定建造教堂塔楼，仆人们找不到清水搅拌砂浆，便用葡萄酒代替，搅得砂浆上方雾气腾腾，空气中弥漫着一股诱人的酒香。使用甜蜜的葡萄酒不仅让塔楼无比结实、牢固，而且，直到今天，每当葡萄开花时，塔楼的墙基上都会冒出馋人的葡萄酒香，让看到和嗅闻到香味的人心旷神怡，难以忘怀。

可是，谎田的故事不仅紧张、动人，也有点儿骇人听闻，让人感到害怕和恐惧。那是一片不可思议的荒漠野地，土壤贫瘠，人迹罕至。如果没有特殊的原因，人们是不愿意踏上这片土地的。

这片声名狼藉的田地，多像被大自然亲自裁定而让它成为了死亡之乡。这里没有生命，放眼看到的地方没有一株鲜绿的草茎和嫩芽。黑黑的沼泽地上唯一不断变换颜色的便是略显苍白的头盖骨，它们遍地都是，如同不吉利的秧苗。

却说当时有个徒步旅行的人，他由于赶路匆忙，错过住宿之地，结果踏上这片广袤的大地。当不远的城里传来子夜十二点的钟声时，孤独的行路人突然听到自己脚下传来奇怪的索索声，接着又是兵器撞击的铿锵声和双方抡枪举棒的厮杀声。

行人顿时吓得惊慌失措。这时，他的眼前又出现一位全身披挂盔甲的武士身影，只见他气势逼人，而且声色俱厉地开口说道："呵，你个不幸的人，在这里寻找什么呀？你怎么如此大胆，竟敢踏上这片土地？几百年以来，这是一片遭遇诅咒的不毛之地，是可怕的死亡所在。你如果是个陌生人，那么请明白，这片土地原先属于虔诚的洛特维希。他率领军队跟敌人展开激烈的战斗。洛特维希多么希望取得那场战斗的胜利。可是，他的对手，他的几个儿子，暗地里背叛他，动用大量的钱财贿赂他的部下。

“战斗开始时，虔诚的洛特维希对他的部下充满着信任和希望。然而，他却经历了惨痛的变故，头上的王冠终于被自己人摘下，还给他加上镣铐，把他送到敌人的帐下。

“年迈的洛特维希绝望地抬起头来，仰望天空，他痛心疾首地呼唤：‘啊，人间世上再也不能指望忠诚了，武士们全都背叛了我。请诅咒他们和这片土地吧，他们全都成为这场背叛的见证人，我要永远诅咒他们。’

“洛特维希的诅咒十分灵验。他脚下的黑土地上堆积起无数的坟墓，他们都是洛特维希的部下。他的儿子们的背叛使洛特维希失去了平静和幸福。

“从此以后，这片受到国王诅咒的土地就被称做谎田。”

幽灵武士说完，便使劲跺了跺脚。大地立刻给他开了一道口子，让他倏忽一声钻了下去。陌生的行人吓得转身就逃。第二天，他开始到处讲述昨天夜里旷野中发生的怪事。

墙上的女人脚

从前，在美丽的神话故事里生活着许多仙女。她们在山林沼泽地里来去自如，跟周围的邻居友好交往，十分亲切。

传说当时在斯陶芬山城堡里有一位年轻而富裕的伯爵。这是个和善的人，身材魁梧，是地方上人人称颂的英雄好汉。伯爵喜欢打猎，喜欢翻山越岭、跋山涉水。有时候，他率领大队人马来到路程不远的莱茵河岸。

一天，伯爵在追赶一头雄鹿时奔波得精疲力竭。这时他看到莱茵河岸旁有一棵大树，便借着树荫，躺倒在树下。不一会儿，他开始打鼾，呼呼大睡。等到他一觉醒来时，看到前面草地上坐着一个年轻的姑娘，那是个他从未见到过的绝色美女。

伯爵看到姑娘友好地问候自己，顿时感到十分惊讶。伯爵更惊讶的是自己对姑娘的一见钟情。于是，他连忙询问姑娘的身世，想知道姑娘家住何方。妩媚的姑娘嫣然一笑，说自己是莱茵河的仙女，家住河旁的山地里。

伯爵听到回答，更加奇怪，想解开这个不期而遇的谜。于是，他不断地询问姑娘，直到姑娘答应在第二天的同样时刻还在这棵树下等他，这才让姑娘离开。

从此以后，伯爵每天都跟美丽的仙女相会，心醉神迷。他享受着爱情的无限幸福，再也不想外出狩猎，也不愿外出寻觅往日里百般寻找的欢乐。

美丽的仙女如同运用一根魔术般的情线把他俩的心牢牢地拴在一起，难分难舍。仙女对伯爵提出希望，要求他永远忠诚于爱情，而且保证从今以后不再爱上别的姑娘。接受爱情的仙女则答应为他提供永远的欢乐和长寿。

当然，仙女也警告他说："如果有一天你忘掉了自己的誓言，背弃对我的忠诚，我没有其他办法，只得永远地哭泣，因为我只能恋爱一回，而且只能爱你。你一旦破坏了忠诚，那么，无论你留在城堡，或者到达其他什么地方，永远都会听到我的抱怨和哭泣。虽然你看不到我的身影，可是总能够看到一只脚。这是一种信号，说明你在三天以后将要成为死神的猎物。这是对你破坏誓言的惩罚。"

爱情让伯爵感受到无比的幸福，而且诸事顺遂，一切想做和愿意做的事情都会产生理想的结果。伯爵无论在演武比赛，或者遭遇激烈的战斗，都能取得辉煌的成果，成为战无不胜的人，因为伯爵的背后有着神秘的支持。他的长矛都在恰当的时刻击中对手，呼啸而下的利剑从不落空。

伯爵获得巨大的荣耀，被王国上下人人称颂。多少美丽的姑娘纷纷向他示爱，希望获得他的爱情。伯爵不改初衷，始终保持着对仙女的忠诚。

有一回，大国王来到莱茵河畔，在那里举办盛大的节日，宴请许多高贵的骑士。斯陶芬山的伯爵也在客人之列。

伯爵由于身材高大，行为高尚，武艺高强，很快赢得大家的称赞和景仰，尤其是国王的女儿，对他更是一见倾心，欲罢不能。国王的女儿在心里燃起熊熊的爱情之火。她把自己的心事对父亲披露，表示要嫁给伯爵，当伯爵夫人。否则，她以后再也不会谈婚论嫁，以及有婚姻之念。

国王了解了女儿的心事，希望有机会对伯爵挑明。后来，当伯爵听国王说起这件事的时候，觉得机会虽然难得，但还是对国王说明了他曾经向莱茵仙女立下的忠诚的爱情誓言，因此不能迎娶高贵公主。

国王听说后回答说，跟那般生物结成婚姻，还立下誓言，这些都是不算数的。只要牧师出面，可以退掉仙女，保证伯爵毫无过错，可以让他避免由誓言产生的一切恶果。伯爵见国王作如此解释，他也羡慕国王的显赫权威，于是答应了国王的要求，准备娶公主为妻。

举办婚礼的宴会上，他跟新婚妻子耳鬓厮磨，早把仙女曾经的威胁和警告忘在脑后。可是，瞧吧，正当大家兴高彩烈开怀畅饮的时候，只听到大厅的墙上朝着新婚夫妇传来轰然一声巨响。接着，墙上出现一只美丽小巧的女人脚。女人脚慢慢伸出来，直到膝盖，从墙里墙外，丝毫没有损伤。

与此同时，大家听到从各个热烈庆祝的房间里传来了撕心裂肺的哭诉声，而且经久不息。伯爵眼见这不幸的迹象，吓得面如土色。

“呵，痛心啊，”伯爵大声地呼喊起来，“这是对我违背誓言的惩罚，我命在旦夕，死到临头了。”伯爵顿时疯了，他如同遭受仇人的追逐一般，猛地从酒席上站起身，急急忙忙地冲出大厅，逃了出去。

三天以后，人们在附近的树林里看到他时，他已经死了，是被雷电劈死的。不幸的新娘心痛而又悲伤。从此，她隐居在一座修道院，度过寂寞的一生。

巨人的玩具

从前，在德意志的大地上还居住着许多超自然的生命。例如埃尔萨斯地区就活跃着一个巨大的族第，他们生活在尼特克堡。今天看来，尼特克堡早就崩塌，成为废墟。可是，民间传说却见证了它曾经的强大和繁荣。

相传这群非同寻常的巨人远离住在他们附近的居民，不过跟他们友好相处。他们从来都没有无理的举动，因此也没有人受到他们的伤害。

有一回，城堡主人的女儿外出散步。她离开尼特克堡，如同平常一样，渐渐地走远了。年轻的巨人姑娘穿过茂密的树林，来到一片开阔的平地。那里有庄稼、有草地，绿油油的一片，非常美丽。这时，她看到有个农民正在驾马耕地。

巨人姑娘从来没有见过这样的劳动！她感到十分惊讶，便盯着男人看他如何耕田。姑娘看得高兴时，不由得使劲鼓掌，显示出孩童般的欢乐。姑娘的掌声在崇山峻岭里回响。农民听到声音，不由得吓了一跳，连他的马儿也受惊了。他停下手上的扶犁。

“呵，多么好的玩具啊！”巨人姑娘叫喊起来。

农民还没有明白声音是从哪里来的，这时姑娘已经来到他的面前。她轻轻地抓住农民、马儿和耕犁，如同抓起一把提罗尔地区的木雕一样，然后包包裹裹，塞进自己的围裙。

姑娘兴高采烈地回到城堡，来到父亲面前，说道：“父亲，你瞧，这些都是我捡来的。多么可爱，一个活的玩具。真好玩，胜过任何的布娃娃。那些是用皮张制作的，不能活动的。”姑娘说着，把围裙里的农民、马儿和耕犁掏出来，搁在桌上。

父亲看到这里，神色严肃地对她说道：“呵，我的女儿，你知道你干了什么，带回了什么吗？你从田里把农民带回家来，让他停止了田地劳动。你要明白，他们不惜顶风冒雨，忍受严寒酷暑，给我们送来田地的果实。你还小，不识这些农具，甚至幼稚地把它们称为玩具。可是，没有农具，就没有我们食用的面包。你立刻把农民连同他的马儿和扶犁送回去！你要永远记住，谁对勤劳的农民开了可怜的玩笑，谁在他们面前为所欲为，那么，他会遭受诅咒。”

巨人姑娘听父亲一番教诲，连忙把农民连同他的马儿、耕犁送回原来的地方，让他继续犁地种田。从此以后，巨人姑娘学会了爱护农民和尊重农民的劳动。

教堂钟

斯特拉斯堡大教堂远近闻名。在它刚刚建造完毕时，当时的市议会便决定在教堂的塔楼上挂一口大钟。他们在民间四处寻找工匠，最后终于找到一位。工匠答应帮助铸造一口天下无双的大钟，高贵的市议会议员们满心欢喜，工匠开始了他的艺术劳动。

过了好几个月，工匠终于成功地造出一口举世闻名的大钟。那是世人从来没有见过的艺术珍品。它不仅显示了月份和日期，钟上甚至还挂着一个地球仪。人们借助地球仪可以看到日出和日落，看到太阳、月亮和星辰活动的轨迹。

一到准点时，钟箱里会钻出一位死神。他举起锤子，敲得钟声传遍四面八方。等到表示一刻或者半个小时时，钟箱里又会钻出另外一个形象，如救世主的模样，算是对死神作了回答。

斯特拉斯堡教堂的神钟铸造成功了。可是，骄傲的市议会议员们却犯下一桩不可饶恕的罪行。他们为斯特拉斯堡独家拥有这件神奇的作品感到骄傲。不过，他们也害怕高明的工匠会给其他城市制造出同样的奇迹。于是，他们借口市民们在窃窃私语这样的工艺品只有获得魔鬼的帮助才能完成，便把制钟匠送上法庭，说他跟魔鬼私下往来，然后把他单独扣押起来，关入牢房。不仅如此，市议会还无情地判处他有罪，决定抠去他的双眼，让他从此失明，成为盲人。

不幸的工匠无可奈何，只得默默承受残酷的命运。可是，他在法庭尚未执行处罚前要求再去完善一下大钟，让以后没有人能够模仿。

聪明的市议会议员们听了，正中下怀。他们希望这口钟更加完美，更加理想，便把工匠送上了教堂的塔楼。工匠忙忙碌碌，又锉又刨，在这里装一点，又在那里去一点，最后把神钟挂在塔楼上。

完工后，市议会立刻执行处罚，让工匠从此双目失明，成了盲人。

这里的处罚刚刚结束，教堂传来了可怕的消息，神钟已经停摆，里面不见任何动静。工匠亲手破坏了他的神奇工艺品。他在接受惩罚前曾经大声呼号，说这回应该彻底结束大钟的游戏，让它从此销声匿迹。他的抗议成为事实。

直到今天为止，这口大钟还在斯特拉斯堡的教堂塔楼上。可是，任何人都无法让它起死回生。任何人都无法让它重新走动，哪怕小小的半步也不行。

湖中三姑娘

从前，在埃普芬小溪旁有个村庄。老人们都还记得，每当夜幕降临大地时，就有三个穿着白色裙子的姑娘走进村里的纺纱室。她们都是绝顶漂亮的姑娘。姑娘们歌声不绝，可以玩很多种游戏。而且，她们的衣衫和纺槌都是特殊的，纺出的纱又细又匀。别的姑娘都对她们望尘莫及，无法跟她们相提并论。

深夜，当教堂里传来十一点的钟声时，三个姑娘便起身收拾她们的衣衫，然后消失。没有人知道她们从哪里来到哪里去。人们只是把她们叫做湖中三姑娘，或者称她们为湖上姐妹。

小伙子们都很想看到她们，而且悄悄地爱上了这三个漂亮的姑娘。尤其是村长的儿子，他对姑娘们更是朝思暮想，难以忘怀。村长的儿子听姑娘们的歌儿听不够，跟她们说话说不够，偷眼瞧她们也瞧不够。他觉得姑娘们每天晚上那么早就要离开，心中实在不忍不舍。

一天，小伙子突发奇想，他把村里的大钟往后拨了一个小时。多少人跟姑娘们坐在一起，他们谈笑风生，没有发觉时间已经往后推迟了。等到时钟敲响十一点时其实已经十二点了，只见三个姑娘站起来，收拾衣服，然后轻提裙摆，缓缓地退了出去。

第二天清晨，有人经过村旁的小溪。只听到从河水传来呜呜咽咽的啼哭声，而且看到湖面上还残留着三处鲜红的血迹。从此以后，姑娘们再也没有来过村里的纺纱间。村长的儿子日夜思念，最后成疾而死。

卡尔之梦

从前，巴登的伯爵征战归来，他因建功立业而名声大振。

伯爵在心里寻思着，他长期在外，浴血奋战，好不容易才取得辉煌的战果，这回应该跟部下一起享受生活，欢度时光了。他希望首先扩建他的都城杜尔拉赫，庆祝武士们凯旋。可是，城里的居民对此没有兴趣。他们目光短浅，思想固执。他们对伯爵的宏图大略不理不睬，结果工程搁浅，无法进行。

一天，伯爵感到心头烦闷，便率领仆人前往哈尔特树林打猎。伯爵看到一头野鹿，于是从后面紧追上去。他追了很长时间，结果没有捕获到野鹿，却把仆人们跟丢了。伯爵累得精疲力竭，迷失了方向，不知脚下究竟是何地方。

伯爵无可奈何，他看到前面有一棵高大的栎树，便凑近树根，躺下休息。不一会儿，他便呼呼大睡，还做了个奇怪的梦。

他看到头顶的树冠间有一顶用名贵宝石镶嵌起来的王冠，上面书写着闪闪发光的文字：“献给高贵的主人。”他的前后左右如同经历着魔力一般出现了一座华丽的城市，塔楼高耸，宫殿巍峨，十分显赫，分明是天赐的君王所在。

伯爵还在惊讶不已时，眼前的美景顿时消失不见了。伯爵从梦中醒来，看到身旁站着一起前来狩猎的三个仆人。原来他们看到主人不见了，便一路寻找过来，终于把他找到了。

卡尔告诉他们："我在这里做了个离奇的梦，梦中见到一座巨大的城市，豪华、美丽。对，我应该在这里建造一座城市。至于头顶的王冠，它应该为我指明城市的位置和方向。你们瞧，我在这棵大树旁休息酣睡，它应该就是我将来的陵寝所在地。"

卡尔斯鲁厄应该感谢卡尔的美梦，它从此成为莱茵河畔的一座历史名城，因为伯爵把他的心愿付诸行动，于是建成了卡尔斯鲁厄。

其实，从文字上看，卡尔斯鲁厄就是"卡尔陵寝"的意思。

钟

从前，在德国登上过皇帝宝座的人还真的不少。可是，既当上皇帝，又经历了悲惨命运，而且还必须忍受巨大屈辱的皇帝可能要数亨利希四世了。

他的确是个不幸的皇帝。说起来，这位皇帝的命运实在难以忍受。可是，其中极大部分的过失应该归他自己。当然，还有些责任应该由他的导师，即教导他的人承担。这位皇帝从小气性不好，容易走上歧途。而且，他的脾气暴躁，极不稳定。于是，一些社会的公序良俗，例如善良、宽容、坚定、严于律己，乐善好施，等等，对他说来全都不屑一顾。他做的一切，给他的国家和他本人带来巨大的伤害和损失。

这是个为所欲为的皇帝。

却说在卡诺萨有个专门用来诽谤和蔑视皇帝亨利希的展览馆，对他表示声讨、嘲笑和唾骂。他的仇人教皇希尔特勃兰特公然表示跟他势不两立，还有许多侯爵也不愿意跟他和解。他们只希望看到皇帝遭受贬抑。

亨利希有与自己不共戴天的敌人。而且，他的几个儿子都成了他的仇人和敌人。就说大儿子孔拉德在佛罗伦萨死了以后，亨利希的二儿子便致力于废黜父亲的事业，而且不惜抛弃一切作为儿女的义务和责任。他用尽了阴谋诡计，希望实现自己的目的。亨利希皇帝的二儿子获得不少的同盟和支持，迫使他的父亲让他当上皇位的继承人。

亨利希皇帝遭遇众叛亲离之苦，最后被放逐到莱茵河畔的英格尔赫姆，从此失去了当皇帝的地位和权力。皇帝受尽了屈辱，成为一个孤苦伶仃的老人。在他眼前只有唯一的仆人库尔特。

库尔特忠诚地陪同着亨利希四世，前往吕铁西朝拜。后来，曾经辉煌一时的亨利希四世在吕铁西贫病交加而死。没有亲人，没有朋友为他送葬。而且他的尸体被搁置，不能正式入殓、下葬，因为教皇的禁令在他死后仍然有效，他被视为异类。

仆人库尔特守卫着皇帝的尸体。他始终站在主人的棺材旁，为主人祈祷。

当时，德国的不少侯爵，包括亨利四世的儿子看到父亲那样的结局，感到于心不忍，便请求教皇恩准，让他把父亲的遗体运回斯巴埃隆重安葬。教皇批准了。

亨利希四世的遗体从吕铁西运回斯巴埃时，人们看到忠诚的仆人库尔特始终陪随左右，还一起把皇帝送入墓穴。虔诚的仆人尽管缺衣少食，可是，他坚持为已故皇帝守灵、祈祷，耗尽毕生精力。

不久以后，仆人库尔特追随他的主人亨利四世而去。相传他的离世感动天庭，斯巴埃城所有教堂里的大钟全都不敲自鸣，为他鸣哀，如同为皇帝送葬一样。

几年以后，皇帝亨利希五世卧病在床，生命垂危。可是，他曾经那么粗暴地践踏神圣职责，背叛父亲，运用一切手段才登上皇帝宝座。因此，他在弥留之际深受灵魂和良心的谴责，寻找不到任何的安慰。在他眼前始终晃动着已死父亲的身影，如同幽灵一般。等到死神终于让他从难以名状的折磨之中解脱时，没想到城里又出现了奇迹。

呵，听吧，城里的塔楼上突然钟声齐鸣。可是，这里没有任何的悲哀之情，也不是宣告皇帝的去世。那是一种犀利和尖刻的钟声，如同宣布犯人的罪状一样。

听到钟声的人们不由得相互问道，今天是哪一个罪犯被送上处死的刑场？等到民众们听说是皇帝去世的时候，他们顿时感到惊愕，感到害怕。于是，他们连连地画着十字，祈祷死者的灵魂安宁。

狼 井

从前，在海德堡附近的叶登比尔有一片茂密的大树林。那里居住着一个能够预见未来的姑娘，名叫叶登。叶登姑娘长得十分苗条，气质高雅，看上去如同一位仙女。

当时，在法兰克族第里有个诚实的年轻人。他听到关于能预言未来的姑娘消息后，决定前去找她，向她询问自己的命运。

年轻人无所畏惧。可是当他站在年轻的姑娘面前时，如同站在女神面前一样，顿时感到十分气馁。于是，他恭恭敬敬地要求道："高贵的女士，你拥有预见未来的神仙本领，请说说我的未来和命运吧！"

叶登姑娘朝着威武的年轻勇士投去一瞥探询的目光。突然，她感到在自己的心里出现一阵奇异的变化。

"呵，等到明天太阳下山的时候，你再过来。我在这段时间里必须请教一下符咒。"

第二天，年轻人在约定的时刻来到圣林。他看到能预言的仙女沉思般地坐在那里，满面忧伤。

"符咒说了些什么呀？"年轻人问道。

姑娘摇了摇头，叹息一声。"我还不完全清楚，"姑娘披散着一头鬈发说道，"可是，我担心我们的命运之星将会碰撞在一起。"

"那是我的幸福。"年轻人不由得大声喊叫起来，一面跪倒在她的脚前，握着她的手，往她的手心里印上密密麻麻的热吻。

"你愿意把自己的命运和我的命运连接在一起吗？"姑娘问道。

年轻人立刻当着众位神仙之面立下庄严的誓言。

"可是，我们的幸福必须避开众人的耳目。"姑娘说道，然后告诉他，让他在夜晚时分前往某个水井之地幽会。那个水井就是现在被称做狼井的地方。

年轻人好不容易才等到夜幕降临，他匆匆地赶到水井旁，不料在眼前看到的是一幅惨绝人寰的可怕画面。预言未来的姑娘躺倒在地，已经死了。在她的尸体上方站着一只饿狼，正在撕咬姑娘的柔嫩肢体。

月光轻泻，照亮了人间悲剧。

年轻人立刻拔出利剑，朝着恶狼扑了过去。老狼还没有来得及蹦跳，就被利剑劈下脑袋，倒在了地上。

后来，预言未来的姑娘就被安葬在水井旁。从此以后，海德堡的那口水井就被称做狼井。

正直的牧人

1618 年至 1648 年，在欧洲历史上被称为三十年战争时期。欧洲人打得天昏地暗，全都杀红了眼。

那时候，有一支来自于西班牙的军队。他们的首领希望占领莱茵河畔的王国，于是率领军队来到欧格斯赫姆。城市的居民见大兵压境，个个害怕，于是带上金银细软，匆匆忙忙地逃离家乡，流浪在外。

可是，有个人却勇敢地留了下来。他是个牧人，名叫汉斯·瓦尔希。因为他的妻子刚刚生完孩子，而且还在病中。汉斯不忍弃家离舍，更不愿抛下妻儿，所以坚决留在了家乡。等到西班牙人出现在欧格斯赫姆城门外时，勇敢的汉斯如同战时的风俗一样，立刻关上城门，自己站在瞭望台上。他听到敌人一面吹起喇叭，一面大声呐喊，要求交出城市。

汉斯回答，如果敌方的首领答应保护居民们的生命和财产安全，那么，他可以打开城门，让他们进来。否则，他们宁可战死，也不会开门投降的。

西班牙的首领答应汉斯提出的条件，而且发誓愿意遵守自己的诺言。汉斯见他立下誓言，便打开城门。西班牙的武士们进入了欧格斯赫姆。可是，他们看到城里空空如也，大街小巷上连个人影都没有。更加让他们感到不可思议的竟然是欧格斯赫姆城里只剩下一个女人和一个婴儿。他们躺在简陋的茅草房内，无法动弹。

汉斯被带到西班牙的首领面前，回答首领的种种疑问。汉斯解释道，城里的居民全都逃出去了，他因为妻子刚刚分娩，无法离开，所以选择留下。

呵，多么宝贵的勇气，多么爱惜和牵挂自己妻子和孩子的男人。西班牙首领听罢连连点头，夸奖忠诚的牧人汉斯·瓦尔希。后来，当汉斯抱着孩子去教堂洗礼时，西班牙首领看到城里实在找不出人，便自告奋勇当了孩子的教父。

西格弗利特

尼伯龙根王国的西格弗利特拥有巨大的财富，他寻思着不久以后应该外出经历新的冒险。

西格弗利特这回想要前往莱茵王国。他听说了许多关于沃尔姆斯城和布尔恭腾王国国王恭特尔的故事，尤其听说国王有个妹妹，是个绝色美女。

西格弗利特感到心动，决定前往。他挑选了十二名英武的骑士，率领着众多的仆人，高高兴兴地一路前往，来到美丽富饶的沃尔姆斯城。

西格弗利特一行骑着高头大马，身穿镶金嵌银的红色衣衫，头戴闪闪发光的银盔，手执银盾，装备精良。居民们看到这般威武的贵宾队列纷纷礼让，觉得惊讶。

国王恭特尔的仆人连忙回到宫殿禀报一切，说尼德兰王国的王子西格弗利特前来问候国王。恭特尔早就听闻西格弗利特的动人事迹，知道他杀过恶龙，这回听说他特地前来，便起身到宫殿门外迎接，把他连同随从人员一起领进骑士大厅。

大厅里聚集着王国的大小官员和客人，还有国王家的老老小小，欢聚一堂。西格弗利特见国王恭特尔和他的两个弟弟盖尔诺特和基塞尔身材高大，相貌堂堂，还有他们的母亲乌塔王后那么慈祥，不由得暗暗称赞。跟随国王的还有一群好勇斗狠的武士，其中有哈根、堂克瓦特、奥尔特文、伏尔克、罗莫尔特、辛道尔特、胡诺尔特。他们身佩利剑，个个都是能征善战的英雄好汉。

国王问起西格弗利特来到莱茵王国有何愿望时，只听西格弗利特解释说，他听说恭特尔国王是位英勇的时代之王，周围聚集着许多英雄好汉，因此，如果能够跟他们为争夺王国和王冠而战，那是多么美好而又让人渴望的事情。

国王恭特尔周围的武士们见他出言不逊，纷纷朝他投去愤怒的目光。要不是国王恭特尔的兄弟盖尔诺特从中斡旋，骑士大厅里早就展开了你死我活的争斗。

盖尔诺特面对陌生王子的能言善辩，为他斟倒甜蜜的葡萄美酒，从而把众人的注意力挡了回去。

后来，西格弗利特又提出愿望，想要结识美丽的克里姆希尔特，国王恭特尔的妹妹。西格弗利特来到餐桌旁，跟国王恭特尔和他的臣仆们开怀畅饮，无比欢乐。

西格弗利特在沃尔姆斯过了整整一年。他每日里跟武士们比试武艺，打斗游戏，而且每回都是胜者，这更使他名声大振。他常常外出打猎，捕捉野熊、公猪，显示出强大的体力，十分了得。

可是，他距离自己的幸福还很遥远，因为他还始终没有见到漂亮的克里姆希尔特。其实，克里姆希尔特早在门帘后面听到西格弗利特的讲话，见到他骑着高头大马穿越宫殿大院或者演示武艺。姑娘对他十分心仪。

一天，萨克森君王劳宇特格和丹麦君王劳宇特伽斯特派特使来到国王恭特尔面前。他们是为送交战书、宣布打仗而来，而且威胁将在十二个星期以后出兵莱茵王国，占领沃尔姆斯城。

国王恭特尔闻听消息，不由得大为惊恐，十分担心，因为他知道对手强大，估计难以抵敌，可能凶多吉少。可是西格弗利特十分平静，他安慰国王，答应由他率领自己的十二名骑士和兵丁出城迎敌，一定能打败城外萨克森人和丹麦人组成的来犯之敌。

使者离开后，国王恭特尔连忙武装部队，一面派伏尔克执掌旌旗，命令把所有官兵集合起来。西格弗利特建议国王留守城内，让其他的英雄好汉悉数出动，前往迎敌。

敌人的先头部队已经抵达城下。两军相遇，发出一片呐喊，厮杀得不可开交。很快，战事就呈现胶着状态，你来我往，不分胜负。

一天，英勇的西格弗利特在郊外巡逻。突然，他看到丹麦国王劳宇特伽斯身穿金甲出没在树林丛中。西格弗利特立刻朝他扑去。两个人打斗在一起，他们想要决个高低。西格弗利特神勇无比，把眼前的北方武士打成重伤，扔在地上。

丹麦的武士们看到主人有难，纷纷赶来救援。西格弗利特全然无惧，把他们打得落花流水，抱头鼠窜。接着，他把丹麦国王捆绑结实，命令仆人把他押解送回沃尔姆斯。经过这回遭遇，西格弗利特又想寻找萨克森国王过招决斗。

有一回，他看到萨克森国王正在他的仆人行列里指手画脚。西格弗利特心中大喜，立刻奋不顾身地朝着敌人猛扑过去，冲到萨克森国王劳宇特格面前。劳宇特格是一位勇猛的武士。他见到西格弗利特时，当即举起利剑，朝着他的心窝刺过去。西格弗利特稍作避让，然后抢前一步，跟萨克森国王打斗在一起。

萨克森国王经过几个回合厮杀，来来往往，知道对手原来是尼伯龙根王国国王西格贝尔特的儿子，于是无心恋战，索性率领五百兵丁归顺了莱茵国王恭特尔。

西格弗利特挥舞在手的利剑名叫巴尔蒙，锐利无比。他把俘虏和伤员押解送往沃尔姆斯。国王恭特尔见西格弗利特取得巨大胜利，高兴万分，对他连连称赞。

战争终于结束了，英雄们昂首阔步回到莱茵王国。沃尔姆斯全城沸腾，人头攒动，他们热烈地迎接西格弗利特和他的武士们凯旋。多少美丽的姑娘竞相给英雄西格弗利特献上桂冠和花环。

可是，克里姆希尔特还是未曾露面。

取得胜利的英雄们在宫殿大厅里欢聚一堂，国王恭特尔不再拒绝西格弗利特的请求，让妹妹克里姆希尔特一同前来。克里姆希尔特进入大厅，真是光彩照人，超群出众。西格弗利特更是神采飞扬，他对姑娘一见钟情，心里燃起了控制不住的爱情火焰。

从此以后，他常常陪同克里姆希尔特，甚至不再思量回家的事了。

这时，他们听到消息，说在极其遥远的北方，冰岛王国里生活着一位女王。女王美丽、端庄，堪称世间无人可比。此外，她还拥有力大无比的体力，摔跤比赛能够把最强壮的男人扔在地上。各王国要员见到这位绝色美女时也感到无比惊讶，纷纷称赞姑娘的气质和魅力。

人们纷纷说，女王答应过，如果有人在角斗时胜过她，她可以把自己的终身托付给他。从此以后，多少年轻人前往追求，有不少人甚至付出了年轻的生命。

国王恭特尔听到消息后，表现出极大的兴趣。他希望前往冰岛王国，愿意跟强大的女王较量一番。王国上下纷纷劝阻，希望他放弃这样的冒险举动。只有西格弗利特答应陪同他一起前往冰岛，而且保证让国王胜利归来。不过，他也向国王恭特尔提出请求，希望事成之后正式娶克里姆希尔特为妻。

国王恭特尔见他如此慷慨相助，心中大喜。于是，他亲自选定哈根、堂克瓦特和西格弗利特一行四众，准备到冰岛比武求婚。

他们作好一切准备，四个人跨上威武雄壮的高头大马，来到停靠在莱茵河边的船上。武士们拉上船篷，径直驶往遥远的岛国。他们昼夜兼程，一路行驶十二天，终于来到渴望已久的海岸。他们在冰岛的首府伊盛山附近上岸，准备前往女王勃劳恩希尔特的宫殿。

却说女王此刻正站在海边宫殿的阳台上，周围站着一群女仆。她们正在眺望大海，看到从海面上来了四个陌生的骑士。国王恭特尔这时也从远处看到了神采奕奕的女王，如同一轮红日映照大地。于是，他迫不及待地希望来到姑娘面前，把她看个仔细，了却自己的一番心愿。

他们来到宫殿门前，请宫殿仆人前去报告。不一会儿，宫内出来几辆华丽的马车，专门接待远道而来的客人。恭特尔一行不仅看到金碧辉煌的宫殿，还见到了姿态万千的美丽女王，他们个个显得无比惊讶。

女王勃劳恩希尔特听说了恭特尔国王前来冰岛的初衷，便吩咐下去，做出一切准备，并定下了比武的具体日期。国王恭特尔见到女王威风凛凛，力气过人，自认不是她的对手。而且，他还担心领受失败者的命运。如果不是西格弗利特从旁鼓励他，恭特尔恐怕是没有胆量走上比武场的。

到了约定比武的那天，西格弗利特悄悄地上了船，戴上神奇的隐身帽。那是他在尼伯龙根王国缴获的宝贝，它可以让戴上帽子的人立刻隐身，别人看不到他。西格弗利特来到演武场。他看到宫殿里的人全都集中在那里，女王勃劳恩希尔特一身披挂，着实英姿飒爽。

宫殿仆人抬着沉重的投枪和利剑给她送上。武器那般沉重，累得四个男仆气喘吁吁。国王恭特尔也不含糊，他也全身披挂，显得精神饱满，神采奕奕。

他们开始了激烈的比赛。

西格弗利特看到女王勃劳恩希尔特把投枪对着恭特尔投掷时，他连忙来到恭特尔的身旁，手执国王盾牌，对国王说道："你且大胆行事，我在你的身旁，助你成功。别人是见不到我的身影的。你可以大胆比武，一切都由我在暗中相助。"国王听到身旁传来的讲话声，不由得心中大喜，于是摆出姿态，等待投枪。

女王的投枪势大力沉，西格弗利特把它稍稍地改变方向，同时吩咐国王恭特尔当即躺倒在地，躲过一劫。等到国王恭特尔投掷时，西格弗利特生怕伤了女王，于是用手托着，让它从女王头顶上穿过。

女王不由得踉跄一下。

投枪比赛结束，不分输赢，于是开始投掷巨石。

女王勃劳恩希尔特举起石头，嗖的一声扔得很远。西格弗利特帮国王恭特尔选定同样大小的石头，只见国王恭特尔猛地一掷，西格弗利特托着石头，让它落在比女王投掷得更远的地方，奠定了胜局。

国王恭特尔立刻走到被战胜的女王面前，只见女王面红耳赤，十分生气。

“呵，美丽的勃劳恩希尔特，你现在可以答应我的求婚，跟我回莱茵王国去吧。”

“我还要征求周围农夫和骑士的意见，由他们共同决定我的去留。”

国王恭特尔听到回答，不由得沉思起来。他把自己的想法悄悄告诉了戴着隐身帽站在一旁的西格弗利特，只听西格弗利特说道：“女王暗藏阴谋，我可以立刻打听明白，暗中相助。不过，我得出去一趟，过几天才能回来。”

西格弗利特说罢，立刻退了出来，回到船上，然后驾船悄悄地驶往尼伯龙根王国。他在那里经历过不少的冒险和战斗。

不久，他来到尼伯龙根王国，悄悄上岸后，朝着远方的宫殿走去。他来到门前，举手敲门，希望入内。门开了，只见里面冲出一个粗鲁的巨人，巨人对着西格弗利特扑过来。他们展开了生死搏斗。西格弗利特瞅准机会，抢上一步，把巨人举起来扔在地上。

巨人疼痛得嗷嗷直叫。这时，从山野之中又冲出一名小侏儒，名叫阿尔贝利希。小侏儒看到他的朋友躺在地上，而且手脚被捆绑起来，不由得怒从心起，便执起一根巨大的长矛，对着西格弗利特冲了过来。

大英雄西格弗利特知道小侏儒阿尔贝利希是看守尼伯龙根宝藏的仆人，不忍心杀他，于是蹲下身子，见他朝着自己扑通扑通地冲过来，便一把揪住他的长胡子，把他捉将起来，顺便用他的长胡子把他捆做一团。

小侏儒阿尔贝利希看到自己被打败了，便朝着胜利者西格弗利特的眼睛瞅望一阵，认出原来是主人，于是开口说道：“呵，我似乎命中注定是你的奴仆，因此，我就归顺你，从今以后，听从你的指挥和命令。你把我放下，直接下命令吧！”

西格弗利特见他说得诚恳，便说道：“你只要宣誓，另外速去召集成百上千的英雄好汉，备下必要的船只，过来听从我的指挥，你如果愿意把尼伯龙根宝藏交出来，你立刻可以获得自由。”

阿尔贝利希立下誓言，西格弗利特为他松绑，让他自由活动去了。

第二天，小侏儒阿尔贝利希率领成百上千个英勇的巨人过来。他们全都身披盔甲，寒光森森，来到西格弗利特的面前，听从他的调遣。他们把藏在山洞里的尼伯龙根之宝悉数起出，送进船舱，然后让大船一字排开，朝着冰岛进发。

却说女王勃劳恩希尔特正站在城墙上眺望大海，看到来了一列大船，并且认出站在船首上的正是西格弗利特。她连忙向恭特尔打听，这支船队迅猛而来是何意思。国王恭特尔说这是他的部下，前来接应国王的。女王勃劳恩希尔特看到这般大军压境，知道任何的抵抗都是无效的，于是答应跟随国王前往莱茵王国。

恭特尔吩咐立刻准备停当，迎接女王登上船舱。真是豪华无比的阵营，令世人称赞。冰岛女王勃劳恩希尔特跟随国王恭特尔率领英雄好汉一起前往新的家乡。船队进入莱茵河河口时，西格弗利特连同他的部下立刻上岸。他们骑上高头大马，把国王恭特尔归来的喜讯送到沃尔姆斯城。沃尔姆斯人听到国王回来的喜讯，立刻筹备宴会，热烈庆祝。

国王恭特尔的妹妹克里姆希尔特特别友好地接待了西格弗利特，还赠送给他许多宝贵的礼物。国王恭特尔的母亲乌塔忙里忙外，操办儿子的婚事。等到船队到达的那天，只见莱茵河两岸搭建起了许多华丽的帐篷，准备大摆婚礼宴席。

宫殿上下连同西格弗利特和克里姆希尔特一同骑马，朝着归来的国王恭特尔迎上前去。当看到船上飘扬着国王的旗帜时，他们不由得欢呼雷动。国王恭特尔跟他的妻子勃劳恩希尔特一起骑马来到母亲乌塔面前，受到母亲和克里姆希尔特的隆重迎接。其他人马分别进入帐篷，他们大快朵颐，整顿休息。

西格弗利特看到新婚夫妇坐在大厅的宴会席上，便走上一步，来到国王恭特尔面前，开口说道：“我的国王，我提醒你曾经许诺的话，把克里姆希尔特许配给我。”

国王立起身来，走到妹妹面前，对她说道：“我答应把你许配给一位英武的骑士。你愿意成为他的妻子吗?”

“愿意，”姑娘回答，“只要是西格弗利特，他是个无比勇敢的武士，你可以为我作主。”

西格弗利特听罢此话，立刻走上前去，拥抱克里姆希尔特，同时感谢国王恭特尔。恭特尔当即站起来，大声宣布勃劳恩希尔特和克里姆希尔特将在同一天登上婚礼的殿堂。

在座的人听到消息，顿时欢呼雀跃。只有勃劳恩希尔特有点儿勉强，原来，她看到西格弗利特英武过人，早就对他青睐有加。可是，她还是表示满意，两对夫妇团聚一堂。

西格弗利特跟克里姆希尔特享受着爱情的甜蜜。不过，国王恭特尔在开始时却并不顺遂。新婚之夜，国王恭特尔跟妻子勃劳恩希尔特一起步入洞房。他想拥抱妻子，跟妻子一起享受新婚之乐，不料遭到勃劳恩希尔特的强烈反抗。

勃劳恩希尔特希望让她安静，因为她希望保持姑娘的童贞。

国王恭特尔欲火中烧，因此，未能顾忌到她的心思，结果被勃劳恩希尔特一把抓住，捆绑结实后挂在墙边的钩子上，让他动弹不得。国王恭特尔被挂在墙上整整一夜，直到黎明之际，勃劳恩希尔特才为他松了绑，把他放下。国王恭特尔遭受这么巨大的耻辱，感到无比愤怒。他对西格弗利特倾诉心头的满腔冤屈。

西格弗利特听到消息，立刻答应国王恭特尔，在第二天夜晚时分帮助他满足心愿。入暮以后，西格弗利特戴上隐身帽，悄悄地来到恭特尔夫妻的房间。他看到勃劳恩希尔特正要发狠蛮动时，便趁势抓住她的双手，把她扔在地上，解下她的魔法腰带，脱下她戴在手上的神戒，是这两件宝物让女王勃劳恩希尔特拥有无可战胜的力量。

西格弗利特完成这件大事以后悄悄退了出去。勃劳恩希尔特觉得这回是被丈夫战胜的，从此安心委身于他，报答他的爱情。

不久以后，西格弗利特希望回到父亲的住所。国王恭特尔给他送上珍贵的礼物，一面派出大队人马陪同他返回故里。他们上船以后顺着莱茵河浩浩荡荡地回到桑腾。父母见到儿子携妻回来，心中高兴，于是热情地接待他们，一连几天庆祝不断。

国王西格贝尔特已经年迈力衰，希望安静休养。于是，他把王国交给儿子西格弗利特。西格弗利特从此登临王位。他为人宽厚，主张正义，治理有方。一连十年，桑腾王国风平浪静，一派和平景象。

在这期间，西格弗利特的母亲不幸去世，克里姆希尔特为西格弗利特生下一个儿子。他们夫妻恩爱，家庭和睦，其乐融融。

一天，国王恭特尔派遣使者带着邀请函来到桑腾，说国王恭特尔希望西格弗利特和克里姆希尔特回沃尔姆斯省亲。这份邀请是勃劳恩希尔特恶意的计划。她想，西格弗利特拥有尼伯龙根王国和数目巨大的尼伯龙根之宝，这是一件让人妒忌的事情，因此，她在心里思谋着种种恶毒的打算。

西格弗利特见到邀请函，立刻带上妻子克里姆希尔特和年迈的父亲，并挑选了百余名勇猛善战的骑士作陪，前往沃尔姆斯。他们在沃尔姆斯连连庆祝，举办宴会，进行演武比赛，精彩无比。

一天，两位王后，勃劳恩希尔特和克里姆希尔特站在高高的阳台上观看武艺比赛。克里姆希尔特看到丈夫西格弗利特甚至超过了胞兄恭特尔，不由得心中大喜，连连夸奖。

勃劳恩希尔特心中不服，几次讥讽。两位王后立刻陷于刻薄的语言交锋，克里姆希尔特甚至说新婚之晚把她降服的不是国王恭特尔，而是西格弗利特。此外，她还说道，西格弗利特曾经解下她的腰带，摘下她的戒指。

勃劳恩希尔特听到嘲笑，不由得又恨又恼，立刻到丈夫面前哭诉。国王恭特尔责怪西格弗利特不该把这等秘密告诉妻子克里姆希尔特，可是念他当初立下汗马功劳，所以也不便对他记仇念恨。

可是，勃劳恩希尔特的心中愤怒异常。她找到骑士哈根，因为她知道哈根对西格弗利特早有怨言，西格弗利特超群出众，其他的众位好汉都处在他的阴影之下，难见天日。

此外，她还召见了骑士盖尔诺特、奥尔特文等人，大家商定要除掉西格弗利特，他们愿意为勃劳恩希尔特报仇雪恨。哈根知道西格弗利特曾经用龙油擦抹全身，因此刀枪不入，无比强大。可是，当时有一片菩提树叶飘落在他的肩膀上，挡住涂抹，留下了致命的薄弱之处。

一天，哈根唆使国王恭特尔前往欧登树林打猎，西格弗利特陪同一起前往。英武的西格弗利特十分了得，一连围猎到几头猛兽，其中有公猪和野狼。当他们追逐一头黑熊时，西格弗利特三步两步赶上前去，抓住大熊，把它扔在地上，然后捆绑结实，驮上马背。

后来，他们累了，坐下休息，顺便摆上宴席。可是，他们没有带葡萄酒。国王恭特尔和西格弗利特感到口渴难忍，只见哈根走上一步，建议说，附近有一道清泉，可以饱喝一气，稍解干渴。听说有泉水，大家连忙解下佩剑，赶到泉旁，畅饮不止。

西格弗利特在原地等候着，一直等到国王恭特尔喝过以后，他才走过去，弯下腰，喝上清泉。可是，正当他弯腰喝着泉水时，哈根却悄悄地尾随在后。他用一根狩猎的长矛深深地刺中西格弗利特的肩膀上的致命部位，他血流如注。

西格弗利特转过身，认出谋杀自己的正是哈根，便把他紧紧抓住，然后猛地把他扔在地上。可是，他自己也踉跄着倒在尘埃之中。不过，他仍然挣扎着忍耐了一会儿，希望把妻子克里姆希尔特托付给国王恭特尔。

英雄的灵魂渐渐地游离而去。站立周围的武士们十分悲伤，他们对那种可怕的叛逆举动深恶痛绝。

西格弗利特和克里姆希尔特

没有人知道高贵的西格弗利特到底是什么时候被人打死的。时代久远，许多故事都被笼罩上一层层传说的迷雾，结果扑朔迷离，变得越来越精彩，越来越神奇。

他在国王恭特尔的王宫大院里经历了许许多多的冒险，令人赞叹。他的壮举谱写了一部生动活泼的骑士史诗《尼伯龙根之歌》。

哈根为了帮助勃劳恩希尔特报仇雪恨杀死西格弗利特，显示对女主人的无限忠诚，甚至还把西格弗利特的尸体运送到克里姆希尔特居住的门前。

第二天，克里姆希尔特开门看到丈夫的遗体时，感到无比惊讶，悲痛欲绝。不过，她在心里默默地立下誓愿，决心为丈夫报仇雪恨，杀掉那批刽子手。从此以后，克里姆希尔特陷入无比的悲愤中，内心深处牢记丈夫遭受的不白之冤。

一天，克里姆希尔特突然改变了情绪。当仆人问她今天为什么没有哭泣时，她回答说，匈牙利国王埃采尔差人前来向她求婚，她已经答应嫁给国王，前往匈牙利王国。

他们的宫殿无比雄伟、华丽。埃采尔把自己获得的通天财富悉数交给新婚的妻子。可是，克里姆希尔特只是冷漠地打量着眼前的珍珠玛瑙、黄金白银。她的心里忘不掉西格弗利特，并且默默地渴望着报仇雪恨的时刻。

她对杀害丈夫的凶手充满了仇恨。

后来，她不惜虚情假意地说了一番动听的话，邀请她的兄弟恭特尔国王率领他的王国忠臣一起前来匈牙利王国。她希望在埃采尔的宫殿大院里共同庆祝别后重逢。国王恭特尔的谋士劝阻他，请他不要远行赴邀，还说此次外出凶多吉少，因为克里姆希尔特居心叵测，眼露杀机。

沃尔姆斯的主人们不听劝告，他们并不畏惧到达匈牙利王国后可能面临的危险。从莱茵河到多瑙河，道路漫长。可是，人们从来都没有见过如此豪华的英雄队伍，那是国王恭特尔和他的两位兄弟盖尔诺特和基塞尔，还有哈根和乐手伏尔克。高贵的武士队列浩浩荡荡地前往匈牙利王国省亲。

克里姆希尔特十分友好地接待他们。可是，等到时机终于成熟时，匈奴人立刻展开对莱茵人的杀戮和攻击。双方激战，直杀得天昏地暗，日月无光。埃采尔城堡的宴会大厅成为浴血奋战的地狱。

克里姆希尔特拎着利剑，心中充满了盲目的仇恨。她只是为死去的丈夫西格弗利特报仇而大肆砍杀，直到她的仆人把莱茵人捆绑着送到她的面前。在沃尔姆斯执掌王国大权的恭特尔兄弟在妹妹克里姆希尔特的手上寻到了彻底灭亡的归宿，他们以悲剧组成了《尼伯龙根之歌》宏篇巨著的末卷。

今天，如果游人前往沃尔姆斯教堂参观访问，他们都会在教堂的祭坛前停留片刻。他们也许会无比忧伤地想起克里姆希尔特的情和恨，这段故事恍如发生在昨天一样。

沃尔姆斯的金匠

从前，莱茵河畔的沃尔姆斯城里住着一个金匠。这位金匠的手艺精湛，远近闻名。可是，他也是一位令人害怕的人物，因为他生性残暴，又十分吝啬。

金匠渐渐地积攒起了大量的财富，在城里有一幢豪华漂亮的房子，他在地下室里堆放着大桶大桶的葡萄佳酿。金匠还积蓄了大量的黄金、白银、珍珠、宝石。他在贮藏葡萄酒的地下室下方开辟了一个珍藏室，把昂贵的财物通通藏匿在里面。

珍藏宝物的房间装有一道小门通往地下室。这道小门十分隐密，只有金匠一个人知道。金匠有一群伙计，他在伙计们面前是主宰一切的老板。他们为金匠没日没夜地干活，这样也只能换来半饥不饱的生活。毫无疑问，伙计们无法在他的手下长期生活下去。他们纷纷卷起铺盖，另谋出路。

可是，有一个小伙子不一样。他能够获得金匠的信任，于是他在自己的位置上待了很长的时间。小伙子爱上了金匠唯一的女儿，小伙子希望娶姑娘为妻，以便今后继承金匠的巨额财产，因此任劳任怨地为金匠干活。

一天，金匠把小伙子叫到跟前，交代他打造一件昂贵的首饰，那是有人向他订购的。小伙子不失时机地向金匠表示了自己的愿望。

金匠听后，不由得恼怒起来，大声呵责："你个破烂货，你想到哪里去了？我会指望你当女婿吗？我的女儿必须嫁个门当户对的人，你知道吗？"

小伙子知道的事情很多。他有一回悄悄地跟在金匠后面，看到他的贮藏室和珍藏的金银货物。他觉得无法忍受师傅对他的轻蔑和侮辱，便对金匠威胁说，他要把金匠拥有的金银珠宝，而且藏匿在哪里通通告诉外人。

小伙子说完，便辞退了在金匠家的活计，骂骂咧咧地离开了让人无法忍受的金匠铺。吝啬的金匠从这一时刻开始感到内心不安了。他知道自己的秘密已经被泄露，这回轮到他担心伙计们的报复了。

不久，沃尔姆斯城遭遇了空前的灾难。

莱茵河两岸驻扎起雇佣兵。他们烧杀抢掠，无恶不作。两岸的民众被抢劫一空，家中一无所有，只留下他们呆滞无神的眼睛，一天到晚泪流不断。沃尔姆斯城里也不例外，到处都是敌人的士兵。士兵们旁若无人地住进民众的家。金匠家的房子大，他眼睁睁地看着雇佣兵进进出出，真是苦不堪言。

一天，雇佣军的首领向沃尔姆斯城的民众发出命令，让他们通通在市政厅门前的广场上集合。首领看着广场上站立的民众，大声地告诉他们，沃尔姆斯城将在一个星期后面临彻底焚毁的命运，因为战况残酷，他无法保证全城人的安全。听到这个消息，全城老小哭成一片。可是，雇佣军的首领丝毫不为所动。

他宣布，居民们可以携带他们的财物，尽他们的能力，能带多少都行，尽快逃出城去。金匠尝试着利用短暂的时间搬运他的金银珠宝。于是，他日日夜夜地忙碌，不停地搬运。

一天，正当金匠专心往外搬运财物时，突然听到外面剧烈的敲门声，而且就在通往珠宝室的门外。原来，正是那位被辞退的小伙计向雇佣军告了密，他带领着敌人的士兵们进入金匠的珠宝室。不过，小伙计跟他们商量妥当，他们所得的财物必须平分，小伙计能够分到一半。

雇佣兵满口答应。于是，他们敲响了铁门，如狼似虎，贪婪地站在珠宝室的铁门外。金匠被他们逼得走投无路，只得向他们交出自己隐藏的财物。

呵，珠光宝气，黄金白银，还有许多首饰。它们在烛光下显得那么耀眼，让人看得眼花缭乱。雇佣兵看到眼前的成堆珠宝，突然后悔起来，觉得不应该答应跟小伙计平分，希望独占这批财物。

这时，城里的雇佣兵已经在街道上放起了冲天大火，金匠家的房子也陷于熊熊燃烧的烈火之中。金匠早已把女儿送到乡下安全的地方去了。可是现在，他直到最后的时刻都不愿意离开那批财物。

小伙计和雇佣兵在珠宝室里发愣，他们各自盘算着肮脏的主意。

沃尔姆斯城里火光熊熊。不过，烈火还没有进入金匠家的地下室。小伙计和雇佣兵争吵得不可开交。他们中的一个想要独吞全部的财产，另一个坚持应得的一半权利。

雇佣兵把小伙计往后推了一把，讥讽地对他说："我们签订过合同吗？即使有合同，它能把我怎么样？我们是城市的主宰，你趁早滚得远远的吧！"

金匠早已蜷缩着身子躺在角落，不敢吱声。他看到雇佣兵拔出利剑，把小伙子逐出门外。小伙计知道自己被欺骗了，心中大怒。他看到旁边搁着一把利斧，便抓起斧子往葡萄酒木桶上猛砍猛砸，砸得木桶上布满了洞眼。然后，他猛地跳到通往珠宝室的铁门旁，从外面把铁门关上，拉上沉重的门栓。

木桶里的葡萄酒源源不断地从洞眼中流淌出来。不一会儿，葡萄酒灌满了地下室和珠宝室，吝啬的金匠和贪婪的雇佣兵被葡萄酒淹没在他们梦寐以求的财物旁。

小伙计艰难地挥舞双臂，如同游泳般走出地下室。他正在庆幸自己大难不死时，金匠家的房屋已经被烧透了。只听得轰隆一声，熊熊燃烧的大梁倒塌下来，正好砸在小伙计的脑门上。

三个视财如命的人怎么也想不到他们会葬身在同一场水深火热的灾难之中。

拉姆山堡的客人

从前，在沃尔姆斯郊外的大地上出现了一个强盗骑士。这个强盗剪径道路，无恶不作，只要看到商人们押着装载货物的大车顺着莱茵河两岸走过，就立刻扑上去，把商人的财物抢劫一空，连朝拜的路人也无法幸免。

莱茵河两岸人心惶惶，着实恐怖。

有一回，强盗骑士掠夺一队商旅人马时遭遇到激烈的反抗，他被打瞎了一只眼睛。从此以后，强盗骑士落得个“独眼骑士”的绰号。

一天，独眼骑士外出抢劫货物，可是整整一天没有收获。商人们和他们的护卫队十分强大，把他驱逐得远远的。独眼骑士匆忙之际带着身旁的仆人落荒而逃，窜入荒山密林。不料他们迷失了方向，不识路途了。

两个强盗东躲西藏，他们来到拉姆山堡时，夜幕已经降临了。

独眼骑士请求借宿一晚。城堡主人不仅友好地收留他们，还热情地款待两人吃喝，十分周到。独眼骑士和他的仆人在城堡里又吃又喝，他们发现拉姆山堡的主人是个拥有巨大财物的富人。

于是，他们制定起抢劫的计划。

“今天夜里，我们动手把主人杀掉，然后把他的财物悉数带走。我们可以赶大早离开这里，那时候城堡的吊桥已经放下来了，进出方便。”独眼骑士对着仆人耳语一番，他看到主人正端着灯，在前面引路，亲自把他们分别带进两个不同的客人卧室。

夜深了，城堡主人却无法入睡，一阵阵莫名的感觉让他心绪不宁。最后，他索性起来，走进城堡小教堂，在那里默默地祈祷。塔楼的守卫及时地报告时间是半夜十二点钟。

独眼骑士的仆人睡在马厩旁的客房里。半夜时分，他悄悄地起来，手上提着明晃晃的利剑，潜入城堡主人的卧室，趁着惨淡的月光，他朝着四周观望一遭。可是，他看到床上空荡荡的，没有人。

“我难道走错门了吗？呵，也许是的！”强盗的仆人自言自语道。

于是，他又悄悄打开旁边房间的门，推门进去，只听里面鼾声大作。他看到床上果然躺着一个人。仆人挺上一步，利剑刺入梦中人的胸膛。仆人没有想到，他杀死的不是别人，正是他的主人独眼骑士。独眼骑士因为喝多了，酣睡不起，没想到就这么睡过去了。

强盗的仆人不知就里，赶紧去找他的主人。他以为独眼骑士一定会在城堡的珠宝室内。仆人手上端着一支蜡烛，借着烛光走进城堡主人的大厅，看到主人正朝着他迎面走来。仆人以为遇到了鬼，是城堡主人的冤魂前来索命，于是吓得手上的利剑哐当一声掉在地上。

他跪在地上，两只眼睛望着城堡主人的双腿，招供自己的阴谋和罪孽，请求主人的鬼魂放过他，饶恕他的残暴和罪恶。

结果呢？做强盗的人会有好结果吗？

草地姑娘

临近沃厄小溪的山涧路旁有一座高耸的城堡，城堡下面是地势曲折的牧场。

一天，有个年轻人在山谷的牧场上放牛。突然，他看到从前面的草地上走来一个身穿白衣的姑娘。年轻人不由得大吃一惊，转身立刻往家里跑。

不久以后一个闷热的夏日，年轻人在放牧时看到在同一块草地上游动着一条小白蛇。小白蛇昂着头，朝他越游越近。年轻人看到小白蛇的口中叼着一朵蓝色的花。

小白蛇游到年轻人面前，把口中叼着的蓝花搁在草地上，开口说道："呵，如果你愿意，你可以解救我。请收下这朵蓝花吧！你瞧，那边的山上有一座城堡，我的房间就在城堡里。这朵蓝花正是开启房间的钥匙。你在打开房间时可以获得无数的黄金白银、珍珠玛瑙。"

年轻人吓得不敢回答，也没有胆量拾起那朵蓝色花，于是害怕地赶着牛群回去了。

夏天过去，秋天来了。年轻人又在草地上放牛。中了魔法的姑娘又一次出现在他的面前，这回给了他一记轻轻的耳光，请求年轻人拯救自己。可是，她这回的请求也是白费了。年轻人不愿意涉及精灵的任何事，又一次回绝了她的请求。草地姑娘无可奈何，只得请求他注意听清楚。

姑娘说："呵，没有法子，我只得耐心等待，等到将来草地上长出一棵樱桃树，有人会用巨大的樱桃树做成一个摇篮。第一个被妈妈抱着放入摇篮的孩子可以成为我的救星，解救我的命运。可怜啊，我这么信任你，你却让我无比绝望！"

草地姑娘说完，眼泪汪汪地离开了。年轻人怔怔地站在那里，眼望着姑娘的背影越走越远，他不知道自己的行为到底是对还是错。

弗吕斯赫姆的姑娘

从前，在距离特里泼城不远的地方有一座坚固的城堡，城堡里住着弗吕斯赫姆的骑士波多。波多的妻子十分虔诚、可爱。可是，她的命运不济，过早地离世，魂归地下。妻子给骑士留下一个女儿，名叫阿德丽娜。

姑娘出落得如同春日桃花，这也算是妻子给丈夫留下的一份欢乐和安慰。姑娘长大了，到了谈婚论嫁的年龄，求婚的年轻人纷至沓来，络绎不绝。可是，并没有一个男子令她心动。而且，姑娘也不想抛下孤寂的父亲，让他独自留守家园。

姑娘忙碌着家务，享受着美丽欢乐的大自然。她的一颗心平静如水，从没有泛起激情的涟漪。有一天，城堡里来了一位陌生的年轻人。从外表看，他十分高贵，可是衣着却是一身牧人的衣衫。

年轻人来到骑士波多面前，表示愿意为波多效劳，希望波多收留他，而且还说自己拥有丰富的知识，可以完成波多交待的各项差事。骑士波多向他询问了许多问题，发现他不仅知晓许多动物知识，而且还知道农耕收获，如同熟练的农民一样。骑士波多立刻委托他担任主管牧人和牧场的事务，让他大胆行事。

可是，年轻人对一件事十分忌讳，他不愿说出自己的名字和家乡。他一再强调，自己对这两件事必须保守秘密，不能马虎行事。为了方便称呼，年轻人请骑士波多暂时叫他奥托，算是名字。

年轻人很快显示出他作为牧人主管是很合适的，眼见牧群欢快，数量也越来越多，一片兴旺。不仅如此，年轻人还把他主管的范围拓展开去，为骑士提供了许多的帮助和服务，为此获得骑士的赞许和感激。

奥托在城堡里生活无忧无虑，待遇丰厚。可是，这一切都没有让他感到轻松和快乐。他的灵魂深处似乎埋藏着深深的忧郁和伤感。呵，真是个神秘莫测的陌生人。他常常独自坐在那里陷入沉思，而且喜欢寂寞。有时候，他想得出神了，禁不住珠泪横飞。

姑娘阿德丽娜常常听到父亲讲起这个奇怪的陌生人。后来，只要人们议论起他的事，姑娘总是用心地听着。不过，她还始终没有见过这陌生人。

一天，事情很凑巧，姑娘正在林中散步，却跟年轻人不期而遇。年轻人见到姑娘十分惊愕。他站在那里虽然默然无言，思想却在激烈地翻滚，似乎正在思念中的人突然来到自己面前。于是，他满怀疑虑地瞅着姑娘，惊讶极了。

年轻人慢慢地回过神来。于是，他立刻向姑娘表示歉意，请求姑娘原谅自己刚才的唐突和莽撞。年轻人听姑娘自我介绍，说她是城堡骑士的女儿，便自告奋勇，征求姑娘意见，希望陪她走上一程。

他们结伴着朝宫殿走去，年轻人仔细聆听姑娘说话。当他们看到宫殿已经不远时，年轻人立刻虔诚地向姑娘表示，希望能够让他享受日后重逢的欢乐和幸福。说罢，他转身朝自己的住处走去，脑海里还带着许多的回忆和思量。

年轻人不由得暗自叹息，觉得如有可能，他愿意跟早已决裂的世界重归于好，因为他希望幸福之花再度向他闪烁灿烂的光芒，而且觉得姑娘阿德丽娜正是引导他走向幸福彼岸的夜空之星。

呵，美丽的阿德丽娜，她几乎跟牵挂着年轻人心的另外一位姑娘长得一模一样，可惜那位姑娘花落流水，消逝而去了。年轻人想到这里，不由得心潮澎湃，思绪起伏。

姑娘阿德丽娜自从见到陌生的年轻人以来，顿时为他神魂颠倒，眼前总是浮现他的魁梧身影，觉得他拥有魔法般的吸引力，只是不明白他为什么脸色苍白，暗自神伤。

姑娘觉得年轻人的举止高雅，言谈亲切、可人。当然，尽管姑娘不承认自己除了对他表示满意外并无多余之念，可是苍天有眼，而且可以作证，姑娘在灵魂深处迸发出了欢乐的火花，在她觉醒了的心房里长出了爱情的花朵。

第二天，奥托和阿德丽娜又走在一起。这回他们不是偶然相遇了。就在昨天他们见面的地方再度重逢，两人坐在一张长满了青苔的长凳上，谈天说地，直至夕阳西下才感觉到了时光在流逝。从此以后，他们每天都见面、散步。两人迎着晚霞倾诉衷肠，各自倾吐自己的爱慕之情。那是一种无限的幸福，伴随着永远相爱、永远忠诚的誓言。

有一次，奥托在那幸福的时刻向他心仪的姑娘诉说了自己原来的生活和命运。

原来，奥托是图林根地区的一位勇猛的骑士，有一个可爱的妹妹。由于他们的父亲早逝，妹妹忍受着继父的虐待，生活艰难。后来，母亲也死了，留下他们一对兄妹落入粗暴男人的手中，受尽屈辱。

为了逃脱命运的折磨，从小当上牧童的奥托终于趁着一个夜晚时分逃了出去，投奔远方的叔叔。他在叔叔的城堡里学到了骑士的武艺和品格。几年以后，他重新回到家乡，发现拥有他们全部家当的继父和妹妹不见了。原来这个恶毒的继父一如既往虐待和折磨妹妹。年轻的妹妹受尽劳累，一病不起，后来就服毒自尽了。

奥托感到心痛难忍，便去找恶毒的继父问话，要他说出妹妹不幸之死的真相，并交出无理霸占的财产。这位继父蛮横成性，因为言语不合，他不惜大打出手，结果让自己落得陷入地狱的下场。

继子杀了继父，这件血腥的事实给奥托带来了种种不良的后果。为了不被死者的仆人抓住或者打死，奥托只得连夜逃进茂密的树林躲藏起来。

他的叔叔一直待他很好，可是知道消息后也开始诅咒他，说他不该如此行事。此外，叔叔还跟死者的一位亲戚共同瓜分奥托父母留下的遗产。奥托无可奈何，流落在外，直到后来遇到阿德丽娜的父亲并被他收留，当了牧业主管。

可爱的姑娘听到年轻人的身世，十分感动，然后跟他一起计划未来。两个年轻人谈得非常投机、贴心。奥托觉得应该向骑士波多披露一切，于是派出心腹仆人前往图林根，了解叔叔以及属于自己那份财产的信息。

不久，从图林根传来消息，说他叔叔愿意跟他和解，他可以获得原属自己的那份财产。于是，热恋中的年轻人由衷地希望能够尽快踏上婚礼的殿堂，他们不愿意中途出现任何的障碍和困难。

可是有一天，父亲波多让女儿前去见他，并且对她说道："迄今为止，你拒绝了多少威武骑士的求婚心愿。我把这一切全都归咎于你的年轻，缺少生活经验，没有责怪你。可是，我也有保留意见，希望你在处理这些事时能够爱惜父亲的颜面。我希望，这种孩童般的固执或者矫情不要成为一场有益婚姻的障碍。现在，喜事临门了，骑士西格贝尔特希望前来向你求婚。他是我们王国中最富裕的人，刚刚从巴勒斯坦回来。他在那里建功立业，享有极高的荣誉。明天，他将来到我们的城堡，亲自向你求婚。我热切地期待着，希望你能答应他的婚事。”

阿德丽娜闻听消息，如同遭遇雷劈般站在那里，一声不响。那个陌生的骑士，不管他多么富裕、英名如鲜花般灿烂，这对姑娘说来都不为所动。她不会爱上西格贝尔特。

于是，她向父亲立下誓言，如果不是她的心之所向的人，那么千万别把他当作丈夫强加给她。她请求父亲不要把女儿的幸福视为儿戏，应该把选择丈夫的权利留给女儿。可是，父亲波多却不为心动。他见女儿敢于违抗自己的主张，不由得心头大怒，严厉地训斥了她，并且把她关了起来。

第二天，骑士西格贝尔特果然身披一身闪闪发光的贵重衣甲，率领一群英武的随从，骑着高头大马来到城堡。他听到许多人称颂姑娘阿德丽娜的花容月貌，所以才选定她，希望姑娘能够满心欢喜地看到这场婚姻的美好前景，希望她高高兴兴地答应这场姻缘。

可是，当他看到眼前这位姑娘一脸苍白，一双哭得红肿的眼睛，心中立刻明白，姑娘并没有欢乐地期待与他幸福美满的婚姻。西格贝尔特看到这些，心中感到很不满，觉得自己的虚荣心和自尊受到了挑战和侮辱。西格贝尔特是个骄傲的人。平日里，他的话十分有威性，没有人敢对他的话道个不是。即便面对威武显赫的骑士，他也不会把那些人放在眼里。

骑士波多见女儿这等表现，心中更是愤怒、失望。他把女儿阿德丽娜关在黑洞洞的房间里，发誓要把她送进修道院。而且，如果她不能当着西格贝尔特的面高高兴兴地答应婚事，那么就将剥夺她的任何继承权。

骑士波多还吩咐仆人把城堡布置一新，同时发出许多邀请，请邻近的城堡主人都来参加婚宴。再说奥托受尽了煎熬。他自从上一次约会以来再也没有见到过姑娘阿德丽娜。他也知道有个陌生的骑士进入了城堡，还听说城堡里正在筹备巨大的庆典。

他已经风闻姑娘的婚事，看到主人波多忙忙碌碌在操办女儿的结婚大典。奥托的担忧越来越深，心里感到一阵阵无以名状的痛苦。他多么希望当着姑娘的面重新立下永远忠诚的誓言，可是，阿德丽娜一直没有露面。

他想，阿德丽娜是多么绝情，轻轻松松就把往日的承诺忘掉了。于是，他决定离开城堡，发誓再也不回来。

奥托如同疯子一般，从一片树林走到另一片树林，心里诅咒着自己的命运。他在树林和原野上不知方向地走了一天又一天，最终还是被一股渴望爱情的力量重新拉回城堡。

他希望至少能向阿德丽娜打听一下原因，而且，他多么渴望能够当着主人波多的面向他披露一切。可是，他见到的几个牧人纷纷告诉他，明天就是姑娘阿德丽娜和骑士西格贝尔特举办婚礼的日子。

奥托绝望了。他没有回答牧人们的话，独自走到一座桥旁，纵身一跳，准备从此了结自己的一生。

到了应该跟骑士西格贝尔特结婚之日，阿德丽娜始终被锁在黑洞洞的小房子里，失去了自由。有几次，她希望见到父亲，向他袒露自己对奥托的爱情。可是，周围严加看守，而且父亲的威胁和警告始终萦绕耳旁。同时，她还听说自己的心仪之人已经消失多日，不见踪影。

姑娘感到绝望了，心冷如灰，陷于麻木状态。反正要听从父亲的安排，她没有了自己的心愿和主张，也没有了自己，这就是命！可是，等她迈开双腿走向教堂准备领受婚礼时，不幸的姑娘又从绝望中重新鼓起一丝希望，想要摆脱自己的悲伤和苦难。

于是，她趁着一个有利的时机，逃出了城堡的大门，朝着城外的茅舍小屋奔跑而去，那里住着她的心上人奥托。

“奥托，奥托，”姑娘在路上大声地叫喊起来，“你难道真的把我抛弃了吗?”

可是，瞧吧，湍急的河流旁站着几个牧人，他们正在费力地从河中拖上一个年轻人。姑娘突然预感到可怕的结局，便不由分说地朝牧人群里走去。

天哪，可怕至极!

她看到面前躺着一具尸体，那是奥托的遗体。牧人们刚刚把他从水中拖上来。姑娘突然感到从绝望中升起一股力量，当即下定决心。站着一旁的牧人们还没有来得及阻拦，只见姑娘从高高的河岸上猛地栽下去。河面上激起一串水花，然后又无声无息地恢复如初，流淌下去。几天以后，湍急奔腾的波浪把新婚装束的姑娘尸体推到岸旁。

父亲波多见到女儿的遗体，顿时又悔又恨。他诅咒自己不该干下这等愚蠢的事情，让自己的残暴成为杀害女儿的凶手。骑士波多老泪纵横，亲自下令把两个值得同情的、为爱情牺牲的人搁置在同一具棺木里，并为他们大声祈祷，隆重安葬。

洛尔希的僧人

位于莱茵河岸不远处的赫朋赫姆是一座名闻遐迩的历史小城。在它附近的莱茵河上有一座小岛。从前，岛上有一座名叫洛尔希的修道院，既富裕又虔诚。洛尔希修道院经历了几百年的历史风云。可是，它在十七世纪的三十年战争时期遭受到严重的破坏，房屋倒塌，院内宝藏被抢劫一空。修道院成为一片废墟。

有一次夜晚时分，卡尔大帝按照平常的习惯，从一座行宫前往另一座行宫，巡视察看。他举步来到洛尔希修道院。由于骑马困顿，卡尔大帝不仅想在那里住宿一晚，还想在院内多休息一日，养精蓄锐。

卡尔大帝已经年迈高龄，平日国务繁忙，忧虑不断，矍铄的精神和硬朗的身体开始衰退，不比当年。修道院院长和其他的修士们虔诚而又敬畏地接待了高贵的客人，称颂皇帝的大恩大德。他们立刻安排隆重的宴会，迎接皇帝的到来。

时近子夜，卡尔大帝由于忧虑缠身，无法入眠。他不禁站起来，离开卧室，想到附近的教堂里祷告，以缓解内心的焦虑。卡尔大帝独自悄悄走进圣殿的大厅，在祭坛前双膝跪下。

周围一片寂静，教堂的油灯里闪烁着微弱的光芒，眼前呈现出半明半暗的景象，增添了教堂无比神圣的气息。卡尔大帝虔诚地祷告着。祷告完毕，正当他想站起来转身回去时，突然听到背后传来一阵轻微的声音。

卡尔大帝转过身子，只见眼前站着一个年迈之人。大帝觉得十分惊讶，因为眼前的老人分明是个盲僧，由一名童儿引路，轻轻走过大柱林立的过道。老人在卡尔大帝面前的长凳上双膝跪下，念着一串长长的祷告词，并不时发出叹息。

卡尔大帝看到这一幕令人敬畏的奇异景象，心情顿时凝重起来。他觉得老人苍白的头顶上似乎闪烁着一轮圣光，连忙退到一根大柱的阴影下，躲在那儿，直到僧人做完祷告跟着童儿离开。

卡尔大帝连忙回去，躺在床上，思绪不断。

第二天早晨，他把夜里见到的事情对修道院院长讲了一遍，并向他打听年迈僧人的名字。院长告诉他，这位年迈的僧人名叫勃恩哈杜斯，几年前从一个遥远的修道院来到洛尔希。至于其他的情况，如老人出身什么家庭，从前居住在哪个修道院，院长闭口不谈，不愿透露任何信息。

卡尔大帝感到十分奇怪，于是命人把自己引到年迈僧人居住的地方。等到他走近看清老人苍白的脸时，顿时感到似曾相识。卡尔大帝立刻回想起从前的经历，觉得命运无时不闪烁着人生无常的五彩光芒。

从前，曾经统治巴伐利亚的君王塔西洛出身于高贵的王爷侯门。后来，命运的沉浮让他遭受放逐之苦，来到法兰克王国的边远地区，居住在一座修道院内，让他忏悔自己的罪行。往事如烟，可又栩栩如生地回到卡尔大帝的脑海里。卡尔大帝不由得抬起头来看着眼前的年迈僧人，眼里不禁淌下同情的泪水。

卡尔大帝不禁往前一步，一把抓住老人的手说道：“呵，虔诚的老人，你和我曾经相互为敌。如今，仇恨和战乱的岁月已经过去了。现在，我们两人都站在祭坛前，这是个化解尘世恩怨、追求来世幸福的地方。呵，亲爱的塔西洛公爵，你对从前迷失的岁月已忏悔许久，完全足够了。我是卡尔，就在你的面前。我的心里已经没有任何的怨恨，我愿意向你表示和解和原谅。让仇恨从你的心里消失吧，如果你还能容得下，让我们共同既往不咎！”

听到卡尔喊他的名字，老人的脸痉挛般地抽搐起来。突然，他跪倒在大帝的脚下，抓住他的膝盖说：“啊，我的国王和主人，我对你永远表示忏悔，我被放逐是咎由自取，我认命。听说你来教堂，我的心中又回忆起了往日的生活，更加后悔不已。我请求上天对我宽恕，请求你能够原谅我，这是我的最后心愿，也是尘世对我的最高嘉赏。祈求我的愿望能够实现，以减轻我在人世的罪孽，让我含笑迎接归宿的来临。”

塔西洛说完，情绪无比激动，扑通一声瘫倒在地上，不省人事。卡尔大帝连忙扶他起来，安排童儿好生照顾老人。

第二天清晨，卡尔大帝离开洛尔希修道院时，想再去看望一下塔西洛，为他的虔诚赐福。可是，修道院院长告诉他，老人在昨天夜里心满意足地离尘而去，他平静地去享受天堂的无限幸福了。

法兰克山的乔治

从前，在险峻的法兰克山山谷出没一种像蛇一样的凶恶生物，它栖息在莫道河边的芦苇和灌木丛中。

这条妖孽长着一个粗大的脑袋，张开大口时能够吞下一头大水牛。周围的居民听闻消息后，人人担忧害怕。这个妖怪不仅伤害牲畜，也生吞活人。几乎每天都有人被它吃了，成为祭供妖孽肠胃的牺牲品。

有几个勇敢的小伙子，他们尝试着要收拾妖孽，甚至希望降服或者杀掉这个恶怪，可是小伙子们非但没有成功，反把自己送上了地狱的祭坛。以后，再也没有人敢前往除害了。人们觉得无能为力，于是纷纷抛家离舍，迁徙远方，避开妖怪造成的如同瘟疫般的灾难。

却说距离妖孽栖息地不远的地方有一座城堡。直到今天，人们还能看到当年城堡的残迹。城堡高高地耸立在山顶上，俯视着美丽的莱茵河和莱茵山谷。勇敢的乔治就生活在那座城堡里。当时，他是一位英勇善战的骑士，体格魁梧，武艺高强。演兵场上没有人敢于跟他比试较量，作战打仗时更没有敌人敢靠近他。

乔治听到许多人露宿荒野并抱怨不迭的消息。等问清缘由后，他勃然大怒，决定立刻要去除掉这个妖孽。乔治要跟它见个高低，无论妖孽多么可怕，他毫不惧怕。

勇敢的乔治跨上战马，手中提着棒槌和利剑，身披铁甲，来到荒无人烟的山谷。不一会儿，他看到那条妖孽如同蟒蛇一般盘成一团，正在舒舒服服地晒太阳。

妖孽听到草丛间传来有人走动的声音，立刻高高地昂起脑袋，口中发出丝丝的叫声，一面蠕动着身体，朝着骑士箭一般地扑了过来。妖怪来到乔治的身旁，张开血盆大口，恨不得把对方连人带马一口吞下。

勇敢的乔治不慌不忙，他的坐骑猛地腾跃起来，等妖孽靠近他时，他稍稍避让便躲过妖怪的进攻，同时举起利剑，深深地刺进妖怪的血盆大口。接着，他又举起棒槌，朝着张牙舞爪的妖孽头上送去一槌又一槌。那头妖怪被乔治打得晕头转向，躺在地上不能动弹。

乔治战胜妖怪，为地方除去一害。正在乔治和妖怪打斗时，周围已经拥上大队人马。他们看到如此激烈的战斗场面，个个吓得面如土色，张大嘴巴不敢合拢。

后来，看到勇敢的乔治取得胜利，人群顿时欢呼雷动。他们称赞勇敢的乔治，表达自己无限的感激之情。可是，勇敢的乔治却脸色苍白、声音微弱地说道，他被妖怪的毒牙伤了。说着，他扑通一声翻倒在地。

周围的人连忙解开他的衣甲，只见他的手臂被妖怪咬了一口，肿胀得厉害，十分可怕。民众们的欢乐顿时变成了深深的悲痛，勇敢的乔治在战胜妖怪以后慢慢地合上了眼睛，只给人间留下了悼念和感激。

他们在莱茵河边的下贝尔巴赫村，紧靠教堂大门的地方，为勇敢的乔治修建了坟墓。艺术家们为他竖起了战胜恶龙的雕像。直到今天，那里仍是游人不忘参观的地方。

老鹰山骑士

从前，当哈布斯堡王朝的皇帝鲁道尔夫致力于重新整顿社会秩序、恢复社会平安时，他不惜动用强大的力量打击许多强盗骑士的胡作非为，使得强盗都对他望而生畏。

据说当年在老鹰山的城堡里住着一位骑士，名叫库尔德，是个臭名远扬的剪径强盗。他不仅袭击路上的商人，也抢劫手无寸敌的行路之人。有时候，他甚至率领手下攻击附近的城堡和城市，把它们掳掠一空。

库尔德的袭击和破坏非常容易得手，因为他还有七个儿子从旁协助。有时候，他们实施连环袭击，在几处地方同时展开，使那些城堡和城市防不胜防，吃尽了苦头。

地方上不太平，老鹰山人呼唤救助的声音很快传到皇帝的耳中。皇帝发现对强盗的多次严厉警告都不起作用，便亲自率领强大的士兵，从沃尔姆斯出发前往老鹰山讨伐骑士强盗。

库尔德虽然进行顽强的抵抗，可是经不住猛烈的攻击。老鹰山城堡最终被皇帝的士兵攻破、占领。库尔德连同他的七个儿子通通都被俘获了。

皇帝曾立下誓言，任何强盗骑士，只要敢手执武器进行抵抗，他和他的同伙被抓住以后，一律砍头问斩，不得轻饶。于是，他下令对老鹰山的库尔德行刑，并且立刻执行。

皇帝的武士们在城堡大院里站成一个巨大的圆圈，刽子手们手执利斧，准备行刑斩首。皇帝鲁道尔夫亲自率领随从来到刑场，监督部下执行他的命令，他要亲自监斩。

剪径大盗库尔德和他的七个儿子被押到城堡大厅的圆圈内。这个强盗已是年迈之人，他的七个儿子却个个身强力壮，正当壮年。突然，老人走上一步，对着皇帝请求饶恕他的七个儿子，让他们免于死刑。站在一旁的民众听到剪径大盗的求情，感到惊讶之余也有些感动。

皇帝的心中产生了同情。他甚至想开恩，饶恕这七个年轻人的死刑，因为他们都是听从了父亲的命令才胡作非为而成为罪犯。可是，皇帝立下的誓言无法更改，因此，不能在这里显示他的仁慈和宽容。周围达官贵人的求情也无法使皇帝赦免七个儿子，即使赦免其中的一个都不行。

鲁道尔夫看到那么多人向他请求赦免强盗的儿子，显得左右为难，他既要维护皇帝的威严，又要体谅众人的请求。思量许久，他答应赦免，不过提出了一个苛刻的条件。

皇帝开口说道："我可以答应饶恕老鹰山城堡年轻人的性命，让他们获得自由。可是，必须有个条件，那就是他的父亲被砍下脑袋后若还能朝着他们走过去，走过一个便赦免一个。如果他能满足这个条件，就能够获得赦免。"

年迈的剪径大盗库尔德，一直忧虑地盯着前方，可是听到皇帝的话后，一反其态，满怀信心地抬起头来，仰望苍天。

库尔德走上前来，把脖子凑近刽子手的利剑。

呵，瞧吧，他的脑袋刚刚滚落在地上，只见没有头颅的大盗便迈着坚实的步伐朝着他的大儿子走去，然后走近二儿子、三儿子，直到踉踉跄跄地走到第七个儿子的面前，站立了一会儿，最后扑通一声翻滚在地，死了。

在场的人看到这里全都惊讶极了，一个没有脑袋的躯体，却一连走到七个儿子的面前。他没有走错，而且也没有少走一步。皇帝连忙下令，赦免剪径大盗库尔德的七个儿子，让他们获得自由。

不仅如此，皇帝鲁道尔夫还下令把库尔德的七个儿子收进他的军队，让他们用英勇作战来洗刷从前的耻辱，显示骑士的职责，以答谢皇帝的赦免之恩。

山地流浪汉

从前有一次，在法兰克福的罗马大厅里举办了一场盛大的化装舞会，庆祝皇帝的加冕。大厅里灯火辉煌，音乐声起，洋溢着暖暖的春意，点缀着女士们、君王们和骑士们的爱意。他们全都显出欢乐无比和滑稽可笑的愉快模样，似乎完全忘记了自己的本来面目。

可是，他们之中有一个人却是另外一副模样。他脸色阴沉沉的，让人感到有点儿害怕。这位客人身披黑色的盔甲，身躯高大。他迈着大步走进厅堂时已经吸引了众人的注意。不过，他的行动却透现出高贵的气质。

许多女人和姑娘把目光投向这位特殊的客人。当然，她们之中没有人知道这位客人究竟姓甚名谁，不知道他来自何方。他看上去是个拘谨的人，外表一点儿也显示不出他的为人。他骄傲而又谨慎地走到皇后面前，在皇后高高的坐位前单膝跪下，请求跟这位舞会的主人跳一支欢乐的华尔兹舞，转遍大厅。

皇后起身，答应了他的请求。

陌生的客人迈开轻松的步伐，与皇后翩翩起舞。他们两人如同飞燕一般，在大厅里飞来飞去，那么轻松、活泼。

客人看到皇后对自己毫无拘束，而且举止行为那么亲切，知道皇后心仪自己。后来，皇后又应邀跟他跳了第二支舞，甚至当他邀请皇后跳第三、第四支舞时，她都欣然答应。

在场的客人兴致勃勃地看着这对幸福舞伴的身影，多少人羡慕，多少人妒忌。他们都在心里默默地问道，这位不声不响的骑士是谁呀，他让人感到多么的新奇。最后连皇帝都抑制不住地好奇起来，而且感觉越来越强烈，让他不可思议。

后来，皇帝没有耐心了。他迫切地等待化装晚会的结束，因为按照习惯，晚会结束时客人们都会摘下面具，让大家看清每个客人的真面目。这个时刻终于到来了。可是，等大家都摘下面具时，那位神秘的骑士却迟迟不让人们看到他的面容。

皇后十分惊讶，她对客人的拒绝和无理感到非常生气。皇后命令他立刻摘下面具，让大家看清楚他是谁。陌生的骑士摘下面具。可是，高贵的女士和先生谁都不认识他。

这时，有两个仆人走上前来，他们认识这位身穿黑衣的舞伴。等到他们说出这位骑士的身份时，在座的人都大吃一惊，原来他是山地的刽子手，死刑的执行官。

皇帝听闻后，气得浑身发抖。他立刻下令把这个罪孽之人抓起来，送上刑场，因为他竟敢亵渎皇后，这就等于诅咒皇帝的冠冕。这时，陌生的骑士扑地跪在皇帝的脚前，开口说道："皇帝陛下，我的确犯下重大的罪行，尤其对你、对皇后万分无理。我的傲慢等于诅咒了皇后，亵渎了陛下。我对你们犯下的罪孽是任何惩罚，包括砍下脑袋也洗涤不清的。因此，皇帝陛下，请你容我提出一个建议，从而洗清今天的耻辱。请陛下举起利剑，立刻封我为骑士，让我直接处死那些胆敢诽谤皇后的人。"

皇帝听到这般大胆无耻的要求，顿时大怒。可是，他又觉得这倒是个聪明的建议。

"呵，你是个淘气包，"皇帝思考一下后回答，"不过，你的主意倒也不错，显示了你的聪明和勇气。你对骑士一窍不通，还竟敢要求当骑士，"皇帝又思考了一下，同意了他的要求，"好吧，我提升你进入高贵者的行列。你为了弥补自己的罪孽，不惜跪在我的面前。现在，你已经是骑士了，站起来吧。你真是又淘气又无耻，从此以后，你就叫山地淘气包，算是你的骑士称号。"

身披黑衣的骑士站立起来，一连呼喊三声谢谢，对皇帝表示无限忠诚。

当山地淘气包骑士重新要求跟皇后再跳一支舞时，大厅里顿时欢呼雷动，经久不息。

风向旗上的9

从前，法兰克福人提到偷猎成性的汉斯·温克尔塞时，个个对他深恶痛绝，骂他是个盗猎贼。

汉斯常常带人潜入禁猎区，把他们喜欢的猎物一一射杀，扬长而去。有一回，他在禁猎区被抓住了。成群的法兰克福人押解他进了塔楼，并关入囚牢。囚牢的前面是绞刑架，汉斯每天都要面对着绞刑架的警告。不过，周围的环境并没有让他失望。他看到宽阔的河边大道，那里有花园，有漂亮的房屋。这般优雅的风景实在让人赏心悦目。除此之外，远方的陶奴斯山上还长满了大树，透过牢房的小窗，他能够看到蔚蓝的天空。

可是，随着他的目光投放得越远，便越感到牢房的狭小和逼仄。白天，他要忍受渴望自由的折磨。夜晚时分，塔楼上风向旗转动的嗖嗖响声，又让他无法入睡。

他被囚困在牢房里已经九天九夜了。于是，他开始愤怒地呼唤起来："见鬼的墙洞，见鬼的风笛，竟敢在我的头顶上方呼啸、歌唱！我要是有一杆猎枪在手，定会给那些胆敢影响我休息的疯婆子身上钻个窟窿，给她留个纪念。我要让法兰克福人瞧瞧，知道我的枪法。我可以用九颗子弹在风向旗上打出个9字。"

牢房管理员是个喜欢偷听的人，听到了他的讲话。"你个见鬼的，能有这般本领？我倒想亲自看看。"管理员嘟嘟哝哝地说。后来，他把温克尔塞的话告诉了市议会的先生们。

议员先生们听到讲话，不由得哈哈大笑。他们觉得温克尔塞是个吹牛的家伙，正在发泄心头的怨恨和不满。可是，市议长却说："我们可以允许这个盗猎贼尝试一下，这对我们和市民来说，不过是看了回把戏。如果他能够如他所说的射成一个9，我们可以饶他一死，赐他自由，因为有这样的本领的人是值得宽恕的。可是，如果他没有做到，那就直接把他送上绞刑架，让他到上面荡秋千去吧！"

市议长的建议获得了众人的支持，他们立刻把市议会的决议向汉斯·温克尔塞宣布。第二天清晨，天刚蒙蒙亮，塔楼的门前已经聚集了大群的人，男女老少，人头攒动。他们全都等得不耐烦了，迫切想要看看盗猎的囚犯如何在旗上射出个9来。

汉斯走出塔楼，来到民众中间。他高高兴兴地接过自己的猎枪，就是先前从他身旁没收掉的猎枪。这回汉斯·温克尔塞射击的难度真是太大了，因为外面刮起了大风，风向旗在风中左右摇晃、前后摆动，根本瞄不准稳定的射击点。

于是，温克尔塞默默地站立一会儿，他弄明白了风向的强度大小，只见他“叭”的一声，打中的地方不偏不倚。接着，他又打了第二、第三枪，直至打完全部的九枪。九颗子弹在风向旗上留下了鲜明的痕迹，组成一个漂亮的9字。

一旁观看的人们看到他的枪法那么准，人人欢呼，个个称赞，欢呼声经久不息。

“汉斯·温克尔塞，”市议长对他宣布，“你为自己争取到了自由。你把一杆猎枪掌握得如此熟练，我们决定把你升为射击队的队长。”

可是，汉斯·温克尔塞拒绝了市议会的封赏。他回答：“这杆风向旗和法兰克福城将会永远记得我。当然，我也不会忘记在这里度过的九天九夜。不过，我不愿意在你们的城里久待下去。我喜欢翻山越岭，喜欢一眼望不到边的大树林。如果你们将来又见到我时，请不要忘记风向旗上的九颗弹眼。”

说完，汉斯·温克尔塞转过身，离开了法兰克福。从此以后，法兰克福人再也没有见到过他。

小羊抓住老狼的地方

距离莱茵河不远的地方有一个村庄，名叫阿埃席尔。从前，村子里住过一个隐居的人。那时候，附近的山谷和山坡上都长满了茂密的树木，漫山遍野，黑幽幽的，像一片原始老林。

有一回，一个牧人来到阿埃席尔村，寻找虔诚的隐士。牧人手上牵着一只羊羔，那是准备送给隐士当作礼物的。可是，牧人没有见到隐士，他只得把羊羔拴在小教堂的大门把手上。大门是敞开着的。

牧人出去寻找隐士。他刚刚走进茂密的树林，不料从树林边上冲出一头饿狼，直扑拴在小教堂门把手上的小羊羔。小羊羔看到饿狼张开血盆大口时，吓得浑身发抖，叫不出声来。

饿狼竖起前腿，往前猛地一纵，不料跳得太远了。它直接越过小羊羔，跳进了小教堂。小羊羔哪里见过这等架式，不由得往后跳，拼命挣脱拴在把手上的绳子。小教堂的大门乒的一声关上了，而且关得紧紧的。

牧人正巧回来了，他轻轻松松地逮住了被关在小教堂里的饿狼。从此以后，那个地方的民众逢人就说："我们的村子阿埃席尔，就是小羊抓住老狼的地方！"

瓦尔特·冯·比尔巴赫

从前，在达姆斯塔特城有个虔诚的骑士，名叫瓦尔特·冯·比尔巴赫。他对圣母马利亚尤其崇拜。人们都称道他，说他为了圣母可以贡献自己的一切。

有一回，他骑马前往达姆斯塔特演兵场，参加演武比赛。那是瓦尔特第一回参加比赛，而且知道将有许多骑士云集赛场，他们无论在体力还是在使用兵器的灵活程度上都要超过自己。因此，瓦尔特忧心忡忡，生怕在比赛场上有失荣誉。他甚至担心自己会被对手挑落马下，从此落下供人耻笑的话柄。

瓦尔特尤其想到了自己心仪的姑娘，他觉得姑娘也会在现场观看比赛。因此，他更加顾虑重重，觉得若当着姑娘的面输掉比赛，简直就无法生活下去了。正当瓦尔特心烦意乱地骑马往前时，突然，他看到路旁有个祭坛，上面挂着圣母马利亚的肖像。瓦尔特立刻从马背上跳下来，把马儿拴在一棵大树旁，开始虔诚地祈祷，请求圣母马利亚在武艺比赛时帮助自己，让他获得胜利和荣誉。

瓦尔特祷告时那么投入，如同陷入梦中一般，躺在地上许久。圣母马利亚不仅听到了他的祷告，还悄悄地从祭坛上下来，默默地摘下他的头盔、披挂和利剑，给自己穿戴上，然后跨上骑士的坐骑，急驰而去。过了很长时间，圣母马利亚回来了。她又默默地把头盔、凯甲和利剑重新帮瓦尔特装备好，然后回到自己的祭坛，让一切恢复原样。

虔诚的瓦尔特慢慢地醒了过来。他起身朝着圣母深深地行了个礼，骑着马朝城里走去。瓦尔特在城门前就受到了热烈的接待和问候。当他来到演兵场时，朋友们全都迎上来祝贺，把他团团围在中间。瓦尔特惊讶地听说他在已经结束的演武比赛中战胜了所有的对手，获得最高的荣誉。

瓦尔特开始几乎不敢相信自己的耳朵。可是，他很快便明白了事情的原委，知道是圣母的力量为他取得了比赛的胜利，是圣母以他的身份参加了比赛。

瓦尔特经过这次比武竞赛娶回了心仪的姑娘。为了感谢圣母马利亚的帮助，他在达姆斯塔特城的开阔之处建造一座漂亮的马利亚教堂。

骑士瓦尔特始终虔诚地礼拜圣母马利亚，而且劝告后人，应该学会敬重天地，说只有这样的人才能领略和享受生活的欢乐和甜蜜。

魔鬼在考赫泉旁疗养

维斯巴登城的泉水富有疗养的功效，名闻遐迩，连古老的罗马人都知道。有个罗马史学家名叫泼里尼乌斯，他在记录里就赞美过那眼泉水。

据说有个魔鬼还亲自尝试过，为此留下一个小小的故事。

故事讲到大师乌里安，他在罗马帝国的大街小巷上到处转悠，嗅闻是否有散落在外的灵魂。一天，他走得精疲力竭，终于来到美因茨的城门前。他顺便弯进一家小酒馆，准备用餐休息。

美因茨是个古老而又虔诚的城市。乌里安对它并不熟悉，因为他在地狱里待着的时候，美因茨因为多年未曾有灵魂落入，所以他无明确的记忆。可是，让他生气的是那几个尽兴喝酒、大声喧哗的人。他们甚至肆无忌惮地嘲笑愚蠢的魔鬼，说魔鬼在美因茨地区无事可干，只是多余的角色。

乌里安不经意地问老板，为什么美因茨人，甚至包括邻近的人都不会顾虑到死亡这等大事。他在问的时候不由自主地扬了扬他的小胡子。

酒店老板听到问话，不由得露出机灵的笑容，朝着身穿破烂僧衣的远途客人嘟了嘟嘴，说道："为了避免烈性葡萄酒上身，为了防止身体残疾，朋友们都喜欢在这里喝一口特殊的温酒。这种酒可以让他们永葆身体健康，连扛着镰刀走近他们的魔鬼也无可奈何，无从下手。"

客人不由得竖起他的耳朵打听，立刻听说这种神奇的温酒是用维斯巴登的泉水酿制的。人们在考赫泉旁很容易买到这种神水。

第二天清晨，考赫泉旁的酒店老板刚开门，就有一个客人来到面前。客人身穿破破烂烂的僧衣，蓄着几根微不足道的小胡子。他的举止行为让人有点儿惊讶。客人抱怨说，他的骨头缝里钻进了奇特的疾病，看来是要残疾或者瘫痪了。此外，他央求着说道，只有维斯巴登的神酒可以让他免于一死，不被魔鬼抓去。他还信誓旦旦地保证，这是美因茨的酒店老板亲口对他传授的免死之道。

“呵，上帝会赐给你这个可怜的魔鬼圣水的。”酒店老板同情地说道，他已经惊讶地发现了这个人在讲话时嘴角边上露出的魔鬼般的狞笑。

小店老板都有个精明脑袋，他们不时地对外张望，防范可能的歹人上门。他们必须时时刻刻盘算自己账目的进出，维斯巴登考赫泉的老板自然不例外。他默默地打量着眼前准备疗养的客人，看了许久，然后装作不经意的模样拍拍客人的肩膀，说道：“呵，好朋友，你这个人真是个活生生的魔鬼。”

客人惊讶地盯着老板，老板接着又说：“既然那么多人喝了以后都能获得健康，那么魔鬼也不会空手而归的。不过，你要答应从今天起一连七天，每天从午时开始，在半个小时内一口气喝上五十杯维斯巴登圣水。那么，我保证你可以彻底摆脱任何的残疾和瘫痪。可是，如果你中间停顿，那么，我的灵魂就会上天堂，而你就会失掉一切的疗效。”

这样的条件让魔鬼非常高兴，他立刻表示同意。

第二天，他急忙赶来疗养，准备品尝刚从地下接过来的温酒。不过，酒却是滚烫的，正沸腾着呢。他觉得一连喝下五十杯，真是件称心满意的好事。可是，他对如此轻率地答应老板的事也感到疑虑重重，内心不安。

当天夜里，魔鬼过得很不安。

第二天，他心里的疑虑更重了，因此显得心烦意乱。可是，他必须完成疗养的任务，协议上写得清清楚楚，马虎不得。考赫泉老板给他递上五十杯维斯巴登圣水。魔鬼喝过以后，在夜里更加不安宁。他开始在心里连连诅咒这种莫名其妙的圣水。

第三天，他来到老板面前，请求休息一天，停止喝水。老板指着协议一口回绝，同时又给他递上五十杯滚烫的纯洁得如同水晶一样的圣水。老板还不忘说上许多虔诚的祝愿。

夜里，魔鬼几乎被折磨得如拧断了脖子般难受。等到第四天，他像一道影子飘到考赫泉老板面前时，感到浑身上下如同散了架一样，似乎瘫痪在即。老板坚定不移地行使着双方协议的权利。魔鬼这回拼着老命还是把老板递上的圣水喝了下去，整整五十杯。

这回夜里的故事更加精彩。

魔鬼疲惫得如同进入弥留之际，可是眼前出现一群小侏儒，其中有男有女，他们发出来自地狱般的嘲笑声，折腾得魔鬼头痛欲裂，几乎昏死过去。魔鬼拖着疲惫不堪的身子，狠狠地朝着地狱扔出一句话："我再也不到维斯巴登来了！"

接着到来的一天，清晨旭日东升，许多疗养的客人纷纷传说，维斯巴登是个圣洁之地，小侏儒们难以容忍魔鬼造访，于是群起而攻之，把那个魔鬼逼得立刻逃之夭夭，回他的地狱老家去了。

客人们耸耸肩膀，叹息世上还有这么愚蠢的鬼怪。

亨利希·女人颂

相传亨利希·冯·迈森是十四世纪初的人物，学识广博，通晓诗艺。他把自己的歌曲常常献给圣母马利亚，把马利亚视为最高的理想。因此，他总以最虔诚的心情歌唱圣母。

后人常常称颂他的诗歌，说其中称道女人的作品很多。于是，他们索性把他叫做女人颂，算是给了他另外一个名字。

女人们对他显示了极大的敬重和爱戴。他死后，当地的姑娘和女人们纷纷走出家门，为他举丧，参加追悼他的葬礼。那是任何男人都未能获得的礼遇。所有教堂里的钟全都敲响起来，对他表示哀悼。长长的送葬队伍一直延伸到教堂大门外，那里是人们为这位歌唱家安排的休息之地。

行列中的女人们全都穿着黑色的礼服。八位美丽的姑娘抬着棺材，上方排放着由玫瑰、百合和桃金娘组成的花环。墓旁传来女人们的哀悼歌声，墓穴边洒满了名贵的花儿。

诗人生前喜欢畅饮莱茵葡萄酒，于是女人们举起漂亮的手亲自祭奠。据说当时美酒芬芳，香溢四外。女人们把诗人送入墓穴后又大哭一场，然后才各自离开。

当时有个陌生人来到美因茨，他看到如此隆重的送葬行列和礼仪，还以为当地死了高贵的君王，或者死了国内有名的善者，所以才有如此庞大的送葬队伍。

1842 年，有人在美因茨大教堂为诗人竖立了一座石像。那是一个美丽的女人形象，由白色的大理石雕刻而成。女人正在专注地把一个花环置放在大师歌唱家的棺盖上，姿态传神，令人难忘。

拉比 · 阿姆拉姆

公元十三世纪时，在美因茨出生而后生活在科隆的拉比 · 阿姆拉姆是位有名望的学者，人人称颂。他在科隆创办了犹太人学堂，亲自担任董事会主席。这家犹太人学堂由于他的学识和虔诚从而扬名在外，他让许多学生习得知识，成为有用之人。

有一回，他突然患上疾病，于是他趁着学生前来看望的时候对他们说，希望去世后被安葬在美因茨城，靠近他父母的坟墓。他还叮咛他们："我去世后，请把我擦洗干净置放在棺材里，把棺材搁在一条小船中，让小船沿着莱茵河逆流，不用人划行。"

后来，在他去世后，学生们按他的吩咐行事，实现他的心愿。

一条小船，没有水手，沿着莱茵河逆流而上，慢慢地来到美因茨城前。美因茨人看到城外的莱茵河上停靠了一条小船，他们希望把小船拉到岸旁时，小船却往后退。美因茨人看着小船无可奈何，拉不住它。

一条奇怪小船的消息传到主教的耳中。主教亲自来到莱茵河岸边，想看看究竟是怎么回事，许多美因茨人也跟着前来。他们围在莱茵河岸旁，希望看个究竟，这真是一条不可思议的小船。许多犹太人也听到了消息，觉得惊讶不已，赶来观看神秘的小船。奇怪的是，如果基督徒动手去拉船，小船便往后退缩，让他们无法碰到船边。

人们终于明白了，它似乎只想靠近犹太人。主教立刻示意犹太人，请他们把小船拉上岸，他要看看船上到底搁着什么。结果，小船被拉上岸，只见船上搁着一具棺材，里面的死者身穿犹太人的服饰，身旁有一封信，上面写着：

“亲爱的众位兄弟和朋友，你们众位犹太人聚会在神圣地美因茨，我来到了你们中间。我死在神圣的科隆城，却渴望能够安葬在我父母的坟墓旁。我父母的坟墓在美因茨。我为你们祝福，祝你们健康长寿。这是阿姆拉姆的虔诚心愿。”

犹太人连忙把他的棺材扛上岸，准备把它送到他父母的墓旁。这时，基督徒们自告奋勇，想把拉比·阿姆拉姆安葬入土。可是，奇怪得很，基督徒们根本无法移动阿姆拉姆的棺木，连半步也不行。

主教看到这里，不由得连连称奇，于是当即下令把拉比·阿姆拉姆的棺材停留在原地，且容商量后再处置。就在当天夜里，拉比·阿姆拉姆曾经帮助过的学生悄悄地来到棺材安置地，他们把拉比·阿姆拉姆的遗体移出，从而完成他的心愿，把他安葬在父母的墓旁。

却说在 1850 年时，美因茨城里离莱茵河不远的一条街道上有一幢房子进行翻修，人们在老房子的阁楼上意外地发现一幅古老的油画，画着莱茵河上有一条小船，正在逆流而上地行驶。莱茵河畔站立许多人，他们全神贯注地看着小船，惊讶不定。

呵，那个脍炙人口的故事不知道是真是假。可是，那幅油画却是真的。

可怜的吟游诗人

从前有个冬天，寒风凛冽，连躲在树林里的鸟儿都不敢鸣叫。可是，有个贫穷的吟游诗人却在美因茨城的大街小巷上慢慢行走。诗人的一头白发零乱地从肩膀上飘拂下来，褴褛的布片挂满瘦削、年迈的身躯。行吟诗人佝偻着背，一双僵硬的手几乎无法触摸他的小提琴和弦弓。

他多么希望寻找一个庇护之所稍稍休息，可是到处都找不到能容留自己的落脚之地。

他没有想到时代的变化如此巨大。他在年轻的时候曾经因为拉小提琴而誉享四邻。不仅如此，他还有一副好嗓子，歌声激越、嘹亮。那时候，多少人愿意看到他。无论男女老少，都喜欢看他拉着小提琴，还一面唱着歌，真是激动人心。他成为欢乐人群的焦点，常常获得丰厚的报酬。

可是，年迈之人犹如风中残烛，他感到世界已经不再属于自己了。老人寂寞地踯躅着，迈着疲惫的步伐朝着莱茵河慢慢地走去。那里有一座小教堂，教堂的大门敞开着。吟游诗人看到里面的祭坛，上面装饰着圣母马利亚的神像，雕刻得十分精细。诗人在神像前虔诚地跪下，默默地祈祷，诉说自己的苦难。

他多么希望从天堂的力量中获得安慰，去医治一颗病着的心。老人说到激动之处，不由得热泪盈眶，他拿起小提琴给圣母马利亚演奏了一曲美丽的颂歌，那是他的心血之作。接着，他又断断续续地唱了一支歌，而且开口说道："呵，慈祥的圣母，你知道贫困的苦难，因为你也有切身的体会。我请求你不仅听我的琴声，也要听听我的心声，知道我身受的苦难和折磨！"

呵，瞧吧，当他演奏完毕，做罢祈祷时，他的心里顿时获得很多的安慰。他正想站起来继续往前走时，只见木质的马利亚圣像突然开始动弹起来。圣像俯下身子，有点狡黠地朝着街头小提琴手微笑着，同时给他递上一双漂亮的紫金鞋，作为送给他的礼物和报酬。

小提琴手看到这一切，顿时吓得不敢吱声，只是怔怔地站在那里。

后来，他明白这是圣母施予的奇迹，立刻感到无比欣慰。他连忙低下头，吻着神奇的鞋子，把它带在身边，前往城里寻找金匠。小提琴手已经没有饥饿的感觉了。途中，他一边盯着那件价值无比的紫金礼物，一边怀疑似的打量着从旁走过的乞丐。

可是，乞丐已经把一切都看在眼里。他立刻来到法院，控告小提琴手偷窃了贵重物品。结果，小提琴手还没找到金匠铺，却已被押解送上法庭。小提琴手万分悲伤，哭哭啼啼诉说着自己平白无故遭受的冤屈。

法官们个个严厉，没有人愿意相信他的讲话。他们甚至恶毒地讥笑他，威逼他招供。后来，他们见小提琴手十分顽固，便把他摁倒在地，一顿庭杖，宣布他是可耻的教堂盗贼，判处死刑。

第二天，刽子手们押解着年迈的小提琴手前往位于莱茵河边的刑场，准备让他领受绞刑架的绳索之苦，抵偿自己的罪过。小提琴手明白，自己的遗体将会在绞刑架上被乌鸦啄食，他感到无比痛苦。

有一群游手好闲的人追随着行刑队伍。现在他们再看到从前被自己吹捧的小提琴手时已没有一点儿怜悯之心，似乎觉得老人罪大恶极，早就该死。呵，时代啊，悲哀。

他们一行从莱茵河畔圣母马利亚小教堂的门前经过。小提琴手看到发生奇迹的教堂就在眼前，里面还传出浑厚的钟声，如同为他送葬一般。于是，他向严厉的法官请求，希望让他在圣像前再作一回祈祷，拉奏一首曲子。

法官们答应了。

小提琴手虔诚地跪在地上，拿起小提琴拉奏起来，同时无比凄楚地唱起一支歌。他的歌声如怨似诉，就像秋风在哀柳的树叶间吹拂、叹息。多少人看到他的演奏、听到他的歌声之后，激动地流下了同情的泪水。

小提琴手演奏完毕，站立起来准备迈向刑场的时候，突然，他看到圣母马利亚的木像又动了起来。马利亚俯下身子，慈祥地看着小提琴手，又递给他一只紫金软鞋。

民众们看到这一切，感到惊奇、害怕极了。他们心慌意乱得站立不安，这是世上难见的奇迹呀！法官们、刽子手和围观的人群扑通一声跪倒在地，他们的心中无比后悔，知道错怪了眼前的小提琴手。

他们大声地歌颂圣母马利亚，表示他们的忏悔和赞美。不过，他们之中唱得最为动情的还是那位年迈的小提琴手，他庆幸自己重新获得了自由。

主教维利基斯

那是一千多年前的故事了。

相传，当时在美因茨城有一位虔诚的教堂王爷，他就是主教维利基斯。维利基斯是木匠的儿子，他完全依靠自己的意志和力量一步步登上了事业的高峰。美因茨的市民十分谦逊，他们热爱和敬重这位正直的主教，认为他是忠诚于上帝的仆人。

可是，对修道院的贵族们和一些显赫而又呆板的权贵们来说，他们感到向这位出身贫寒的工匠子弟鞠躬行礼实在是一件于心不甘的苦差事。他们只要想到主教小时候住的房子其实是用旧车改装的，心里更加觉得难以向他低头，不愿对他表示尊重。

他们中有几个人更加别扭，因为不久前，主教曾经温和地指责他们，说他们没有必要过分夸耀自己的祖先。骄傲的权贵们心怀不满，于是趁着一个漆黑的夜晚，他们对主教开了个玩笑，在他的房门上用粉笔画了许多的大车轮。

第二天清晨，主教准备前往教堂主持弥撒，看到房门上画满了嘲笑的画儿。主教默默地看着、沉思着，他的助手站在一旁心事重重，担心这位教堂主事克制不住自己的怒火，将会破口大骂。

可是，主教一直面露微笑，然后吩咐请来一位画家，请他在所有粉笔画成的大车轮下面添加火红色的田野，然后把车轮涂成白色。另外，他还让画家在画的下面添加了一首箴言诗：

维利基斯，维利基斯，
千万别忘，来源何处。

不仅如此，他还显出更加超人的智慧，请来打造车辆的木匠赶造出为耕犁配套的车轮。并且把车轮安装在自己的床边，让他可以时常想起自己低微的出身和往昔。从那天起，嘲笑他的人通通不作声了。

美因茨人从此更加敬爱他们的主教，觉得他能够荣辱不惊实在难得，展现了崇高的境界。后来，美因茨的主教们把火红大地上的白车轮设计到他们的城徽上。这幅漂亮的图画便成为美因茨城的标志和骄傲。

剥皮汉纳斯

在十八世纪法国革命和拿破仑统治时期，德国的莱茵河上下观念不一，民众间形成巨大的对立，出现一片混乱。

其实，民众间的混乱就是培养盗贼的温床。强盗集团和强盗头子突然成为主宰民众的妖魔鬼怪，他们杀人放火，无恶不作，身后还留下不少的传说。

莱茵人总是不忘提到那个名叫约翰·波克勒的强盗首领，他的绰号叫“剥皮汉纳斯”。剥皮汉纳斯是个乱世魔王，出生在美因茨附近的松林里，1803年被当地政府抓捕斩首，让约翰·波克勒身首分离。可是，美因茨人觉得他死有余辜，纷纷数说他的斑斑劣迹。

* * *

一天，有个佃户向剥皮汉纳斯借贷。剥皮汉纳斯答应了借贷。可是，他提出了一个额外条件，贷户必须出租给剥皮汉纳斯两间房，为他提供安全的躲避场所。

这位强盗头子率领众位强盗在佃户家中一连住了十五天。他看着当地捕快从佃户家的门前骑马经过，可是没有人想到里面住着他们日夜希望捕捉归案的汪洋大盗。

* * *

周围的农民谁也不敢规劝剥皮汉纳斯，他们害怕强盗报复。

剥皮汉纳斯生性放荡，爱穿新衣。他在家中雇佣了三个裁缝，整天为他和他的妻子缝制新衣，供他们挥霍、逍遥时之用。

有一回，其中一个裁缝给他赶送一件刚刚做成的上衣时，在途中遇到了剥皮汉纳斯和他的妻子。这两人见到新衣服时，不由得心中大喜。强盗头子立刻脱下身上的衣衫，裸露全身。他甚至高兴地跑来跑去，并拍打着自己的光屁股，大声地说道：“呵，你们这群捕快，我是剥皮汉纳斯，你们休想能够抓住我！”

然后，他穿上新衣服，跟他的妻子趾高气扬地朝他的巢穴走去。

他的妻子也是一身新衣。

* * *

有一回，强盗头子剥皮汉纳斯埋伏在大路旁的山岩后面，准备袭击前往赶集的行人和商人。当时，商人们都是结伴而行，组成一队一队的人马，以防不测，因为他们怀揣钱款，多有不便。剥皮汉纳斯知道商旅的秘密，希望能获得大批钱财。

剥皮汉纳斯看到大批商人来到面前时，便指挥强盗们蜂拥而出，把商人们包围起来。他们首先命令商人们脱下脚上的鞋子，把鞋子扔在一堆，然后命令交出他们的钱财，倾空他们的行囊。

最后，剥皮汉纳斯才允许这批褪毛干净的公鸡们——强盗如此称呼他们，各自穿上他们的鞋子。商人们在鞋堆前挤成一团，仔细地寻找自己的鞋子，现场混乱不堪。

趁这当儿，剥皮汉纳斯领着他的强盗早就逃得无影无踪了。

* * *

剥皮汉纳斯是个善于化装、逃避捕捉的老手。他的成功常常让捕快们摇头称奇。

有一回，他旁若无人地坐在一家酒店里，如同寻常的商人一般，还兴致勃勃地参加酒店里的斗牌赌博。捕快们随后来到酒家，他们跨下高头大马，把骏马拴在门前的树上，然后进入酒家。他们仔细查对在场的人员，可是，他们中竟然没有一个人认出剥皮汉纳斯。

捕快们经过一阵搜寻以后，全都累了、饿了，于是坐了下来。他们点酒点菜以充饥止渴，而且，他们还跟在场的强盗头子一起欢乐畅饮。

后来，剥皮汉纳斯漫不经心地站起来，走到门外。他悄悄解下一匹高头大马的缰绳，腾地飞身上马，一面还拍了拍酒店的窗户，对着里面大声说道："呵，众位捕快，再见了！你们可以去到处吹牛，说如何跟剥皮汉纳斯一起喝过兄弟酒，实在是福分不浅！"

捕快们追了出去，想解开马缰绳追赶剥皮汉纳斯时，只见他早已飞驰而去，跑得无影无踪。

* * *

一天，剥皮汉纳斯在林中稠密处遇到另外一个集团的强盗，他们互不相识。陌生的强盗掏出手枪，把枪口抵住剥皮汉纳斯的胸脯，然后动手把他的钱财掳掠一空。

剥皮汉纳斯知道对方强盗的手枪里只有两发子弹，于是对他说道："呵，伙计，你得帮我个忙，朝我身上打两枪。不过，一枪打穿我的帽子，另一枪打穿我的大衣。否则，我的伙伴们不会相信有人抢劫我，他们肯定以为我在哪里把钱喝光了，或者是赌博把钱输光了。”

对面的强盗明白对手的意思，便让他摘下帽子、脱下大衣，然后朝着他的帽子和大衣开了两枪。

剥皮汉纳斯看他开枪完毕，立刻上前一步，用双手扼住他的喉咙，说道：“呵，你这个蠢货，倒是个真正的强盗！你还是跟我学点本领后再去闯荡大树林吧。不过，你先把我的钱财交出来吧！”强盗已经把子弹射完了，他面对对手剥皮汉纳斯无能为力，只得乖乖地把抢夺剥皮汉纳斯的钱财交了出来。

“不行，还有呢！”剥皮汉纳斯厉声命令。

对面的强盗自认倒霉，连忙把自己身上藏着的钱财也掏了出来，通通交到剥皮汉纳斯的手上。

约翰尼斯名酒

德国人的舌头只要尝过，就不会忘记到处赞美它，他们让约翰尼斯尽享美誉，而且夸奖它有最好的名字。它就是约翰尼斯山的葡萄酒，是莱茵河地区的酒中之王。

莱茵河地区的酒友欣赏美酒。许多人尝过一回便不忘它的美名，有人对它赞不绝口，说约翰尼斯酒纯香扑鼻，而且开放约翰尼斯美酒的金钥匙是在国王手上的，因为是国王亲自把它栽种在了莱茵河畔，亲自为它祈愿。这位头戴王冠的栽种者名扬天下，他就是主宰法兰克王国的卡尔大帝，一位强大无比的君王。

相传有一年春天，卡尔大帝正在他英格尔赫姆宫殿的阳台上极目远眺，欣赏辽阔大地上的优美景色。头天夜里刚下过大雪，给大地穿上了银白色的衣衫，皇帝的目光停留在这片白色的天地里。突然，他看到约翰尼斯山脊上的积雪在阳光照耀下消融得很快。这是一位勤于思考的皇帝，他觉得那里有更多的光照，说明青草生长快，是太阳送上的福分。

年迈的皇帝立刻招呼他的仆人在第二天拂晓之际给他备马，他要去巡视前方的福地。他还发令，鼓励居民们大胆种植葡萄，把莱茵河沿岸变成美丽的葡萄园。

仆人立刻传达他的命令。

皇帝亲自坐船前往鲁特斯赫姆，用他高贵的手，在莱茵地区的泥地里种下了第一株法兰克葡萄。皇帝的努力非同小可，他还不断地关心鲁特斯赫姆地区葡萄的长势。等到第三个秋天来到时，他又亲自前往视察，种植葡萄的民众们一片欢腾。

鲁特斯赫姆和约翰尼斯山从此成为美丽的葡萄园。

毫无疑问，第一杯榨出的葡萄酒是献给皇帝的：金色的酒杯里斟满了金色的液体。皇帝满满地饮一口，顿时眼目清亮，他对当地的葡萄酒赞不绝口。

从此以后，约翰尼斯山的葡萄酒成为皇帝的心仪之物，那是激烈如火而又微带辛辣的好酒。卡尔大帝亲自让莱茵地区成为葡萄酒的王国。

呵，提到约翰尼斯山的美酒，喜欢葡萄酒的朋友谁会不知其名吗?

*　　*　　*

约翰尼斯山的美酒传说还没有到此为止。葡萄的嫩绿枝叶正在阳光雨露下牵丝爬藤，到处蔓延。酒友们已经知道卡尔大帝为葡萄赐福，多少诗人为它赋诗作画，他们甚至到莱茵河畔的葡萄园内引吭高歌。

“葡萄酒欢乐世人的心。”虔诚的国王大卫曾经留下一句深刻的格言，让后人难以忘怀。

相传每年春天，当莱茵河边的山坡上葡萄花开、香溢四方时，深夜时分总有一个高大的身影飘逸地来到这片美丽的葡萄王国。从身影上看，他气势非凡，如同宫廷贵人，身披紫金长袍，头戴钻石王冠，闪闪发光。他就是卡尔大帝，法兰克人的大皇帝。

他不是已经死了吗？是的，他死了，而且还是一千多年前的事情。可是，他在一千多年前亲自选定了鲁特斯赫姆和约翰尼斯山坡作为葡萄园地，而且亲手在那里栽上了葡萄。莱茵河的葡萄香味把他从坟墓里唤了回来。

说起来，他的墓穴是在远方的阿亨城，皇帝的魂魄常常趁着夜晚来到约翰尼斯山。卡尔大帝始终忘不了他的葡萄园，鸡叫头遍时，他回到阿亨，回到他的墓穴，进入他的睡梦。直到秋高气爽季节，葡萄花香又会把他唤醒，他又会来到莱茵地区为葡萄赐福。

梨树地的萝卜骑士

从前，位于莱茵河旁梨树地的对面宫殿山上有一座城堡，那是两位法兰克骑士从一座罗马军事要塞改建而成的，清一色的石头建筑，固若金汤。

后来，这座城堡转归到三个出身高贵的姑娘手上。不过，在强盗出没的时代，三个无辜的姑娘又被强盗逐出城堡，古老的城堡顿时成了可怕的强盗巢穴。

强盗们四处抢劫，只要眼前看到的，无论牲口、作物或者商旅货物，包括萝卜，他们都不放过。其实，他们只要在城堡的园地上稍稍劳作一下，就可以有很多的萝卜。可是，做惯强盗的人是不屑干活的。他们需要萝卜时，就到农民家中去偷去抢，那样来得方便。

后来，农民们把连地里的萝卜都要抢的强盗称做萝卜骑士。萝卜骑士常常推着他们的大车顺着宫殿山下来，嘴里还哼唱着：

萝卜圆圆萝卜甜，
抢来萝卜做饼馅。

农民们听到他们的歌声时，全都愤怒地操起连枷和镰刀，一起拥进萝卜田，保护他们的萝卜。有时候，强盗们看到农民人多势众，不敢招惹，只得撤退。他们的车轮艰难地在山路上向前滚动，吱吱嘎嘎的声音如同哀叹的歌声：

萝卜圆圆萝卜甜，
无法抢来做饼馅。

不过，强盗们还是为所欲为、无法无天，一直到哈布斯堡王朝鲁道尔夫上台，他以强硬的铁拳手段在德意志大地上维持秩序，才有力地摧毁了许多为非作歹的强盗窝。宫殿山上的萝卜城堡自然也在扫荡之列，它被彻底夷为平地。

从此以后，农民们可以自由地收获他们的萝卜。不过，当地的农民还是给宫殿山的城堡留下了萝卜骑士的美好传说。

稀罕的鸟儿

从前，玛埃森小溪旁的村庄里住着一个农民，他跟魔鬼签订了一份合同：魔鬼承担满足农民任何愿望的义务，农民则必须把自己的灵魂交给魔鬼支配，自愿让自己的灵魂在将来归属地狱。魔鬼信守诺言，满足了农民希望获得的一切。农民兴高采烈，日子过得如同国王一般。

后来，农民看到合同期限将至，不由得心里慌乱起来，他对妻子说道："呵，你可知道，魔鬼即将把我逮去了，到那时就没有人关心和疼爱你了，现在你应该全力以赴帮助我。"

妻子答应尽一切力量帮助丈夫逃脱魔鬼的掌控。丈夫思来想去，想出一个主意，吩咐妻子把家中的母鸡全部杀掉，然后把鸡毛铺散在门前的打谷场上。

他让妻子把身上的衣服脱光，接着亲自动手，用煤焦油在赤身裸体的妻子身上涂抹一遍。然后，他吩咐妻子在铺满鸡毛的打谷场上打滚，让鸡毛彻底粘在身上。最后，农民帮助妻子攀到仓库房的大梁上坐好，并叫她不要出声。

不久，魔鬼来到农民家里来取农民灵魂。

"呵，伙计，我还有一个心愿，"农民开口说道，"如果你能满足我的愿望，那么，我的灵魂就归你所有，由你支配。你能告诉我，蹲在梁上的是只什么鸟吗？"

农民的妻子立刻啼叫起来："咕咕——咕！咕咕——咕！"魔鬼听到叫声，不禁兴奋地说道，"呵，我听出来了，这是来自热带国度的布谷鸟！"

农民听到他的回答，忍不住哈哈大笑，说道："呵，不对，你输了。你输掉合同了。这只鸟儿是我的妻子！"

乡村财务箱

从前在莱茵河的下游地区兵祸连绵，战事不断。男女老少只得东躲西藏，民不聊生。

一天，莱茵河附近的一个小村庄里一片混乱，因为敌人已经距离村庄不远了。村长急得失去了主张。他最担心那只存放着许多钱款的财务箱，不知道该把它藏哪里才安全。

正当大家急得走投无路时，有个年轻的木匠自告奋勇地说："我可以为你们排忧解难，把那财务箱送到安全的地方。"村议会见他年轻勇敢，便同意把盛满钱款的财务箱交给小伙子，由他妥善安排。

年轻的木匠把财务箱带回家中。他把箱子搁在一只皮包内，然后来到村前的大杨树下。年轻人不费气力地爬上大树，把皮包搁在树杈间。他还用细绳把皮包捆绑结实，觉得十分安全。

村子里一片混乱。敌人的士兵奔来奔去，忙碌着杀人放火，把村子糟蹋得不成样。后来，战事平静了，敌人全部撤退。市议会立刻吩咐年轻的木匠把树杈上的皮包取下来。

村长小心翼翼地从木匠手中打开皮包，取出财务箱。村民们全都站在一旁，看着村长仔细地打开财务箱。箱子一打开，村民们全都惊呆了。他们立刻用手捏紧鼻子，同时愤怒地喊叫起来，因为箱子里面装的不是别的，而是一堆牛粪。

村长不敢相信会有这样的事情，他立刻召集议员们开会。议员们反复议论，都百思不得其解，母牛怎么能爬上这么高大的杨树，而且站在树冠顶上干下这等好事呢？再说，它在往上爬时，也应该有人看到呀！

卡尔大帝

从前有一天，卡尔大帝在他莱茵河边的行宫里睡着了。突然，他梦见一个天使，天使身上发出一片光亮，她来到大帝的床前对他说："呵，伟大的皇帝，请你立刻起来！你的命运让你在今天夜里需独自悄悄外出偷窃。"

卡尔大帝听到这话，突然惊醒。他觉得梦境奇怪，正在思考究竟是何缘由时，不知不觉又睡着了。可是，他又梦到那位天使，还是那番言语，只是语气比刚才更加迫切和强烈。"呵，皇帝，你千万别错过机会，"天使说道，"快起来出去偷窃！这会给你和你的王国带来幸福，这是一位大神仙对你发布的命令，我是前来传达命令的。”

卡尔大帝在第二回的梦境后，便不敢耽搁，而且也不把它当作做梦，而是作为真正的命令。卡尔大帝从床上一骨碌跳起来，脑子里反复地回忆着天使的吩咐，只是不明白究竟是怎么回事。不过，他知道这是一项特殊的使命，他将作为西方王国的君主去做一件下等又损名誉的事。

但卡尔大帝是个虔诚的人物，他对不可知的神秘力量更是无限迎合，乐意服从。于是，他穿上衣服，带上武器，离开了卧室，把自己交给天命。他匆忙走进马厩，备好马鞍，然后跃上马背，朝着宫殿的大门骑去。

他没有带随从，也没有让宫殿的守护看到，因为宫殿里的男女老少全都陷入酣睡中，如同着了魔一样，一片鼾声如打雷一般。

卡尔大帝抬腿来到附近的大树林，暗暗思量：“让我外出偷窃，毫无疑问，这是我从小就十分厌恶的事。可是，既然是上帝的旨意，那么我就应该按命令行事。不过，我该如何偷窃呢？我多么希望有个精灵做伴！如果他能够教我这等夜间盗摸的本领，我会重重地嘉赏他，而我也就不会像现在这样胆怯，无从下手了。”

正当卡尔大帝自言自语时，他看到淡淡的月光下好像有个孤独的骑士迎面而来。骑士似乎也看到卡尔大帝了，正朝他一路过来。不一会儿，两人已经面对面地站在一起。

陌生的骑士从头到脚全副武装，骑一匹黑色的高头大马，连马鞍都是黑色的。皇帝疑虑地打量着眼前的陌生人，他多么希望知道是谁深更半夜胆敢在黑黝黝的树林里骑马行路。

卡尔大帝觉得眼前的一团黑色和默不作声的陌生人一定不是个好预兆。想到这里，他心里不由得打了个冷战。他觉得对面的陌生骑士也许就是个恶人，说不定会给自己带来不幸和伤害。他知道地狱的鬼怪都拥有制约世人的魔力。

“你是谁？”这时，陌生人首先开口问道，“你身着戎装，夜间到树林里晃荡转悠，这里并无道路可走。你难道是皇帝的仆人，过来看看如何逮住林中的精灵，是吗？那么，我告诉你，还是立刻回去为好。精灵们来去如风，狡猾程度赛过皇帝大院的显赫官员。他们在野外毫无顾虑，就像狐狸和麋鹿在树林里不会迷失方向一样。”

“呵，我要走的路呀，”皇帝回答，“跟你们的不一样。除了皇帝以外，没有人会给我派遣差使，让我干活。如果你讲的话让我不满意，我可以按照骑士的风俗让你停止讲话。”

卡尔大帝说完，一面抖落出他的利剑，摆好姿势，一面准备搏斗了。这时，陌生的骑士也亮出他的兵器。于是，他们俩一来一往，格斗起来。

突然，陌生人手起一剑，重重地打在卡尔大帝的头盔上。头盔牢固，竟把陌生人手中的利剑震成几截，飞落在地。陌生人呆呆地站在那里，毫无反抗之力。

卡尔不愿意斩杀一个手无寸铁的武士，于是对他说：“我不杀你。如果你能告诉我你是谁，为什么在树林中里转悠，那么我就饶你一死，还你自由。”

“呵，我是精灵，”那人回答，“自从我丢失了全部财产，而且被卡尔大帝逐出王国以后，我就靠偷盗抢劫为生。直到现在，还没有任何人能够战胜我、制服我。你是打败我的第一人。可是，你对我十分宽厚、慷慨，那么请告诉我，我该如何答谢你的大恩大德？”

“如果你真是精灵，”卡尔说道，“那你就是一个臭名昭著的盗贼，皇帝早就想要把你抓捕归案了。如果你想对我表示感谢，那么你就立刻教会我如何偷盗。我在深夜时分出来转悠，希望对卡尔大帝下手，偷盗他的货物。我为了这件事，需要各种帮助。因此，你不妨跟我走，我们一起从事这个任务。”

“呵，我不去偷皇帝的货物，”陌生的骑士回答，“尽管他没收了我的货物和财产，把我逐出我的住所，可是，他只是听信了恶人的话语才对我下毒手的。而且，我也的确危害地方，造成许多人的损失。我现在只偷不义之财。你听说过有位伯爵吗？他不仅危害地方，甚至还要对皇帝下毒手，伤害皇帝的身体和荣誉。我们可以去偷盗这个人。”

卡尔大帝听到这般诚恳的讲话，不由得心情激动，于是高兴地对陌生精灵说道：“我愿意跟你一起前往那个城堡。”

陌生骑士跟卡尔大帝结伴前往伯爵家。到达伯爵家门前后，陌生骑士熟练地往他家墙上凿了个洞，然后吩咐卡尔跟在他的后面一起钻进去。他们顺利地进到伯爵家的宅院，因为陌生的骑士擅长开门撬锁，他到处走动，如同进入自己的家一样。

伯爵刚刚入睡，似乎听到动静，便告诉夫人道：“我听到有细微的动静，好像有人潜入家门。他们也许是强盗，进来偷盗货物的。我要赶快出去查看一下。”伯爵夫人听到了他的讲话，卡尔大帝和陌生的骑士也听到了。他们两个互相使了个眼色，急忙伏在地上，钻到伯爵的床下去了。

伯爵起来，点上一支火把。他在房间和过道里走来走去，仔细查看。

这时，只听伯爵夫人说道："呵，亲爱的丈夫，肯定不会有强盗进来的。我想，你一定是内心不安不能入眠，因为你一定想着将面临许多的危险。不过，你应该承认，那些让你难以入眠的都是一些特殊的计划。你不妨对我说个明白，以便让我为你分忧解难，为你出个主意。"

"好吧，"伯爵回答，"我已经决定在明天实施我的计划，因此也不用对你隐瞒了。你得知道，我跟一起举事的十二位骑士已商量停当，决定杀了卡尔大帝。他不让我们剪径道路，不让我们收取赋税，也不让我们盘查行人。没有人知道我们已经悄悄地结成联盟。因此，我提醒你千万注意，不能对外面透露一点风声，对谁也不能讲。"

卡尔大帝听到这番讲话，不由得大吃一惊。他不声不响地伏在地上，等到伯爵夫妇重新入睡、传出阵阵鼾声时，才跟强盗伙伴悄悄退了出去。

卡尔大帝对名字叫埃尔勃伽斯特的盗贼十分感激。跟他告别后，卡尔大帝急忙回到自己的卧室。天已破晓，他便召集宫殿文武，对他们说道："呵，今天夜里我做了个奇怪的梦，梦见伯爵跟他的十二位骑士准备闯入宫殿，寻衅闹事。他的意图非常明显，想要谋害我，破坏我所致力于建设的平安王国。你们立刻全副武装，准备捉拿谋反举事的恶棍。"

中午时分，伯爵果然领着他的帮凶来到宫殿门前，要求卡尔大帝接见。宫殿门卫已有安排，见他们骑马走进大门时，立刻把他们身后的大门紧紧关闭。

伯爵正兴冲冲地往前走动，突然眼前出现大群的武士，个个全副武装，从四面围过来，把伯爵及其同伙包围了起来。武士们发出一声呐喊，把伯爵和十二名同伙从马上掳下来，摁倒在地，然后剥下他们的衣服，搜出贴身隐藏的武器。伯爵知道自己的阴谋败露，已无可抵赖。他们最后被送到刽子手的面前，领受应得的惩罚。

埃尔勃伽斯特听到消息，心慌意乱地来到宫殿，面见卡尔大帝，希望饶恕自己的罪行。卡尔大帝却公开宣布对埃尔勃伽斯特免除刑罚，同时给他丰厚的奖励，保证他终身居住在卡尔大帝的王国里，只是希望他从今以后不再行偷盗之事。

卡尔大帝觉得这次听从了天使的指拨，采取了一次重大的特殊行动，于是，他把自己行宫所在地命名为英格尔赫姆，天使之家的意思。这就是英格尔赫姆城的来历。

那座宫殿坐落在距离莱茵河不远的地方，那么豪华，闻名遐迩。

希尔特伽德王后

那是卡尔大帝生活的时代。

相传卡尔大帝看到萨克森人屡次进犯法兰克王国，便决定惩罚他们，同时，要向他们灌输基督教教义。于是，他决定亲往征战。临行前，他把王宫内外的大小事务全都委托他的远房兄弟，骑士獭狼主管，包括保护王后希尔特伽德。卡尔大帝吩咐獭狼必须勤奋理政，把宫中发生的一切全都记录在案，待他回来后详细汇报，不得懈怠。

却说当时王后希尔特伽德正住在英格尔赫姆。

骑士獭狼是在希腊皇帝的宫殿里接受教育长大的，他有当地人自由散漫的习气，品性也不优良。他尤其不相信女人会有道德操守，认为任何女人都可以被易如反掌地随意引诱。

卡尔大帝出征在外，骑士獭狼住进了卡尔大帝的王宫大院。可是，他的引诱术屡屡失败，宫内没有一个女人青睐他。骑士獭狼不知收敛，反而把目光投向宫中最美丽的女人，王后希尔特伽德。王后美貌惊人，如同鲜艳的花儿，无比灿烂，让人心醉。

平日里，碍于卡尔大帝的威严和宫中的道德和规矩，獭狼不敢造次。现在大帝征战沙场，生死未卜，于是他春心荡漾，控制不住地希望实现自己的邪恶欲念，逞一时之快。他知道，凭借自己在宫中的职务和权力，完全可以为他带来极大的方便。

于是，他利用一切机会对高贵的王后抛出引诱的目光和表情。王后不理不睬，他落得个欲火中烧，无可奈何。

骑士獭狼见王后对自己不予理睬，便变本加厉，趁着有一回二人单独见面的机会，立刻大胆地向王后吐露自己的心意，甚至信誓旦旦地表示，他决不会放弃对王后的爱情，哪怕为此付出自己的生命。

高贵的王后听到他的话，不由得又是惊讶，又是鄙视，感到自己的尊严和地位受到了污辱和亵渎，便当即回绝了他。可是，骑士獭狼把王后的拒绝当作王后的虚伪和假面具，第二天见面时再次表白自己的心愿和爱情，语气直接又强烈，甚至带着许多的威胁。

高贵的王后见他纠缠不休，一方面觉得这位恶劣的骑士低贱下作，一方面又感到灾祸临头，便寻思着如何避祸脱身。王后装出被爱情打动的模样，答应他在第二天晚上前往宫殿的偏僻之处等候他。王后这样说是为了安全地会面，不受任何干扰。

猥琐的骑士如约来到约定的地方，王后希尔特伽德也如期现身。她打开偏僻的房门，让骑士獭狼步入房间。骑士獭狼刚刚跨过门槛，房门便砰的一声碰上了。王后拉上门栓，把房门紧紧锁上。

“你个丧尽天良的好色之徒，”王后厉声地喝斥道，“你就在里面追逐你的无耻欲望吧，等到我的丈夫回来。他会让你获得应有的惩罚！”骑士獭狼方知中计，大吃一惊。他如同一块僵硬的石头，站在那里一言不发。

他朝四周看了一眼，发现自己在一间狭长的房间里，里面什么也没有，只能供他勉强度日。此外，他还看到，想从小房间里逃出去是不可能的，只有王后希尔特伽德开恩放他出去，才是唯一的希望。

每天，宫殿女仆都给他送上一点儿可怜的膳食，是从铁窗格里塞进去的。而且，女仆连一句话也不说，板着一张十分冷漠的脸。

有一天，被关着的獭狼央求女仆转告王后，说自己后悔不迭，迫切地恳请王后开恩放他出去。王后听到他的追悔之言，并不为之心动，她根本不相信獭狼的虚伪请求。

后来，王后听说自己的丈夫即将凯旋，又见獭狼不断求饶，便在丈夫回到城堡的头天下令饶恕了骑士獭狼，把他放了出来。獭狼从囚禁的房间里出来后，顿时反目，变得怒气冲冲，而且不断寻思如何报复王后，希望让王后彻底毁灭。

他急急忙忙迎着卡尔大帝奔去，装出万般忠诚的模样，向着大帝编造谎言，说王后不遵妇道，逾越婚姻的忠诚，跟一位陌生的骑士保持暧昧的关系，并被獭狼骑士亲自撞见。

獭狼还信誓旦旦地宣称，为了避免见证之苦，他选择了离开，前往异国他乡暂且躲避，直到听说大帝凯旋，这才急忙赶来，向皇帝禀报一切，乞望卡尔大帝垂恩于他。当然，他还不忘强调，对这种伤风败俗的女人进行任何的惩罚都只有卡尔大帝有权利，别人是不敢代劳的。

卡尔大帝对他的王后十分钟爱，听到消息后不由得醋意大发，相信獭狼的汇报句句属实。卡尔大帝当即下令，让仆人抓住王后送往树林深处，执行斩首惩罚。

骑士獭狼十分乐意地答应一声，然后传谕下去。接着，他把无辜的王后交给两名忠诚的仆人，让他们押解王后前往树林密处，执行斩首。

夜晚时分，两个仆人押解着王后进入树林。他们找到一处地方，举起了罪恶的利剑。王后万般无奈，只得对着上帝做起了最后的祷告。

突然，从树林的稠密处跳出一个身穿白衣、头戴面纱的身影。身影以庄严的声音呼喊起来："你们两个恶毒的歹人，立刻住手！停止执行刑罚。你们转过身去，立马逃走，免得遭受被老天彻底毁灭的厄运！"

两个仆人听到神仙一般的警告，顿时吓得面如土色，于是放下了手中的利剑，匆忙地逃离出去。回到宫殿后他们向骑士獭狼谎报一通，说一切按他的命令执行完毕。

白色的身影见仆人逃走，便摘下面纱，来到王后希尔特伽德的面前。原来她是忠诚于王后的宫廷女仆。女仆见骑士横生祸端，陷害王后，担忧自己也会遭受灭顶之灾发誓救出王后，于是她暗中跟在两个仆人的身后，以神仙降临的方式吓退了行凶的仆人，让王后免遭惨祸。

可是，树林深处密不透风，对两个势单力薄的女人说来毫无安全可言。她们希望寻得一处安身之所，于是在树林里走来走去，后来看到一幢年迈隐士居住的茅舍。隐士友好地接待了她们，让主仆二人暂且安身住下。

后来，王后把自己的身世对隐士吐露。虔诚的老人跟她一起向上天祈祷，希望获得拯救，雪洗不白之冤。王后希尔特伽德跟着年迈的隐士学习用草药治病的本领，积累了不少知识，给自己带来许多的乐趣。

她们一连住了几年。后来，主仆二人听取了虔诚隐士的建议，穿着让人无法辨认身份的衣衫，一路前往罗马。她们在那里依靠学得的草药医术为人治病度日。王后希尔特伽德凭借自己的医术治病救人，不久名声大震，好评如潮。

有一回，罗马的教皇病了。他亲自前来向王后希尔特伽德询医讨药。后来，他服用了王后的草药，药到病除，恢复了健康。王后希尔特伽德这时已改名叫阿拉贝拉，她受到人们的敬仰和尊重，名声一直传到遥远的法国。人人都说她是一位神医，医术高明，无人可及。

却说卡尔大帝自从把王后送到林间斩首后心里便堆上了层层乌云，不得安宁。他变得沉默寡言，深居简出，不愿跟人接触，甚至越来越多地隐身林间打发时日。他对当年如此仓促地下达斩首王后的命令十分后悔，觉得王后也许没有犯下过失。他甚至觉得自己错杀了王后也是可能的。激烈的思想交锋如同残酷的刑罚拷问着大帝的良心。他不由得仰望着蓝天白云，希望苍天赐他智慧，让他获得心灵的平静。

不久，他又被卷入一场战事。卡尔大帝暗暗下定决心，待这场战事平息以后，他要亲自前往罗马询问教皇，向他披露自己的悲伤情怀，希望减轻自己良心的折磨。骑士獭狼听说卡尔大帝的心愿后，便央求希望跟他一起前往罗马。

再说獭狼自从干下罪恶勾当以来，如同遭受惩罚一般，立刻患上一种钻心疼痛的疾病。他希望前往意大利，去享受那里的和风细雨，减轻疼痛的折磨。卡尔大帝答应了他的请求。

于是，等到战事取得胜利以后，卡尔大帝和骑士獭狼收拾行装，踏上旅途前往罗马。罗马城十分隆重地接待了卡尔大帝。王后希尔特伽德悄悄地隐身于欢乐的民众间，她忍受着激烈的心跳和无限的伤感看着她的丈夫骑着高头大马。同时，她也无比惊恐地看到无赖骑士獭狼正在大帝的身旁款款而行。

接着，身患重疾的恶人獭狼立刻前来寻访手到病除的神医阿拉贝拉，请她帮助医治疾病。王后听他讲述自己的糟糕病情后，便开口对他说道："呵，骑士先生，我可以借助上帝的帮助，用我的医术治愈你的疾病。可是，如果你曾经犯下过罪行，那么，你必须向牧师交待明白，彻底忏悔。你如果错失了这个机会，那么，你将必死无疑。"

獭狼听到此话退了出去。可是，良心的折磨和死亡的威胁让他左右为难。毫无疑问，他害怕卡尔大帝的惩罚，不敢承认自己的罪恶勾当。于是，他耽误了忏悔，结果病情日益加重，濒临死亡。

垂死之际，骑士獭狼终于找人把卡尔大帝唤到自己的病榻前，同时把神医女子也请到榻前。接着，他把对王后希尔特伽德犯下的滔天大罪作了交待。随后，他转身请求神医女子治愈他的疾病。獭狼还可怜巴巴地请求卡尔大帝，希望他同情自己的病体危重，原谅他的滔天罪行。

卡尔大帝的内心受到极大的震动。他紧闭双目，无法面对无耻小人的弥天大谎，一颗心几乎当场碎裂。可是，他很快又获得了巨大的安慰。原来，神医女子、希尔特伽德王后来到卡尔大帝面前，她见到了自己的丈夫，立刻除去了化装，呼唤一声："呵，我的卡尔夫君。"随即晕倒在地。

卡尔大帝看到王后，不由得大喜过望，急忙扶起妻子。两个人久别重逢，拥抱在一起，很久很久都不愿松开。他们心痛万分，眼中饱含热泪，又悲又喜，感叹着自己的命运捉弄。

骑士獭狼看到这里，顿时吓得面如土色，呆呆地坐在椅子上，随后瘫倒在地，脑袋不由自主地垂了下来。

卡尔大帝转过头来呵斥骑士獭狼，声震如雷，要他回答一切。可是，他发现骑士獭狼已成为一具僵硬的尸体。

罗马城立刻举办盛大的庆祝，史无前例的热闹。教皇亲自为卡尔大帝和王后希尔特伽德别后重逢赐福，为他们缔结新的纽带。卡尔大帝欣喜地领着他的王后回到莱茵河畔。

忠诚的女仆一直跟着王后辗转南北，这回她也跟着回到了莱茵故里，重新住进英格尔赫姆的王宫大院。她受到王后希尔特伽德的尊重和保护，一直活了很长时间，见证了卡尔大帝和王后的幸福生活。

为了感谢苍天对自己的呵护和怜爱，也为了证实自己的清白和无辜，王后希尔特伽德在开姆泼腾建造了一座修道院。修道院的年鉴上清楚地记录了这则传奇故事。

艾琴哈尔特和埃玛

卡尔大帝有很多妻子，因此生下很多孩子。不过，卡尔大帝很偏心，他对小女儿埃玛尤其宠爱。埃玛不仅长得漂亮，而且聪明绝顶，带有稚气的温柔气质让多少人称赞不绝。

有时候，卡尔大帝在国事烦忙中稍作休息，或者到知己的官员家中走动时，总是带上小女儿，而且高兴地称呼她为伊默儿。

卡尔大帝在英格尔赫姆每天都要召集官员商议王国大事。他的官员都是富有智慧的人，他们不负皇帝的信任。当然，卡尔大帝对他们也十分器重。有的官员甚至受到他的宠爱，跟他住在宫殿里，成为他的餐桌伙伴和他的朋友。

卡尔大帝正当年。他善于深思熟虑，能够明智地判断王国事务，比他年轻时更胜一筹。此外，他跟年轻的艾琴哈尔特也友谊深厚。艾琴哈尔特是个天赋很高的年轻人，拥有丰富的知识。他不仅常常给卡尔大帝提供建议，当参谋，还帮助卡尔大帝记录、写稿，是卡尔大帝的得力助手。

艾琴哈尔特富有教养，女人们都很喜欢他，皇帝的女儿埃玛更是对他夸奖不迭。艾琴哈尔特常常伴随卡尔大帝进出深宫大院。他发现皇帝的女儿似乎对他有好感，那是一种深藏不露的爱情。

艾琴哈尔特见姑娘对自己如此深情，没有无动于衷，他也是感情丰富的年轻人，面对着美丽姑娘火一般的真挚感情，他不可能冷漠以待。不过，艾琴哈尔特还是竭力掩饰和控制自己的激情，不时地提醒自己不能辜负皇帝赋予他的信任。

因为皇帝对他信任有加，让年轻人对自己的行为更加谨慎，因为卡尔大帝常常要他起草文稿，还委托他教埃玛音乐。这就更为他们提供了良好的机会，使两个心里闪烁着爱情火花的年轻人常常在一起，变得无拘无束。

不久，他们就开始相互表白，并立下永远忠诚于爱情的誓言，誓言在他们的心上烙下深深的印痕。秘密的面纱遮住了他们的甜蜜和幸福，没有人发现他们，没有人知道他们的梦想和渴望。后来，他们感到在白天享受的幸福还不够，便开始在夜间幽会。

艾琴哈尔特每天夜里都从宫殿的侧旁穿过宫殿大院，悄悄来到姑娘埃玛的卧室，跟姑娘一起享受爱情的欢乐。春天见证了他们的爱情誓言，美丽的夏夜伴随着爱情的足迹瞬间而过。秋天接踵而来，它以沙哑的呼号唱响了十一月的大风歌。

热恋中的人是难得聪明的。即使到了严寒的冬夜，他们还是激情如火，而且趁着漫长的冬夜延长了他们的幽会，耳鬓厮磨，其乐融融。

有一回，他们在埃玛的卧室里耳语缠绵，不知不觉天已拂晓。艾琴哈尔特知道必须离开了，否则一旦被发现，后果不堪设想。爱恋的姑娘陪伴着他去悄悄拉开大院的门，等他走后再把门拴上。可是，他们看到大院里堆满了厚厚的积雪，原来下了整整一夜的雪。两个人看到大雪封门，顿时担忧起来，任何画家的笔触都难以绘出他们此时的脸色。

艾琴哈尔特无法蹚过皑皑白雪而又不在雪地上留下脚印。对他说来，他更加不敢冒败坏两个人良好荣誉的危险，从而引来皇帝的勃然大怒。埃玛镇定了一会儿，悄悄地说道："我想有个办法可以让我们摆脱困境，这是唯一的办法，而且稳妥、可靠。呵，亲爱的，你骑坐在我的肩膀上，我背你过去。这样，人们看到雪地上留下一个女人的纤细足印，就不会引起怀疑。"

"呵，女人的见识，"艾琴哈尔特不由得微微一笑，"遗憾的是，你没有这样大的力气，背不动我的。"艾琴哈尔特担心埃玛无法背负这么沉重的负担，因此不敢听从她的建议。

可是，他经不住姑娘的再三劝说，况且，眼前也的确没有其他的法子。于是，他放弃顾虑，伏在了姑娘的背上，让姑娘背着自己朝住房走去。

不幸常常像个喜欢露脸的姑娘而隐藏不住。正当他们担惊受怕，不想被如此巨大的王国皇帝发现从而遭殃时，偏偏卡尔大帝那天夜里失眠，早早地起床，走出房间来到大厅。那里有个宽敞的阳台，可以看到周围的一切。

突然，他看到一个女人背着一个男子走在雪地上。卡尔大帝不由得饶有兴致地走上阳台，想要看个究竟。当他终于认清他们两人竟然是埃玛和艾琴哈尔特时，卡尔大帝惊讶得张大嘴巴。他强行抑制住心头的激动和愤怒，如同他不声不响地走上阳台一样，他回到了自己的卧室。

第二天，他召集文武官员商议要事，艾琴哈尔特也来到议事大厅。皇帝对他们提出一个重要的问题，如果皇帝的女儿在夜晚时分把情人引入自己的房间，那么应当承受何等处罚。

官员们思来想去，拿不出主意，不知道说什么好。最后，他们含糊其辞地说，事关年轻人的爱情大事，最好的处置办法还是——宽恕为好。

卡尔大帝没有作声。

不一会儿，他又问道，如果一位下级官员跟国王的女儿私下来往，甚至趁着夜晚时分悄悄前往姑娘的闺房，那么，对这样的官员应该如何处置。官员们又是来回讨论，不置可否，仍然建议宽大为怀。

可是，他们之中的年轻人艾琴哈尔特，他开始时一声不响地沉默着，脸色苍白，此刻却大声说出他的意见："他应当领受死刑！"艾琴哈尔特说得坚决、果断。

皇帝听到回答吃了一惊，接着朝他走上一步，说道："死刑的处罚也许过重。可是，对这样的罪犯以及忘掉自己责任和义务的女儿应该被逐出家门，剥夺她的显赫地位，让她跟她的情人远离家乡，生活在遥远的地方，去那些没有人烟的荒漠之处、密林之地。"

第二天清晨，天刚蒙蒙亮，埃玛和艾琴哈尔特沿着前往美因茨的方向一路走着。他们到达美因茨后又继续往前，沿着另外的河岸，最后离开大路，穿过一座座茂密的大树林，直到傍晚。他俩长途跋涉，已经精疲力竭，于是走进一间烧炭夫的芦苇小房，暂时安顿下来。

第三天清晨，他们又往前走，走了很久，来到一片稀疏的树林之中，周围看起来阳光明媚，很合他们的心意。旁边是一条潺潺流动的小溪，茂密的草地从河边延伸出去。于是，他们在草地上坐下来休息，心中的紧张和害怕慢慢地消失了。

他们重新找回了往日的甜蜜，默默地依偎在一起，感叹命运的艰难。两个人发誓，要以加倍的温柔相互支持，从而忘掉残酷的命运。他们决定留在这座可爱的山谷中，自己动手搭建了一座简易的小房子。艾琴哈尔特拿出几件细小的首饰，跟附近的牧人换来几头母牛、绵羊和日常需要的家具、物品。他把小房子收拾得干干净净，让爱情成为甜蜜生活的调料。

两个人在林中小屋里生活得十分简单，可是自由自在，如同小鸟儿在天空中自由飞翔。他们隐居在林中小屋里，转眼间已经过去六年了。埃玛为艾琴哈尔特生下两个孩子，这对上天赐予的宝贝为他们的生活添加了许多的色彩。

却说卡尔大帝因为女儿不在膝下，心中一直很不安宁。他的头发开始花白，脸消瘦下去，分外迷茫的眼神明显地表示出他的寂寞和孤单。

卡尔大帝处理完他的朝政和国事以后，不再如同往常一样留在家里，而是率领一批随从翻山越岭前去打猎，借以消遣解闷。有时候，他为了追赶一头公鹿或者狍子，不惜穿过一片又一片的茂密树林。

有一次，他来到欧登老林打猎。他发现了一头漂亮的梅花鹿，便在后面紧追不舍。他追了很长时间，最后连自己都不知道到了什么地方，而且身旁连一个随从都没有。他连忙吹响号角，可是周围没有任何的回答。卡尔大帝感到不安，他没有想到会在一个完全陌生的地方迷失方向。

他腾地跳下马背，把马儿拴在大树旁，自己在树荫下躺倒，他在激烈地思考，应该沿着怎样的方向才能走出困境，回到自己的伙伴中间。

突然，他看到树丛中跳出一个活泼的男孩，是卡尔大帝刚才的号角声把他吸引过来的。男孩带着稚气的惊讶表情望着陌生的男子和他高大威武的坐骑。卡尔大帝感到很高兴，终于看到了一个鲜活的生命。大帝连忙友好地示意男孩，让他走近自己。

不一会儿，他们开始熟悉起来。男孩摸着大帝的长矛，看到长矛闪闪发光，很是喜爱。卡尔大帝饶有兴致地问他问题，男孩高高兴兴地回答，还说自己的父母就住在附近不远的地方。男孩说着，伸手指了指家的方向。

卡尔大帝看孩子的外表和举止，不像是没有教养的野孩子，便高高兴兴地提出想去认识这个生活在树林密处的隐居之家。不一会儿，他看到眼前有一座干干净净的小房子，一个美丽的少女正在忙碌地准备晚餐。美丽的少女正是埃玛。她极其礼貌地招待陌生的迷路人，答应让他借宿一晚。不过她也说了，在寒舍留宿，请客人多加担待，不要嫌弃。

少女告诉陌生人，她的丈夫外出打猎去了，马上就会回来。她还说，她的丈夫能够跟一位高贵的骑士一起用晚餐，肯定会感到荣幸。卡尔大帝看着眼前的年轻少女，尽管少女似乎没有认出他来，可是卡尔却有一种难以名状的感觉。有个问题在他的喉咙口，他多么希望知道少女为何选择这么一个偏僻之乡作为自己的归宿之地。

这时，她的丈夫回来了。

艾琴哈尔特忠诚而又高兴地问候陌生的客人。可是，他总觉得在客人的身上有许多令他惊讶而又熟悉的地方。

他们终于坐上了餐桌。年轻的女主人首先端上一份简易的汤，接着送上一道鹿肉。皇帝尝了一口，不由得无限伤感地惊叫起来："呵，这样一道佳肴平常都是由我的伊默尔为我准备的。她那时就在我的身旁，是我宠爱的女儿。"埃玛和艾琴哈尔特听到这番讲话，顿时从座位上跳起来，紧紧地盯着眼前的客人。

年轻的少女如梦中醒来一样，大声说道："呵，这是我的父亲！"少女说着，立刻扑倒在卡尔大帝的脚前，呜咽地说道："呵，你的女儿，你的伊默尔就在你的面前。她一路逃到这里，远离世界，穷乡僻壤，跟她的丈夫在这里生活。我能在这里再见父亲尊颜，那真是苍天有眼，给我赐福，我永远感恩在心。"

这时，艾琴哈尔特也一起跪在卡尔大帝的脚前，恳求大帝饶恕和原谅他们。一阵长长的沉默，卡尔大帝的脸上反映出他的内心在犹豫和斗争。后来，一个动人的场面出现了。他们三人热烈地拥抱在一起，显示出孩童般的温柔和挚爱。

埃玛的眼睛里闪烁着欢乐的泪花，它融解了父亲心头的一腔怒火。他宽恕了女儿和艾琴哈尔特，跟他们一起欢乐地度过了这个夜晚。卡尔大帝觉得在这间简陋的芦苇屋里过得比在他的深宫大院更加幸福、温暖。

这时，跟随卡尔大帝一起外出狩猎的仆人因为担心主人的安危，通宵达旦地在山地和树林里到处寻找。黎明时分，他们来到山谷附近，并不断地吹起号角，终于听到了大帝的回答。

不一会儿，大队的随从来到芦苇房的门前。他们看到卡尔大帝一手牵着埃玛，一手牵着艾琴哈尔特，前面还有两个孩子陪同着，一起走出小房子的门。

"你们瞧，"卡尔大帝开口说道，"你们到处找我，可我找到了珍贵的礼物。我在这个偏僻的小房子里找到了被放逐的女儿和我的朋友艾琴哈尔特。我的心已经痛苦了整整六年，因为一直想念着他们。他们是我的孩子，从今以后，他们再也不会跟我分开了。你们快作准备，我们一起返回英格尔赫姆。我们要举办隆重的庆典，庆祝我们别后重逢。呵，艾琴哈尔特，我亲爱的女婿，从现在开始，你又是我的书记员了，为我出谋划策。这里是个令人难忘的地方。我的女儿在这里过了六年，我在这里跟你们重逢，因此，我命令在这里建造一座修道院，赐名'福地'。"

后来，在修道院的周围慢慢地盖起了住宅、商铺，最后扩建成了一座城市。这座城市就像修道院一样叫“福城”。直到今天，福城和它的修道院仍然屹立在美因茨城旁。

人们在参观教堂时会看到一对夫妇的坟墓，他们的遗体被安放在一具棺木里。那是后来的大公给当地的伯爵赠送的礼物，把埃玛和艾琴哈尔特合葬在一起。有人说，那位大公兴许是艾琴哈尔特的后裔。谁知道呢，也许是吧。可是他的确做了一件善事，留下了一段佳话。

圣人卢泼特

从前，在虔诚的洛特维希皇帝当朝期间，萨克森地区有一位公爵，名叫罗卜洛斯，性情暴躁，是个不信基督教的人物。不过，他也是个英勇善战的武士。贝尔塔是另一位公爵的女儿，她性情温和，是个虔诚的基督教徒。

贝尔塔对罗卜洛斯十分爱慕，一方面称赞他的英雄业绩，另一方面也怀揣着希望，盼望着这位她的未婚夫将来能够皈依基督教。可是，姑娘的愿望没有得以实现。粗鲁的武士就算在结婚后也不理解贝尔塔的苦心和善意，甚至还无情地阻挡她。可怜的姑娘万般无奈，只得离开他，独自住进了偏僻地区的一座城堡。

她在那里生下了儿子，给儿子起名叫卢泼特。卢泼特渐渐长大，成为贝尔塔的安慰和希望。

贝尔塔希望儿子能成为一个虔诚的基督徒，她把丈夫的一生征战看作导致两人分道扬镳的原因。于是，她努力地给儿子灌输虔诚的道德和热爱平静生活的思想，让他远离战场。

却说她的丈夫罗卜洛斯在一场和邻国的征战中不幸丧生，成为残酷战争的牺牲品。贝尔塔听到消息，感到心情十分沉痛，不由得想起丈夫的许多优秀品质。于是，她决定离开偏远的城堡，回到父母居住的地方。她的父母就住在公爵的宫殿里，宫殿位于宾根城的中心。

贝尔塔在宾根宫殿里接收到许多高贵人士的求婚，贝尔塔婉言辞谢了他们的美意。她把自己的心思全都放在教育儿子成长做人的事业上。儿子卢泼特并没有继承父亲的粗鲁和傲慢，相反倒有母亲的温顺和虔诚。此外，他还乐意助人，喜欢做善事，而且乐此不疲。

卢泼特尤其喜欢跟当地的穷孩子相处。只要有一点食物在手上，他便愿意跟他们一起分享。有时候，他甚至脱下自己穿在身上的衣服，送给更加需要温暖的孩子。

有一回，当他看到几个身穿破衣烂衫的饥饿孩子时，他把饥寒交迫的孩子领到母亲跟前，对母亲说道："呵，亲爱的母亲，关心他们吧，他们也是你的孩子。"

另外还有一回，贝尔塔想花钱建造一幢豪华的住房。卢泼特知道后，立刻劝说他的母亲，请母亲放弃奢侈的想法。他说："你还是先把面包分给饥饿的孩子，给赤身裸体的人送上必要的衣衫。他们还过着艰难的生活，可是，他们其实都是我的兄弟。"

卢泼特的善良、诚信很快受到大家的称赞。随着年岁的增加，他如同一颗照耀四方的星星，深得人心。他把自己拥有的和向母亲请求得到的一切，全都无偿地分给穷困的人，丝毫没有考虑过自己的需要。

卢泼特出落成虔诚的少年，可是也听到不少批评的声音。有人说他大方无度，有人说他漠视骑士风度，没有操练武艺。有人在窃窃私语，说他更应骑马射箭，而不是成天泡在乞丐行列里，与他们称兄道弟。可是，任何的批评和嘲笑都不能改变卢泼特，他还是一如既往地行善，为多少可怜人祈福，毫不间断。

一个美丽的春日，卢泼特躺在莱茵河边的一棵大树下，不知不觉便睡着了。他在梦中依稀见到一位德高望重的老人，老人身穿长袍，站在莱茵河上。一群欢乐的孩子围着老人，老人用手抚摸着他们，然后把他们浸入汹涌澎湃的莱茵波浪。等到他们重新露出水面时，只见他们一个个出落得更加漂亮、更加令人疼爱。

突然，他看到莱茵河面上又出现一座小岛，那么美丽、动人，如同仙女世界一样。那里的树上挂满了香甜的果实，像是天堂乐园。孩子们展开歌喉，悠扬的歌声在莱茵河的波浪间穿行，惹得浪花如同活泼的飞鸟，这些歌声又像弥漫空中的繁花让人心醉。老人把孩子们引上小岛，给他们穿上雪白的衣衫。

卢泼特看到这里，对神奇的小岛十分向往，便大步流星地朝着德高望重的老人走上去，请求老人能够让自己参与他们的活动和游戏。老人沉默了一会儿，以庄严的声音回答："呵，卢泼特，这里不是你的归宿之地。你做了那么多好事，而且为人虔诚、纯洁，这一切都足以让你享受天堂之福，能够与神仙为伍，亲临他们的圣颜。"

呵，瞧吧！

老人的语言刚落，小岛上空顿时飞舞一阵花雨，鲜花搭起了千百种颜色的彩虹。卢泼特抬起头来，仰望天空，他看到空中有一群天使。天使们扇动着金色的翅膀，自由飞舞、飘荡。天使行列的中间正是无限光彩的圣婴，圣人约翰尼斯端端正正地跪在圣婴面前。

两位天使翩翩起舞。他们的手上捧着一件衣衫，那是卢泼特不久前送给一位贫穷孩子的礼物。他们把衣衫给孩子穿上，还不忘在口中说道："你给缺衣少食的孩子们送上衣服和食物，帮助他们度过饥寒交迫的苦难生活，功德无量。你为此可以享受无限辉煌的回报。"

卢泼特顿时感到无比幸福。他朝着圣婴伸开了双臂，只见眼前的光辉景象突然消失不见了。卢泼特不由得大吃一惊——他从梦中醒了过来。

从这天开始，卢泼特如同大彻大悟的一般，决心前往罗马朝圣，然后去朝拜圣墓，在基督教的圣地度过余生。母亲虽然希望把他培养成虔诚的基督徒，可是，她又希望自己的儿子能够拥有骑士的高贵身份。于是，她嘱咐儿子去罗马参拜以后立刻回来。

卢泼特无法应承。他这回前往罗马，并没有穿金着银，而是裹着一身朝圣的衣服。一年以后，他终于回到母亲的跟前。可是，长途跋涉和缺衣少食让他的健康遭受了严重的摧残。当他最终躺在灵柩上时，可怜卢泼特还只是个刚刚过了二十岁生日的小伙子。

母亲抱着她的儿子，久久都不愿意放开。后来，她也跟着儿子去了。

又过了很多年，卢泼特被接纳进了圣人的行列。据说奥宇宾格修道院里一直保留着一件圣卢泼特曾经给贫穷孩子赠送的衣服，就是那件他在梦中见到过并由天使托在手上的圣衣。

骑马婚礼

公元十三世纪，占据莱茵山城堡的骑士名叫西弗利特，他是个剪径道路、危害乡邻的恶人，被当地人称为强盗骑士。

有一回，他又在附近地区为非作歹，抢劫了许多货物，还带回一个从法兰克王国诱骗而来的姑娘。西弗利特如同大获全胜的将军，押着美丽的姑娘回到城堡。不过，他很快就被美貌而又温顺的姑娘折服，高尚而又美丽的姑娘叫犹塔。她来到莱茵山，山上如同升起了一颗闪亮的星星，还改变了骑士西弗利特的性情。

西弗利特放弃了蛮横的暴力和抢劫，让商人平平安安地通过莱茵山，让商船高高兴兴地从莱茵河上驶离。那是因为犹塔温和地劝说骑士西弗利特，请他放弃从前的生活方式，不得危害周围的乡邻和来往的商队。

从前的莱茵山区烟雾缭绕，强盗出没，像个恐怖阴森的血腥地狱。现在，它成为保一方平安的享乐之地，成为强盗绝迹的和平之乡。

犹塔看到西弗利特洗心革面，这才答应他的苦苦追求。西弗利特举办了隆重的婚礼，他不仅娶回了美丽的姑娘犹塔，而且收获了道德和良心。

可是，好景不长，西弗利特平静的幸福又遭遇了一片阴云。

一年以后，犹塔因为难产不幸仙逝，给丈夫留下一个孤苦伶仃的女婴。骑士西弗利特面对突如其来的沉重打击，真是无法承受这丧妻之痛，他宁愿跟着妻子一起前往阴曹地府。不过，幼小的女儿成为他唯一的安慰和念想，关怀女儿的成长如同一根粗大的链条把他紧紧拴系在苦难的生命线上。

他把自己的生命献给了培养和教育女儿的生活上。骑士给女儿起了个名字，叫格尔达。姑娘如同一朵美丽的鲜花，很快出落得如同她的母亲一样的高贵、漂亮，并享受着父亲无微不至的关怀和呵护。

西弗利特一如既往地帮助和照顾着从莱茵山山下经过的商人和朝拜者，给他们送上温暖和食物。客人们对他感激不尽，交口称赞。不久，莱茵山城堡内珍藏着珠宝的传说和漂亮姑娘格尔达的美名远扬四方，如同莱茵河水滔滔流淌。

不久以后，有许多骑士和头衔不等的贵族纷纷来到西弗利特的城堡。他们全都打着求婚的旗号，内心是希望达成获利双倍的交易，既赢得美貌的姑娘，又继承父亲的巨额财产。为了应付每日俱增的年轻骑士，年迈的西弗利特决定让他们通通来到美因茨，参加演武比赛。

西弗利特带着女儿格尔达亲临赛场，他们约定演武比赛的胜者将会赢得姑娘的芳心。演武场上英雄云集，真是数都数不过来。只见兵器闪耀、盔甲辉煌，让演武比赛如同过节一般盛大。

美丽的格尔达跟随着父亲西弗利特步上高高的观礼台。骑士们仰望着美丽的姑娘，眼前如同升起了春天的太阳。却说众多的骑士行列中有两位更是了得，他们的其中一位是岩城堡的主人库尔德，另一位是富人山城堡的骑士孔诺。富人山和莱茵山互为近邻，抬头相望，只隔着一座城墙。

两位骑士身佩名贵的利剑。孔诺比他的对手更年轻，接受过良好的教育，气质高贵。生猛粗犷的库尔德有个名叫“恶人”的绰号，这位恶人钱财如云。

西弗利特出于财富之念，希望岩城堡的主人拔得头筹。女儿格尔达默默地盼望着富人山的骑士赢得比赛。可是，幸福是个情绪化的刁钻怪物，它一反其意，背转着应该获胜的骑士，让他饮恨赛场。孔诺在演武场上战胜了一切对手，最后精疲力竭地迎战岩城堡主人。他这回理所当然地败下阵来，只得把唾手可得的爱情拱手相让。

骑士西弗利特不由得心中大喜，他祝贺恶人库尔德成为自己未来的女婿。

举办婚礼的日期定下来了。父亲不顾女儿的再三请求，甚至无视女儿的珠泪横飞，还是硬着心肠定下了女儿的大喜日子。姑娘的面颊变得苍白，一双漂亮的眼睛终日被泪水浸渍得一片模糊。

姑娘最终还是被穿上豪华的婚衣，戴上闪烁发光的婚礼首饰。可是，她却不像是一个幸福的新娘，而是如同人们给死神祭供的牺牲品。姑娘在没有成为父亲强悍意志的牺牲品前，在还没有被强迫着送上婚礼的祭坛前，依然希望向天后祷告，倾诉自己急切的心情和愿望。

天堂上的女王多少承受着苦难的姑娘们的安慰和希望，她是姑娘们心目中的佑护神。格尔达一步步来到城堡的小教堂，深深地拜伏在天后的脚下，虔诚地祈祷着。

“呵，马利亚，大慈大悲，没有你的拯救和援助，我这辈子注定是要结束了，悲伤和愤怒将是杀害我的两把尖刀。呵，佑护我吧，保护你的孩子免受苦难的折磨！”

姑娘诚心诚意地对着神圣的天后求告，拜伏在尘埃间，很长时间都没有起身。库尔德在外面等得心焦起来，他不耐烦地冲进小教堂，粗暴地要求新娘格尔达立刻走进婚礼的现场。格尔达做完祷告，心情特别平静，而且勇气大增。她来到库尔德的面前，向着富人山的城堡投去最后一瞥。

姑娘看到孔诺站在富人山的城墙上，目光忧郁、悲伤，他望着莱茵山城堡，万般无奈。姑娘来到正在迎候她的客人面前，央求他们给她备下白马坐骑，让她骑着马儿前往教堂。这匹白马是富人山城堡骑士孔诺在姑娘十八岁生日时给她送上的礼物。

客人们遵照姑娘心愿，给她备办一切，让姑娘骑上高头大马。婚礼的队伍开始缓缓地移动，朝着山下的教堂走去。孔诺站在自己的城墙上望着下面的婚礼队列感到心神不宁，他不知道应该向他的情敌报仇雪恨，还是从此以后让自己藏匿在某个修道院内，如同埋葬在墓穴里的一般。

骑士孔诺陷入巨大的忧伤，无比惆怅。突然，他的眼前出现了惊人的一幕，骑士的精神不由得为之一振。原来，当婚礼的队伍来到教堂门前时，只见新娘格尔达一直骑坐的、踏着稳健步伐的白马坐骑，变得情绪激烈起来。它甚至直立起后腿，但凡有人想要靠近时，它就会凶狠地又撕又咬，并且挣脱了队列，狂奔起来。

骑士们在它的后面紧紧追赶，希望把它拉回队列。可是，他们的任何努力都是白费精力。白马驮着新娘朝着莱茵河飞驰而去。格尔达骑在高大的白马背上，耳边传来库尔德粗鲁的呵斥声。她几乎想要一头栽进莱茵河，葬身在冰凉的莱茵河水里，让湍急的河水把自己送往未知的远方，了却自己的一腔心愿。可是，忠诚的白马从莱茵河边猛地转过身子，然后箭一般地顺着山坡飞驰而上，山坡顶上正是固若金汤的富人山城堡。

孔诺看到这里，急忙放下吊桥。白马已经来到骑士面前，轻轻地放下惊魂未定的新娘。真是喜从天降，孔诺急忙前去迎接心爱的姑娘，他没有想到苍天会以如此神奇的方式把美丽的新娘送进他的怀抱。两个年轻人紧紧地拥抱在一起，享受着理属他们的欢乐和幸福。

之后，骑士孔诺立马吩咐紧闭城门，着力防守，连火炮都被拖上来了。可是，他的安排又被证明是没有必要的。

新娘格尔达来到富人山城堡不久，他的父亲也跟着来了。苍天已经作出了公正的裁决。西弗利特这回是躺在担架上被送到富人山城堡的，他因为马失前蹄，不慎被摔倒在地，跌成重伤。

西弗利特看到女儿和骑士孔诺来到自己面前，便高高兴兴地接受了这份天意。况且，荣誉岩城堡的主人库尔德也在这场混乱中不幸成了阴司宾客。

原来，库尔德看到白马驮着新娘直奔富人山而去，他不由得又急又恼，便拍马往前追赶。可是，他的坐骑由于被他鞭打得过分急促，撞在莱茵河边的岩石上，骑士库尔德的天灵盖被撞成一个大洞。

滔滔不绝的莱茵河为自己书写了欢乐的篇章。

射　手

洛尔希位于莱茵河附近。直到今天，人们还能在洛尔希旁边看到当年君王角城堡的废墟。

从前，城堡的主人奥斯瓦尔特是位了不起的弓弩射手，远近闻名。奥斯瓦尔特跟贵族维尔姆为邻，可是，他们两家结下了不共戴天的生死之仇。为了报复奥斯瓦尔特骑士，维尔姆也是不择手段，用尽了恶毒心思。

有一回，维尔姆知道奥斯瓦尔特在回去的途中只有一名仆人陪伴。于是，他立刻埋伏在途中，轻而易举地把奥斯瓦尔特撂倒在地，并捆绑起来。维尔姆把奥斯瓦尔特押回自己的城堡，把他关押在四面密不透风的高大塔楼深处。奥斯瓦尔特受尽了残酷的虐待，最后双目失明。

君王角城堡的仆人始终不见主人回来，他们以为奥斯瓦尔特一定是在途中遭遇强盗袭击而被杀死。可是，他们没有发现任何可疑的痕迹，对主人的命运谁也说不出个所以然来。

奥斯瓦尔特有个儿子，名叫埃特维。埃特维深知邻近山头的险恶和残酷，于是心中怀疑父亲可能落入他人之手，是被对面山头的维尔姆控制住了。埃特维为了一探究竟，把自己打扮成一名吟游诗人，在手上弹着弦琴，一路前往维尔姆骑士的城堡。

埃特维走了一段时日后，抬头看到城堡已在眼前，便坐在城堡前的一棵大树下休息。他注视着城堡内的高大塔楼，心中似有所思，觉得那里可能就是关押父亲的囚室。年轻人看了一会儿，后来索性躺在树荫下思忖着。正在这时，他感到有个当地的农民似乎朝他走来，而且看着他，打起了招呼："呵，行吟诗人，你在看什么呀？为什么盯着高大的塔楼看得那么仔细，连眼珠也不转动一下？这是一只关着鸟儿的笼子，他们把鸟儿的羽毛通通拔光了。"

"什么，这是一座监狱？"埃特维不由自主地脱口而出。

"毫无疑问。"农民看到对面的年轻人十分友好，便对年轻人讲了不久前亲眼看到一位骑士和一名仆人被推着关进了塔楼。

埃特维听到消息，几乎难以掩饰自己的惊慌失措，于是再三向那人打听详情。最终，他唯一获悉的确切信息就是，几天以后城堡里将要举办一场盛宴。埃特维当即决定利用这样的机会，以云游诗人的身份进入城堡，然后伺机行事。

等到盛宴的那天，埃维特动身来到城堡大厅。大厅里热闹非凡，喜气洋洋。他看到里面的人全都喝醉了，脸红脖子粗的，走起路来摇摇晃晃，说起话来含糊不清。

大家看到吟游诗人又是歌手时，都对着他拍掌表示热烈欢迎，请他一展歌喉，为大家添乐助兴。客人们个个酒涌上心，眼前一片迷雾，没有人关心身旁怎么多了个陌生人。埃特维在人群里来回走动，一面拨动琴弦，一面放声歌唱。他的两只眼睛却在不停地搜索，四面张望。

却说城堡主人维尔姆比他的客人更能喝酒，他是来者不拒，根本不关心美酒烈度。此外，他还不停地跟他的邻座又是窃窃私语，又是放声大笑，一副欢乐无比的醉态。

歌手压低了帽子，走到主人的身旁，希望听清他跟邻座之间到底在讲些什么。

"呵，尊敬的主人，你知道吗？"邻座对着维尔姆说道，"有人怀疑你拘押了对面山头的骑士奥斯瓦尔特，把他关在你的监狱里。难道这一切都是真的吗？"接着，邻座还补充一句，"有人甚至说，你把他的双眼都折磨瞎了。"

"呵，"维尔姆回答，"这又怎么样呢？一支蜡烛到底是被大风吹熄的，还是它自己熄灭的，这从根本上说来是一码事。”

“可惜啊，”第二位邻座插上一句，他听到两人的谈话，忍耐不住地叹息一声说道，“可惜对面城堡的射手空有一身惊人本领，那是无人可以比得上的。”

“我可以打赌，他的本领一定还没有荒废掉。如果有人告诉他箭靶的距离，他肯定能够射穿靶心。”有位骑士兴致勃勃地说道。

“愚蠢，我不相信，而且可以跟你打赌。我相信，这回打赌的结果肯定是你输。”城堡主人维尔姆酒涌上心，不觉狂妄地回答道，一面吩咐把囚禁的骑士押进厅堂，决定让他当场出丑。

埃特维把他们的谈话全都听在耳中，他几乎难以掩饰自己的悲愤之情。他看到父亲受尽折磨的身影被拖到厅前，在场的人看到骑士奥斯瓦尔特出现后全都从座位上跳起来，希望亲自见证这场打赌的输赢。

城堡主人维尔姆向他的囚徒交待一番，然后命令仆人把硬弓和箭交到他的手上。双目失明的骑士奥斯瓦尔特接到箭和弓，不由得内心一阵激动，他抓住它们开口问道：“呵，城堡的主人，请给我一个信号。你把目标设置在哪里，让我听个明白。”

“这里，”城堡主人回答，“我把酒杯搁在餐桌上。你弯弓搭箭，把它射中。”

“我自有目标。”骑士一面说道，一面拉弓射箭。利箭嗖的一声如同飞出去的一般，深深地击中城堡主人维尔姆的心脏。

城堡主人维尔姆都没有来得及晃动一下身躯，便轰然倒在厅堂的地板上。

厅堂里一片混乱。

这时，只见年轻的埃特维从人群中猛地纵身上来，挡在他父亲面前，呵斥一声：“我是这位可怜骑士的儿子。他受到丧尽天良的摧残和折磨，竟双目失明，无法上阵厮杀。你们当中如果有人热爱荣誉和正义，那么请让他继续从事他的事业。否则，我的利剑将会跟他理论理论。”

在场的客人全都惊愕不定。可是，他们之中的大多数人还是倾向于奥斯瓦尔特和他的儿子埃特维。他们顿时热烈地拥抱在一起，又是悲伤又是欢乐。

埃特维领着父亲回到自己的城堡。虽然没有人能够拥有回天之力，能够给年迈的父亲带来眼前的光明，可是，埃特维的温顺和孝心还是让他度过了欢乐的余生。

维斯泼磨坊主

洛尔希城的后面有一座山谷，维斯泼小溪穿流而过。

从前，那里有一家磨坊，主人是个年轻活泼的女人。她在磨坊旁刚刚开始干活，身边突然传来一个声音，让她立刻到卡默山取回宝藏，宝贝就在那里的塔楼上。开启宝贝的钥匙搁在箱子里。磨坊主听到声音时不由得大吃一惊，连忙转过身，朝着四周看了一眼，没有见到人影。她相信，一定是个不能照面的调皮鬼跟她逗趣、开玩笑。

第二天，她端着木盆来到溪边洗衣服。不一会儿，她又听到耳边响起了说话声："到卡默山的塔楼上去，取回宝藏，钥匙就在黑色的箱子里。"女人听到这些话后，连忙放下衣服，回到家中，告诉丈夫有关奇怪声音的事情，是她亲耳听到的，而且一连两回。丈夫却笑话她，说她是个荒唐可笑的女人。丈夫还不忘打趣地说，他的白面箱子里藏匿的宝贝比黑色箱子里的更加宝贵呢。

女主人却放心不下那番讲话，它就如同从树林深处传出的回声继续拨动着女人的心弦。最后，她下定决心，要前去看个究竟。

第二天清晨，丈夫外出赶运面粉。女主人停下磨盘上的活儿，抱着她的小儿子，如同朝圣似的一路向着卡默山走去。她来到山上，看到那里只是一堆废墟，心里不由得一阵嘀咕，几乎想要回去了。

可是，她思索一阵后，还是壮着胆留了下来。这时，她的耳边又响起蜜蜂飞舞般的营营声，让她不用害怕，这里不会发生任何不测之事。可是，她不能说话，连吐一个词儿也不行，到那时，这里的宝藏就属于她了。

女人鼓起勇气，走进昏暗的圆拱塔楼。她事先把小儿子放在过道上，独自一人走进去寻找箱子。她终于找到了箱子和钥匙，女人揭开沉重的栎木箱盖，看到眼前有一堆黄金，闪闪发光。女人看到这些，顿时贪婪地动手取拿，越多越好。

突然，外面传来儿子惊恐的喊叫声："妈妈，妈妈！"有一条蛇在孩子身旁开着鲜花的草地里蠕动着。女人回过头来，不情愿地喊着："怎么了，儿子？"女人的话音还未落，天上响起了一声炸雷，把说话都含糊不清的女人震倒在地。

天空中传来可怕的回音："可怜啊，你讲话了。我没有获得解脱，必须再等待一百年！我和你多么痛心！"

中午时分，磨坊主丈夫回来了。他看到磨盘停转，磨盘里空空落落的，什么也没有。仆人告诉他，女主人在清晨带着小儿子到卡默山去了。丈夫听到消息，心里顿时沉重起来，预感不佳。他匆匆忙忙地奔出去，前往卡默山。

古老的城堡里一片安静。他的儿子坐在草地上，正在手舞足蹈地游戏。儿子看到父亲来了，朝父亲伸出双手。他朝儿子奔了过去，却听到塔楼里传来呻吟的哭声，他急忙冲进去，看到妻子躺在地上。

丈夫脸色苍白，领着妻子回到维斯泼小溪旁的磨坊。三天以后，磨盘停止转动了。人们把维斯泼磨坊的女主人送进教堂的墓地，把她安葬。从此以后，再也没有人斗胆前往卡默山取宝。

鬼 梯

从前，有一位沉默寡言又十分内向的骑士，名字叫基尔根。

一天，骑士坐在城堡内思绪万千。他想起了从前的动荡岁月，也想起了自己建树不多的一生。骑士从镜子里看了看自己的满头银发，不由得无限感叹。

他在年轻时为了争夺圣人的坟墓曾经前往圣地讨伐，征战回来以后，他娶了一个年轻而贫穷的姑娘为妻，那是一个可怜的孤儿。但是骑士基尔根仰慕姑娘的妩媚和温柔，于是把她娶了回来。可是，他们仅仅享受了一年幸福的家庭生活，妻子却不幸因为患病而死，给骑士留下一个可怜的女儿。女儿叫格尔林特。

为了麻痹自己的丧妻之痛，为了能够忘掉一点欢乐的过去，骑士基尔根不断地介入周围城堡的纷争和交易。几年以后，他的财产遭受巨大的损失。最后，他不得不带着剩下的家产回到父亲的旧堡。基尔根十分恼恨，几乎断绝了任何的人情交往，只是对孩子的牵挂像一根绳索一样让他留在世上。

单调的生活拖带着骑士踉踉跄跄地过了一年又一年。

一天，一位林中隐士前来拜访他。隐士的草房就在附近的山岭间，地方上的人都把他看作变幻莫测的魔法师。林中隐士善晓手相、天象以及其他一些神秘的法术。他的多次拜访终于打动了骑士基尔根的枯萎之心，骑士开始接受这等神秘之术，尤其热衷于隐士的传授讲解，并乐在其中。

骑士怀揣着希望，想要凭借黑色技艺的帮助打开灵魂世界的大门，获得知晓隐藏宝贝的信息，直到能够亲自挖掘并且占有它们。骑士的想法并不惊世骇俗，当时就是有许多人为此疲于奔命。相传的确有一些人一夜暴富，从此跻身富人的行列。

格尔林特始终是父亲的掌上明珠，给父亲带来最大的安慰和欢乐。骑士基尔根觉得，他正是为了女儿才努力地追寻钱财货物，希望女儿能够获得丰富的遗产。姑娘已经十三岁了，出落得如同鲜艳的花朵。女儿格尔林特不仅继承母亲的靓丽身材，而且道德高尚、品格优良，平日里安稳宁静，只是眉宇间略显忧伤。姑娘的美貌和气质搅动着地方年轻人的心，让他们朝思暮想，魂牵梦绕。

那是一个春日的傍晚，骑士基尔根一如往昔地稳坐在他的靠背椅上，陷入沉思。刚才，林中隐士前来拜访他。隐士相信地方上一则古老的传说，是关于附近山地的某个地方埋藏着巨量财富。他动用了种种魔法的本领甚至不惜大动干戈，希望能挖掘到宝贝，结果还是毫无收获。

隐士通过手相测定到自己能够获得幸福，知道在某个月全食以后的第七个夜晚，便能找到确切的地方，而且能够挖掘出无数的珠宝。可是，骑士基尔根疑虑重重，他不相信这回能够有所收获。隐士不是尝试过多回，也失败过多回了吗？

大门外一片荒凉，让人感到莫名的阴森和恐怖。狂风怒号，撞击着周围的塔楼和城墙，风信旗围绕着转轴旋转不停。乌云翻滚，重重叠叠，如同在天空中追逐、围猎一般。大自然多么像汹涌澎湃的大海，咆哮动荡。

骑士基尔根感到心神不定，耳边又传来隐隐约约号角声。他正不知道出现什么险情时，只见一名仆人倒撞着大门冲入房间报告，说门外有个奇异的小侏儒，希望进入城堡借宿一晚。仆人说小侏儒的模样十分怪诞，守卫的仆人不敢擅自作主，因此赶来向主人请示，希望听取主人的吩咐。骑士基尔根听说有这等怪事，觉得新奇，便朝城门走去。

他借着朦胧的月光朝外面张望一眼，呵：

一个小侏儒，不到六虎口，

身穿大红袍，状如烈火吼。
法衣披肩旁，瀑布挂前川，
细看金发卷，鬓如白雪霜。

头顶小黄帽，流苏多荣耀，
先是窄而细，渐渐如削梨。
脑袋多招摇，王冠还嫌小，
可怜额头间，皱纹任逍遥。

手持小棍杖，挥舞在空中，
窃窃私语声，只是无人应。
眼看小生命，山地缝隙间，
地下黑斑起，疑是宝贝生。

林中隐士曾经警告过骑士，要他仔细防范矮小的侏儒族弟。所以，他看到小侏儒时不由得心中不悦，立刻粗暴地问了一声："你要干什么?"

"让我进来吧，"小侏儒应答道，"我只要一顿便餐，借住一晚，明天我就动身离去。当然，我会对你的盛情和美意作出相应的报答。"

"那是不行的，"基尔根回答，他感到这位陌生男子的声音低沉，实在让人不可思议，"你这样的物类不能进入我的城堡。我觉得你会惊扰我的畜群，会让谷粒和鸡蛋从空中飞走，这一切才是对我好心和善良的报答。你趁早走吧，看看哪个人家的窗口还有灯光，那就叩动大门，请求借宿一晚，千万别在这里耽搁了。"骑士基尔根愤怒地大声说道，一面重重地关上窗户，退了回去。

小侏儒从胡须间嘟嘟囔囔地透出许多不满，然后悻悻地钻进灌木丛中。

第二天清晨，骑士做好一切准备，骑上高头大马，前往树林打猎去了。他在树林里咆哮、奔腾，直到中午时分才骑马回堡。突然，他听说女儿格尔林特不见了。骑士不由得大吃一惊，心中十分恐惧。仆人们到处寻找，就是不见姑娘的踪影。

骑士基尔根立刻命令城堡里的男士们通通骑上快马，到四面八方去搜索。他自己也不顾围猎困顿，特地挑选一匹最好的坐骑，上山坡、下河谷，寻遍了树林和原野，大声地呼喊着可爱女儿的名字。

后来，他来到一座名叫凯特里希的山上，遇到一名牧童。基尔根连忙向他打听，问他是否看到姑娘格尔林特。牧童回答，他在中午时分看到三个身穿火红大衣的侏儒，他们赶着一匹小马，马背上驮着一个漂亮的姑娘，姑娘大约十三四岁的模样。后来，他们消失在山前的桤木林中。

基尔根感到万分痛心。他纵马来到凯特里希山，大声呼喊，一连三回："格尔林特，你在哪里呀？"基尔根的话音刚落，他突然看见对面无法攀悬而上的山峰间站着他的孩子，孩子朝他求助地伸出双臂，站在孩子身后的正是昨天向骑士请求进入城堡的小侏儒。小侏儒哈哈大笑，对骑士基尔根说道："这就是对你慷慨待客的报答。"

怎么办呢？对面的山坡怪石嶙峋，想要攀登上去真是比登天还难。迄今为止还没有人做过这样的尝试，因为他们知道，途中肯定会掉入山沟或者岩石缝隙里。可是，骑士还是不顾一切地希望闯出一条上山的路来。

他想起从前看到有人在山坡上干活，他们手持凿子、斧子和锤子。不过，他们无法在山石上留下任何的痕迹，因为等到晚上，会从天空降下一阵石头雹雨，把他们通通驱逐下山。

骑士基尔根对往昔的传说半信半疑。于是，他掉转马头，不顾夜幕降临，急忙朝林中隐士的茅舍骑去，希望向他请教救助女儿的办法。骑士基尔根对林中隐士讲述了一切，告诉他发生了如此可怕的事情。

年迈的隐士听完后立刻陷入深深的沉思，接着，他升起一堆火，配置了各种药草，把它们熬成药汤。他在搅动药汤时只见从中冒出许多的火花。隐士口中念念有词，谁也无法明白他念的什么咒语。他把煎熬的药汤倒进用石块砌造的洞内，只见洞内喷溅出阵阵火花，五光十色，煞是可怕。

林中隐士大声地念诵起来：

请从熊熊燃烧的火花宝座上
回眸你的仆人，忠诚的儿子，
呵，请听取我的诚挚的请求，

伏望慈悲怜悯，满足我的心愿。

凭身居凯特里希望的侏儒们，
他们胡作非为抢夺骑士的孩子。
看父亲悲愤交加，陷入困境，
担忧温顺的孩子，前程莫测。

呵，请施展你的无边法力，
你是半夜时分强大的主人，
我发誓将会给你祭供，送上
一对猫头鹰，还有一只大公羊。

林中隐士刚刚念完咒语，只听到从烟囱里传来一阵可怕的喧闹声。外面狂风肆虐，拍击着大门和窗框，发出刺耳的呼啸。骑士基尔根看到这里，不由得浑身上下起了鸡皮疙瘩。他觉得着实恐怖、可怕。

不一会儿，这位黑色的艺术家又在口中念诵了几句，接着又是一阵寂静。然后，他开口对骑士基尔根说道："呵，骑士，你且回去吧，我希望你一切顺利，美好圆满。我希望在给你提供宝藏的那一天能够让你解救出你可爱的女儿，让她摆脱阴险的侏儒们的迫害。"

基尔根听完讲话，心里感到稍有安慰。于是，他骑上马背，朝自己的城堡走去。第二天清晨，林中隐士来到他的城堡，告诉他地下君王作出了下述的吩咐：

看骑士身穿黑衣，骑着黑马，
手中挥舞着寒光闪闪的利剑。
他在梦中出现在姑娘的床前，
自会驶往凯特里希解救倒悬。

隐士吩咐他必须耐心地等待身穿黑衣的骑士。

第三天傍晚，果然有一位陌生的年轻骑士来到城堡。骑士一身着黑，骑着一匹高大的黑马。他在城堡里到处打听一位豆蔻年华的漂亮姑娘，那是他梦中见到的姑娘，而且还说姑娘正面临危险，他应该挺身相救。骑士基尔根听到消息后不由得大喜过望。他立刻出门，衷心地迎接年轻的骑士。

年轻的骑士叫鲁特赫尔姆。第二天黎明之际，骑士基尔根和鲁特赫尔姆一起前往林中隐士的茅舍，着手他们的营救计划。他们三人来到凯特里希对面的山坡，然后下马步行，走进一个山洞。

隐士在山洞里升起一堆火，朝着火苗撒下一把魔粉，口中念念有词，嘟哝一通谁也听不明白的咒语。接着，他在地上画了一个圆圈，吩咐鲁特赫尔姆站在圈内。不一会儿，山洞开始震动起来。骑士们看到从熊熊燃烧的烈火中出现一个怪异的身影。

幽暗的山峦宫殿里
出现一群活泼的小侏儒，
不一会儿便挤满了洞穴，
侏儒们叽叽喳喳，如同庆祝。

他们身穿白色的长袍大衫，
脸上的颜色如同霜天寥廓。
借着山洞的火光他们活泼跳跃，
多么像一只只口袋不停地移动。

这时，从侏儒们的队列里走出一个高贵的大个子。他一步来到鲁特赫尔姆的面前，一连鞠了七个躬，每次都是弯腰到地，然后开口说道：

多少英勇的骑士争夺年轻的姑娘，
如果你是命中注定的英雄好汉，
不妨趁着你的雅兴回答一声，
我们立刻开始为你建造攀登之梯。

年轻的骑士点点头，答应一声。侏儒们立刻发出声喊，匆匆忙忙地朝着大树林奔跑过去。树林里一片忙碌，如同木工工场一样，有敲锤的、拉锯的、切割的，直到傍晚降临。

这时，侏儒国王又来到骑士面前，清清楚楚地说道：

呵，来自大地深处，来自
水源和火焰的伟大国王，
我们趁着天黑之前动用
众人之手顺利地完成你的吩咐。

呵，伟大的英雄，请移动贵步，
顺着梯子的七百级横档，
一路攀登对面陡峭的山峦，
美丽的姑娘正在云雾中翘首相望。

我要提醒你，一旦到了山顶，
必须多个心眼，处处小心谨慎；
呵，你要随时提防明攻暗算，
否则难免遭受打击，生死难防。

你要分外提防身着红衣的
小侏儒们，他们个个险恶万分，
纵横凯特里希山峰顶端，
对待我们却是百般横蛮。

侏儒国王的话刚刚说完，只见一群矮小的侏儒木匠急急忙忙回到山洞，刹那间便没有了踪影。可是，他们的劳动成果还在，那是一架巨大的梯子，斜靠在陡峭的岩壁前。

年轻的骑士鲁特赫尔姆正要顺着梯子拾级而上时，只见林中隐士朝他走上一步，递给他一枚具有神奇魔力的戒指，让他戴在手指上，嘱咐他遇到危险时只要转动一下戒指就行。

天渐渐暗下来了。其他两个人暂时留在林中静候佳音，他们的心里却始终忐忑不安。鲁特赫尔姆不顾攀登艰难，一鼓作声地向上而去。不过，他直到拂晓前都还没有登上山顶。后来，当朝霞映照山谷时，他看到自己站在一片辽阔的草原上，眼前山花烂漫、青草茂盛，还有一座动人心弦的大花园。鲁特赫尔姆走进大花园。他看到高大的树枝上挂满了成熟的金灿灿的果实，如此饱满，之前从未见过。

不一会儿，他看到前面屹立着一幢晶莹剔透的水晶宫，大门前站着两个红衣小侏儒，正在守卫宫殿大门。可是，两个守护全都睡着了，鼾声如雷。骑士鲁特赫尔姆立刻赶上一步，挥刀把两个红衣小侏儒杀了，一步跳入宫殿。

他在这里遇见了拐骗姑娘格尔林特的小侏儒。仇人相见，分外眼红，于是，他们拔出利剑，杀做一团。好一场激烈的奋战，小侏儒身材矮小，可是转身敏捷，身段灵活，他不断避开骑士鲁特赫尔姆挥剑的重击。小侏儒眼看骑士步步进逼，知道自己是对付不了骑士的悍勇。于是，他开始运用魔法，突然纵身一跳，骑上鲁特赫尔姆的脖子。

鲁特赫尔姆立刻转动手指上的魔戒。他借助戒指的魔力，把骑在脖子间的小侏儒轻轻地抖落下来，让他摔倒地上。鲁特赫尔姆朝着小侏儒冲上去，把利剑抵近他的胸前，迫使他说出藏匿姑娘格尔林特的地点。

骑士知道姑娘身居何处后，便给小侏儒送上一剑，结果了他的性命，朝着藏匿姑娘的地方飞奔而去。年轻的骑士搜遍了神奇宫殿的每个房间，却没有看到任何活着的生命。最后，他来到藏匿姑娘的房间，姑娘正沉浸在清晨的酣睡之中。

鲁特赫尔姆觉得姑娘多么妩媚，他还从来没有见过比格尔林特更加漂亮的姑娘。他不由得惊恐地站在姑娘面前，如同被姑娘的美貌击中了似的，显得手足无措、局促不安。当然，他也不忍心打扰姑娘的美梦。

最后，他给姑娘送上一个轻轻的吻，用吻唤醒了纯洁的姑娘。他立刻请求姑娘不用害怕，还说自己就是为了解救她才深入重地。现在，她可以回去见她的父亲了。可爱的姑娘听到陌生的男子对自己说的一通话，深信自己还在甜蜜的梦中。

不过，她还是听从年轻骑士的吩咐，跟在他的身后走了出来。

他们两人穿过长长的走廊，看到里面各个房间里珠宝如山，便顺手抓了一把又一把，装满了衣服口袋，然后走进繁花似锦的大花园。他们刚刚走出大花园，只听从背后传来一声巨响。他们惊恐地回头，发现原来的宫殿和美丽的花园已经沉降到地下去了，眼前只剩下荒凉的山岩，怪石嶙峋，十分险恶。

他们两人朝着巨大的梯子奔了过去，费尽全力顺着梯子一步步地往下，终于平平安安地来到地面。姑娘格尔林特见到无限想念的父亲，父亲伸开双臂把女儿紧紧地搂在怀里，真是说不尽的欢乐和欣慰。

几个星期以后，年轻的骑士鲁特赫尔姆领着他美丽的妻子格尔林特走进一座漂亮的城堡，那里正是他的领地。

年轻的骑士和姑娘从神奇宫殿里带回的珠宝无比昂贵。于是，骑士基尔根也拥有了巨大的财富，生活过得无限美好。林中隐士也分到了许多珠宝，为他的晚年生活增添了许多精彩和辉煌。从此以后，洛尔希地区清静、太平，再也没有关于险恶小侏儒的任何消息。

凯特利希山地一片祥和，始终沐浴着莱茵河地区的阳光雨露，如同美丽的春天。

巴克科斯祭坛

莱茵河流经巴哈拉赫遇到一块四四方方的巨石横亘在河上，当莱茵河水势上涨时，那块巨石就沉没在水下，路上行人是看不到它的。只有当河水干枯或者河水变浅时，那块石头才露出水面。长年累月，两岸种植葡萄的农民摸索出一条经验：当莱茵河的这块石头显露时，那年的葡萄长势一定良好，丰收在望。

直到今天，巴哈拉赫人还念念不忘地讲述着关于巨石的故事，说当年罗马人就是在这块石头上向他们的酒神巴克科斯祭供，于是，他们把这块显示神灵的石头称做“巴克科斯祭坛”。

遇到莱茵河水势减弱，祭坛暴露在外时，巴哈拉赫地区种植葡萄的农民就很高兴地驾船来到石头旁。他们在石头上竖立一根大大的木棒，木棒支撑着用麦秆和旧衣服包裹的人像。

种植葡萄的农民祭供他，盼望丰收的年景，便称他为酒神巴克科斯的神像。

铁角堡

古老的巴哈拉赫城也有过往日的辉煌。

从前，性烈如火的巴哈拉赫名酒远近闻名，多少从异乡过来的葡萄酒友热情洋溢地端起罗马酒盅或者意大利伊特拉斯人的高脚大酒杯，欢欢乐乐地尽兴而醉。

那时候，这些知恩善报的豪饮酒友为他们的酒神设立了一座祭坛，祭坛就在一座山石上，一旁是湍急的莱茵河水。他们的酒神就是名闻天下的巴克科斯，罗马神话中的英雄。罗马人还给这座莱茵城起了个名字，名字一直保留至今，名闻遐迩。

时至今天，当年的字迹已经模糊不清、无法辨认了。可是，当时起的名字和用意都还历历在目。当时的名字叫“父母山”。渔夫们喜欢扎一个稻草人，把它当作酒神巴克科斯，如同麦哲伦堡人在丰收感恩节时扎个沃堂神一样。他们把稻草人巴克科斯安置在父母山下，围着神仙唱歌跳舞，欢乐无比，算是对神仙的顶礼膜拜。

巴哈拉赫城的上首是一片废墟，那里曾是铁角要塞的城堡。

孔拉德是斯陶芬人的第一个大皇帝，在他执政的年代里，那里住着一个年轻而又野心勃勃的骑士，名字叫海尔曼，他也是地方伯爵。海尔曼是皇帝的侄子，因为是国戚，所以骄傲成性，一直想要扩大自己的权势和地盘。

海尔曼的领地跟美因茨和特里尔大主教的区域相邻，因此，他始终想要吞并他们的领地，借以扩张自己的势力。那时候，世俗和宗教之间纷争不已，邻近的不少骑士纷纷前来投奔于他，成为他的得力助手。海尔曼看到自己羽毛丰满，便开始向附近的穆塞尔城堡发起攻击。

穆塞尔城堡属于特里尔教区。当时有位名叫阿达尔勃尔特的勇士也是一位主教，他联合特里尔和迈茨教区立刻组织反击，要把被强盗们非法占领的城堡重新夺回来。可是，他看到伯爵海尔曼十分鲁莽，而且占有明显的优势，他再三思考，希望找到破敌良策。

阿达尔勃尔特有个聪明的脑袋。

那天清晨，是海尔曼对城堡发起攻击的时间，大主教阿达尔勃尔特在手上拿着一个十字架，热情洋溢地鼓舞着他的勇士们，说他在夜里梦见了天使弥歇尔，弥歇尔亲自交给他一柄十字架，保证他能够取得战斗的胜利。不过，他的武士们必须坚信来自天堂的无形援助，坚信他们一定能够战胜敌人。

大主教的讲话鼓励着武士们，他们的首领高擎十字架，一马当先，势如破竹，取得了对海尔曼伯爵战斗的胜利。海尔曼的军队节节溃退，抱头鼠窜。

铁角堡的伯爵海尔曼领教了什么叫耻辱。他只得放弃大片的领地，龟缩在小小的地方，希望跟特里尔的大主教抗衡。

* * *

战争的失利让海尔曼感到无比羞耻，他抬不起头来，痛苦万分。他只要想起自己周围的宗教邻居，心里便燃起了仇恨的怒火。偶然间，他从一张已经发黄的地图凭证上知道，当时由美因茨大主教掌握的大片繁荣肥沃的土地应该是属于自己的。

于是，他立马向美因茨大主教提出索回那片土地的主张，他的要求遭到美因茨大主教的嘲笑和冷遇。

美因茨大主教读罢铁角堡伯爵关于追索大片土地的来信，立刻把书信撕得粉碎，开口说道："这位城堡伯爵反对我，而美因茨也有一批歹人反对我。我要让他们后悔不迭，让他们知道反对大主教将会遭遇怎样的惩罚。"

大主教粗鲁的回答传到海尔曼伯爵的耳中。海尔曼不禁大动肝火，召集军队，准备一战。伯爵的妻子尚还年轻，她哭哭啼啼地央求丈夫，请他绝对不要染指任何反对大主教的傻事。伯爵粗鲁地拒绝了妻子的好心相劝，发誓要去报仇雪恨。他知道美因茨地盘上也有不少反对大主教的力量，因此盘算着如何联合他们夺取邻居的土地和王冠。

铁角堡的伯爵又跟许多勇敢的骑士联合一起想要共图大业。美因茨城堡内群情激愤，他们看到铁角堡的伯爵率领的武装已经迫切城墙。大主教不由得怒火冲天，心生一条恶毒的计策，他派出两个仆人，让仆人花言巧语地接近铁角堡伯爵，最后竟把伯爵杀了。

伯爵的妻子无比绝望，悲痛得死去活来。美因茨大主教迅速占领了铁角堡，他冲进宫殿，把宫殿的主仆通通逐出门外，心里依然充满着复仇的怒火。他的朋友们纷纷劝阻他，甚至上书给他："立刻回归上帝，你已经背弃了他！你的时辰已经指日可待！"

大主教不听劝告，横行不法。民众们心存不满，纷纷举事反抗，他们的怒火终于让大主教遭受到了死亡的惩罚。

古堡探幽

离考泼城不远的下首有一座山岩小岛位于莱茵河上。从前，那里有一座古老的城堡，算是个要塞之地。几百年以来，那座古堡被称为普法尔茨，是"行宫"的意思。行宫拥有许多塔楼，塔楼里有不少的小房间，只是因为阳光不充足，小房间显得十分幽暗。就在这样一个阴沉沉的小房间里却藏匿着一个甜蜜的爱情故事，那里面上演过多少回欢乐的幽会。

那是红胡子大帝的年代，在这座周围环水的城堡里住着地方伯爵孔拉德的亲生女儿。姑娘出落得如花似玉，她的名字叫阿格纳斯。

却说这位伯爵也是命运不济，上天让他没有儿子。因此，他的女儿就成为伯爵身后的财产继承人。王国上下多少贵族侯爷纷至沓来，他们希望向温柔的伯爵女儿求婚。可是，姑娘已经有了意中人，那是一位名叫亨利希的年轻骑士英雄，骑士是不伦瑞克人，还是位公爵。

阿格纳斯向他表露了自己的情意。她的母亲对女儿的选择十分满意，多方支持。世上没有不透风的墙，伯爵很快风闻消息，女儿的选择让他十分恼火。

亨利希公爵是伯爵兄弟的仇人，他的兄弟是斯陶芬人的君王。因此，他不能选择这样的女婿，何况当时的皇帝早有心意，要为伯爵的女儿作伐，让她嫁给自己王室的子弟，以便让伯爵的封号能够留在自家人的手中。

伯爵想到不伦瑞克的公爵不仅人才出众，而且还是法国骑士中数一数二的勇猛人物，顿时感到忧心忡忡。他思量来思量去，直到某天深夜时分才想出一个主意。他立刻下令在行宫周围加强守卫，让人把塔楼里阴暗的房间打扫干净，整理就绪。然后，伯爵亲自来到妻子和女儿阿格纳斯面前，让她们立刻动身前往莱茵河的小岛。伯爵冷冰冰地告诉她们，这座岛屿上的行宫从此以后就是她们的栖身之所。

伯爵夫人气愤地谴责丈夫的残酷举动，女儿阿格纳斯更是珠泪横飞，十分悲伤。伯爵孔拉德明确而又严厉地警告说，如果女儿不改初衷，不愿跟公爵分手，那么，他就不会改变自己的决定。伯爵说完，心满意足地离开了她们母女，心里乐滋滋的，他终于为自己的困境找到了理想的突破口。

伯爵已经年迈，青春的热情早就离他远去。否则，他一定也会想到干涉年轻人的爱情如同往墙上钉钉，你对它打击越重，它会越发牢固。而且，他还应该想到有一首深沉的歌："佳人的爱情犹如上帝的火焰，无论大雨倾盆，还是暴风袭击，爱情的火苗永远不会熄灭。"

实际上，火借风势，熄灭的只是几颗火星，爱情的火焰却是无法强行被扑灭的。伯爵没有想到，他制造的障碍反而成为保护爱情萌芽的屏障。深夜时分，勇敢的公爵化装来到城堡。阿格纳斯并不拒绝跟恋人的幽会，他们两人无限深情地请求母亲同意他们的婚姻。母亲不忍看到女儿经受爱情的折磨，当然，她也无法阻止他们的爱情愿望。

第二天清晨，一位牧师不请自到，走进莱茵河岛上的城堡，为这一对衷情的年轻人主婚。阿格纳斯从此成为公爵的夫人。婚礼十分简单，低矮的城堡房间里烛光昏暗，可是，爱情却在这里生根发芽，大步流星往前。

* * *

幸福的时光一连过了几个星期。阿格纳斯和她的母亲不无担心，生怕消息传到伯爵的耳中，引发滔天大祸。

一天，伯爵来到城堡，他已经许多时日未曾过来看望了。女儿看到父亲，急忙扑倒在他的脚下，以渴望解脱的目光向他吐露出自己的秘密。伯爵听到消息，不由得怔怔地站在那里，犹如石刻的雕像一样。然后，他用自己所能想到的言语开始破口大骂，直到温和的伯爵夫人再三请求他，让他宽恕女儿的过失。

夫人似乎知道丈夫自会饶恕女儿。伯爵听到劝告，抹了抹自己的前额，他愤怒的火焰减弱了许多。他听到夫人由衷地恳请他立刻结束可能存在的宗族之争，让女儿选择自己的未来。

伯爵开始回心转意了。他俯下头来，称呼女儿的名字，把女儿从跪着的地上扶了起来。波涛汹涌的岛屿城堡迎来了天使飞舞。伯爵原谅了他的女儿，一家人重新沉浸在和睦的幸福之中。

* * *

伯爵孔拉德来到斯巴埃红胡子皇帝的行宫，和颜悦色地向他的兄弟解释事情的原委。年迈的红胡子皇帝听罢讲话，顿时面露微笑，感谢兄弟终于找到一条与公爵和解并结盟的途径。他答应给未来的后裔继续保持伯爵的封号。

莱茵河上的小岛装点一新，隆重地举办了一场来之不易的婚礼。不久之后，城堡的房间里传来第一声婴儿的啼哭声，那么悦耳，那么动听，让年轻的母亲激动得热泪盈眶。

直到今天，还有络绎不绝前来参观的游客会听到那座行宫里特殊房间的故事，它跟一场秘密的爱情串连在一起，让世人遐想万千。

佳人山城堡

考泼附近有一座山，在中世纪的时候，山上有一座城堡。城堡俯视着周围的辖地，十分雄伟。

大约在十三世纪中叶，城堡里住着伯爵菲力普和他的妹妹戈塔。戈塔姑娘端庄、漂亮，许多骑士纷至沓来，向她求婚，希望娶她为妻。可是，没有人能够获得姑娘的青睐。姑娘习惯了哥哥的住地，舒适、安静，不想到另外一处陌生的地方生活。

一天，科隆城里举办隆重的演武比赛。参赛的骑士来自四面八方，甚至有的从英国、罗曼等地区而来，他们准备大显身手。前来观看的人更多，黑压压的一片，让人望不到头。

有一位骑士来自英国，这位骑士身材魁伟，披挂华丽的盔甲，实在引人注目。

英国骑士出手不凡，他被称为演武场上的狮子。况且，他的盾牌上的确画着一头金毛雄狮，张牙舞爪，不可一世。不久，这位不列颠骑士因为技艺出众，处处受到尊重和注目。特别在有一回合的演武时，他遇上一位号称举世无双的对手，可怕至极。不列颠骑士不慌不忙，稳稳地举起长矛，把对手挑离马鞍。

周围爆发出雷鸣般的欢呼声。

观众席上也有伯爵菲力普和他的妹妹戈塔，戈塔在观看比赛时对陌生的骑士充满着深情的关注。只是骑士蒙着脸，无法让人看清他的眉目，姑娘深感遗憾。

不久，机会来了。不列颠骑士作为决斗的胜者，他除下面罩，绕场一圈，向欢呼的观众们挥手示意。年轻的姑娘看到骑士的面目，心里产生了一股异样的感觉。她看到骑士那么标致，威风凛凛，更是仰慕不已。等到她被众人选出作为天使把一个用黄金制作的桂冠戴在骑士的头上时，姑娘的心止不住地几乎从口中蹦跳出去。

骑士是否已经从可爱姑娘的面颊上读出她的隐秘心事？当骑士单膝跪在虔诚的姑娘面前，让她用颤抖的手把桂冠戴在头顶时，骑士是不是感觉到灵魂深处已经被姑娘迸发的火花点燃，烧成一片熊熊大火，烈焰腾腾？

后来，他们两人面对面地站着，温柔地谈话。姑娘几乎难以抑制自己的万般激情，而骑士也在暗暗称赞姑娘的神奇美貌。他们两人相见恨晚，爱情如同火山爆发一般，岩浆滚滚，势不可挡。

晚上，宴会大厅里灯火辉煌。当音乐吹奏起欢乐的曲调时，不列颠金发骑士坐在姑娘戈塔的身旁，寸步不离。陌生的骑士起身向姑娘求婚，姑娘羞涩地站立起来，开始时讷讷自语，最后终于让语言吐出双唇，其实他们的眼神早已泄露了这动人的秘密。

姑娘接受了骑士的爱情，发誓一辈子忠诚于他。骑士说他将在三个月后从英国回到姑娘的身边，然后在菲力普的城堡里跟她举办婚礼，届时将会对她表明自己的真名实姓，因为风俗的义务禁止他现在违规行事。戈塔心甘情愿地接受了恋人的告白。他们在信誓旦旦的忠诚里挥手告别，幸福的面颊上仍然掩饰不住离别的哀伤。

五个月过去了。

德国和周边国家的风云变幻，追逐伟大和赞歌的国王们换了一茬又一茬，如同走马灯似的，瞬间成为供人谈论的历史。春天终于来到莱茵山谷。莱茵河上春光明媚，周围的山水和城堡沐浴着辉煌春日的阳光雨露。只有温柔可爱的姑娘还沉浸在未婚夫的美梦之中。她不愿走进山谷，不愿走进花园，也不愿意享受艳丽的太阳。

一丝忧虑和悲伤悄悄地开始在心底里建窝筑巢。两个月来，姑娘的脸颊变得越来越苍白。怨恨犹如一支画笔，在姑娘面前画出了昔日恋人的种种面容。她一会儿看到骑士马革裹尸，躺在血腥残杀的战场上，临死之际还在双唇间嚅动着，呼唤出“戈塔”的名字。一会儿，她似乎又看到另外的画面，那是骑士的怀抱里簇拥着一位岛国的姑娘，骑士欢笑如狂，跟姑娘打情骂俏，还用悄悄话嘲笑他莱茵河的金发姑娘。

不同的画面纵横交错，包含着多少酸甜苦辣。可是，姑娘似乎越来越明白。自己已经把一颗心紧紧地锁在初恋的身上，可是初恋却让她越来越失望。怨恨之情爬上了她的脸庞而挥之不去，哥哥菲力普多少回地开导她，想让她高兴起来，可全都是枉然。

一天，城堡前驻扎了一队骑士，嘹亮的号角声从大路上一直传到城堡里。戈塔看到大队人马，便从窗口退了回来，她的一双眼睛早已哭得如同秋天熟透了的葡萄。伯爵菲力普热情地接待门前的骑士们，陪同他们走进华丽的宫殿大厅。当伯爵看到不列颠骑士也在队列之中时，感到无比惊讶。同时，他又感到热血上涌，他愤恨这位食言的神秘订婚客。他只能在脸上挤出一丝勉强的笑容。

骑士似乎看到这一切，他不由得冲出队列，一把抓起城堡主人的手，对他开口言道：“我是理查德·冯·考恩瓦利斯，被推选担任德国的皇帝。我这回前来，希望跟令妹戈塔完婚。她是我在科隆订婚的未婚妻，那是五个月前的事。我要请求未婚妻原谅我的无礼迟到，可是，我的忠诚始终未变。我请你向她转告，说我来到城堡，只是暂且对她保密我的姓名，不能提前泄露。”

伯爵菲力普深深地鞠了一个躬，然后虔诚地离开房间，把客人留在那里。客人心情不安地在伯爵的宫殿里走动着。

突然，门开了，一个可爱的身影从门框里露了出来。身影看到厅堂里的客人时，不由得惊叫一声，一张脸激动得犹如红色的晚霞。姑娘戈塔立刻朝着骑士飞奔过去，扑在他的怀里。两个人依偎在一起，享受着自天而降的幸福，默默无声。

伯爵菲力普不声不响地走了进来，告诉妹妹她怀里拥抱着的男子的姓名。姑娘的脸上又泛起了一片红光，她目光羞涩而又怀疑不定地瞅望着自己日思夜想的未婚夫。未婚夫轻轻地用手抱着姑娘的脖子，答应让她跟自己共享王冠的幸福。

*　　*　　*

几个星期以后，理查德在莱茵河畔的城堡里举办隆重的婚礼。从此以后，人们把伯爵菲力普的妹妹戈塔称为佳人儿，因此，耸立他们城堡的山就被叫做佳人山。

七姑娘

莱茵河边的上魏塞尔附近有一座山坡，直到今天，山坡上还散落着一片古老的废墟。从前，那里是一座骑士城堡，城堡有个艳丽的名字，叫美人堡。

城堡的名字来历非凡。相传那时在城堡里住着七个骑士姑娘，姑娘们出落得多么漂亮，是莱茵王国的稀世珍宝。可是，她们的国王父亲郁郁寡欢，因为上天并不看顾于他，没有给他送上一个儿子。国王终日烦闷不已，竟至于提前谢幕，撒手人寰。不久，母亲也糊里糊涂地跟着去了。

父母死了，国王的宫殿和财产包括外面的大片森林全都归了漂亮的姑娘们。自此以后，前来求婚的人踏破了宫殿的门槛。他们纷纷前来，希望娶得这个或者那个美丽的姑娘。可是，七位姑娘由于父母过早地离开，跟一位年迈的姑母生活在一起，因此缺乏家教，一个个显得骄傲自满，不成姑娘的模样。

后来，年迈的姑母也死了，七位姑娘更是自由自在，无法无天。姑娘的习气一天比一天差。地方上到处流传着她们的故事，说她们如何穿着男子一样的衣服外出打猎，又说她们如何欺侮前来求婚的骑士，假惺惺地显示出多少花枝招展的魅力，最后把他们通通无理地逐出宫殿，只是为了让他们落得笑柄。

骑士们离开宫殿时又羞又恼，纷纷把那里的姑娘称为引诱人受骗上当的塞壬女子，诅咒她们。可是，前来求婚的人还是络绎不绝，他们对传说的故事不敢相信。他们对未来充满着憧憬，甘愿在美丽的姑娘行列里尝试自己的命运。不过，任何尝试都以失败而告终，最后只落得怨声载道。他们无法赢得姑娘们的青睐。

姑娘们玩弄着鄙薄爱情的游戏，乐此不疲，这样过了几年的光阴。

有一回，宫殿大厅里又响起了阵阵的欢呼声。一队身材魁梧的骑士团团围坐在晶莹闪亮的餐桌旁。七个姑娘照例上来对他们戏弄一番，以此为乐，让他们不欢而散。两位骑士因为相中了同一个姑娘，结果引起了一场口角。年轻人性急如火，周围的骑士随即分作两派，帮助他们兴风作浪。

大厅里早就乱成一锅粥。

这时，坐在餐桌旁的一位骑士出来打圆场，并且要求姑娘们作个决断，以便让他们明白自己的处境，免得人人自危，个个不爽。听到骑士的建议，伙伴们立刻附议。大家把目光纷纷投向城堡姑娘，要求她们作出答复。姑娘们显得一脸无奈，她们反复地解释着，说她们并不同意这样的建议。

姑娘们经不住骑士们热烈地要求，最后，有一个姑娘似乎动摇了，后来，又有第二个、第三个。她们悄悄地商量一下，然后含笑告诉大家，她们将在第二天上午作出自己的决定，请大家听凭命运的选择。

*　*　*

约定的时刻终于到了，宫殿大厅里济济一堂。骑士们满怀希望地等候着姑娘们的决定。大家把目光紧张地投向大门，大厅的大门呀的一声打开了，进来一个宫廷仆人。仆人通知大家，城堡姑娘们正在下面莱茵河边的宫殿花园里迎候大家。

骑士们立刻动身，等到他们看清姑娘们正在一条小船上站着时，他们的脸上顿时露出惊讶的神色。他们看到小船在莱茵河上随波逐流，姑娘们面露虚伪的笑容，对着成群结队前来等候消息的骑士们挥手示意。

她们当中的大姐从船头上站起身来，清楚地告诉大家："呵，你们还是放弃种种希望和打算吧，因为我们之中没有任何人愿意爱上你们，也不希望跟你们共同踏上婚礼的大厅。我们现在自由自在，无忧无虑，比起为任何一个男子而牺牲，这种自由更显生命的价值。告诉你们，在科隆也有一批向我们求婚的骑士，我们的小船将要驶往科隆。伙计们，有劳你们了，再见吧！"

一阵嘲笑的告别声给骑士们留下无数的酸楚。他们无可奈何地看着小船缓缓地驶往河面，感到这回被愚弄得满面羞愧，只得无可奈何地看着莱茵河，哑口无

言。莱茵河静静地流淌，河面上波光粼粼，尽显妖娆。

突然，一阵飓风横空出世，河面上顿时波涛汹涌，水流湍急，十分凶险。小船在波浪间摇晃着，姑娘们的嘲笑声已变成了绝望的嚎叫。最后，连绝望的嚎叫也销声匿迹了。莱茵河的波涛愤怒地卷起了小船，把它送进剧烈转动的漩涡。

小船连同它的七位主人被湍急的水流生吞活剥地卷入莱茵河底。

* * *

就在七位心如岩石般冰冷的姑娘沉入莱茵河底的地方，突然从水下冒出七座山尖。

直到今天，七座小山还稳稳地屹立在莱茵河上。它们以沉痛的往昔提醒任何矜持和骄傲的姑娘，爱情是一件严肃的事情，千万不可视如儿戏，轻薄以待。

当地人把这里的小山叫做七姑娘山。

乔治菩提

坐落在莱茵山上的圣哥阿是一座热情洋溢而又不失欢乐的小城，那里几乎有着莱茵河上最大的城堡废墟。

相传在十三世纪中叶，一位出身于莱茵族第的伯爵建造了那座雄伟的城堡。莱茵山城堡固若金汤，无可攻拔，它骄傲地屹立在莱茵河旁。但在城堡建造完工的十年以后却迎来了一场激烈的浴血奋战，自此以后，战祸绵延，屡屡不息。

在最为残酷的战争发生时，莱茵河上聚集了二十六个城市的联盟，他们团团包围圣哥阿，战斗一直持续了十五个月。城外的战场上留下四千名激战勇士的遗体。可是，在残酷战争之余也曾经闪烁起不灭的爱情火花，令人嘘唏。

莱茵山的伯爵看到一位姑娘生得端庄漂亮，便把她认领成自己的女儿。姑娘长大了，求婚的武士络绎不绝。姑娘看中了鲁特斯赫姆的骑士乔治。两个年轻人顿时陷入相互爱恋的情河，他们很快就商议着结婚的大事，而且定下了结婚的时日。

突然，在一天拂晓之际，乔治骑着累得气喘吁吁的马儿来到姑娘面前，给姑娘带来沮丧的消息。原来是皇帝向他发出应征出战的命令，乔治是他的属下，接受命令是刻不容缓的义务。未婚妻听到消息时，立刻沉入悲痛之中。乔治只能温柔地安慰她，姑娘无可奈何，不得不服从自己的命运。

莱茵山的伯爵称赞他的女婿办事果断，决心坚定。

乔治在分别之际去外面田地上拔下一棵菩提树苗，用剑在城堡前的地面上掘松泥土，把树苗栽种下去。骑士动情地对未婚妻说道："你要照看好发芽生长的菩提树，我把它栽在这里，让它成为佑护你的幸福天使。只要树还保持绿色，你就应该保持我们之间的爱情和忠诚。如果有一天，菩提树不幸枯萎了——圣乔治自会善待我们——那时候，你可以忘掉我，因为我已经死了。"

姑娘听到这番话，不由得哭着扑进了骑士的怀抱。骑士伸出右手，把她温柔地搂抱着，用左手举起利剑，吩咐姑娘别忘每天背诵刻写在历久卷页上的箴言诗：

上帝垂怜，以永恒的语言救苦救难，
请帮助他的灵魂，他战斗在异国他乡，
降恩于伟大的骑士圣乔治身披光芒。

骑士说完话，趁着晨雾便朝着连片树木的山坡骑马而去。他的心里充满着热烈的愿望，脸上挂着挥之不去的热泪。时光流逝，一个月又一个月地过去了，从前方断断续续地传来一些可怕的消息。

有人说皇帝的军队跟瑞士农民作战时犯下了不可饶恕的错误。

有人说骄傲的皇帝在前方浴血奋战中吃了大败仗。

有人说多少德国武士被瑞士人埋葬在他们的山谷里。

有人说东。

有人说西。

莱茵山城堡里的姑娘面色苍白，她在心里承担着无尽的忧愁和恐惧，因为担心未婚夫的安危而让她常常以泪洗面。可是，没有人给她送过任何的消息，既没有喜讯也没有噩耗。听说战事已经结束了，姑娘多么热切地希望能够跟自己的未婚夫别后重逢。她的希望如同一株枯萎的花，沉甸甸地压在自己的心上，让她难以舒颜。

一天，又有一个求婚的人寻上门来，这是个财欲熏心的人。他觉得骑士乔治从不露面，肯定属于死亡之列，不用为他守寡了。姑娘无比痛心地对求婚的人回答道，自己当着菩提树对未婚夫乔治发誓忠诚到底，因此，她不能食言。只有当菩提树枯萎时，她的誓言才能从此了结，不再羁绊。

求婚的人听罢讲话，愤愤地告别着离开了莱茵山城堡。他立刻钻进树林，希望在那里寻找到一棵枯萎的菩提树。这棵树必须跟城堡门前那棵青树的菩提树看上去一模一样，连大小粗细也要丝毫不差。

第二天深夜，求婚人悄悄潜入到莱茵山城堡门前。他把那棵小菩提树连根拔掉，顺手扔进莱茵河，嘴里还不忘恶毒地诅咒了一声。接着，他把在树林里找到的枯树种在原来的地方。

第二天清晨，城堡主人的女儿走出门槛，来到阳光灿烂的户外。突然，她看到那棵已经枯萎发黄的菩提树。姑娘不由得发出一声惊叫，泪如雨下。一连几个星期，姑娘的泪水始终如同断线的珍珠，扑簌簌地滚落下来，抑止不住。

不久，那位求婚人又来到姑娘面前。他这回面露喜色，心里不住地幸灾乐祸，贪婪地盯着眼前的姑娘，向她求婚。姑娘万分痛心又态度坚决地拒绝了求婚人的虚情假意。她表示，自己的未婚夫即使已经捐躯沙场，她仍然会保持着自己的忠诚，不改初心。

卑鄙的求婚人顿时露出狰狞的面目，他抽出利剑，对着姑娘的胸膛刺了上去。他看到姑娘倒在血泊之中，立刻转过身，逃之夭夭。等到他开始意识到自己身犯何罪时，已经太迟了。

莱茵山人呜呜咽咽，他们称赞姑娘的忠贞不屈，为她的含冤遇难诉说不平。

一天，莱茵山城堡来了一位客人，他直接从瑞士过来。他就是骑士乔治，因为在瑞士的战场上身受重伤，经过长期治疗方得痊愈，终于回到莱茵山。他希望见到心爱的姑娘，见到青枝绿叶的菩提树。

城堡主人无比痛心地把骑士引到孩子的墓前。年迈的父亲和年轻的骑士站在新鲜的坟堆前默默无言，心痛欲裂。年轻的骑士拔去城堡前那棵发黄枯萎的菩提树，在心爱的姑娘坟前种上一圈白色的百合花。

骑士乔治保持着对死者姑娘的忠诚，从此以后，他都没有动过向别的姑娘求婚的念头。

多少人为莱茵山的城堡姑娘赋诗作画。于是，有一首诗歌始终响彻莱茵河畔，不绝于耳。那首歌是这样唱的：

山谷间有一棵美丽的菩提树，
呵，上帝，它在那里干什么？
它愿意跟我们一起悲愤怨诉，
只是已经丧失了爱情的珍珠。

罗累兰

在科泼楞茨城的上首，莱茵河从两岸葡萄呈绿的山坡间滚滚而过，一旁有座陡峭的山岩。山岩神思般地抬起头，望眺远方，多少传说如同葡萄藤一样盘绕其间，它们随着莱茵河水的欢乐轰鸣传遍了四面八方。

那座山岩叫罗累兰。

多少船夫驶经罗累兰山岩时，都会虔诚地抬起目光注视着山岩巨人的峰顶。尤其在黄昏时刻，暮色霭霭，小船在水面上轻轻飘荡，多么像在接受女神的检阅。

莱茵河的波浪看上去真像那些多嘴多舌的孩子，它们滔滔不绝，不知疲倦，有时候在唇边飒飒作响，有时候在嘴旁潺潺有声，流淌出一个个神奇漂亮的传说。

有时候，它们也会讲起从前坐在山顶间唱着塞壬歌的女妖。相传那是一个悲伤的故事，一场奇遇把女妖姑娘逐出山峰，让她从此销声匿迹。

从前，当夜幕渐渐地披上陡峭的山坡时，月亮立刻攀上天庭，它在绿色的河面上搭起一座银白色的浮桥，伴随着山峰间传来的姑娘歌声，迎来一位绝色美女。姑娘轻提软步，款款来到山岩峰顶。这是一位美丽的金发姑娘，长发如水，一直披散到肩膀，以柔软的线条飘落在雪白的衣衫上。姑娘的长裙在风中飘动，它让美丽的姑娘如同是遮掩在轻轻的云雾后面。

天哪，如果渔夫在这个时辰出现在山岩脚下的河面上，白天的劳累让他的双眼昏昏欲睡，而欢乐舒畅的心情又如同打开的南天大门。他们经过山岩时，如同当年迷途在外的希腊英雄，他会被幽灵般的歌声吸引住，着了魔的一般。歌声塞满他的胸间，让他忘却眼前的一切。他的双眼和他的精神沉醉其中，再也无意照看面前的旋涡和礁石。

呵，姑娘的魅力无限。可是，这样可爱的姑娘却像是绽开在一座坟墓上的花。正当渔夫精神错乱地望着山顶上的姑娘，心里胡思乱想，多么希望立刻占有她时，船下的波浪早已醋意大发，颠覆了他的小船，最后还无比叛逆地把小船推向山岩，让小船在山脚下被撞得粉碎。

莱茵河波涛汹涌，狂风怒号，掩盖了祭供牺牲时的死亡和哭泣。任何人都无法靠近年轻的姑娘。姑娘迎着温和的月光放声歌唱。呵，多么优雅，动人心弦。直到最后一颗星星在天空中消失，歌声才缓缓停歇。

却说莱茵河边住着一位伯爵。他的儿子罗纳尔特是个激情满怀的男子汉，又是伯爵宫殿里最勇敢的武士。他听到了传说纷纭的故事，心里顿时抑制不住激情澎湃，希望看到漂亮的姑娘。罗纳尔特还没有见到姑娘，口中已经赞颂不绝，如同认识了很久一样。

后来，他悄悄离开宫殿，佯装外出打猎。实际上，他让一位年迈而又熟练的渔夫驾船让他靠近陡峭的山下。莱茵河山谷间一片朦胧，小船慢慢靠近巨人般的山岩。太阳已经下山了，夜幕渐渐地拉上山头，周围一片黑暗。

这时，黄昏星升上天空，它在浅蓝色的天幕向着夜空闪烁着晶莹的目光。莫非是少年罗纳尔特的佑护天使把黄昏星送上天空，借以警告他不得想入非非，胡作非为？他抬起头来，稍稍打量一下朦胧的世界。年迈的渔夫站在他的身旁，胆怯地呼喊一声："那是罗累兰！你看到那位女妖了吗？"

罗纳尔特没有回答，他已经看到姑娘了，心里发出一阵轻轻的惊讶声。罗纳尔特瞪大眼睛注视着山顶，他看到一个光闪闪的女精灵。是她，正是她，如同一个木框里镶嵌着的神像，光芒四射。如同一朵香气四溢的神奇花朵，植根于一片废墟之中。那一头美丽的金发松散地披垂下来，映衬着姑娘雪白飘动的衣衫。

姑娘坐在山峰的悬崖边上，梳理着波浪般的金发，高贵的脑袋周围显示出一轮光芒，让她的魅力透过夜空传向四面八方。姑娘的眼睛闪烁着粼粼波光，吸引着多少人朝思暮想。她的面颊犹如绽开的玫瑰花，两片轻唇就是含苞待放的花蕾。姑娘张口，似乎想唱歌，又似乎想说话。最终，她开始唱了起来，歌声震撼着寂静的夜空，柔软如绵，如诉似泣，又像夜莺在欢乐的夏夜鸣啭。

后来，又是一片寂静。

姑娘沉思般地坐在山岩旁，面朝莱茵河，安静、端庄。她垂下双目，朝着湍急流淌的莱茵河张望。突然，姑娘那双闪烁着光芒的双眼遇上年轻人呆滞又僵直的目光。姑娘的眼神犹如太阳一般，朝着熊熊燃烧的原野射发出烈焰腾腾的利箭。年轻人不由得一阵惊悸，他的目光更加离不开魔幻一般女人的身影，就僵在那里如醉如痴地如同阅读一则爱情的童话。

岩石、河流跟夜空消融在一起，构成了神秘的世界。

年轻人只是盯着山岩旁的年轻姑娘，心中无法放下微笑双唇的诱惑，无法离开犹如星光般闪烁光芒的双眼。缓慢行驶的小船被湍急的水流推动着，罗纳尔特已经站不稳身子了。他听到了姑娘的歌声，多么柔软、衷情，如同天籁之音。年轻人的心好像一堆火炭，烽火似的燃烧起来。他不由得伸出双手像要捕捉一般，随着脚下一个趔趄，扑通一声栽了下去。

“罗累兰！”山峦间传来一声死亡般的惊叫，里面藏匿着爱情的渴望和呼唤，回声在河岸的山石间碰撞。波浪滚滚，吞食着沉水遇难的不幸之人。年迈的渔夫不由得一声哀叹，在胸前连连画着十字。

正在这时，一道闪电撕裂了堆聚的乌云，接着从山后传来沉闷的雷声，伴随着下面的波滔滚滚，山顶上重新传来神奇的歌声。罗累兰这回唱得凄凉、悲伤，连连叹息，令人撕心裂肺，痛断肝肠。

*　　*　　*

伯爵很快听到了悲痛的消息，父亲的心里不由得又痛又恼。他当即传令，无论生死，立刻把女妖押解到堂。

第二天下午，一艘大船装载着许多武士，他们顺着莱茵河一路往下。四名虎背熊腰、身材高大的船夫摇橹，他们都是莱茵河上能征惯战的高手。其中的领队浓眉大眼，怔怔地看着前面的山岩。山岩似乎一脸严峻而又阴沉，注视着下面发生的一切。领队看到这里，不由得又悲伤又愤怒。他这回获得伯爵的首肯，要把女妖直接从山峦顶上推下莱茵河，无论何种手段，只要置她于死地便算完成任务。

伯爵明白，这位女妖神通广大，如果把她抓获到手，她一定会利用法术挣脱桎梏，最后从牢里逃出去。于是，他同意领队的计划，必须置女妖于死地而后快。

黄昏的朦胧已经堆砌在莱茵山谷。全副武装的勇士们包围住巨人般的山岩，领队带着三名武士朝着山顶一路攀登。山顶笼罩在一片云雾之中，武士们以为是黄昏之际的晚霞初现。他们看到一道巫术般的光芒，看到姑娘款款地来到山峰间，坐在岩石旁。

姑娘正用黄金梳子梳理着波浪般的长发，脸颊上呈现着梦幻一般的甜蜜、安详。姑娘在胸前解下一串珍珠，举起细长而又白皙的手，把珍珠系扎在自己的额前。这时，她看到一队武装的男子，充满威胁地拢了上来。姑娘的脸上不禁浮起一朵愤怒的云彩。

“呵，你们这批大地上的弱者，想在山顶上寻找什么?”姑娘轻启花蕾般的双唇，不屑地问了一句。

“就找你，你个女妖怪!”领队愤怒地喊了起来，还愤愤不平地添加一句，“找你，你这个不祥的女人，我们要看着把你抬下山，让你葬身在湍急的河底深渊。”

山上传来一阵爽朗的笑声。“呵，父亲莱茵将会亲自过来，接回他的女儿!”姑娘不由得叫喊起来。

姑娘说完话，朝着前面张开血盆大口的悬崖峭壁俯下身子。她用手解开额前的珠链，呼唤似的把它扔进湍急的河水，轻启玉唇，以奇异的声音唱了起来：

呵，父亲啊，赶快，
给你的孩子送上坐骑白马。
她多么希望乘风破浪，
高高兴兴地驰骋莱茵河上。

突然，莱茵河水咆哮激荡起来，白色的浪花飞上岸边。两道汹涌奔腾的波浪如同两匹洁白的骏马，被看不见身影的魔幻之手从河床底上托起来，送上峰顶，带着可爱的姑娘回到莱茵河上。天空上狂风大作，莱茵河浩浩荡荡，如同万马奔腾。

武士们惊恐万分，他们回到伯爵面前，向伯爵禀告这个不可思议的故事。哀悼罗纳尔特的哭声震天。可是，他的尸体又被莱茵河的波浪同情似的推上岸来。多少人围坐一旁，悲悼葬身水底的死者，只见他双目微启，面色苍白，停止了任何的愿望和梦想。

可是，不一会儿，年轻的死者脸上似乎泛起了一道浅浅的红霞，在鼻中传来了细微的呼吸。呵，这样的故事让多少人不可思议，原来伯爵的儿子重新活了过来。宫殿里的哀悼立刻变成欢乐的庆祝。

从那天起，习惯于坐在山岩峰顶的莱茵女妖再也没有重新露过面，更不用说对着父亲莱茵引吭高歌了。当黑夜穿上星星的衣衫攀登上莱茵河岸的葡萄园时，皎洁的月光自然不忘在绿中透黄的河面上架起银灰色的桥梁。那时候，莱茵山上似乎又会传来新娘般的夜莺鸣转。多么美好的夏日夜晚！

姑娘罗累兰消失不见了。可是，她的魔幻却神奇般地留传世上，常常化成一首诗，变作一曲歌，偶尔也成为一个传说，一则童话，脍炙人口，经久不息。

慷慨的圣人

从前有个圣人，名字叫果阿。果阿拥有神奇的力量，能够知晓天上的秘密和未来的事情。不过，果阿最让人称道的还是他那颗善良和友好的心，他对周围的人充满着热情和温暖。

他居住在一座小城旁边的山洞里。后来，这座城市就按他的名字命名，叫果阿城，位于雄伟的莱茵河旁。他从前居住的山洞在民间被称为“圣果阿床”，也被称做“果阿圣居”，一直留传至今。

圣人果阿在这里静心修行，教化周围的异教徒。他接待前往远方朝拜的客人，友好地款待他们，让他们吃饱喝足，积聚体力再往前行。他尤其是许多船夫的朋友，有的船夫在河上遭遇危险，翻落水下，果阿总是及时地出手相救，然后照顾他们，让他们休养休息，直到恢复健康。

圣人果阿的名声远扬，许多人远道而来，希望得到他的帮助和教化，听取他的安慰、建议和教导。船夫们常常给他送上一些肥脂、牛奶、黄油和奶酪，对他表示感谢。配制葡萄酒的农民给他端上葡萄佳酿，其他农民拎来水果、蔬菜和鸡蛋。圣果阿对乡邻们十分感激。不过，他还是把大量的礼物用来接济困难的人，很少留给自己。

正如生活中常有的怪事一样，就是这般虔诚的隐士也会有反对他的仇人。仇人们妒忌他的声望，恼恨圣人批评他们的罪孽，因此，他们决定除掉这位隐士。他们来到特里尔法院，向法官控告圣果阿，说他的山洞里藏匿着太多的食物和美酒，而且在洞中大吃大喝，生活奢侈，如同罪人。

主教召唤圣人前往特里尔到法庭，准备让他为自己辩护。果阿走进大厅，看到主教和几个高级教士端坐其中。他环顾四周，心中犹豫，不知道自己的大衣挂在哪里为妥。正在这时，一道阳光穿过窗口照耀进来。圣果阿没有多加思考，便把大衣挂在墙边的太阳光下。

主教和教士们看到圣果阿生活简朴，和善待人，顿时对他充满了尊敬和爱戴。他都用不着为自己作出剖白，便轻松愉快地离开特里尔，回到他的山洞。

后来，他依然作为圣人和乡邻的朋友教诲大家，一直过了很多年。圣果阿去世以后，他的教诲仍在，他为大家赐福的双手仍然高举着。

有一回，卡尔大帝离开行宫前往科泼楞茨。可是，他这回由于疏忽，竟然没有走进圣果阿从前住过的山洞，没有到圣人的坟前行大礼。后来，他的身后突然起了大雾。大雾笼罩着皇帝停泊在莱茵河上的宫船，让舵手失去了方向，不知道身处何方。皇帝和他的随从一直转悠到傍晚时分才勉强上了岸，搭起帐篷，暂度一夜。可是，外面风雨交加，皇帝苦不堪言。

这时，卡尔大帝意识到自己做错了事，没有前去参访圣人的住所是自己的过失，心里感到十分内疚。他发誓，将来再也不犯类似的错误，不管多么忙碌，只要经过圣人的居所，一定前去参拜行礼。皇帝为此捐出二十磅白银和两件丝绸长袍，让它们为自己的誓言作证。

不久以后，许多虔诚的圣人来到圣果阿从前的居所。他们如同圣果阿一般行事，友好待人，真诚于世。把圣人从前赐给他们的礼物拿出来接济比他们更加困难的人，这些礼物中还有不少葡萄佳酿。

有一年，葡萄种植收成不佳。虔诚的僧人们只剩下最后一桶葡萄酒了，而且那桶酒也快要倒尽。僧人们面临困境，他们不知如何是好，因为无法帮助即将前来朝拜的人解除干渴之苦。

可是，瞧吧，空空的酒桶里突然自动注满了葡萄佳酿，而且倾倒不尽，流淌不完。就在当天夜晚更是出现一件怪事，晚上有个僧人给一位口渴的客人斟酒解乏。不过，他忘记把塞子关紧，他在第二天早上来到桶边时，看到葡萄酒桶上的木塞已经被冲到旁边去了。可是，酒桶里仍然注满着葡萄佳酿。原来有一只蜘蛛在塞口结了一个可爱的蛛网，挡住了流淌的葡萄酒。

真是神助。

公猪堡

这座城堡的名字与两个有趣的传说有关。

相传在公元十五世纪，公猪堡被邻近的骑士部队围困得水泄不通。城里的粮食渐渐告缺，承担不起全城上下的日常需求了。为了不让城外的围困部队觉察到城内的饥荒困境，城堡主人把堡内仅存的一头公猪天天摁倒在地，摆出一副宰猪的模样，折磨一番后又把它赶入猪圈。

城外围困的骑士每天都能听到城内宰猪犒劳士兵的声音，知道希望通过长期围城从而造成城堡内饥荒缺粮的计划是无法实现了。于是，他们放弃围城，退回自己的领地去了。

从此以后，这座城堡就被叫做公猪堡。

*　　*　　*

关于公猪堡名字的来历还有另外一说。

从前，城堡的主人卢泼特心高气傲。可是，他在向蒙福尔特的伯爵女儿求婚时却遭到拒绝，因为姑娘自幼跟另一座城堡的伯爵之子亨利希在一起。他们两小无猜，有着深厚的感情。

年少气盛的卢泼特咽不下这口闷气，他渐渐地远离众多的朋友，成天钻进一望无际的树林里行围打猎。他在心中愤恨不平，思量着报仇雪恨的事，尤其不想放过情敌亨利希。

有一天，他在打猎时遇到一头强壮的公猪。他在那片树林里还从来没有见过这么高大的怪物。卢泼特伯爵连忙弯弓搭箭，一连射了几箭。可是，箭矢都从结实的公猪皮上弹跳起来，滚落一旁，根本伤及不到公猪。

等到他的箭射完了，卢泼特伯爵几乎是赤手空拳地站在凶恶的獠牙外露的公猪面前，而且，公猪似乎想要朝他冲上来了。伯爵卢泼特不由得大惊失色，心想这回必死无疑了。正在这可怕而又绝望的时刻，伯爵卢泼特突然看到公猪软软地躺在自己的脚前，已经死了。

原来，救了卢泼特伯爵的正是亨利希骑士，他以高贵的胸怀救助了他的对手。他偶然经过，看到卢泼特身处绝境，便毫不迟疑地挺身而出，刺杀了强壮的大公猪。两位伯爵林中相遇，他们抛弃了种种怨愤，结成了深厚的友谊。

不久以后，亨利希和他的新娘举办隆重的婚礼。卢泼特为了纪念林中的狩猎险遇，特地让木匠凿了个大大的公猪头挂在城堡的门前，直到今天还清晰可见。

从此以后，那座城堡就被叫做公猪堡。

兄弟情仇

中世纪时，波帕尔特的斯德伦山宫殿是莱茵河两岸最美丽的城堡之一。那里居住着皇帝孔拉德的随从，一位年迈的骑士。头发花白的骑士有两个儿子，他的妻子早已长眠地下。因此，长长的宫殿过道里很少有欢乐的笑声。

一天，寂寞的宫殿里来了一位友好的客人。她给宫殿带来一丝温暖和阳光，让高耸、严峻的宫殿大厅气氛稍有缓和。原来，骑士一位远房的堂兄弟死了，留下一个女儿，她来到斯德伦山，寻求亲戚的佑护。姑娘是位金发女郎，名叫安格尔，“天使”的意思。她不愧拥有天使的名字，很快就成为宫殿的宠儿。姑娘对年迈的骑士十分敬重，把他视如父亲一般，跟两位年轻的兄弟也以兄妹般的情谊友好相处。

千百年来人间发生的一切，大多都是相似的。

年轻骑士对姑娘的友谊渐渐演变成爱情的花蕾。兄弟两人都悄悄地爱上了安格尔，并且暗暗地向她求婚，希望获得姑娘的青睐。

年迈的城堡主人看到这一切，不好的预感顿时萦绕着忐忑不安的父亲心上。他对两个儿子不偏不倚，同样地呵护着他们。但兄弟两人性格各不相同，哥哥亨利希继承了母亲的气质，显得温顺、和气，而弟弟孔拉德是位脾气暴躁的急性子。父亲对大儿子更加器重，看来也是人之常情。

年迈的主人一看到孤独的姑娘来到自己的住处，立刻在心里盘算着，希望将来为大儿子亨利希娶下这位温柔的姑娘。大儿子继承了父亲的名字，也是父亲城堡的接班人。亨利希对爱情显得有点儿内向和胆怯。他常常独自一人，任凭爱情的火焰熊熊燃烧。可是，他的兄弟却相反，他不仅对待爱情丝毫不加掩饰，而且单刀直入，从不隐瞒。

不久，年迈的父亲忧虑地看到，美丽的姑娘似乎开始回应孔拉德骑士的恋情，他们两人陷入滚烫的恋河。消息自然瞒不过哥哥亨利希，他只是万般压抑着自己的爱情火炭，把默默无言的爱情埋葬在寂静的坟墓里。他因为不能及时地吐露自己的渴望和爱情，因此被判处了失败的刑罚。

可是，安格尔呢？她看到哥哥的目光变得阴沉起来，似乎感到他十分压抑和悲伤。有一回，当哥哥喊到她的名字时，连声音都颤抖起来。姑娘注意到了，觉得很感动。可是，年轻人的爱情如同太阳的万丈光芒，她根本没有顾忌到笼罩在哥哥身上的云雾和阴影。

这时，从法国来了一位游方僧人，名字叫伯恩哈尔特。他到处游说，希望重新进行一回十字军东征，对抗异教徒。多少年轻人被鼓动得热情洋溢，对这位外来的圣僧顶礼膜拜。斯德伦山人自然不甘寂寞，他们也听到了僧人的呼唤。亨利希一马当先，报名参加了征讨。

现在，他离开这座爱情无望的城堡已经指日可待了。

可是，弟弟孔拉德也豪情满怀地报名参加了征战。他可是个性急如火的人，这回听说能够前往东方的国家去打仗，迫不及待想去一试身手。而且，他也希望能够在远方的天地里经历冒险，建立功勋。

热恋中的姑娘听闻消息，惊吓得又是肯求又是抹眼泪。可是，她的劝阻不起作用，连老泪纵横的父亲对两个儿子的反复劝说也丝毫没有动摇他们的决心。年轻人血气方刚，那是任何人都无法劝阻得了的。

“如果你们两人全都离开列祖列宗居住的城堡，可我还留在这里呢？你们这一去，指望着将来能有回来的一天吗？”父亲痛心疾首地叫喊起来，“而你，我的大儿子，你是多么像你那难以忘怀的母亲。请你同情白发苍苍的父亲，留下来吧！还有你，我的小儿子孔拉德，你应该怜悯未婚妻的泪水，留下来吧！”

兄弟两人不约而同地站起来，哥哥握住父亲的手温顺地说道：“呵，父亲，我不离开你了。”

“而你，安格尔，”弟弟开口对姑娘说道，“你这回成了分别的牺牲品。请你栽种一棵桂花树，等我凯旋，你便用树枝给我扎一顶桂冠。”

*　　*　　*

第二天，年轻的骑士离开了家乡的城堡。

刚开始，年轻的姑娘感到痛苦万分，无法承受。后来，离别的爱情淌尽了她的泪水，如同一个哭得疲倦的孩子进入了酣睡的梦乡。当她清醒地环顾四周时，她回忆起年轻未婚夫的轻率和粗鲁，心里不禁愤恨和埋怨起来。她觉得未婚夫不应该为了可怜的荣誉而粗暴地离开自己。

姑娘把更多的目光留驻在另外一个年轻男子的脸上了。他的模样如同一位美女般清秀，现在却被迫跟不钟情自己的姑娘在同一个屋顶下。姑娘赞赏他时，他都只能以纯洁友谊的目光寻求她的宽恕和谅解。姑娘觉得从前错失了对他气质和禀性观察和了解的机会。呵，他在打猎时是多么机智和勇敢，他在处理事务时表现得多么成熟和能干。还有很多事情，姑娘都对他表示欣赏和赞扬。

可是，亨利希明显是在逃避她，他似乎生怕重新唤醒已经酣睡入梦的爱情。安格尔看到这些，她的心更加倾注于哥哥亨利希了。而且，她努力地尝试着想让哥哥明白，她对弟弟孔拉德的感情只是一把燃烧的稻草火，那短暂的激情现在已经成了一片灰烬。

可是，当她看到那位曾经爱过自己的兄长现在却一改初衷，对她处处显示出纯粹兄长般的关怀时，姑娘感到多么悲伤。当然，爱情一词本就出口不易，姑娘既然感觉到了，便对哥哥保持着充满真心的深情厚谊。

亨利希是个明白人，妹妹一点一滴的变化都对他无法隐瞒。不过，他还是一如既往，抑止住自己内心深处忐忑不安的情感。他这样做，只是为了维护与兄弟孔拉德和年轻妹妹的真情。

一天，姑娘安格尔控制不住自己如火的激情，便把自己的心思对年迈的伯爵说得明明白白。伯爵对姑娘表示满意和赞赏，他万分虔诚地恳求上帝，希望把两个可爱的年轻人牵引到一起，让他们成为眷属。年迈的伯爵认为，他们真是一对按照上帝精神塑造的青年男女。

老人在梦中常常见到安格尔怀里抱着婴儿，摇晃着催他入眠。婴儿长得多么漂亮啊，金色的头发、蓝色的眼珠，如同伯爵已经去世了的夫人，如同他的大儿子亨利希。随后，他又想到暴躁的小儿子孔拉德，他作为十字军东征的武士正在圣地作战。想到这里，他的憧憬之梦戛然一声，断了。

年迈的伯爵吩咐仆人在自己的城堡面前建造一座新堡。他为新堡取名叫善人山，而且指定是给他的小儿子孔拉德的，供小儿子东征回来后居住。天有不测风云，城堡尚未竣工，老人却已经撒手人寰。

不久以后，十字军东征结束了。莱茵河地区的武士们纷纷回来，而且带来消息，说孔拉德伯爵艳福不浅，将要带回一个漂亮而又高贵的希腊女子，那是他在东方国家迎娶的妻子。兄长听到消息后，他的眼睛里不由得冒出了烈火。他甚至觉得这个消息一定不是真实的。

亨利希把兄弟即将回来的消息告诉安格尔。姑娘顿时面色苍白，她的双唇颤抖着，激动得说不出一句话来。姑娘不断地登上瞭望的塔楼，把目光投向南方。

* * *

一天，莱茵河上出现一条大船，大船的桅杆上飘舞着陌生的旗帜。安格尔站在城墙上对外眺望，一面呼唤兄长过来跟她一起看。大船驶近了，已经可以听到船夫的喊声，看到船上人的面孔。突然，姑娘发出一声痛心的呼喊，抑止不住地哭了起来，倒在兄长的手臂上。

亨利希被吓了一跳，他怔怔地盯着大船，船头上站着一个衣甲闪亮的武士。他不是别人，正是自己的兄弟孔拉德，兄弟的身旁依偎着一位漂亮的外国姑娘，用手挽着孔拉德。

大船傍上莱茵河岸，伯爵孔拉德第一个跳上岸，站在宫殿城墙上的两个身影顿时消失不见了。仆人们凑近孔拉德，告诉他年迈的伯爵在生前曾有遗训，对面新建的宫殿是供他居住的地方。

就在回来的当天，孔拉德前往斯德伦堡造访。可是，他的兄长吩咐不要放下通往城堡的吊桥，只是让孔拉德站在桥前，斥责他背信弃义，没有遵守爱情的誓言。因此，如要相见，不妨手提宝剑，前来厮杀一番。

两座城堡间一片朦胧，当中是一片草地。兄弟两人反目成仇，他们站在草地上展开一场生死搏斗。这是一回激烈的决斗！

正义的愤怒和遭遇伤害的骄傲让两把寒光森森的利剑铿锵撞击。兄弟两人拥有同样的气力、同样的勇气。他们眼露凶狠，决心要分个上下。这时，姑娘分开灌木丛，挥舞着双手，万般惊恐地站在两个武士中间。

她就是安格尔。

安格尔哀求着说道："呵，以上帝的名义，他一定见证着你们的今天。可是，我请你们立刻停止格斗！你们已死的父亲会坚决反对兄弟的仇杀。你们为了我大动干戈，我马上就会离开你们，去请上帝宽恕，宽恕骑士孔位德食言忠诚的罪孽。我也会恳求上帝为你们赐福，让你们兄弟和好如初，将这份情谊世代相传。"

兄弟两人听到这番话，立刻放下武器。孔拉德垂下脑袋，他不敢面对充满着正义的姑娘安格尔。亨利希握住了年轻姑娘的手，姑娘万分悲伤，珠泪横飞。

"妹妹，来吧，"他不由得开口说道，"不值得因为这种毫无忠诚的人流泪。"

孔拉德目光呆滞地盯着他们，心中又是悔恨，又是惭愧。

*　　　*　　　*

距离两座城堡一个小时的路程有一座山谷。山谷间耸立着马利亚城堡修道院，安格尔就在修道院里栖息为生，享受着灵魂的安宁。

几个星期以后，在斯德伦山和善人山之间砌造了一道宽阔的高墙。高墙隔开了情如仇敌的兄弟两人，默默地诉说着他们反目的故事。

善人山宫殿里节日连连，欢乐不断。异国他乡的城堡女人在莱茵骑士眼里闪发着奇光异彩，因为她的美貌而日日庆祝。斯德伦城堡内悲伤不断，城堡的主人不想改变年轻姑娘当年作出的选择和决定。

姑娘走了，亨利希的生命也开始枯萎。

他在山脚上建造了一座修道院，让自己穿上僧衣，从此消度着隐士般的清苦岁月。几个月以后，亨利希安静地闭上他的双眼，告别了自己的一生。说起来也是命中安排的奇迹，就在亨利希去世的同一天，马利亚城堡修道院也敲起了丧钟，宣告着爱情失败的女子安格尔的死讯。

善人山的主人好景不长，虽然他拥有了诱人的妻子，可是，妻子现在破坏了信义，跟着一位在城堡作客的骑士私奔外出，不知去向。城堡主人羞愧难当，从城墙上纵身跳了出去，葬身悬崖峭壁。

两座城堡归了鲁特斯赫姆的骑士。当年的教堂和修道院一直保留至今，供前来瞻仰的客人顶礼膜拜。不过，两座城堡的废墟却向游客展示了兄弟情仇的往昔。

人们纷纷传说，在夏日的夜晚，每当一轮明月升上天空时，就在那片隔开两座城堡的草地上不时传来兄弟相杀的铿锵声，令人毛骨悚然。

同室操戈

从前，在莱茵河的波尼荷小城附近有一座雄伟的城堡。城堡雄踞山峰顶端，俯视着莱茵河的汹涌激流。有时候，它把自己的身影投射在莱茵河的绿色波浪里，上下翻滚，不胜活泼。历史的风云和时代的际遇让雄伟变得腐朽，城堡慢慢沦落成为古老的废墟。

可是，骑士时代并没有让这里显得无比浪漫，也无法让人肃然起敬。它并不像莱茵河地区多少倒塌的城堡和废墟，没有让人浮想联翩的幽雅环境，不能让游人如入画景一般。这里的城堡废墟是一摊灰色的石头，它们从山顶阴沉沉地垂目山脚，让人在心里感到隐隐作痛。阴暗的山坡和干枯的泥地相互应衬，眼前还有不少低矮的灌木丛、荒地和贫穷的小草房。

这是一幅凄凉而又悲伤的图案，可怜它没有为大自然增添无比的魅力。相反，它给游人或行人留下了沉痛的烙印，让人感到莫名的惆怅和茫然。尤其看到城堡的监狱遗址，看到从前的审判所在，人们都会感到一阵心悸，泪水止不住地滚滚而下。

如果有人问起，那般荒凉的山地怎么会被选作骑士领地，当地人会直截了当地回答，自从发生了兄弟同室操戈、相互残害事件以来，这里就成为苍天的诅咒之地，让人心痛如焚。

从前，在那个傲气凛人的城堡里住着一个强大的骑士，财富如云。他有两个儿子、一个女儿，生活愉快、美满。可是，命运并不眷顾他，让他早早地撒手西去，给孩子留下了满室珠宝和大捆大捆的钱财。

毫无疑问，这些都是不义之财，全是骑士剪径伏击而来，上面沾满了无数商人和行人的血汗。周围的人全都知道城堡主人是位强盗骑士，臭名昭著，因此都在心里厌恶他、诅咒他，希望他早死早好。岂料他还真的死了，巨大的财富、威武的气势也无法让他稍延片刻生命之欢的享受。

骑士的两个儿子十分贪婪，这方面似乎是继承了父亲的禀性。他的女儿却相反，是个温顺、宽厚的人，天真烂漫，十分虔诚，这是早已逝世的母亲的品质。可惜，虔诚的姑娘双目失明，看不到眼前发生的一切。于是，两个哥哥在瓜分父亲遗产时明目张胆地欺负她，让她少分许多财产。

姑娘对这一切都处之泰然，眼不见心不烦。而且，她把分在自己门下的钱财全都用于资助教堂的慈善事业。后来，她还亲自进了修道院，她希望在安静的修行中度过自己的余生。

兄弟两人因为侵吞了妹妹的不少财产，因此又多出来很多财产。可是，他们却因为不知道如何瓜分大片的田地、树林和葡萄园，纷争不已，大打出手，结果满怀仇恨，不欢而散。

他们本应享受着幸福、平静的生活，现在却因为遗产纠纷从而成为不共戴天的仇敌，恨不得你吃了我、我吃了你。钱财成为引发愤怒的导火线，让他们始终处于一触即发的敌对状态。

祸不单行，形同陌路的兄弟两人偏偏又爱上同一位城堡伯爵的女儿。这回让他们从钱财之敌变为情仇之敌，益发不可收拾。姑娘的魅力让他们走上你死我活的决斗之路，灾难之星在他们的头顶上闪闪发光。他们怀着无名的怒火和仇恨，各自举刀朝着对方扑了上去，最后各自深深地击中对方，同归于尽。

兄弟情仇，同室操戈，让人不堪入目。

玛利亚修道院

孔拉德・巴阳・冯・波帕尔特出身于莱茵河地区的望门贵族。波帕尔特是一位血气方刚的年轻骑士，性格却十分平静。他在周围上下享誉良好，并没有受到任何的诅咒和责骂。

波帕尔特爱上了邻里城堡的伯爵姑娘玛利亚。玛利亚长得聪明、漂亮。她看到波帕尔特威武高大，也对他心存好感。不久，他们订了婚，姑娘成了波帕尔特的新娘。

波帕尔特是个热衷于打猎的骑士，有时候，他会跟一些志同道合的朋友一起外出很长时间。他们都是一些尚未成家的少年英雄。时光推移，日月变幻，波帕尔特一直沉湎于林间狩猎。而且，不知道他是不喜欢婚姻状态的日常生活，还是年轻气盛、思想不稳定，他突然给玛利亚送上一份声明，说他的肩膀上不愿意被套上婚姻的枷锁，他只得放弃原先的承诺，解除跟姑娘的婚约。

后来有一回，波帕尔特骑马独自穿过一片树林。正当他来到一片林木稀少之处时，猛地看到前面有个陌生的骑士朝他扑了过来。陌生的骑士来到他的面前，立定脚跟，寻衅似的看着他，不动声色。

“你是谁？”波帕尔特不由得大惊失色，“你要干什么，为什么站在我的面前？”

“请看我的盾牌和佩戴的徽章，它们就是答案。我是玛利亚的兄长，刚从东方国度回来。我站在你的面前是为讨伐你的可耻和背叛，你且放胆来拼个你死我活吧！”

对方骑士放肆地挑衅，波帕尔特不由得勃然大怒，立刻抽出利剑，扑向对方。两位骑士进行了一场残酷的厮杀。可是，对方骑士似乎臂膀虚弱，面对波帕尔特的势大力沉，对方骑士竟无力招架，结果被波帕尔特挥上一刀，砍翻在地。他喘着粗气，濒临死亡。

波帕尔特赶上一步，摘下骑士的头盔，希望看一下这位陌生骑士的脸面。可是，他却看到玛利亚苍白的面色。波帕尔特不由得大吃一惊，俯下身去。

“我情愿倒在你的手上，”濒临死亡的玛利亚虚弱无力地说道，“没有你，我的生命只是一个沉重的负担。”

波帕尔特呼天抢地，希望维持可怜姑娘的一线生命，可是不一会儿，气概英勇的姑娘就闭上了漂亮的双眼。波帕尔特如同发了疯一般地朝着灵魂逝去的姑娘扑了上去，心痛得几乎失去了意识。仆人们找到他时，费尽了气力才让他恢复知觉，把他和姑娘的遗体分离开来。

姑娘玛利亚的安葬仪式极其隆重、庄严。波帕尔特感到悔恨填胸，为了稍稍赎回一点自己的过失和罪孽，他在玛利亚的坟上建造了一座修道院，为它起名叫玛利亚修道院，而且把自己的财产悉数相赠，不留丝毫。

接着，他奋勇地前往巴勒斯坦的十字军东征。那是为了寻找途径，让他跟玛利亚终于能够结合一道。可是，在很长的时间里死亡并没有找上他。相反，他还取得了巨大的荣誉和胜利。

终于有一回，他们在围攻泼掩罗马斯城时，波帕尔特一马当先，登上城墙，不料被守城士兵的飞矢送上狠命的一击，命丧战场。诗人阿特尔哈埃特·冯·斯朵尔特福特为此写下一首动情的叙事诗，广为流传，脍炙人口。

孔拉德·巴阳·冯·波帕尔特

“呵，你个不晓忠诚的野人，为什么
“背弃玛利亚？且请从实招来！
“她始终对你深情，表里如一，
“在一切人中选择你，并无嫌弃，
“孔拉德，来，来，来，且让我们
“决一死战，你再作交待，
“请立刻举起你的无情利剑。”

“你是谁，”骄傲的骑士大喝一声，
“竟敢站在我的道路前面？
“我希望自由，如同恶劣的天气，
“它有时暴风骤起，有时候倾盆大雨。
“请除下你的面甲，让我看上一眼，
“到底是谁敢于跟我对阵厮杀，
“如此大胆希望栽在我的手下。”

“看着这柄盾牌，你可认识那头狮子？
“我是你的未婚妻的嫡亲兄长，
“傍晚之前，我必定把你掸落马下，
“你的失败将会让你感到终身遗憾。

"我从巴勒斯坦回归故里——
"请你快快地戴上头盔，
"我已经早早地把你看穿。"

狂怒的孔拉德激烈地冲向厮杀，
年轻骑士很快精疲力竭，还手无力。
他叹息一声，软软地瘫倒在战场，
呵，鲜血如注，炙手可热。
孔拉德不由得大为吃惊，
莫名的畏惧让他的心在颤抖，
他迟疑不决地揭下对方的面甲。

痛心啊，他看得两眼爆裂，
面前躺着的正是他昔日的恋人。
他听到两片苍白的嘴唇呼唤"孔拉德"。
姑娘美貌如同玫瑰花绽放火焰，
骑士的利剑伤害了可怜的鲜艳。
她用栽在骑士手上迅速的死亡
报复了婚姻悲剧的伤痛和怨愤。

为了挽回无与伦比的后悔，
他献出了全部的财产和田地，
在自己心爱的姑娘坟上
那里躺着无限心痛的姑娘遗躯，
建造一座修道院，无比辉煌。
那是莱茵河畔绝无仅有的建筑，
骑士为它起名，叫做玛利亚教堂。

骑士无可奈何地逃遁远方，

率领军队前往征战，一路东向，
心头的悲痛如火无法排遣，
一路伴随着他漂洋过海。
可是最后，最后响起了丧钟，
那是一击致命的无情重伤，
结束了心灵的苦痛，多么舒畅。

他的利剑曾在敌人丛中上下飞舞，
如同星星在战场的云端里闪闪发光，
勇士高举骑士军团的战旗
一马当先冲向浴血奋战的沙场。
他在泼拖罗马斯城前挥舞招展，
可是死神夺去了他的生命，多么惆怅：
一支飞箭穿过了他的心脏。

文策尔皇帝

十四世纪后半叶，德意志帝国遭遇了空前的混乱和无序。文策尔却在乱中取益，登上了德国皇帝的宝座。可是，他不是一位能以稳健之手执掌国家船舵的英雄，他的思想也并不专注于严肃的政务。他是个希望自由、欢乐的人，他向往着享受和快乐，是个专注于自己私欲的人。

文策尔皇帝很快便意识到，坐在他的皇帝宝座上无法实现个人的愿望。黄金宝座和鼬皮大衣虽然能够满足心灵的虚荣，可是，他的心思并不在那里。他无意享受，也并不追求满室生辉。

文策尔喜欢居住的地方并不是高耸巍峨的宫殿和前倨后恭的内阁，他真心希望的伙伴不是帝国的参议，而是欢声笑语的莱茵河，是在葡萄美酒的源泉之地一起畅饮佳酿的农夫和猎伴。文策尔皇帝尤其喜欢居住在莱茵河畔的伦斯城，他在宫殿里不止一回地举办欢乐的宴会。多少志同道合的人欢聚一堂，歌声、杯声相映成趣，如同人间天堂。

选帝侯鲁泼勒希特早就悄悄地窥视着皇帝宝座。他希望文策尔能够主动让位，从而让他唾手可得。为此，他用尽心计，而且常常陪随在皇帝左右，形影不离。鲁泼勒希特利用一切机会向皇帝灌输这样的思想：做皇帝虽然位高权重，可是心里并不快乐，甚至是个不小的负担。他还说，放弃这等辛劳才会给自己带来愉快和欢乐。此外，他也不停地向皇帝告密，说选帝侯们看到他如此漫不经心地治理王国，早就心生不满。鲁泼勒希特说自己十分担心，选帝侯们说不定会擅自作主，让他退位。

有一回，文策尔又跟他的节日酒友们欢聚一堂。地方上的佳酿纯净金黄，性烈如火，让伙伴们乐不思蜀。杯声、歌声此起彼落，气氛热烈，无比欢乐。

这时，皇帝看着选帝侯鲁泼勒希特，顿时高高兴兴地开口说道："呵，你早就等待着，希望得到戴在我头上的皇帝桂冠。现在，我向你宣布，只要你能够给我的伙伴们送上比餐桌上更美味的葡萄酒，我就把皇冠交给你，让你登临大位。

鲁泼勒希特听到这话，立刻站起身向他的仆人们使了使眼色，向他们发出命令。仆人们会意，不一会儿便送上满满的一大桶葡萄酒，把面前的酒杯通通斟满。

"呵，陛下，"选帝侯鲁泼勒希特说道，"这是来自我的领地巴哈拉赫的葡萄美酒。请你品尝，高贵的先生们，希望你们不吝赞誉。"

文策尔皇帝的酒友们被美酒深深地吸引住了。他们围着皇帝的宝座，一杯接着一杯，来者不拒。可口的葡萄美酒让他们把自己浇灌了整整一夜。文策尔皇帝并不食言，他把皇帝的桂冠从自己的头上摘下来，亲自给选帝侯鲁泼勒希特端端正正地戴上。

为了感谢文策尔皇帝的慷慨大方，鲁泼勒希特又给他送上满满的四桶巴哈拉赫葡萄酒。呵，有时候，皇帝的桂冠大概也就相当于满满一桶葡萄酒。

十二位东征骑士

公元十四世纪初叶，十字军东征的骑士团由于势力强盛，在许多地方受到君王的围剿和迫害。骑士团原本也是出于虔诚之心，是为了维护基督教而前往东方王国浴血奋战。当时，参加迫害、并且主张剿灭骑士团的主要有法兰克王国的国王菲力普，此外还有教皇克雷孟斯五世。

菲力普出于镇压的目的，亲自把塞浦路斯的龙头老大穆拉埃连同他的六十位骑士一起引诱到法兰克王国，最后在巴黎把他们通通杀害。教皇克雷孟斯也不甘落后，他颁布敕令，取缔骑士团，然后随意地侵吞和瓜分他们的财产。

许多骑士眼看着大祸临头便纷纷避让，逃到其他国度藏匿起来。这些人逃避得快，没有遭到追杀。可是，只要是在教皇的势力和影响还能达到的地方，那里的骑士通通都难避祸殃。例如美因茨的红衣主教彼得·冯·埃西斯巴特便对居住在教区的骑士团成员发出剿灭令，下令对他们之中的十二位骑士立刻动手，希望斩草除根。

十二位骑士居住在拉纳克城堡。

红衣主教的部队十分强大。他们突如其来地围住了城堡，要求居住在内的十二位骑士放弃抵抗，无条件投降。骑士们从前亲眼看见众位兄弟被斩杀的血腥场面，此情此景难以忘怀。因此，他们奋起抵抗，决心以死捍卫他们的生命和志向。

他们的城堡被主教的部队围得水泄不通。

十二位骑士豪情满怀，坚定反击，丝毫也不敢松懈。他们宁死不屈，不惜扔石头、挥利剑、射硬弓，打退了主教部队的多次进攻。

主教部队的士兵们不由得怒气冲天，他们又羞又愧，便集中力量对十二名骑士发起最后的进攻。骑士团的勇士们临危不惧。可是，他们的人数太少了，无法抵御越来越多的围困。

不久以后，城堡的主城门落入敌手。一部分骑士惨遭横死，剩下的骑士立刻退到城堡内的大厅里。骑士们相互鼓励，呼喊着被杀害的众位兄弟的名字。他们大义凛然，以英勇面对死亡。最后，他们之中只剩下一位骑士了。而且，他也身受重伤，鲜血淋漓。可是，他仍然高高地举起他的利剑。

黎明时分，太阳投下了它的第一束曙光。太阳冉冉上升，见证着城堡大院的浴血奋战。主教部队的首领看到仅存的那位骑士英勇不屈，心中甚为感动。于是，他走上一步劝说他放弃无益的抵抗，说只要向教皇请求恩惠，便可以赦他一死，让他恢复自由。

可是骑士并不搭理他的劝说，而是使出自己最后的力量朝着对手扔出投枪，然后奋不顾身地迎着敌人的如林长矛纵身扑了上去。他为骑士们的精彩传说增添了动人的一笔。

沉没的宫殿

在距离莱茵河旁的安德安纳赫小城不远处有一座湖泊，湖深如海。深水湖十分幽静，像是苍天赠送给人类的礼物。湖中有一座小岛，岛上耸立着一幢巍峨的宫殿。却说有一回，只听轰隆一声巨响，宫殿沉没到深深的地下。岛上只留下几只小狗，发出狺狺的哀叫。

一个阴郁而又奇特的传说如同一根项链一样挂戴在小岛附近的山谷间。那还是在古老得发灰的年代里，在拉赫姆湖心岛上有一幢漂亮的宫殿，宫殿的主人是一位英勇善战的骑士。他挥舞长矛短剑，在演武场上更是了得，从不失手。

这位骑士在十字军东征时建功立业，功不可没。他从东方国度回到自己的故国家园后，不知怎么的，整日闷闷不乐，活生生地把自己笼罩在一股莫名的悲哀之中。他总是从早到晚地望着附近的湖面，有时候，他弹着竖琴，低声唱起无比感伤的歌曲，让歌声在湖面上空飘荡。

有一回，那是一个夏日的傍晚，当他又如同往常一样坐在城堡的阁楼上眺望湖面时，突然天空上一片阴暗，接着是狂风暴雨，湖水掀起了激烈的波浪。雷声隆隆，电光闪闪，湖面上泛起了一片红光，映照周围，给夜空添加了多么可怕的景象。接着，又是一阵撕心裂肺的炸雷，到处响起了轰隆隆的回声，真是惊天动地，住在附近的居民从来都没有听到过这般雷声。

这时，从空中传来动人的哀歌声，湖面上响起了野蛮的嘶嚎。

第二天清晨，住在附近的居民全都惊恐地发现，湖心小岛连同它的宫殿，还包括英勇的骑士通通消失不见，沉降到地下去了。湖面上仅仅留下一道剧烈旋转着的旋涡。

直到今天，附近的居民们都还相信，在寂静的傍晚时分，在风儿的呼啸声中，他们都能听到从湖水下面传来神奇的如同灵魂在呼唤和说话的声音。岸边的白杨树在风中低声地歌唱，它让多少人在心里充满着难以名状的恐怖和畏惧。

波浪之路

从前，在科泼楞茨的莱茵河对面有一幢孤独寂寞的隐庐。圣人里查隐居在那里，圣里查是虔诚洛特维希的女儿，也就是卡尔大帝的孙女儿。

每天清晨，当圣卡斯托尔教堂呼唤做弥撒的钟声响起时，圣里查便虔诚地淌过莱茵河前往教堂参拜上帝。莱茵河虽波涛汹涌，可是乐意承载她，把她送过河去，因为圣女的心里充满着对上帝的信任和热爱。因此，圣里查既不用桥，也不用船，便能在莱茵河上涉水而过，河水欢乐地抚摸着她的双脚。

一天，天空无端地降下暴风骤雨。莱茵河河面上顿时波浪翻滚，浪花在犀利的风中飞溅，喷洒到很远很远的地方。对岸教堂的钟声又响了，圣里查不由得一阵犹豫。她在踏上河面的波浪前，先从葡萄园内拔出一棵小木桩，准备当作拐杖。

里查在河面上小心翼翼地往前走。莱茵河汹涌澎湃，波浪滔天。她紧紧地撑着木桩，一步步地往前探索。可是，这回不行了，她的双脚已经陷入水中，河水似乎无法承担她全部的重量了。

波浪已经拍击着她的膝盖和腰际，圣里查越来越深地陷入奔腾湍急的莱茵河水中。她看到大难临头，自己已经越陷越深，便在绝望之中举起双手，一面划水，一面向上帝哀求帮助，心里仍然充满着对上帝的信任和尊敬。就在这时，汹涌的波浪把她轻轻地托起，让她如同往日一样徜徉着的河水来到对岸。

从此以后，圣里查更加小心翼翼地侍候上帝。她死后，人们把她的遗体珍藏在卡斯托尔教堂。多少船夫来到她的灵前，叩求她赐予平安和幸福。直到今天，参观访问的人仍然络绎不绝。他们纷纷赞美圣里查留下波浪之路的美好传说。

盖诺维娃

莱茵河上下盛传伯爵西格弗利特的妻子盖诺维娃的盛名，说她道德高尚，能够忍受种种考验，还能保管着贵重的珠宝让它们不受任何的损失，实在不是一件容易的事。

当年在安德尔纳赫城的西边有一幢伯爵的宫殿。年轻的伯爵跟他的妻子美满幸福地享受着他们的欢乐岁月，感谢着上帝的恩赐。天有不测风云，有时候，偶尔的一朵乌云也会遮蔽太阳的无限光辉。

高卢国发生混乱，异军入侵，一路向北。他们烧杀抢掠，无恶不作。法兰克王国陷入巨大的惊恐之中，到处求援。伯爵西格弗利特也在应召之列。于是，他决定披挂上阵，便告别了哭泣中的妻子和祖辈居住的城堡。离开家乡时，伯爵心里感到十分沉重，那里是他一生之中如绽开灿烂花朵般美好的地方。他把自己的妻子托付给管家戈洛，另外央求妻子，无论大事小事，一切听从管家的安排。

城堡女主人自从丈夫离开后感到心情沉重，十分痛苦。她在寂寞之中更加想起丈夫西格弗利特，觉得他在身旁时自己多么幸福，就算听到他的声音都是个依靠。她跟管家都没有什么话可以说，只是熟人而已。后来，她凭着女人的直觉感到在戈洛的眼睛里闪烁着异样的光彩时，女主人不由得大吃一惊。

她发现戈洛不停地窥测自己的行踪和运动，而且那种神色是她如孩童般纯洁的灵魂难以理解的。于是，她更加想念出门在外的丈夫。她常常走上阁楼，或者躺在城堡角落旁的花园里，仰望头顶间的接骨木，织补着金色的美梦。

当她渴望地望着远方的蔼蔼蓝色时，她是多么怀念丈夫，希望跟丈夫别后重逢，希望把脑袋埋在丈夫宽阔的胸脯上，向他倾诉自己怀孕的秘密和即将成为母亲的喜悦。

呵，也许围剿异教徒的战争会拖得太久，那么，她会在城堡大院给凯旋的丈夫欢乐地递上他们之间爱情的凭据。想到这里，城堡女主人的脸上泛起了一阵幸福而又安详的光芒。

阁楼成为让她编织金色美梦的宝地。她的心灵里活跃着让憧憬成为现实的渴望，眼睛里遥望着远方，远方是一片浅浅的蔚蓝。

城堡女主人对管家感到畏惧，这也许是有道理的。戈洛看到女主人如同天使一般漂亮，他的心里早就点起了一股欲望的邪火，火苗乱窜，几乎难以熄灭。现在，他常常跟女主人在一起，看到女主人对待他这般和蔼、亲切，戈洛觉得自己的邪火愈加强烈。

一天，管家戈洛终于抑制不住心底里欲火，扑倒在盖诺维娃的脚下，向主人的妻子乞求爱情。盖诺维娃见他色胆包天，无耻之尤，不由得大吃一惊。她愤怒而又蔑视地站起身来，把放肆的管家赶了出去。女主人斥责地说道，他竟然无视自己的职责，因此以后不准在自己跟前露面。而且，她还威胁地说道，自己将在丈夫面前揭发他的恶毒和罪行。

戈洛看着正在教训自己的美丽女人，心里泛起一股抑止不住的仇恨，甚至动了杀机。他知道女主人是不会宽恕他的，而且，他也不指望获得男主人的宽恕。此刻他的心里一片阴暗，只想寻思如何报复。管家的心思越来越恶毒，他已经顾忌不到西格弗利特的存在和惩罚了。

仇恨和报复是一对栖身于地狱的难兄难弟，它们在戈洛的胸膛织出一张无穷的地狱之网，让他千方百计地找到一个借口，动员一群仆人前来围攻城堡。

一天，戈洛领着一群仆人如狼似虎地冲进城堡。他当着众人的面数落惊恐万分的城堡女主人，说她趁着丈夫外出时伤风败俗，跟一位赶马的仆人有染，破坏了对她的丈夫应该保持的忠诚。盖诺维娃听到他的诽谤，不由得又羞又恼，她愤怒得说不出话来。

城堡的仆人们聚拥到厅前，戈洛便趁机说道，他已经向伯爵报告了有关女主人和潜逃在外的仆人特拉戈的奸情。因此，他作为正在行使权力的城堡管家可以发布命令，请他们把破坏信义和忠诚的女人送入牢房，囚禁起来。

城堡女主人躺在潮湿的牢房里，受尽屈辱，于是低垂着脑袋，向给她送上这番莫名其妙惩罚的上帝乞求帮助，能让自己解决眼前和未来的困难。盖诺维娃经受着苦难的岁月。她生下一个男儿，禁不住用泪水为孩子洗礼，给孩子起了个名字，叫特里斯坦，是痛苦王国的意思。

* * *

伯爵西格弗利特已经离开城堡八个月了。

法兰克人经过多回浴血奋战，逐渐取得战场的优势。可是，一天傍晚，敌人的长矛挑伤了伯爵西格弗利特。虽然不是致命伤，不过让他再也无法上战场。他只能躺在病床上将息养伤，伯爵无比思念远在莱茵山谷的妻子盖诺维娃。

一天，从城堡过来一位信使，他给伯爵送上一卷羊皮纸，那是管家戈洛的书信。伯爵西格弗利特看到那些弯弯曲曲的黑体字时不由得猛地一怔，他感到头晕眼花，读着管家写来的足以毁灭一切的信息：“你的妻子无耻地背叛了你们夫妻忠诚。奸夫特拉戈，养马的仆人，已经潜逃在外。”

书信让大英雄的手指不由得颤抖起来，苍白的唇间发出不绝的呻吟。后来，他被几个仆人抬着送上归去的旅程。

城堡的阁楼上站着一个男人。他朝着远方眺望着、侦察着，突然，他看到前面尘土飞扬，尘土下面出现一队骑士。他的眼睛不由得闪亮起来，骑士们一个个地走上前来，他们已经踏上吊桥，隆隆的回声如同雷鸣。

管家戈洛立刻迎上前去，看着伯爵从大汗淋漓的马背下跳了下来。戈洛连忙谄媚地把关于伯爵夫人奸情的谎言重复了一遍。伯爵已经从他的书信中知道这回事了。

“那个马夫竟敢玷污我的家族荣誉，他在哪里，我要将他碎尸万段！”伯爵不由得大声叫喊起来。

戈洛连忙回答：“呵，我的主人，这个可怜的人罪该万死。我已经用皮鞭抽打过他，并把他逐出了城堡。”

伯爵不由得长叹一声，他又默默地示意戈洛，戈洛的眼睛里顿时闪动着一丝魔鬼般的幸灾乐祸。马蹄声传进了城堡的牢房。城堡仆人跟着骑士一起走了过来。盖诺维娃在她的牢房里听到声音，不由地站立起来。她在口中念着一个高贵的名字，心里默默地祈祷，希望得到上帝的佑护。现在，可怕的折磨和考验终于要结束了，她清白纯洁的道德应该让她离开这个屈辱的地方。

门闩动了，传来沉重的脚步声和男人讲话的声音。盖诺维娃在怀里抱着酣睡的孩子，她把可爱的孩子送到亲爱的丈夫面前，这是他们之间爱情的凭据。

盖诺维娃轻启双唇，呼唤着丈夫至高无上的名字。可是，女人还未说出的话顿时粉碎在她自己的舌边，变成一声痛苦的叫喊。伯爵一把推开不知所措的妻子，义正言辞地控诉她，如同重锤敲击着盖诺维娃的脑袋。盖诺维娃是无辜的，她像一只倒空了的面粉的口袋瘫倒在地上，哭泣着，呻吟着。

第二天清晨，两个仆人押着无辜的女人走进树林深处，他们应该冷冷地杀死这个没有忠诚于婚姻的女人。在那个丈夫为了十字军东征不惜抛头颅洒热血的岁月，孩子也必须跟随耻辱的母亲一起死亡。伯爵命令仆人带回他们母子的舌头，作为执行刑罚的见证。两个仆人把可怜的母子一直送到稠密的树林里。

周围一片寂静，偶尔传来猛禽的叫声或者野兽的出没声。他们已经抽出尖刀，伯爵妻子绝望地扑倒在两个仆人的脚下，高高地举起她的孩子哭泣着央求道，如果不能怜悯她，至少应该可怜这个苦命的孩子。两个仆人顿时同情起她来，于是放下手中的屠刀，把母子带进更加稠密的树林深处，然后转身离开。

至于这对母子的命运，且由老天为他们作主吧！

两个仆人在回去的途中扑杀到两头小鹿，当即割下它们的舌头交给伯爵，算是完成了他亲自交待的差使。

*　　*　　*

苦难在盖诺维娃的头顶织造着悲伤的乌云，为她发出一声声的叹息。盖诺维娃拖着疲惫不堪的步伐穿过陌生的林地。饥饿不请自来，孩子在她的手上微弱地哭泣着。母亲绝望了，她抬起头，虔诚地仰望着天空祈祷着。她的心里负担着难以忍受的痛苦，痛苦凝结成滚滚热泪。孩子哭过以后，睡着了。

盖诺维娃看到前面如同天赐一般，出现一个山洞，可以为她提供保护和住宿。正在这时，一头白色的母鹿悄悄地钻进山洞，驯服地躺在被抛弃女人的脚旁。母鹿的乳房肿胀着，它也许在几天前刚刚生下小鹿，温顺的母鹿乐意让盖诺维娃为她的孩子挤奶。

第二天清晨，这头母鹿又来了。盖诺维娃到处采集草根、浆果和野菜，苦度光阴。母鹿每天都到山洞里来，后来，它索性跟母子两人住在一起，不再离开。

时光如水，一连过了几个月。盖诺维娃受尽了岁月的煎熬，可是始终保持着对上帝的虔诚。她的性情之中充满了天堂般的平静，她渐渐地开始原谅丈夫，甚至开始宽恕那个管家。管家是利用她的高贵乘机向她发难的。

林中的艰难生活让她的双颊瘦削下来，可是林中的空气又让她渐渐恢复了健康。比起牢房的囚禁，她在林中享受着无拘无束的自由。孩子如同野草一样旺盛地生长着，他已经牙牙学语，学会跟着母亲一起祷告。多么像是从一根残破的枝条上冒出了生机勃勃的嫩枝。

再说伯爵的宫殿里自从出了这回事以后，愤怒和悲伤就常常伴随着伯爵。西格弗利特的愤怒终于让位给他的痛苦，他在宫殿的房间里走来走去，到处是往日的回忆，到处回响着宫殿女主人欢乐而又温顺的声音。

伯爵悲愤难已，痛心让他渐渐地产生了一股悔恨。他的耳边似乎有个声音责问着自己：你给妻子这般残酷的惩罚，是否有理有据，是否过于严酷？是否过早地作出了判决，是否应该深思熟虑？

这种谴责的声音追逐着他，让他无路可逃又无地自容，他感到宫殿和寂寞都成为一种深深的折磨。他立刻决定带上仆人和猎犬前往树林狩猎，树林里顿时热闹和混乱起来。可是，伯爵即使来到野外，而眼前也只是晃动着一张苍白的女人脸，根本无法摆脱。

伯爵灵魂上的折磨没有逃脱戈洛的眼睛。于是，他以更加虚伪的话加倍地奉承和关心主人的起居。饥肠辘辘的人即使看到乞丐递给他的一块面包，也是乐于食用的。西格弗利特以为管家是为了显示自己的才能和勤奋，因此任凭他鞍前马后，忙忙碌碌。其实，他在心里对管家是十分愤恨的，因为他给自己带来了平生最悲伤的消息。

一天，伯爵又外出狩猎解闷，他这回只带了少数随从，戈洛也在其中。伯爵这回比寻常打猎时走进了更深处无边无际的大树林。突然，一头米白色的母鹿在他面前跳着离开了。伯爵立刻如同真正的猎人似的冲进稠密的灌木丛中，想要捕杀这头奇异的动物。他的矛头几乎擦到母鹿的背上了，母鹿蹦地一跳，钻进山洞，消失不见了。

伯爵正在寻找时，只见从山洞里走出一个女人，手上牵着一个男孩。母鹿紧紧地贴在女人的脚旁，它抬起眼睛，用寻求保护似的眼神望着女人。女人看到猎人，立刻披散着火焰一般的金发，让它们盖住衣衫单薄的肩膀。可是，她不由得一阵惊悸，连身体也在微微抖动。女人瞪着一双疲倦的大眼睛，直直地看着面前的猎人，接着，从口中发出一声撕心裂肺的叫喊，半是惊骇半是呻吟，然后瘫倒在山洞的石堆上。幼小的孩子猛地扑了上去，守卫在母亲的身旁。母鹿也蹲伏在女人的脚前，不离左右。

伯爵看到眼前的一幕，顿时惊呆了。他看到孩子的面容竟然跟自己童年时一模一样，接着，他认出倒在地上的女人正是他的妻子盖诺维娃。伯爵朝前跨上一步想要搀扶妻子，可是面前的孩子冷冷地拨开他的双手。

“别动我的母亲。”

“孩子，我是你的父亲。”

“我没有父亲。”

母鹿哞地叫了一声，像是听懂了，像是没听懂，像是惊讶，像是赞赏。

盖诺维娃醒了过来。伯爵看到一丝阳光透过树丛照在她的脸上，那么圣洁、那么平静，如同圣母马利亚一样。伯爵蓦地意识到自己错判了可怜的母子，不由得羞愧万分。他翻身跪倒在盖诺维娃的脚前，诚恳而又后悔地恳请妻子宽恕自己。接着，他把孩子紧紧地抱在自己的怀里，悔恨的泪水夺眶而出。

伯爵吹起了狩猎的号角，随从们立刻从四面八方聚拢过来，戈洛也在其中。伯爵看到戈洛时，从眼中迸发出可怕的火花。他把戈洛从队列中拉了出来，扔在盖诺维娃的脚前。

“你认识她吗？说吧，到底是怎么回事？”

管家戈洛如同遭遇棒击一般，瘫倒在地。不一会儿，他爬到伯爵的脚前，跪伏下来求饶。伯爵鄙视地把他一脚踢开。

戈洛把自己的罪孽从头至尾交待清楚，说到如何想要霸占女主人，遭到女主人理直气壮的拒绝；说到自己如何怀恨在心，然后造谣诽谤，谋害盖诺维娃。伯爵听完后，一张脸羞红得如火炭一般。他恨不能寻个地洞钻下去，从此了却一身。后来，他命令给管家戈洛加上镣铐，把他带回城堡。

伯爵西格弗利特立刻聚集人马，下令把戈洛押解到自己面前。戈洛跪倒在地，再三请求主人饶命，免他一死。女主人盖诺维娃鄙视地看了他一眼，请丈夫饶他一命，把他逐出城堡即可。

伯爵西格弗利特怒不可遏，他拔出利剑，走上一步，猛地挥上，管家戈洛的脑袋滴溜溜地滚落在地，他遭到了主人的惩罚。

*　　　*　　　*

伯爵西格弗利特和他天使般的妻子迎来了雨过天晴的天空，万里无云，多么幸福。伯爵对待善良的妻子和如同花朵般的孩子分外尽心。为了感谢母鹿给他留下踪迹让他寻到山洞的圣恩，他在林中遇到母鹿的地方建造了一座教堂。伯爵女主人时常前往叩拜那座神仙的居所，赞颂上帝的智慧，使她苦尽甜来。为此，女主人抛洒了多少感激的泪水。

斗转星移，岁月交替。年轻的伯爵夫妇成为年迈的老翁老妪。

一天，人们怀着沉痛的心情把仙逝的女主人抬出城堡的宫殿。他们按照夫人生前的愿望，把她安葬在林中深处的教堂里。直到今天，这座古老的圣母教堂还耸立在树林深处，给游客们展示女主人的最后归宿。

此外，人们还可以看到当年囚禁着盖诺维娃的塔楼和她受苦受难的山洞。盖诺维娃道德高尚、英名盖世，在莱茵河地区，只要提到她的名字，无人不知、无人不晓。大家歌颂她，如同称颂天使一般。

面包房的伙计

如果行人来到安德尔纳赫城，他们进入城门后便能看到两个石刻的雕像：两个身穿外套的男孩。

安德尔纳赫的城门建造得十分别致，号称莱茵门。城门临近莱茵河，那是不用解释的。可是，如果希望知道两个稀罕石像的来历，人们可以滔滔不绝地告诉你这是两个面包房的伙计，他们如何奋不顾身从敌人手中救下了城市。为了纪念他们作出的宝贵贡献，居民们把他们雕刻成像，供行人瞻仰，受万世敬重。

莱茵河旁有两座城市相互邻近，那就是林茨和安德尔纳森。

有一回，两个城市间发生激烈的争执。林茨城的居民十分恼怒，决定狠狠地教训一下这个世仇的对手。清晨，林茨人开动大小船只沿着莱茵河逆流而上。他们知道邻城的居民喜欢睡懒觉，因此想把他们通通消灭在睡梦之中。的确，安德尔纳赫人好睡懒觉：丈夫搂着妻子，妈妈抱着孩子，他们正在呼呼大睡，享受着人生最平凡的幸福。

林茨人没有想到安德尔纳森的面包房却是不一样的。师傅和伙计们都很敬业，早早地就起来发面、烘面包，是为了让城里的伙计们能够吃上松软的新鲜面包。面包坊里的伙计忙碌一阵后也会走到室外，希望呼吸一下新鲜空气。任何敌人，不管他们伪装得多么巧妙，行军时多么隐蔽，要想逃过对方的耳目，都是十分困难的。

不过，聪明的林茨人也不是等闲之辈。他们早就知道安德尔纳赫面包师傅何时会精疲力竭，然后四叉八脚地躺在那里，弥补缺失的早觉。他们选定这样的时刻，准备给安德尔纳赫人送上并不友好的“早安”问候。天哪，如果不是面包房里两个伙计挫败了他们的阴谋，林茨人几乎能够得手了。

两个伙计看到他们的师傅早已进入甜蜜的梦乡，便想起来尝尝新鲜的蜂蜜。他们悄悄地攀上位于莱茵河边的城门塔楼，那里有几箱蜜蜂。突然，他们听到从下面传来船只靠岸的响声，有人压低嗓子在呼喊，而且还有兵器撞击的铿锵声。

晨风吹拂，莱茵河上的浓雾被撕开了几道口子。两个伙计惊骇地看到，一群全副武装的敌人正朝着城墙包围过来。两个伙计不敢怠慢，他们悄悄地等候一阵，看到林茨人已经越来越近，近得都可以朝着他们的头上吐口水了。当然，他们没有对着敌人吐口水，而是举起了蜂房箱，朝着进攻的敌人投掷下去。

林茨人大吃一惊，急忙止住脚步，想要看个究竟。可是，蜂房里的蜜蜂通通飞舞出来，朝着人群大肆叮咬。蜜蜂们真的生气了，大清早上，为什么打扰它们的清梦？它们见人便叮，林茨人从来都没有跟蜜蜂打过仗，一点儿经验都没有。他们只得转过背去，逃之夭夭。

两个伙计看到这里，立刻朝塔楼的大钟奔过去，拉动钟绳。大钟轰隆隆地响了起来。安德尔纳赫人听到钟声紧急，知道情况有变，便从懒床上腾地跳起来，操起武器赶到城门外。可是，他们看到附近连一个敌人也没有，真是大失所望。否则，抓个林茨人作俘虏，让他为自己煮早晨的牛奶，也能让自己偷个懒，再多睡一会儿。

从此以后，他们把两个面包房的伙计雕成石像，用石像守护安德尔纳赫城门。两个城市一直相互恼恨，直到上个世纪，这两个互为邻居的莱茵河城市还互不通婚，没有一个城里的姑娘愿意嫁到另外一个城市去。

不过，今天的情况怎么样，已经说不清楚了。他们说不定早就热络起来忙着谈婚论嫁呢。

女儿国的骑士

在莱茵小城伯落尔的上方坐落着一座帝国古堡，铁锤山。千百年来，历经风雨剥蚀，古堡已经成为废墟。

从前，城堡的主人名叫沃尔夫，狼的意思，他是皇帝亨利希四世重要的仆人，是一位伯爵。亨利希国王由于自身的原故，再加上一些外在的因素，让他的王冠沾满了荆棘，颇为不顺。

伯爵沃尔夫跟他的妻子生了六个女儿，他的妻子已经在几年前去世，家里剩下花枝招展的女儿和日近年迈的父亲，他们厮守在一起。上天没有眷顾他，让他有个儿子，这使老人心中不快，内心饱受折磨。如果有个男儿后裔，也比眼前半打姑娘强呀！

一天傍晚，城堡外面狂风怒吼，嘶扯着嗓子如同乌鸦的呱呱叫声一般。伯爵一家围坐在室内的炉火旁。他因为身受痛风的折磨，尽管女儿们百般呵护，仍然觉得心情烦躁，闷闷不乐。女儿们像几只胆怯的鸽子，低首垂眉，坐在面露愠色的老人面前，不知如何才能逗得父亲活泼起来。突然，门房守卫的仆人说有两位穿着骑士般装束的客人深夜来访。热情的城堡主人尽管患病在身，还是站立起来迎接。两个行路在外的客人受尽了风寒，他们走进炉火烧得热气腾腾的房间，唉声叹气地请求主人施恩，让他们借宿一晚，稍挡风寒。

伯爵听到他们其中一个人的讲话声音时不由得心里一动。后来，陌生人除下面盔，解开披风，伯爵沃尔夫看到这里，立刻虔诚地跪倒在他的脚前，一面握住另外一位陌生人的手，从胡子拉碴的双唇间迸发出虔诚的呼喊：“呵，亨利希，我的主人和国王！”亨利希四世向他的昔日战友承认自己正在逃亡途中，因为有人企图摘除他的王冠，剥下他的王袍。

年迈的伯爵听到消息不由得义愤填膺，连忙追问是谁丧心病狂、胆大包天，干下这等罪孽之事。亨利希四世把头垂到胸前，回答：“我的儿子！”皇帝说着，伸出双手捂住自己的脸。

伯爵顿时如同大理石像呆立在那里，父亲的心灵被闪电照亮了。他明白自己错怪了可怜的女儿们。他看到女儿们众星拱月似的围着自己时，多么希望立刻朝着她们张开双臂，希望用自己的温暖抵偿多年来的无情和无知。伯爵想到这里，不由得老泪纵横。

亨利希皇帝看着伯爵，心情痛苦地说道：“呵，我从前的生死战友，我多么羡慕你，忠诚的女儿始终跟你心连着心，不像我那缺乏教养的儿子，等不及地希望

看到父亲安葬入土。他根本不顾年迈的父亲白发苍苍，还是想把我逐出自己的故国家园。我感到多么痛心，明天将率领少数的随从前去讨伐我的儿子。这是一场无可避免的战斗，不可调和。”

半夜时分，不幸的亨利希住在舒适的房间里渐渐地进入梦乡。深受震动的城堡伯爵以万般呵爱的心情面对着自己的众位女儿。从前，他为上天没有给他赐送儿子而感到忿忿不平，这样的不平现在已经过去了。

一连过去了三个月，一天，从荷兰国传来了不幸的消息，亨利希皇帝死了。他正在忙于跟自己的儿子打仗，不料死神赶在战争分出胜负之前造访了他，让他寿终正寝。

他的仆人们分外悲伤，伯爵沃尔夫更是悲痛欲绝，可是，第二回送来的消息让他更加悲愤不已。国王的灵柩在自己的故土不能入葬，棺材停放在吕铁西的地下室。任何人只要愿意，都可以走进那里极其所能地羞辱这位遭受驱逐的先皇。当然，他们也可以为他的灵魂举行弥撒或者祷告，完全凭各人的心愿和自由。

城堡伯爵听到消息，不由得张口骂了一通粗话。他一连几个夜晚都无法合眼睡觉。于是，他作出决定，尽管女儿们再三请求和哭泣，他都没有动摇自己的信念。

一天，伯爵站在科隆的大主教面前，讲到自己如何在二十年前救了大主教的命，大主教曾经答应，可以满足铁锤山城堡主人的任何愿望。主教和伯爵讨论来讨论去，最后答应帮助和吕铁西教堂联系，让铁锤山伯爵前去凭吊亨利希四世，并且把灵柩从吕铁西那里的地下室取出来，运回斯巴埃安葬。

一个星期以后，伯爵率领一批虔诚的男女仆人，他们跪倒在亨利希四世的棺材前，大为悲痛。伯爵用双唇吻着棺木，口中喃喃自语：“呵，亨利希，我的主人和国王！”然后，他亲自扶棺把亨利希四世运回斯巴埃，安葬在皇帝的墓穴里。

当装运遗体的大船从科隆慢慢地沿着莱茵河一路往上行驶时，沿岸的城堡通通升起黑旗，以示哀悼。后来，铁锤山人始终被视为忠诚于亨利希的诸侯和仆人。

铁锤山的情战

莱茵河旁的瑙宇维特是个美丽友好的村庄，距离村庄不远的地方有一座陡峭的山峦，山上林木参天，密密麻麻。站在山顶，俯视莱茵河从脚下滚滚流淌，顿时觉得心旷神怡，诗意勃发。旁边是早已塌毁的铁锤山古堡废墟，如同一幅残破的历史画卷，让人想起了昔日的繁华和凄惨。

公元十一世纪初，铁锤山的城堡里居住着一位伯爵骑士，名叫奥图，是个英勇的人物。奥图跟美因茨的主教长期以来相互为敌，甚至血战不已。美因茨的那位灵魂主宰者觉得奥图伯爵强大、勇敢，是不可能用武力征服他的，主教希望采用其他的方法打败他的对手。

后来，机会果然来了。

事情是这样的。奥图伯爵希望跟漂亮的姨妈结婚，按照当地法规，涉及这般近亲婚姻，是需要教堂批准的。可是，伯爵的个性倔强，他拒绝向教堂申请，而且没等教堂批准便擅自成了婚。美因茨主教看到时机成熟，便向他宣布教堂禁令，宣布他的婚姻无效。

教堂的禁令和宣告并没有能够起到应有的作用，未能破坏年轻夫妇的幸福结合，于是，主教便亲自去找当时的皇帝亨利希二世，希望动用皇权让教堂的禁令生效，从而处罚乱伦的奥图伯爵。亨利希二世对教皇言听计从，于是带领兵丁亲自围困铁锤山。

奥图伯爵决不愿意向命运低头忍让，于是奋起反抗。亨利希二世看到战局僵持，而且短时期内想要取得围攻铁锤山的胜利，那是断然不行的。皇帝对这场疲劳战感到兴趣索然，便寻找机会找到一个好的理由结束战事。

伯爵坚持守城，不敢懈怠。他的妻子跟他同仇敌忾，一起骑马巡城。可是有一回，他们两人却被突然的飞箭射中，血流不住地回到城堡。皇帝很快听到消息，便开口对主教说道："呵，天意莫逆！我几乎以为我们无法让这对年轻夫妇放弃抵抗，无法让他们改变初衷。现在，他们流淌鲜血，算是为他们的罪孽作了抵偿，因此，我们应该结束围城。我愿意对伯爵网开一面，而且，我还希望看到你们以教堂的礼仪为这对夫妇祝福、证婚。”

美因茨的主教只得照办。一次正直的宽恕调和了这场纷争，奥图伯爵为他的客人们举办盛大的宴会，那是铁锤山宫殿史无前例的盛典。

阿尔腾阿的骑士

阿尔河蜿蜒流淌，它在穿越怪石嶙峋的山谷时，有时候急流汹涌、咆哮奔腾，有时候细声潺潺，如同悠扬的琴声，环绕着连绵的山势，浩浩荡荡。

河的附近有一座山峰，气势磅礴。从前，山顶上耸立着坚固的阿尔腾阿城堡。时过境迁，城堡在历史的岁月里已经塌倒，成了一片废墟。可是，它的灵魂还在讲述着当年的英勇和辉煌。

那还是在连记忆都已经模糊了的昏暗时代，阿尔腾阿城堡的宫殿里住着一位与城堡同名的骑士。他们世代相传，等到库尔德·冯·阿尔腾阿接手城堡时，他们的族第又经历了多少色彩斑斓的历史岁月。

相传库尔德是阿尔腾阿城堡的末代骑士。他是个英勇的武士，酷爱自由。可是，他对当时的主教和君王们却心存反感，引得他们甚为不满。突然有一天，库尔德看到他的城堡被国王的兵丁们围困得水泄不通。库尔德别无选择，奋起反抗，显示出骑士的英勇和无畏。

国王的兵丁无法得手，便开始长期困锁。守城的骑士不敢懈怠，只是物资和粮食渐渐告缺，让守城的骑士不胜忧愁。库尔德可以确切地计算出最后一片面包耗尽将会是什么时辰，之后便只能听天由命，是屈膝投降还是与城堡同归于尽，由不得自己了。

可是，围城的一方也渐告不支。他们不是缺乏物资和粮草，而是军心散乱，毫无斗志。他们不清楚城堡内其实处于严重的困难时期，还以为无论如何也无法攻占城堡呢。

呵，守卫城堡的骑士们显示了视死如归的勇气，连敌人都对他们敬畏不已。

主教和君王看到自己的队列里普遍滋生着不满的情绪，有一部分士兵和诸侯索性退出战场，悄悄地回去了。士兵们怨声载道，认为这是一场危险而且毫无益处的纷争。围城的部队面临崩溃分裂，甚至是相互残杀的危险局面。

这时，只见骑士库尔德骑着高头大马，出现在宫殿的最高塔台上。曙光初照，骑士身披盔甲，兵器铮亮，威风凛凛。库尔德已经是位老人了，但他有一副高大的身躯，一头银发自然地飘拂而下，脸色严峻。不过，他的面色多么苍白，如同大理石一般，身下的坐骑昂首嘶鸣，咆哮万里，衬托着英勇的骑士无比高尚，状如神仙。

围城的士兵看到他时，禁不住抬起头来，心里泛起了丝丝惧意。老人挥手示意，他有话要说。他看到围城的士兵们安安静静地准备聆听他的讲话时，便开始大声说道："呵，你们看到身骑高头大马的骑士，其实是城堡内唯一活着的生命。饥饿从我的身旁夺去了我的伙伴、孩子和女人。他们全都死了，无人幸免。毫无疑问，他们是为了摆脱奴役和桎梏从而献出了自己的宝贵生命。因此，我也应该如同他们一般，步他们的后尘，为了自由含笑而去。"

骑士库尔德说完，便夹了夹马腹，只见高贵的战马昂起脑袋，在骑士的猛烈催促下，从塔台纵身跳向山谷。坐骑和骑士不由得滚向岩石，最后轰然一声连人带马栽进阿尔河的波浪之中。阿尔河敞开了胸膛，接纳了英勇的骑士和战马。看到的人全都惊吓得手脚冰凉。他们急急忙忙地退出围城的队列，回家去了。

他们之中谁都不愿意踏足面前驻扎着死神的城市。很久以后，人们还在传说骑士库尔德纵身跳崖的故事，称赞他为城市添加了莫名的畏惧和惊骇。

女儿堡的伯爵盾牌

从前，由两位伯爵一起治理的女儿堡地区祥和、太平，其中一个伯爵叫格尔哈尔德，另一个叫乌尔利希。格尔哈尔德在一场激烈的格斗中不幸死了，于是城堡归乌尔利希独自管理。乌尔利希是个勇敢忠诚的骑士，他挥舞利剑，勇猛无比。敌人只要看到他的盾牌，常常就吓得转身就逃，不敢正面跟骑士交手。

他的盾牌上凝结着多少战斗的故事。

后来，乌尔利希伯爵白发苍苍，成了年迈的老翁，腿脚都没有从前那般灵活了。可是，他的盾牌仍然挂在城堡大厅上，跟利剑和长矛并排一起，见证了当年的战斗岁月。如果有客人走进城堡时，他们不仅要站在威严的骑士面前，还要瞻仰这把战功赫赫的盾牌。随着岁月的流逝，盾牌上的光辉渐渐褪去。可是，每当朝阳或者晚霞透过圆形的城堡窗口照耀进来时，盾牌上的画案又会熠熠生辉，无限光彩。

有人似乎能听到盾牌正以金属般的悦耳声诉述骑士当年的辉煌和成就。乌尔利希渐渐感到体力不支，大限日近。他并不惧怕死神，不就是那位扛着割镰的阴司伙计，他甚至认为死神的割镰也无法粉碎自己那柄盾牌。儿子们和朋友们围着他站成一圈，他们全都意识到伯爵的时辰已经不多，灵魂快要飞出他的躯壳，为他感到惋惜、悲伤。

当然，只要沙钟里还没有完全漏尽，死神是不能伸出两只手把他拖着带走的。可是，他们全都不知道这位死神到底是把伯爵请出门外，然后扶他上马径直送往天堂呢，还是把他直接往下送进地狱烈火。答案只在上帝的心中。

当然，伯爵也是个戴罪之身的凡人，如同其他人一样，他们都是亚当的后代。他们的元始之祖就是个戴罪之人。

于是，有个居住在莱茵河边的骑士壮起胆，大声说道："呵，只要上帝答应，请看在我们多年友谊的分上，当死神宣读对你的判决时，请给我们一个信号。你的儿子和我们都是同甘共苦几十年的伙伴和战友，因此，我们有权知道你在那里过得如何，是身处幸福还是陷于折磨。我想，即使你的身躯遭到破坏，死神也无法破坏我们之间的深厚友谊。"

正在黄昏时分，西坠的太阳向大地送出了最后的一束光芒。阳光照耀在挂在城堡厅堂上的盾牌，金光闪闪。伯爵的双眼盯着那束光芒，嘴角边上泛起一丝幸福的笑容。伯爵挣扎着，竭尽全地坐起来，伸出枯瘦的手指着盾牌说道："诸位，我的众位伙伴和兄弟全都围着我，静候我了却残生。当然，陪着我的还有那柄忠诚的盾牌。"

大家不明白这番话的意思是什么，还以为他因为发高烧说胡话呢。伯爵又坚持着说道："在我离开你们前往上帝的审判席时，你们就从墙上取下盾牌，把它挂在床头横柱的右面。然后，你们可以静静地等候，我自会给你们送来信号。如果这把盾牌在三天之内自行掉落到地上，那么你们就知道，我的灵魂上了天堂，上帝会垂恩于我。"伯爵乌尔利希说完，重新躺在枕头上，死了。

他的儿子和朋友们，以及城堡的仆人全都为他哀悼、为他祈祷，守护在他的遗体旁。他们几乎不吃不喝，希望知道逝者的灵魂到底归属何处，想要看看上帝如何垂恩于他。两天过去了，盾牌仍然挂在那里，纹丝不动。大家看到这里，心里开始嘀咕起来。等到第三天夜晚，大家还在焦虑地等待着。他们看到火把快要烧尽了，心中的希望顿时动摇起来。

拂晓之际，大概已经到了早晨四五点钟的模样，附近的村庄传来了公鸡的第一声鸣叫。太阳刚刚露出地平线，一道光芒穿过迷雾直冲云霄，给城堡送来了黎明。骑士们正要合掌做早祷时，只见阳光穿过城堡的窗户照耀在伯爵的盾牌上，盾牌光芒四射，多么庄严，多么漂亮。阳光照在死者伯爵的脸膛上。突然，把盾牌拴在横档上的绳子断成两截，盾牌重重地掉在地上，发出清脆的响声。

伯爵的儿子们和朋友们，还有城堡的仆人们看到事情有变，惊骇得通通跪拜地上，齐声赞美上帝，上帝把伯爵的灵魂送进了天堂。

今天，伯爵乌尔利希的城堡早就崩塌了，成为一片废墟。可是，如果有人赶着清晨或者趁着黄昏在女儿堡周围经过，在原来的城堡方向还能看到细微的光亮，让他清清楚楚地想起城堡的往昔和伯爵盾牌的故事。

金　犁

现在，已经没有人能够说出当年坐落在新阿尔山上的城堡是何等模样的了。不过，大家都知道那里曾经有个富裕的氏族，他们拥有大量的金银珠宝，连他们用餐的碗盏都是用最贵重的黄金制作的。他们还把闪闪发光的宝石镶嵌在马鞍上。

他们的财富简直可以堆积到天上，甚至连骑士们按照古老的风俗每年春耕的犁都是纯金的。城堡拥有大量的黄金，也面临着巨大的危险，时常遭受到敌人的算计和袭击。就算他们能打退敌人九十九次的猛烈进攻，也总有一回失手的时候。

敌人一旦得手，顿时如同强盗一般大肆掠夺，尤其是黄金库房被敌人抢劫一空，装满了敌人的大车小车，被源源不断地运出城堡。

只有一样东西没有落入敌人之手，那就是金犁。

敌人向骑士和仆人们反复追问还有什么昂贵之物。可是，没有人愿意开口回答，他们都不肯吐露城堡的秘密。敌人感到十分失望和愤怒，悻悻地撤离城堡，任凭城堡陷于熊熊燃烧的火海之中，变成一片废墟。

绅士和武士们即使遭受死亡的威胁，还是守口如瓶，不让任何敌人知道关于金犁的消息。原来那张金犁被藏在宫殿水井的下面，几年以后，这口水井荒废了。有人把井圈推倒，把水井彻底掩埋。又过了几十年，地方上的人已经没有人知道那个地方曾经有过水井，至于水井的其他故事，更加烟消云散了。

可是，民间的谣传却从来都没有停歇过，传说他们的城堡山上还隐藏着贵重的财物。农民和种植葡萄的人纷至沓来，他们不断地寻找、挖掘，希望揭开谜底。可是，大地却始终沉浸在不露阳光的阴影之中，秘密始终保持着无法破解的沉默。

山谷里生活着一位种植葡萄的农民，他虔诚而又善良。只要看到别人有了急难，便立刻前去帮助，而且不遗余力，从不叫冤叫屈。

一天清晨，他如同往常一样来到种植葡萄的山上。突然，他听到有个小侏儒正在抱怨太阳晒得厉害，他已经口渴难忍，连路也走不动了。种植葡萄的农民听到后对小侏儒十分同情，便给他送上一杯葡萄酒，让他润润嗓子。

小侏儒喝完后果然止渴解乏，活泼了起来。于是，他跳上墙基，沙哑着嗓子对农民悄悄地说道："为了感谢你的可口饮料，我可以告诉你藏匿着金犁的水井在哪里。"接着，小侏儒建议农民在下一个月全月夜时前往废墟的某某地方开始挖掘，一定能够取出宝藏。小侏儒还再三提醒农民，让他在挖掘时一定要保持沉默，那是连一句话都不能说的。

农民在一轮明月升上天空的那天，悄悄地来到新阿尔山的伯爵城堡。他找到了小侏儒说的地方，开始挖掘起来。那是一口早被推翻和填埋的水井，突然，他看到铲子下面有个东西闪闪当光。农民的双眼被刺得难以睁开，他弯下腰，仔细地把埋藏在地下的金犁拔出来，扛在肩上，顺着井壁往上爬。

可是，他刚刚从井口露出一个脑袋，只听周围一片喧哗。有个骑士大步流星地从阿尔河的右侧奔跑过来。他的浑身上下在冒火，简直如同滚动的火球。农民看到这样的妖怪，不由得大吃一惊。他吓得汗毛直竖，连舌头都不听自己的使唤了。于是，他不由自主地狂叫一声："救命！"突然，金犁从他的双手挣脱出去，发出一声金属般的响声，掉到水井底下去了。

种植葡萄的农民受到这番打击，如同犯了重病一样。他只知道东西游荡，连回家的路都不认识了。后来，他终于恢复了神智，于是趁着一个满月之夜又想到井下去挖掘。不过，他在地方上找来找去，都没发现那口水井到底在哪里。

可是，这件珍贵的宝藏还是给当地民众带来巨大的福分。

据说这把金犁拥有神奇的魔力。有一天，它唤醒了位于城堡脚下的一道泉源。这道泉水看上去并不像黄金白银，就如同寻常的清泉一样。可是，只要有人用手捧起来喝上一口，泉水就会发出一种特殊的泡沫，如果久病在床的人喝上一口这里的泉水，他会感到浑身舒坦。也有人把泉水担回去沐浴，它不仅能给人带来健康，还会把人的烦恼通通洗涤干净。

不久，人们便明白，这把金犁能给人世带来金色的祝福。于是，莱茵人无论走到哪里，总是念念不忘交口称赞巴特·新阿尔的生命之泉和那把造福人的金犁。

彩　牛

位于阿尔谷的瓦尔扑尔茨赫姆是个葡萄种植地，那里有几座山，它们愈走愈近，使得山谷越来越窄。一条大道贯穿其中，从陡峭的崖壁前经过。下面是湍急的阿尔河，汹涌澎湃。如果抬头往上看，将会看到凌驾在河面上空有一座造型奇特的山，如同从崖壁间跳跃而出。

自古以来，民间把这座山叫做“彩牛”。

从前在阿尔谷住着一位骑士，这位骑士生性古怪，放荡不羁。有身份的绅士们都讨厌他，便把他从自己的行列中推出去，不再与他交往。可是，这一切对他是无所妨碍的，他还是自说自话，我行我素，而且愈加堕落。后来，他只能依靠剪径道路抢劫财物为生，成为了职业强盗。

职业强盗还保留了一点对上帝的敬畏，只要教堂的钟声响起，他都会虔诚地弯下膝盖，如同别人一样。可是，教堂的钟声响过以后，强盗的虔诚也就结束了。他立刻跃上马背，带领仆人一起外出劫财劫色，无恶不作。

有一回，强盗骑士登上阿尔河上方的那座圆形山顶。他悄悄地埋伏在低矮的灌木丛后，注视着大路上的行人动静。突然，他看到一位客商正在赶路。一队武装的人群跟在一辆大车的后面，大车上装满了贵重的货物。等到大队人马靠近山谷的咽喉时，强盗骑士命令仆人们立刻弯弓搭箭，准备抢劫。

这时，传来一阵牧师的铃铛声，这是牧师前往弥留之际病人家中携带在身的小钟，一路响着。强盗骑士立刻放下武器，跪拜在地。商人的队列已经到达山脚，渐渐地走远了。可是，小铃铛还在响着，提醒人们生命的归宿。

一会儿，灌木丛中突然传出一阵索索的响声，还从后面露出一个带角的动物脑袋。原来，这是一头彩色的母牛，脖子上挂着一个牛铃。

“呵，你就带着牛铃滚到地狱中去吧！”骑士强盗不由得大吼一声，一张脸由于愤怒而涨得通红。他跳进灌木丛，双手抓住牛角，把牛拖出灌木丛，然后顺着山岩把牛推下峭壁。母牛没有跌进谷底，它掉在从岩壁上伸出的一块巨石上，挂在那里，不上不下。

过了一会儿，它才从岩石上沉重地掉下去，摔在大路上，死了。

虔诚的百姓从此以后把那块山石称做“彩牛”，彩牛的名字一直保持到今天。如果行人经过山岩边时，他们都会默默地想起这个令人难以理解的故事，想起上苍给予世人的恩惠。

朗茨克隆的三个姑娘

离开莱茵河岸往阿尔谷走时，人们会看到在右手方向有一座瓶状的小山。小山如同门卫似的默默地守护着山谷，这就是朗茨克隆山。从前，山上有一座宏伟的城堡骄傲地俯视大地。现在，它只剩下少量的废墟，让人想象着城堡的昔日辉煌。离城堡不远的地方有一座小教堂，紧贴着山壁而造。这是一座马利亚教堂，民间把它称作“姑娘修道院”。

以前，主宰朗茨克隆城堡的是一位强大的伯爵。伯爵有三个女儿，其中有个女儿不仅长得漂亮，而且品行出众，超过其他的两位姐妹。附近有一位骑士，他希望娶最小的妹妹为妻。可是，结果却让他大失所望，他被驱逐出堡，碰了一鼻子灰。骑士大为恼火，他便时时刻刻地等待机会，想要报仇雪恨。

一天，朗茨克隆的主人率领大队人马外出打猎。他只让少数的兵丁留守城堡，防止意外。遭到挫败的骑士闻听消息，便带着几个兵丁急忙赶来，冲进城堡。他们肆意蹂躏，从塔楼翻寻到地牢，他们的目的很快昭然若揭，他们是要寻找俊俏美丽的伯爵女儿。最后，骑士没有找到，便愤怒地举起火把，让伯爵宫殿陷入火海，夷为平地。

原来，伯爵的三个女儿穿过城堡的边门逃了出去，她们藏身在城墙外的阴影之中，希望躲过一劫。可是，城堡里面火光冲天，骑士的人马很快便发现了她们的藏身之处。姐妹三人知道这回必死无疑，便急忙逃上城墙陡峭的墙面，飞身纵了出去，掉在下面的山石之中。

当时的情况十分险恶，她们刚刚从上面绝望地跳下来，残暴的骑士便奔过来寻找。姐妹三人不由得大惊失色，于是，她们齐刷刷地跪下，仰望苍天，请求上帝垂恩，救助她们。

呵，瞧吧，奇迹真的出现了，下面的岩石顿时裂开一个大洞，姐妹三人看到这里有个山洞，急忙跳下去。山洞又轰隆一声，在她们的身后自动关闭了。凶恶的骑士看到眼前的景象，顿时惊吓得说不出话来。他立刻引率兵丁，骂骂咧咧地回去了。

正在这时，伯爵打猎回来了。他因为听说城堡失火，急急忙忙赶回宫殿。他见到自己的城堡被夷为平地，便不顾人员和马儿疲劳，跟踪着敌人的足迹追了上去。残暴的骑士正在逃跑的途中，便陷入城堡伯爵的包围之中。仇人相见，分外眼红，他们没有搭话，只听兵器撞击。说时迟那时快，骑士被伯爵砍上一剑，斩落马下。

伯爵立刻回去寻找三个女儿。可是，他们找遍了四面八方的沟沟坎坎，问遍了一旁的男男女女，都不见女儿的影踪。

伯爵感到心痛如焚，整夜整夜地思念着，无法入眠。到了第三天夜里，伯爵陷入似睡非睡的朦胧状态，只见一位天使来到他的面前。天使招呼伯爵跟在他的身后，把他引到背后藏匿着山洞的岩壁前面。岩壁顿时轰隆一声，自动打开，把三位姑娘完好无损地送到洞外。

父亲见到女儿时犹如获得天降的礼物，他欢喜得几乎说不出话来，只听岩壁又轰隆一声自动关闭了。为了纪念这回神奇的天助，高尚的伯爵立刻命令在岩壁处建造一座庄严的修道院，取名为“姑娘修道院”。

小教堂被刷上雪白的油漆，它以圣洁的目光静静地注视着莱茵河，一面警示般地俯视着阿尔山谷。

罗兰·冯·安格尔斯

罗兰·冯·安格尔斯是卡尔大帝的侄子、伙伴，也是一位勇敢的骑士。他是卡尔大帝的十二武士成员之一，在骑士群落里建功立业，成就不小。他的名字在他经历过的国度、在他挥舞利剑教训过的剪径之徒、在他帮助过许多弱者的地方如风飘荡，四处传颂，让人难以忘怀。

罗兰·冯·安格尔斯也在巴黎住过一阵，他住在叔叔的宫殿大院里，享受着宫殿生活的豪华和奢侈以休养身心。可是，他的心里是抵制的，觉得这样的生活并非理想所在，他有一个不安分的灵魂，渴望着冒险和业绩。他希望不断地变换冒险的场合，从来不会为一所永恒居住地的平静所动。他现在的生活就是一种千日如一的平静，虽然富丽堂皇，却没有显示人生的辉煌色彩。

于是，他向大帝和众位亲戚请求，希望获准前往远方陌生的国度，过一回流浪漂泊的骑士生活。卡尔大帝和众位亲戚见他理想远大，全都支持他。

第二天，一抹朝霞刚刚涂红了天空，罗兰·冯·安格尔斯便已经带领一名忠诚的仆人骑着高头大马，离开华丽的宫殿，踏上了陌生的征途。玛尔纳河汹涌澎湃，穿过了辽阔而又美丽的田野。罗兰·冯·安格尔斯纵马前行，直奔莱茵法兰克。他们在途中教训了几个骑士强盗，迫使他们交出财物。后来，他们又去拜访一位老朋友，那是居住在法兰克山上的沙场英雄库尔德。

罗兰·冯·安格尔斯在法兰克山住了一阵，然后决定迁往美丽的莱茵河岸，拜访那里的众位城堡骑士。他沿着莱茵河顺流而下。春日的风光正在田野上展示出无限的魅力，无比浪漫的莱茵河岸装饰着色彩斑斓的鲜花和嫩绿。英勇的骑士感到如此美丽的景色实在让人心旷神怡。他虽然游历过多少胜地，可是眼前的风光如此动人心弦，让他目不暇接。有时候，他还往回走，重新拜访走过的城堡。每回都会受到热烈而又衷心的欢迎。

一天傍晚，他正骑着骏马往前赶路时，抬头看见了雄伟的巨龙堡。当空的晚霞把大地涂抹成一片金黄，高耸的城墙和七重山的山峰相映成趣。它们俯瞰着云蒸霞蔚的山谷，如同甜蜜的梦天世界。白昼的炎热让位给夜空的凉爽，牧群迎着披散而下的夜幕慢慢地走向自己的厩棚。

渔夫正在点数一天的收获，他们顺手把小船拉到岸旁。莱茵河静静地流淌，河面纹丝不动，犹如绿色的水晶映入骑士的眼帘。呵，胜景如画，美丽的莱茵河。

天空把它的纯蓝铺洒在安详的大地上。罗兰突然感到一阵非同寻常的甜蜜感觉，这种感觉牢牢地吸引住了他，让他忘掉了行程。他的仆人提醒道，说他们必须马上往前赶路，否则很难找到住宿的地方。

罗兰回过神来，看到路旁有个行人，便向他打听那边山上城堡内住着哪家骑士，何方英雄。行人告诉他，那里住着骑士赫里贝尔特，那座城堡叫做巨龙堡。罗兰心中默默地想着，他在法兰克和上莱茵的许多朋友曾经委托他问候巨龙堡的主人，想来肯定就是这位骑士了。

于是，他刻不容缓地往前赶路，甚至穿越了莱茵河。当他来到城堡门前时，夜幕已经降落。他向守门的士兵说到自己的名字，顿时受到热烈的欢迎。赫里贝尔特骑士亲自来到门前，如同接待贵宾一样，隆重地款待罗兰·冯·安格尔斯。

第二天，主人给罗兰骑士介绍自己的女儿希尔特恭特。罗兰看到面前的漂亮姑娘闪烁着青春的无限魅力，顿时如同着了魔一样。英勇的骑士向往着刀斧奋战，向往着辉煌事业，迄今为止，他还从来没有在心目中腾出安置高尚爱情的空闲地方。习惯在沙场厮杀的武士面对着无尽魅力的年轻姑娘，如同成了爱情的俘虏。他束手无策，都没有一点儿抵抗的力量。

骑士这回变成了另外一个人。他再也不讲自己的英勇冒险和战场经历，而是开始憧憬幸福美满的家庭生活，赞美拥有温顺妻子的甜蜜。骑士住了下来，不再想颠簸异国他乡了，因为他没有了离开的动力，他的心里只有万般的温暖。他的心思明眼人都一览无余，不久以后，主人赫里贝尔特发现他涉临情海，深不可拔。姑娘希尔特恭特看到骑士对待自己深情厚谊，也感到十分惊讶。

当然，姑娘自从见了他第一眼起，完全就像找到了自己的归宿一样。骑士的英名和事迹早已流传得纷纷扬扬，如同莱茵河水一样滔滔不绝。罗兰无法掩饰自己内心的强烈冲动，他终于等到机会，向姑娘表达自己的爱慕之意，姑娘默默地接受了。

主人赫里贝尔特丝毫不反对让盛名在外的英勇骑士罗兰成为自己女儿的夫婿。宫殿上下早已心照不宣，没有任何事情阻拦这对热恋男女的热情和幸福。他们两人已经思量如何在美丽的莱茵河畔建造一座城堡。罗兰决定从此以后放弃冒险的游历，只生活在甜蜜而又安静的爱情和欢乐之中。他也不希望重新担任皇帝叔叔的骑士使者了。

风云变幻，事物无常。西班牙的北部地区遭到异族侵犯，连法兰克王国也受到骚扰。卡尔大帝立刻派出一支部队前往讨伐，他的侄儿自然也不能缺席。罗兰必须在战场上建立功勋，从而显示自己是位称职的骑士。

卡尔大帝派出使者前来召唤罗兰。骑士对待这样的召唤必须立刻奉命，如果他还相信世界的秩序，没有对骑士的首要道德产生怀疑，没有忘记英雄气概和奋勇作战是骑士生命中的重中之重，就应该立刻听从皇帝的命令，踊跃地奔赴战场，为皇帝效命。

骑士罗兰怎么能对荣誉和职责之声听而不闻呢？无论他心里多么痛苦，无论告别令他多么愤慨，他还是决定义无反顾地挣脱爱情的束缚，奔赴战场。

希尔特恭特在跟丈夫告别的那天感到一阵难以名状的恐惧。她看到罗兰骑上高头大马，知道他即将奔赴远方，驰骋疆场，冲锋陷阵，她在心里担忧得说不出话来。她想起丈夫坚定的誓言，说自己将会很快驾乘爱情的双翼飞到她的身旁。可是，她只是稍稍感到一阵安慰，心中的担忧还是禁不住浮跃脸上。

罗兰骑士对着赫里贝尔特反复宣誓，说会永远忠诚于她，说得那么真诚，真是感动天地。然后，他才难分难舍地告别了可爱的城堡，追赶他的部队去了。

他在战场上打了多少难忘的胜仗，细说起来有的胜仗的确万分危险，那是用生命换得的荣耀。骑士罗兰的利剑上下飞舞，所向无敌。可是，战况何时能够结束，如同眼前的浓障迷雾一样，望不到出路。卡尔大帝的部队决定利用山谷的地理优势发动一次重大的战役，希望以此奠定胜局。战斗从黎明持续到傍晚，真是一场浴血奋战，如火如荼。

法兰克人集中兵力，朝着对手排山倒海地厮杀过去，取得了付出惨痛代价的胜利。许多高贵的骑士卧躺沙场，罗兰也被一个强大的阿拉伯人用长矛刺中，翻身倒地。周围一片喧哗，混乱不堪。双方兵丁舞剑挺枪，踩踏着阵亡的士兵尸体拉锯般地冲过来冲过去，如同暴怒的狮子或者野兽一样，全都杀红了眼。只有忠诚的仆人留在罗兰的身旁保护着他，或者是说，如果他真的咽气了，那么就地将他掩埋。

卡尔大帝的部队中有些人看到罗兰撞倒马下，全都以为骑士已经捐躯沙场上。于是，消息不径自走，大家纷纷哀悼骑士丧生战场。消息传到巨龙堡，说罗兰伯爵在山谷战役不幸丧生。赫里贝尔特听到消息时感到多么沉痛，而希尔特恭特闻听噩耗时是如何对着苍天撕心裂肺，这是任何羽笔都难以描述的。

在剧烈的悲伤和疼痛过去以后，希尔特恭特立刻把自己紧紧地关闭在小小的房间内。她无时不刻地思念着失去了的亲人，希尔特恭特已经很少走进城堡的大厅。自从闻听可怕的消息几个星期以后，希尔特恭特成为莱茵小岛上修道院的一名虔诚的见习修女。

希尔特恭特诚恳地请求，她的命运也让主教大为感动，于是，主教让她缩短了当修女的见习期。不久，不幸的遗孀在高高的祭坛前立下了入教以后再也不会改悔的誓言。

* * *

却说罗兰在那回浴血奋战中身受重伤，晕倒地上。可是，他并没有因此丧命，仍然坚强地挺了过来。忠诚的仆人见他还有生命的迹象，便费力地背起他，走进附近的牧人草房。

罗兰受到好心人的帮助和治疗。最后，他终于恢复精力，重新获得了健康。后来，罗兰告别了休息将养的牧人草房。他追逐和聆听着心灵的呼唤，踏上了归去的旅途。

那是一个秋天的傍晚，罗兰来到巨龙堡门前，举手敲响了城门。罗兰的心里充满着欢乐的期待，不过也掺杂着一丝恐惧。恐惧如同乌云一样，预示着他的未来和前程。城堡主人赫里贝尔特骑士见到罗兰站在面前时，几乎不敢相信自己的眼睛。被大家以为死去的罗兰急切地问起希尔特恭特，年迈的父亲深深地弯下腰，双手掩面，经过一阵悲伤的抽泣后才终于开口说道，她已经成为上天的新娘。

罗兰骑士听到消息时，如同遭到雷劈一般。他怔怔地看着从口中说出噩耗的老人，说不出话来。罗兰骑士转过身，离开了魂牵梦绕的宫殿大院。

在莱茵河的左岸有一座山，它跟修道院遥相对望。罗兰在山上建造一座城堡，是为了跟心爱的妻子近在咫尺。罗兰日日夜夜地站在城堡的一扇窗前，目光紧紧地盯着前面的修道院。他的身影如同大理石的雕像。他在山上跟忠诚的仆人一连住了几年。每天清晨，他都享受着从远方看到希尔特恭特的幸福。有时候，他甚至看到可爱的妻子正在虔诚地弯腰礼拜。

可是好景不长，他竟然连这种掺杂着痛苦的甜蜜也无法享受了。一天清晨，礼拜的女子突然不见了。

几天以后，他看到一支出殡队列朝着教堂的墓地慢慢走去。被送往墓地的修女是谁？他在心里悄悄地疑问着，莫非真是希尔特恭特？不久以后，忠诚仆人证实了他的预感是正确的。就从这一时刻开始，骑士罗兰一声不吭地坐在那里。他昂起苍白的脸看着教堂的墓园，忠诚的仆人急忙走上前去，他发现英勇的骑士已经成为一具尸体。可是，他的目光仍然注视着心爱妻子的安息之地。

直到今天，承载着罗兰城堡的那座山还是叫罗兰角。1839 年冬天，残存的城堡轰然一声倒塌了。后来，人们在原来的位置上重新建造一座新堡，用于纪念当年骑士生活的爱情。呵，它是那么纯净，那么忠诚。

哈埃斯特巴赫僧侣

从前，在七座山的一座山谷里有一块肥沃的平地。那里有一座修道院，取名为哈埃斯特巴赫修道院，是个虔诚的地方。直到今天，在高大树木的树荫下，人们还能看到不少的断垣残壁，见证着当年的历史和辉煌。其实，修道院的大厅并不是被时间的利齿所咬食，而是由于野蛮的战争让它们成为祭供时代的牺牲品。

人们把僧侣逐出、把砖墙捣毁，把石块移作他用，建造城堡。七座山地区的居民们纷纷传说，从此以后，被驱逐出去的僧侣们的幽灵常常在夜晚时分出没在圣坛前或者石柱旁的废墟上。他们发出沉默的抗议，抗议迫害他们的时代和捣毁修道院的暴徒。在这些人物中间就有盖泼哈尔特，他是哈埃斯特巴赫修道院的最后一任院长。

多少《圣经》的临摹本、多少教诲人心的箴言和格言从莱茵河边的修道院传向四面八方，它们见证着僧侣们的知识和勤奋。

话说他们之中有的年轻人充满智慧，受到众人的敬重，甚至连白发苍苍的修道院院长都向他鞠躬敬礼。他们敬佩年轻人的知识和天分。可是，怀疑犹如一条有毒的虫子不断地折磨着年轻人的灵魂，让他的知识无法开花结果，让他的信仰明镜变得混浊不堪。他的双眼常常无法安静地停留在那些发黄的羊皮纸卷里，那些纸上生动地写着上帝的语言。尽管他十分虔诚地拜倒在上帝面前，可是，他对那些信仰仍然表示出疑虑和谴责。

呵，年轻人的灵魂成了信仰挣扎的战场。

有一回，他又深深地沉没在厚厚的羊皮卷中，几个小时过去了，朝霞投下了温柔的光芒，照耀在高高的十字架上，照亮了僧侣手上的羊皮书卷。他并没有觉察到，只是目瞪瞪地盯着书卷上的一处地方，疑虑丛生。书卷上写着：“对先生说来，一千年如同一个白天！”

几个月时间过去了，他的头脑里仍然盘旋着那句如同谜语般的话。他尽力把书上这句话从脑海里抠掉，可是，那些光怪陆离的字母却始终在眼前舞蹈不已，一片混乱。而且，字母还在不断地变大，它们长成巨人模样，围着他的身前身后嘲笑着说道：“对先生说来，一千年如同一个白天。”

年轻的僧侣觉得在修道院的僧房内待不下去了，于是来到修道院的花园里，那里一片寂静。僧侣在花园的小路上走来走去，感到十分苦闷。他低垂着脑袋，不由自主地顺着寂静一步接着一步地朝着远方走去。

年轻的僧侣不知不觉地便已经离开了修道院的花园地，走上林间阡陌。温顺的鸟儿站在树枝上，欢乐地歌唱着，湿润苔藓地里绽开着鲜艳的花朵。它们显得多么热情洋溢，多么友好，如同在欢迎他的一样。可是，年轻的僧侣是个苦思冥索的人物，他似乎没有听到，也没有看到，只是默默地走着。疑虑重重的僧侣全神贯注，他在思想深处只有那句手写的话，耳朵里听到一个声音：“对先生说来，一千年如同一个白天！”

没有方向的奔波让他感到精疲力竭，头脑中一片混乱。于是，他便在一块石头上坐下，把受尽折磨的脑袋靠在一棵树旁。他希望做一个让自己心安的梦。于是，他抬起头，看着星星闪烁的夜空，希望在天体的另一边找到自己。那里是最高的天堂，周围是永恒的水，咆哮奔腾。他眼前出现着各种各样的造物形象，争相颂扬上帝的事业。上帝的光芒装点着天空，一片辉煌。

这里的万物万类似乎都在说着同一种语言，可是，这种语言十分奇特。那些骄横得不可一世的人物是听不明白这类语言的，只有卑贱者才能领悟。他们说着：

“对先生说来，一千年如同一个白天的！”年轻的僧侣不由得十分惊讶，他微微地睁开眼睛。

“我相信了，先生，请宽恕我的无知！”他在口中喃喃自语，一面吃力地站立起来。年轻的僧侣侧耳倾听，从远处传来修道院的钟声，如同蜜蜂的营营飞舞。晚霞透过参天大树的枝叶照了进来，他立刻转过身，朝着修道院走去。

修道院里已经亮起了灯火。他透过半开的大门看到唱诗班的人群正在祭坛前。于是，他悄无声息地朝自己的位置走去。可是，让他诧异的是，在他的位置上站立着另外一个陌生的兄弟。年轻的僧侣用手指碰他一下，陌生人感到不可思议，因为面前站着一个他从来都没有见过的人。这时，陌生人从书上抬起头来，默默地打量着刚刚进来的僧侣。年轻的僧侣感到十分揪心，他看到周围都是陌生的面孔。他觉得一阵惊悸，脸色煞白，心里不耐烦地等待着，希望吟唱赞美的环节立刻结束。

歌唱和祷告停顿了下来，周围的陌生人全都疑虑重重地看着他，口中发出喃喃的声音。院长朝他走上一步，那是一位德高望重的老者，头发上如同沾满了雪花，大概有八十岁了。年轻的僧侣感到一阵畏惧，不由得呐呐地说道：“呵，我叫毛鲁斯，圣人伯恩哈尔特在孔拉德国王第六年时见证了我的宣誓。孔拉德国王是法兰克人任命的君主。”

周围僧人的脸上露出了难以相信的惊讶。年轻的僧侣看着年迈的修道院院长，以激动的声音向他忏悔，说自己如何在拂晓之际走进修道院的花园，如何在树林里稍稍地休息一阵，直到教堂的钟声才把他从酣睡之中唤醒回来。

院长听罢讲话，朝着一位兄弟点点头示意一番，说道：“呵，你所说的一定还是三百年前的事，因为圣伯恩哈尔特和孔拉德国王正是那个年代的人物。”刚才那个兄弟送来了有关修道院的大卷证书。他们努力地往前翻，发现圣伯恩哈尔特的事迹果然记录在三百年前。

年迈的院长不由得朗读起来：“毛鲁斯，对一切充满着怀疑的人。一天，他从修道院消失不见了。从此以后，他再也没有露面，没有人知道他的下落。”年轻的僧人不由得打了一阵寒战。他正是那位僧人毛鲁斯，现在回到修道院来了。可是，世界往前走了三百年！

他感到耳际响起了院长讲过的话，如同喇叭的声音响彻大地：“三百年时间过去了。”他瞪起一双玻璃般的眼睛，仰望着天花板，一双颤抖的手似乎正在探索着如何才能找到救助。僧侣们朝他走上一步，都以神秘的畏惧的眼神打量着他，因为他的脸色一片灰白，如同弥留之际的人物一样，连头发也顿时雪白。

僧侣们感到多么不可思议。

“呵，我的众位兄弟，”他终于如同解脱一般地开口说道，“你们应该敬重上帝先生的话，不用对他的话有所怀疑。对他说来，既没有时间，也没有空间。我终于明白那句话了：对先生说来，一千年如同一个白天。”

年轻的僧侣说完已经瘫倒在地上。众位僧人从他的尸体旁走过，修道院里响起了为年轻的僧侣所敲响的丧钟，沉闷、悠扬。

七座山的起源

七座山到底如何形成的，当地流传着一则古老的传说。

那是在很早很早的年代里，大地上游走着猛犸、大象和不同类型的独角兽。它们穿行在千年古柏之中，一旁是茂密的桂花树、樟木和角豆树。呵，放眼看去，到处是巨大的树林，人们享受着海洋似的气候。这样的原始老林，今天大概在爪哇岛和锡兰国才能见到。

莱茵河在瑞士国巴塞尔的城外打了个九十度大弯，然后一路往北流淌。人们在河流两岸的地下常常能够挖出当年的马骨或狗骨，似乎还原了从前是片巨大湖泊的历史风貌。莱茵河流经的地方常常是群山环绕，不平静的莱茵河也有水淹河岸、泛滥成灾的时候。

就在它群山环立的北端，大约是现在的龙岩和罗兰角所在地，屹立着两座巨人般的山峰，如同门卫一样把守着莱茵河，让湍急的河流顿时胆怯，不敢浩浩荡荡地流向北方大海。

就在阿埃弗和威斯特林地区，居住在周围的民众见到莱茵河水势汹涌十分惧怕。他们给诸路神仙上供，敬奉牺牲，祈祷神仙为他们作主，请神仙利用一股地下烈火烧毁巨大的山梁，为莱茵内湖寻找到一条通道，让湍急的水流一路向北，流向北方的大海。可是，主宰地下的诸路神仙或者妖魔鬼怪似乎塞住了他们的耳朵，他们全都没有听到凡人的呼唤和请愿。

于是，凡人们没有办法了，只得派人前往巨人国，请求巨人前来帮助打通山梁，让内陆湖水穿流而过。凡人们为此提供了无数的礼物和成千上万声的感谢，请巨人们格外开恩，给人们提供一条生路。事关生死，需要上供礼物和高声感谢，这是当年的民间风俗。

七位高大强壮的巨人自天而降，他们带着沉重的铲子，宣布准备铲除堵在北方地区的巨大山梁，以便疏通内陆湖水把它引向北去。七个巨人宣布完毕，立刻动手他们的巨人业绩。不久，高大厚实的山梁被拦腰开了个缺口，湖水顺着缝隙夺路北去，而且把两边的缺口越冲越大。莱茵河水咆哮奔腾，扑向下面的平原。

内陆湖不断缩小，后来完全消失了。可是，被疏通的河流却浩浩荡荡、气象万千地往北流淌，一片凯歌，无比雄壮。巨人们兴高采烈地看着他们的工程，莱茵河两岸洋溢着无比的欢乐和自豪。七位巨人扛起巨大的铲子高高兴兴地离开了。不过，他们当年挖山堆泥的地方却形成七座大山。

七座大山屹立在前，向人们见证并且讲述着当年疏通莱茵河的动人故事。

姑娘的纺锤

这个故事大约发生在一千年以前。

一天，卡尔大帝准备骑马离开托姆山，他要前往阿尔山谷打猎。许多骑士陪同左右，随时听候调遣。可是，皇帝突然把外出打猎的日期往后推迟一天，因为他看到沿途景色优美，大河湍急，十分值得欣赏，便带着他的朋友罗兰漫无目的地走了出去。

卡尔大帝跟很多人交谈，知道当地有个虔诚的姑娘叫吕芙特希尔狄斯。她为了帮助穷人，不惜拿出自己拥有的一切，甚至在几个村庄里沿门求乞，把得到的施舍用来救助病人。卡尔大帝闻听消息，多么希望能够见到姑娘，为姑娘赐福。可是晚幕已经降临，无法再去寻找姑娘了。

第二天，皇帝早早地起床。他的随从不敢怠慢，立刻过来侍候，一面吹起嘹亮的号角准备打猎。当地的很多人经常进出大树林，对树林里的情况十分熟悉。

他们对卡尔大帝说，树林里有一头大鹿，长得很壮实，真是百年来都没有见到过的雄鹿。它比一个成人还高，鹿角尖如利刀，其他的动物见到它就立刻逃遁出去，连人看到它也觉得心怯胆寒。此外，这头雄鹿嗁叫起来时嗓门很大，在很远的地方都能够听到，甚至能把孩子从睡梦中惊醒。

卡尔大帝听到有这等好事，心中大喜。他立刻命令骑士们跨上骏马，跟着知晓林中道路的向导快速前进。狩猎的队伍进入密不透风的大树林。

中午时分，他们坐下来稍作休息。正当他们坐下用餐时，从远处传来强壮雄鹿的怒吼声。骑士们听到鹿叫，全都从位置上跳起来，迅速拿起武器骑上马，跟着皇帝一路往前。皇帝已经远远地冲在前面。

大约过了一个时辰，他们距离瓦尔扑尔茨赫姆已经不远了，都能听到阿尔河咆哮奔腾的声音。他们看到右手方向有一座小山，小山看上去如同一把靠背交椅，十分壮观。突然，一头巨大的雄鹿出现在前面不远的地方。雄鹿警惕而又不安地站立着，似乎听到了有人想捕捉它的声音。骑士们看到它时不由得又惊又喜，可是，他们的坐骑却吓得连连地往树荫下后退，如同见到凶猛的狮子一样。

卡尔大帝立刻跳下马背，毫无顾忌地朝着雄鹿奔跑过去。他左手执着盾牌，右手握着寒光森森的长矛。卡尔大帝顺势把长矛朝着雄鹿刺过去，雄鹿竭力反抗，挺起鹿角对着卡尔大帝发狂。

双方展开一场殊死搏斗。雄鹿的身上几处已经被卡尔大帝刺中，鲜血淋漓，但仍然不断地发起进攻，卡尔大帝手持盾牌，反复地左挡右推，处处防备。他们搏斗了很长时间。卡尔大帝感到累了，在他转身之际露出破绽，不期被鹿角如匕首般地刺中胸膛。卡尔大帝扑地一声倒在地上，雄鹿转过头去，逃之夭夭。

骑士们抬起面色苍白的皇帝，把他搁在如龙椅般的石板上。那个地方从此以后就被叫做龙椅，皇帝专座的意思。卡尔大帝虽然生命垂危，可是躺在龙椅上俨然还是世界之主的模样。骑士们在他的面前俯下身子，看到皇帝双眼紧闭，命在旦夕。

卡尔大帝把头侧靠在石椅上，他挣扎着张开双唇悄悄地呼唤一声："吕芙特希尔狄斯!"两名勤快的骑士听到皇帝说到的名字，立刻腾身上马前往寻找神圣的姑娘。不一会儿，姑娘坐在骑士的马背上急驰而来，她的手上还拿着一把纺锤。当两位骑士在林间小房里找到她时，姑娘正在忙碌着纺纱，她要为穷人缝制御寒的衣裳。

姑娘立刻谦恭地走近皇帝，拜伏在地。她观察着皇帝的气色，见皇帝处于弥留之际，死神的身影已经悄悄地笼罩上来。她又听了听皇帝的呼吸，听到呼吸声中响着基督的名字。姑娘立刻明白上帝的旨意，她把纺锤搁在卡尔大帝的伤口处。那个伤口真是可怕，还在往外汩汩地流淌鲜血，姑娘刚把纺锤搁在伤口上，伤口奇迹般地合拢了。

卡尔大帝睁开双眼，他感到生命已经回归自己，于是看着虔诚的姑娘说道：“呵，是你拯救了我的生命。我要重重地感谢你，而且嘉奖你为穷苦人做下的善事。现在，我已经十分疲劳，想要睡觉了。在我睡觉期间，你可以走出去或者骑马出去，不管走多远都行。等我醒过来时，你步行或者骑马丈量的土地全都属于我对你的封赏，全都是你的领地。”

虔诚的姑娘果然上了马背，顺手把纺锤扔在地上。她的右手捻着线头，让纺锤在地上滚动。姑娘一路往前，不畏荆棘，虔诚的吕芙特西尔狄斯明白，现在并不是关于她的利益，而是穷人的生存机会。

卡尔大帝一觉睡了很长时间，正当他睡眼惺松地醒过来时，虔诚的姑娘骑行外出赶回来了。她纺锤上的线刚好展示完毕。

“呵，上帝的女儿，你这回外出骑马所丈量的土地全部归你，我对你说过的话必须通通兑现，这片土地全部用来救助穷人和病人。”卡尔大帝说着，不由得双膝跪在地上仰望蓝天。不一会儿，他慢慢地垂下了年迈的脑袋。

虔诚的吕芙特西尔狄斯举起她的纺锤在卡尔大帝的头顶上空划上神圣的十字。

巨龙岩

话说七座山的西峰几乎临近莱茵河岸，那座山自古以来就被叫做巨龙岩。

当地的居民们给它取了这个的名字，是因为山上盘旋着一条巨龙。巨龙生活在西南山坡的天然山洞里，这个山洞直到今天都被叫做龙穴。这条巨龙长相难看，它长着一个不规则的脑袋，它的口中长着三排利齿，巨大无比的龙口一下能够生吞下几个大人孩子。巨龙的龙腹圆鼓鼓的，上面布满了龙鳞，在阳光下呈现千般色彩。

它有一条长长的尾巴，像一条巨蟒一样可以不断地弯曲。它的尾巴又像一把锋利的武器。即使猎物倒在地上，巨龙也可用它的尾巴把猎物轻轻地掸起，送入自己的口中。巨龙的腹下长着四条粗大的短腿，短腿支撑着巨龙的身子上下腾挪，左右晃动。

附近的居民谈龙色变，眼见它危害地方，却是无可奈何，没有人能够降伏它。莱茵河两岸的居民对待这条可怕的巨龙如同对待神仙一样，对它顶礼膜拜，以为是被上帝派来惩罚世人，以让他们知道天高地厚。教堂的主教们相信，为了平息这位神仙的暴怒，居民们应该向它祭供牺牲来换取宽恕。

那时候，人们还生活在野蛮的时代，祭供牺牲实际上就是祭供活人。这些活人都是因为仇恨教堂或者在战场上捕捉到的囚犯，最后被送上血腥的祭坛。后来，基督教开始在莱茵河左岸传播，而右岸的丛林被两位强大的君王和武士统治着，他们是林波尔特和荷尔斯里克。他们都是非教徒，对牧师十分仇恨，因此，常常骚扰对岸的居民，捕捉对岸的居民和兵丁送到巨龙岩，给巨龙上供牺牲。

有一回，两位君王又从外面抢劫回来。他们如同往常一样，忙忙碌碌地分配劫来的货物和囚徒。囚徒的队列中有一个漂亮的基督徒姑娘，姑娘充满着青春活力，端庄、美丽。荷尔斯里克对她一见倾心，如同入了迷一样，便提出要求希望把姑娘分配给他。两位君王各怀私心，互不相让。势力强大的荷尔斯里克恼羞成怒，几乎举剑相杀。

正在危急的时刻，大主教走上前来，分开争斗不已的两位君王，希望平息他们的纷争。他开口说道："一个信仰基督教的姑娘应该是我们所鄙视和嫌弃的。她更不能成为分裂我们君王的筹码，从而导致我们的毁灭。因此，她不能分配给任何人，而是应该成为祭供巨龙的牺牲。明天，我可以把她送上祭坛，把她献给我们最高的神仙。"

主教的判决不容置疑，无论林波尔特如何坚持，大主教都无动于衷。其实，林波尔特对姑娘的确怀有高尚的情感，相比野蛮的荷尔斯里克来说，两位君王之间还是有着巨大的差别。不幸的姑娘听到消息时，不由得又惊又怕。可是，她坚信上帝的意志，因此，她愿意作为虔诚的基督徒接受任何的命运，毫无怨言。

可怕的一天终于来到了，年轻的姑娘随同其他的俘虏一起被送上巨龙岩的山峰。祭供的行列后面跟着一队武士和主教，他们都来见证如此隆重的祭礼，真是史无前例。林波尔特站在山峦间，无比忧伤和痛苦，一个如花似玉的姑娘就这样被扔到妖怪面前，多么可惜。

林波尔特正想离开时，突然看到姑娘平静安详地走了过来，身上装饰着祭祀的花饰，看上去已经不再属于人间，倒像神仙的造物一样。她在手上拿着一枚十字架，那是她一直珍藏着从不示人的，她现在拿出来想作为自己的希望和归宿。姑娘目不转睛地看着十字架，流露出希望获得拯救的神色。

她心甘情愿地被送往祭供的刑场。后来，她被捆绑在一棵大树旁，等待着巨龙过来把她一口吞下。不一会儿，那条恶龙果然从它的住处游了过来。它看到树上绑着鲜活的祭品，连忙滚动着身躯凑近姑娘要把她吞入腹中。如果有人看到巨龙的身躯和可怕的模样，一定会在心里充满着恐惧和憎恨。姑娘看到毁灭就在眼前，也几乎失去了意识。于是，她不假思索地举起十字架，无比惊恐地大声呼叫："呵，主啊，我的上帝，救助我吧，让我脱离大苦大难。"

呵，瞧吧，到底发生了什么!

巨龙已经张开了血盆大口准备吞吃被捆绑的姑娘时，突然看到眼前的十字架，顿时如同遭受雷击一般，轰然一声连着往后滚了几圈，然后翻身落入莱茵河。莱茵河激起一阵波浪，又归于平静。

周围的人群看到这般奇迹，不敢相信自己的眼睛，不知道如此巨大身躯的恶龙怎么会被一枚小小的十字架彻底毁灭，被送入莱茵河的急流之中。可是，他们全都明白了，十字架所代表的上帝似乎胜过他们的土著神仙。

林波尔特看到事情有变，顿时惊醒过来。他大声呼喊着冲过去，解开被迫害姑娘的绳索，领着她大步流星地朝宫殿走去。其他一些被送来作为牺牲的俘虏也获得了解救。在场的和听闻消息的人知道十字架有这么巨大的神效，纷纷表示愿意皈依基督教。林波尔特成了一名基督徒，姑娘看到他忠诚可靠，便跟他携手走上教堂，成就百年好和。

人们纷纷捐助，在巨龙岩上建造一座城堡，成为周围人民的庇护之所。龙岩堡建立起来，高高耸立，历经十个世纪的寒来暑往了。

狗

波恩城里的房屋连成一片，高低起伏，如同大海的波浪，构成一座房屋的海洋。城里的教堂极其古老，高高在上，俯视波恩城、远眺莱茵河，让多少人敬畏、向往。

从前，也许还在罗马人来到波恩前，那里曾经有过一座原始的老庙。那时候世界上没有基督教，波恩的古庙在莱茵河地区是十分出名的。周围的居民常常带着大宗的牺牲，把它们祭供在庙前的古石板上。几百年以后，人们在从前古庙的原址上果真挖掘出那块大石头。直到今天，还把它陈列在庙前，用来见证波恩辉煌灿烂的往昔。

不过，那时候也许还祭供过许多战俘和奴隶，因此，那方祭坛上一定也沾满了不少的鲜血。后来，康斯坦丁的母亲圣海伦娜来到波恩。虔诚的女王命令把这片异教徒的圣地变成废墟，波恩的神庙被捣毁了，伐掉了周围的圣林。在它的原址建造一座教堂，那是献给圣卡西乌斯的居所。

后来，卡西乌斯教堂不断地扩建。教堂拥有三座大厅，塔楼的旁边也建了几幢修长的边楼，钟声如雷。几百年来，它一直伴随着波恩居民，度过了多少个美丽的日日夜夜。它们看着时代的步伐如同莱茵河夹杂着泥沙一样，裹胁着战争、和平、欢乐、痛苦奔腾而去。

教堂见证了两位德意志的皇帝弗里特利希和卡尔的加冕礼，人们把弗里特利希称为美丽皇，把卡尔称为波希米亚之祖。那时候，教堂里的钟声和居民们的欢呼连成一片，多么欢乐、肃穆。波恩经历了多少时代的风风雨雨，它的教堂钟声以钢铁般的宏伟声音提示和警告着人们，在不远处的七重山回荡，经久不息。

有时候，在夜晚天空突降倾盆大雨时，据说在从前耸立古庙的地方就会活跃着许多的精灵。他们仍然怀念基督教前的原始生活多么自在，他们把后来的僧人通通称为卡西乌斯狗。

卡西乌斯是罗马人的大英雄，现在成了波恩教堂的主神。可是，外来的神仙阻挡不了当地精灵的游荡，因此给教堂留下莫名其妙的称呼。

劳宇希阿埃特人

从前，住在距莱茵河不远的劳宇希阿埃特人想要建造一座新教堂。劳宇希阿埃特人群策群力，热情洋溢。不久，他们的新教堂就已经四壁合拢，只剩下加盖屋顶的工程了。可是，他们仔细看过工地以后，发现这座新教堂造得太小了，感到不满意。劳宇希阿埃特人商量来商量去，十分苦恼，他们不知道这回该怎么办。

后来，有个人出了个主意，干脆把砌成的墙往外推，这样就可以扩大里面的面积。劳宇希阿埃特人觉得这个主意不错，便集合村里的男人，让他们赶到教堂。他们如果能成功把砌成的墙往外推，教堂明显会扩大许多，正好迎合他们的心思。可是，他们如何才能确定教堂的墙壁真的开始往外移动了呢？如果只是盲目地往外推，看不到成果，岂不是白推一场，浪费精力吗？

劳宇希阿埃特人不仅聪明，也富有预见性，真是难得。他们又进行了一番热烈的讨论。这时，村里的屠户大师献出一计。他准备制作一根巨大的香肠，用香肠绷住教堂墙根的外围。如果教堂四周的墙通通往外移动时，那么绷紧的香肠一定会被挣断的。屠户大师的分析句句在理，他答应亲自完成制作巨大的香肠。劳宇希阿埃特男人们点头称是。很快，他们就把新鲜制成的香肠围在教堂四周新砌的墙壁，开始往外推墙壁。

却说劳宇希阿埃特人的村里有一只牧羊犬。这天，它独自晃荡着来到教堂边，嗅到了可口的新鲜香肠。牧羊犬忍不住走上去，凑近香肠咬了一口。最后，它拖着一截香肠急急忙忙地回去享受了。

劳宇希阿埃特男人在教堂的墙前着实努力着。他们用手推、用肩扛、用头顶，甚至撅起屁股弯着腰，连背都用上了。大家忙忙碌碌，累得满头大汗。他们推过一阵以后，村长派出一个男人到外面看看，希望知道这回劳动的效果如何，看看周围的墙脚对外移动了多少。男人到外面看了看，急忙回到教堂向村长汇报一切，说外面的香肠已经被挣断了，而且缺少了一大截，肯定是绷不住教堂外面的墙壁了。

劳宇希阿埃特男人听到消息后个个兴奋，立刻放开手中的劳动，聚集在教堂前的广场上隆重庆祝，庆贺他们思路正确、行动成功。

* * *

有一回，劳宇希阿埃特适逢干旱，很长时间没有下雨了。突然，有个淘气包从村里经过，他看到村子里的田间都干得裂开口子，便信誓旦旦地告诉大家，说在波恩可以买到暴风骤雨的天气，而且价格便宜。

村长听到消息心中大喜，终于有了出路。他揣着许多钱币立刻动身，匆匆忙忙地往波恩赶去。村长来到波恩郊外时感到口渴难忍，便走进一家酒店。村长是个厚道人，他立刻向酒店主人打招呼，说自己身负重任，要去波恩办件大事。酒店主人连忙向他打听，知道了他是前往波恩购买风雨天气。

于是，他连忙凑近村长的耳朵说道："呵，你要的货物在我们这里也能买到。"劳宇希阿埃特的村长听到消息，高兴得顿时成了世界上最开心的人了。他没有想到购买天气的任务如此顺利地就能完成，真是天助神助。他们两人商定价格，支付十个塔勒。

于是，酒店主人安排客人就坐，斟倒一罐葡萄酒，让他慢慢地解除干渴之苦。主人来到门外，抓住一只野蜜蜂，把它关在一只盒子里。他回到正在畅饮的村长跟前，把盒子交给村长，着急地说道："你立刻回家，暴风骤雨马上就会来临了。我已经听到盒子里雨声嗡嗡的。你要走得快，当心别在途中被大雨浇得湿透全身！"

村长听到嘱咐，赶紧上路。可是，他在途中仍然抑制不住心中的好奇，于是，他开始小心翼翼地打开盒子，希望朝里面探视一下。野蜜蜂看到盒盖上的一丝亮光，便展开翅膀，轰地一声飞了出来。村长看到这里，不由得大惊失色，知道暴风骤雨已经飞出去了。

他跺着脚，大声地恳求："呵，暴风骤雨，请你稍微停歇一下，别忘了下在我们的村上。我可是付了十个塔勒购买你的主人！"

跳动的首级

距离格罗山小城不远的地方有一座小山，山顶上塑着一个被斩首的人头像。

当地人造像是为了用它驱鬼，因为那个地方曾经是个刑场，不少囚犯在那里断了脑袋，丢了灵魂。那是法官们宣判他们的身体和灵魂分离的伤心之地。

在德国的历史上也有正义遭受蒙蔽，强盗们到处横行的不法时刻。有一回，许多人拥入格罗山小城的广场，他们想要看看法官们到底是如何审理案情的。

广场上绑着一个令远近居民害怕的江洋大盗，地方捕快们花了很长时间才抓到他。这回，他们终于把他绑赴法场，让他为自己的暴行领受惩罚。法官向他宣读判决书，容许他进行最后的发言。

“你必须好生说话，”法官提醒他，“这是你最后的发言。从此以后，你就开始跟上帝对话了。”

“我当着上帝的面宣布，我是无辜的！”被五花大绑的强盗坚定地回答。

人群中开始愤怒起来。他们是来观看强盗如何人头落地的，现在却听到他在为自己辩护。“每个犯人都会这样说，”人群中混乱地叫喊起来，“可是，证据呢？”

“为了证明我说的是真话，你们可以看到，我的脑袋在落地时会跳进前面的水井。这口水井是你们的祖辈亲自挖掘的。你们的祖辈坚持公道，远远胜过你们。”被告义正言辞地回答。

法官们迟疑地对视着。后来，有个法官开口说道，这是完全可能的，如果死刑在即的囚犯跟魔鬼结成联盟，他在生前就把自己的灵魂交给魔鬼，同时嘱咐魔鬼将他那颗被斩下来的首级扔进前面的水井里。

法官们见他说得头头是道，纷纷附议，观众席上还爆发出热烈的掌声。接着，刽子手为囚犯蒙上眼睛，然后举刀正法。

被告的脑袋落地以后果真跳进水中去了。不过，从那个时刻开始，小城的这口水井就彻底干枯，再也没有水了。没有人知道这名被告是否真的犯下滔天大罪。久而久之，他们便在山上塑造一个人头像，用于纪念这则古老的传说。

盘绕的教堂塔楼

意大利有个比萨斜塔，世界上不知道这道风景的人不多。可是，在莱茵河旁的玛恩城里有一座盘旋而上的教堂塔楼，知道的人却是不多。玛恩城里的居民都会很乐意给你讲关于它的有趣传说。

从前，在玛恩城里有一个魔鬼。魔鬼看到城里的伯爵夫人对上帝那么虔诚，为城里的穷苦人做了许多的善事，感到十分生气。善良的伯爵夫人对魔鬼的引诱从来都是抵制和拒绝的。魔鬼心中不快，便在伯爵面前挑拨离间，说他的妻子挥霍家中财务，是个败家精。

一天，伯爵在途中看到夫人在围裙里装着食物。她其实是去接济穷人的，伯爵不知就里，反而恼怒地盘问夫人："你在围裙里装着什么？你不断地往外偷送货物，总有一天会把我们的城堡搬穷的！"

伯爵夫人柔声柔气地回答："仅仅是一些花儿。"

愤怒的伯爵动手解开她的围裙，看到从围裙里掉出几条花儿。伯爵看到这里，立刻知道错怪了心地高尚的妻子，于是向夫人道歉，请求夫人原谅他的粗鲁。

魔鬼恰巧从空中飞过。他听到伯爵诚恳地向夫人请求谅解和宽恕，不由得大怒，便降落在教堂的塔楼尖上。他用两只手紧紧地抓住塔楼尖，用力一拧，如同面包师搓揉面团一样，把塔楼拧得像一根麻花，缠绕了起来。

从此以后，那个教堂塔楼便保持着盘绕的模样，供人参观、欣赏、思索。

建造大教堂

十三世纪中叶，科隆的红衣主教名叫孔拉德·冯·荷赫斯特登。他发下宏愿，要在科隆城建造一座大教堂，他希望这座教堂能够胜过基督教世界的任何一座庙宇。

孔拉德拥有巨大的财富，而且愿意为虔诚的事业作出贡献。因此，人们期待着这座雄伟的建筑将会让科隆城更显辉煌。他们遇到的问题不是资金短少，而是去哪里找到一位称职的建筑大师，能够出色地完成这项特殊的任务。他们到处打听，四处寻找，终于在科隆城里找到了。这位大师英名在外，手艺精湛。毫无疑问，他能够胜任这项建筑任务。

红衣主教立刻召见大师，要求他在年内拿出建造大教堂的蓝图。红衣主教答应在未来的一段时间内会作好一切准备，备下材料，等候开工。大师看到红衣主教如此热情，寻思这样的工程一定会给他带来无比巨大的荣誉，让他从此青史留名。于是，他答应绘画出工程的示意图。

大师回到家中，推掉了其他的工程和收入，以便专心致志地思考大教堂的蓝图。他绞尽脑汁，用了整整十个月。他把计划告诉红衣主教时，立马遭到了巨大的质疑和否决。原来，他想来想去，都只是脑海里构思的计划，没有画出可以付诸工程的图样。

大师答应交出蓝图的日期越来越近。他只得整日整夜地在地中央、在树林里走来走去，心思不定。他感到十分悲伤，如果到时候交不出蓝图，不仅会失掉巨大的获利的机会，而且还会落下一辈子的骂名。眼看着还有三天就到约定的期限了，大师忧虑重重。他在七座山的深山老林里转悠晃荡，莫衷一是。

夜幕降临了，天空中突然乌云密布，接着便是一场可怕的暴风骤雨。黑暗之中，伸手不见五指，只有当闪电划破天空的黑幕时，他才偶然看到眼前的树木。

大树参天，他感到面前如同站立着一个个巨人，巨人们威胁似的伸展出无数的手臂。恶劣的天气和暴怒的大自然应衬着独步林间的大师。可是，他并没感到畏惧和恐怖。相反，他只想到即将遭受耻辱的时刻，脑海里一片绝望，似乎眼睁睁地看着接替他的人从他的怀里夺走了大把大把的荣誉。

当然，他没有足够的智慧，不知道大把大把的名利其实窒息了世上多少的能人，让他们成为名利的侏儒。正当他如同被疯癫的高烧席卷着而崩溃绝望的时候，他看到眼前突然又是一道忽闪，紧接着一声炸雷。他借着闪亮看到身旁有一棵巨大的栎树，栎树被雷电击中了，成了一棵火树。

突然，有个男人从火焰中跳出来，平静地朝他走来。从外表上看，这个男人是个猎手。可是，他却身披红色大衣，帽檐上插着几根羽毛，这样的装扮又不像猎人。

“呵，建造教堂的大师，我们遇到了可怕的天气，”那人开口说道，一面跛着腿走得离他更近了，“迄今为止，我一直坐在这棵大树下休息，你也许比我劳累得多。你怎么了，独自一人在可怕的黑暗森林之中散步消遣？你愿意跟着我吗，我可以走近路，把你带出树林和恶劣的天气？”

绝望的大师听到他的话如同听到无情的嘲笑一样。他称自己为建造教堂的大师，语言之中不是含有讥笑和讽刺吗？大师没有回答，默默地朝着身穿红大衣的男人转过背去。

可是，陌生的男人并不介意。他又往前走上一步坐下，示意要跟他单独谈话，一面从大衣的口袋里掏出一只瓶，开口说道："呵，大师，喝一口吧，为了我们的友谊！瓶里装着可口的汁液，无论你有多大的苦闷，或者遇到万思不得其解的难题，你都可以尝试一下这等饮料的魅力和神奇。"

"我的烦恼，"被邀请的大师回答，"那是任何饮料都无法驱除的。我的思想无穷无尽，任何汁液都无法为我指点迷津，让我豁然开朗。因此，你还是别浪费你的瓶中宝物，也别用你的语言扰乱我的心绪。"

"你真是个野蛮的怪物，"陌生的男子说道，"可是，我不介意不遗余力地为你服务，直到让你称心满意。我已经帮助过许多人了。来吧，喝一口，忘掉你的烦恼！"陌生人说着，把瓶子送到大师的鼻子下面。

大师为了尽快摆脱眼前的困扰，于是接过瓶子，草草地喝了一口。呵，瓶中的汁液如同烈火一样穿过他的肠胃。他感到如同变成另外一个人一样，力大无穷，充满着自信，于是忍不住大声说道："呵，这是地道的玉液琼浆，让人强健体魄。"大师一面说话，一面把酒瓶还给陌生人，然后凑近他席地而坐。

"呵，"奇异的陌生人回答，"我的饮料不错，你可以慢慢地享用。而且，我还知道——你不用害怕——你正在焦急地思考建筑大教堂的事，可是迄今为止仍然拿不出蓝图，更说不上动手建造了。我是可以帮助一二的。"

大师听罢话，顿觉奇怪地上下打量起眼前的陌生人。他发现陌生人在嘴角边泛起一丝幸灾乐祸的微笑，顿时产生了一股怪异的感觉。他把酒瓶朝着陌生的男子推了回去。

"我看，你对我还没有真正地信任，"陌生人继续说道，"可是，我却是唯一愿意并且能够帮助你的人。快乐起来吧，我的伙计！来，再喝一口，你会发现，如果你彻底信任了我，那么一切都会好起来的。我的条件很简单，而且，我是个忠诚守信的人。"

大师又喝了一口玉液琼浆，他的心里，不，包括他的身子重新开始热了起来。大师不由得开口问道，他该怎么办，再过三天就是必须交出蓝图的期限了。只听陌生的男子发出一阵呵呵的笑声，接着从衣服口袋里掏出一卷文件，展开在大师眼前，原来这正是大师苦思冥想了这么长时间，却只是落实不到纸面上的教堂蓝图。

"是的，正是它，"大师不由得叫喊起来，"这是一份美丽而又完整的蓝图。它反复地展现在我的脑海里，可是又如同被魔鬼的力量吓退了，始终无法结晶成一份图样。这份蓝图让我魂牵梦绕，让我绞尽脑汁。每次当我似乎可以把握它时，它都不翼而飞，消失得无影无踪。”

“好啦，”陌生人说道，“我把这份蓝图交给你，它已经为你所用了。可是，我还要向你提个条件——当然，它只是一件小事：你必须以自己的生命为它签字。”大师听到陌生人提出的苛刻条件，害怕得几乎瘫倒在地。他似乎明白陌生的男子是何许人了。可是，他又想到自己面临着荣辱选择，没有法子，只得忍痛签下了带血的合同。

天空中突然又打起了闪亮的忽闪，他看了看身旁的高大栎树。陌生的男子已经消失不见了，周围只是如同鸦毛似的夜空，一片漆黑。大师踉踉跄跄地离开伸手不见五指的大树林。雨渐渐地停了，他趁着黎明的曙光沿着曲折的小路来到莱茵河畔。大师看到有条小船，便商量着上了船。小船正要前往科隆。

递交蓝图的这一天终于来到了。

大师朝着红衣主教一步步走上去，脸上露出难以描述的伤感。红衣主教看到他的蓝图，顿时又惊又喜，不由得大声说道：“呵，多么漂亮的大教堂。这是世界上任何一座庙宇都无法与之相比的。你是个了不起的建造师，你的荣誉将会与世长存。只要教堂的墙基不倒，人们就会永远地称颂你。”

建造教堂的工程开始了，工地上风风火火。成千上百只勤劳的手从早忙到晚。几个月后，人们看到已经完成了基础建设，渐渐地开始加高加厚。可是，无论大师如何起劲地推进工程，无论工程进展得多么顺利，他却总是愁眉苦脸。他常常阴郁地站在那里，陷入无限的思虑，看上去如同丧魂落魄的人。

红衣主教命令把大师的名字刻在一块石板上，让工人把石板砌进教堂的厚墙内，留作永恒的纪念。他的建议获得热烈的响应。大师却很快想到了他为此将付出的代价，想到了地狱和离世。他看到工程进行得越是顺利，心里的担忧和害怕便越深。他可是签订了需要支付灵魂的文书。

后来，他实在无法承受灵魂的折磨了，便把心中的苦闷向自己的教父诉说一番。教父听到诉说，沉思了一会儿。后来，他表示愿意通过祈祷和虔诚的忏悔帮助大师。不过，他还是劝说大师立刻到阿埃弗山区去，山里有一位隐士，他已经驱逐过许多魔鬼，是个名声响亮的人物。

受尽心灵折磨的大师听说有救，立刻前往阿埃弗山区找到隐士。隐士答应通过持久的祝福可以拯救他的灵魂。而且，他还保证虔诚的忏悔能驱除大师心上的巨大负担。隐士知道，大师是跟魔鬼签订过鲜血合同的，这是一笔沉重的债务。

一连几个星期过去了，追悔莫及的大师清苦修行。他每日穿上粗衣长衫，遵守清规戒律，极其耐心地完成隐士吩咐的功课。一天，隐士告诉他，他可以回去了，继续从事他的巨大工程。隐士还不忘告诉他，如果他将来坚持朴素而又虔诚的生活，那么任何魔鬼都对他没有制约的力量，对他无可奈何。

大师接受了隐士的赐福，回到科隆。可是，他并没有亲眼看到大教堂的顺利竣工。城里的贵族们纷争不断，尔虞我诈。他们给工程建设带来许多的干扰和破坏。大师眼看着困难重重，心中忧愤不已。不过几年，他竟撒手人寰，含恨而去。

大师离世的那天，砌在墙内的刻着他名字的大石板也消失不见了。后来，城里的贵族纠纷愈演愈烈，严重影响了建造大教堂的工程，只得耽搁下来，停工了。

这项巨大的工程是在魔鬼的帮助下开工的。可是，魔鬼并没有如愿地获得他的掠物，那么，它的工程无法彻底完成，这才合乎逻辑。因此，魔鬼作祟，表现在人间就是反复不断地出现争吵、埋怨、行骗、妒忌、仇恨、分歧。它们的根源就是魔鬼的恶毒，它们让魔鬼如获至宝，终于停止了巨大的工程。

大教堂应该是人间世上最美丽最高贵的庙宇，显示着世人的智慧和虔诚。直到近代，德国人终于虔诚地重启工程，把它顺利地建造完成。但愿制造人间纠纷和不睦的魔鬼再也无法前来破坏世上的和平和安宁。

魔鬼如同野果一样，也有许多种子。他们又如天底下的人们常常担心的一样，随时随地都会钻入世人的心灵，破坏人们的虔诚和宁静。参观和拜访科隆大教堂的人全都深有体会，不过他们能够虔诚地走进去，健康地走出来，来去自如。

大教堂建筑师的故事

有一回，那是升天节的前夕。一个朴实的建筑师前来面见科隆大教堂的主教，向他递交关于建造教堂的计划。建筑师大胆地预言，它将成为世界上最美丽的教堂之一。这位建筑大师正是格哈德·冯·里勒。

主教看到他的设想，称赞教堂的蓝图气势不凡，便答应让他开工。工地是一片开阔的地方，在第一任法兰克国王治理时期，那里曾经建造过一座大教堂。很快，工地上竖起了巨大的石柱，配置着威武的拱顶，建成了一座令人自豪的教堂。

看到这样的建筑，大家都称赞建筑大师了不起，他在短时间内动员起成千上百双手，让大教堂顺利落成。多少人远道而来，他们跨进科隆大教堂的门槛，希望观瞻三圣王的遗体，为他们祈祷。

其实，建筑师建造大教堂的过程并没有看上去这样顺利。他在建造大教堂时忧心忡忡，生怕死亡有朝一日提前到达，让他在教堂还未竣工便撒手人寰。他的妻子忧虑地看着这一切的变化，她多么希望亲自抚平丈夫额角上的皱纹。可是，她去哪里才能学得这等本领呢？大师越是感到预后的不可测，便越是加紧工程进度。

四年以后，那是公元1252年，大教堂北端的塔楼已经拔地而起。大师更显忙碌，他从一个脚手架赶到另一个脚手架，到处检查，布置任务。

一天，他站在高高的脚手架上，对工程进展感到满意时，突然，有个陌生的男子站在他的身旁，他根本没注意到那个男人是如何进来的。陌生的男人身材高大，披一件绯红色的大衣，脖子间挂一根黄金项链，闪闪发光。他在头上戴一顶黑色的礼帽，帽檐上插着鲜艳的鸡毛，鸡毛在风中点头示意。他向大师送去问候，自我介绍说自己也是一位建筑大师，完成的工程无数。

建造科隆教堂的大师默默地打量着这位狂妄的陌生人，他正在喋喋不休地夸耀自己建造的教堂。“可是，你作为一个平常的凡人，却着手一项无比巨大的工程。你不觉得自己胆大包天吗？”陌生人突然问道，连声音都变得僵硬起来，“这里砌造的第一块石头几乎就告诉了你，你在这里播种，可是将由其他人收获成果。”

“呵，我一旦开工了，还有谁能够阻拦我，让我不能完成工程呢？”大师回答问题时，稍稍感到有点儿胆怯。

“生命，或者说死亡！”陌生人带着刀割般的嘲讽回答，接着，他又讥笑似的说道，“你们这些可怜的凡人还不如一条可怜的虫子，不知道死亡已经在你们第一次呼吸时就开始威胁着你们了。死亡是一位贪婪的胜者。”

“呵，我开始的工程，我也一定能够指导它结束，”建筑大师倔强地大声说道，“我可以在这里打赌，甚至跟魔鬼也不惧怕！”

"好啦，"陌生人听到讲话，顿时精神焕发，斗志昂扬地大笑起来，"你竟有这样的胆量，来来来，我愿意向你应赌。我可以大胆地应承，把流动的小溪从特里尔一直引到科隆。为此，我需要五十个小时的时间。我保证，在你的教堂工程完工前，小溪里已经野鸭成群，热闹非凡。"

"行，行。"大师阴沉沉地回答，伸出手跟陌生人的右手击掌。陌生人的手冰冷如鱼，大师不由得一阵惊悸。

这时，陌生人发出一阵尖刻的狞笑，充满着必胜的信心，说道："用你的灵魂作为赌注！"大师吃了一惊，眼睛直瞪瞪地望着陌生的男人。陌生的男人解开火红般的大衣，说道："呵，再见了，大胆的工匠！"

刹那间，工地上起了一阵旋风，旋风裹胁着陌生的男人呼啸着越旋越远。

* * *

大师不断地丈量他的工程进度，心里却越来越担忧，生怕自己在生前完不成这般巨大的工程。他总是赶大早跟伙计们一起用早餐，然后在工地上转来转去，直到晚上。大师累得精疲力竭，忙得口干舌燥，他不停地表扬勤劳的、斥责偷懒的，喊得连嗓子都嘶哑了。

有时候，他大胆地站在脚手架的高层，瞅望着远方的特里尔，看看是否出现异常的现象。他看到一切如常，他觉得自己的伙伴似乎并不急于赢得打赌。于是，大师感到心满意足。他知道在特里尔方向还没有开工，一切都像从前一样。大师在心里渐渐升起了希望。他不断地安慰自己，他并不指望赢得打赌，可是至少也不能输掉。

一天，他站在一座已经竣工了的塔楼尖上。突然，有一只手轻轻地搭在他的肩上。他不由得转过身，朝着四面瞅望一阵，看到后面站着那个不可思议的人物。

这个人真的是个魔鬼吗？他难道精通黑色的艺术？

"呵，你好，格哈德大师，你的工程进展如何？我看到你大有希望。庆幸的是，我的工程即将完成了。否则，我一定会打赌失败。"

"我想，"大师不无讥笑地说道，"你在开挖一条运河时，肯定不用大动泥土的。"

"呵，我的伙计，你难道不知道，我一个人几乎顶上一百个干活的人。正如我

告诉你的，我的工程快要结束了。”身穿火红大衣的陌生男子傲慢地说道。

“真的吗?”格哈德的眼光顿时露出不安的神情，“我只想知道，你是采用哪一种地狱挖土方式进行你的工程的?”

“呵，我的伙计，如果你想知道，你就跟我走一遭。”说着，他抓起大师的手。格哈德顿时失去知觉，只是跟着他腾云驾雾，不知方向。后来，他们终于落到地面。这位让人害怕的陌生男子似乎很熟悉特里尔。

他的脚下突然冒出一道小溪，小溪径直流进一个山洞。

“来吧，我的老朋友。”恶毒的陌生人哈哈大笑，然后弯下腰消失在石头缝间。格哈德心烦意乱地跟着他，看到眼前是个山洞，洞中的泉水争相涌到外面汇成一道小溪。格哈德看到溪水的源头了。

“呵，你瞧，我没有说谎，我也没有浪费时间，”陌生的男人重新来到大师面前，满怀信心地说道，“如果你愿意，我们可以顺着小溪一直往前走。你能够亲自看到我开挖了多么巨大的水沟工程。”

他的话音刚落，格哈德如同被一股神秘的力量裹胁着，顿时身不由己地跟着朝前，飞奔而去。恶毒的陌生人在前面引路，格哈德看到他的工程几近完工，顿时明白自己这回必输无疑。

格哈德感到绝望了。可是不一会儿，他似乎又恢复了难得的平静，恐惧的脸上泛起一丝难以抑制的笑容。他们来到山洞出口的地方，只听陌生的男人开口说道：“呵，这是我工程的一半。我们还要看到早已约定的鸭子，我的伙计。”

凶恶的陌生人说着，举起手击掌三次，一面吩咐格哈德分外留神。格哈德兴致勃勃地往前走着，竖起耳朵仔细地听着。他没有看到鸭子，也没有听到鸭子的呱呱叫声。

凶恶的陌生人又击一次手掌，比第一次更重、更响。可是，格哈德还是没有看到任何的异样，他禁不住微微一笑。陌生人却发出地狱般的狂叫，消失不见了。

格哈德大师看着这一切，不由得喃喃自语：“他是无法赢得这回打赌的。至于其中原因，只有我，格哈德·冯·里勒才能够明白。”

* * *

山洞里发生的故事让教堂建筑师格哈德十分压抑，无比伤感。他在工程上投入更多的精力。人们看到他不停地上梯子、走脚手架。有时候，他坐在那里苦思冥想，一连几个小时都不会移动一下身子。

他已经认出对手了，他自己都感到惊讶，怎么会有如此胆量，竟然跟这般对手较量。他明白自己的处境，知道面临着无比可怕的危险。可是，他并无畏惧，就让自己这颗不朽的灵魂在危险的风浪中颠簸吧！

有时候，经过很长时间的思索，大师会面露满意的神色和笑容。他深深地吸一口气自我鼓励着，说道："他是决不会赢得这场打赌的，只有我知道为什么。"年轻的妻子看到丈夫有时候神态奇异，心中感到十分忧虑。可是，丈夫对她闭口不谈，这让妻子感到心中不快。

一天，妻子和颜悦色地跟沉默寡言的丈夫说话，希望骗出丈夫埋藏心中的秘密。可是他的舌头把守着秘密的大门，牢不可摧。就算妻子再三央求，而且保证信守秘密，他的双唇也只是露出一丝微笑，避而不谈他的任何心事，如同蜗牛不谈它的硬壳一样。

一天，年轻的妻子看到有个学生模样的人风尘仆仆地走入家门。陌生的客人刚才到教堂工地上看过一回。他身披猩红的大衣，头戴礼帽，帽檐上点缀着的鲜艳的鸡毛迎风招展。高贵的陌生人显得温文尔雅，无论行为还是语言都很谨慎。他说前来拜访大师，因为没有看到大师，于是过来跟大师的妻子打个招呼。

大师的妻子开始时还有点儿拘束，后来，她感到陌生人报之以温暖的目光和真诚的心。她就开始滔滔不绝，不再羞涩了。

陌生人对这位忧心忡忡的女人表示了同情。年轻的妻子不觉千恩万谢，她在连连的叹息声中说出许多生气或者感到遗憾的话，她说丈夫还在死死地保守秘密，不向她吐露半句，让她十分忧伤。

陌生的客人听到这里，立刻竖起耳朵、扬起眉毛，开口说道："想要解决任何问题都有一个前提，那就是知道它的根源。因此，你只有明白丈夫的心中秘密，才能帮助他。"

行路在外的陌生人还不忘告诫地说道："呵，美丽的妻子，试着用你的双唇和雄辩，通过你的无限魅力，寻找一个薄弱的环节，从而赢得你的丈夫的信任和欢心。让他开口泄密，抖落自己的万般心事。然后，我就能够帮助你，让你从此获得无限的幸福。"

年轻的妻子果真按陌生男人的吩咐行事。但是，女人的飞箭回回都碰在丈夫铁一般的嘴巴城墙前面，无法攻拔。

三天以后，陌生的客人又来作客了。

“呵，你这回一无所获，真的成了天堂乐园里夏娃的女儿。我这里还有一招。可是，我担心你会鄙视它。”陌生人的话让年轻的妻子很受折磨，她希望智慧的客人能够把话说明白。

“好吧，”陌生人庄重地答应了，“女人应该得到同情，双倍的同情。我知道有一株小草，你可以从中挤出草汁后调成饮料，让你的丈夫喝下去。他在夜里就会做梦，在梦中抖落心头秘密。瞧，你都不用问，就轻松愉快地实现你的愿望。”年轻的妻子从陌生客人的手中接过小草，再三表示感谢。晚上，她把饮料调和完毕，亲自端给丈夫。

大师不知就里地喝下饮料，不一会儿便倒头睡下，鼾声如雷。大师在梦中十分不安。不一会儿，他便张口说了一通无法让人听得明白的话。他的妻子守在一旁仔细地听着。妻子是个聪明的女人，很快便从丈夫断断续续的语言中明白了讲话的意思，知道涉及的一场危险的赌注，那是大师格哈德跟别人缔结的协议。

“他是无法赢得这回打赌的，”睡觉的人在梦中还不忘说道，“我知道其中的秘密。”

“那个秘密是什么呀？”女人心跳剧烈地问道。女人啊，她们始终不忘伊甸园的大树上有一条蛇儿向她们递上的善识一切的智果，她们希望打听一切的秘密。

“他可以随心所欲地行使他的一切，”大师继续他的梦话，“可是，他如果不能每时每刻都往河水中灌注空气，那么，河面上是连一只鸭子都不会出现的。不过，这个愚蠢的魔鬼决不会想到这个的。”

第二天清晨，天空刚刚露出一抹红霞，大师立刻前往工地施工去了。陌生的客人随即走入他的家门。愚蠢的妻子立刻把听来的秘密告诉客人，说到高兴处，她显得多么眉飞色舞，心里乐开了花。

身穿绯红大衣的陌生男子听到讲话，不由得发出一阵尖刻如刀的哈哈笑声，然后消失不见了。年轻的妻子看到这一切时，惊吓得面如土色。她站在那里，犹如站在地狱的门前一样。

*　　*　　*

大师格哈德高高地站在脚手架上，看到远方乌云滚滚，正从莱茵河的方向聚拢过来。格哈德吩咐工人们加快手上的活，因为空气沉闷，一会儿就会大雨倾盆，无法干活了。

突然，他感到肩膀上压着一只手，重得如铅一样。大师大吃一惊，连忙把思想从遥远的未来收拢回来，看到身后站着披猩红大衣的陌生男子，帽檐上插着鸡毛。格哈德顿时面如土色，可是陌生人却显露出胜利者的笑容，一面用手指了指下方。

大教堂的脚下是一道小溪。一只鸭子正在水面上游嬉，呱呱的叫声从下面一直传到格哈德的耳中。鸭子后面还有鸭子，它们成群结队，多么欢乐。大师格哈德看到这里，不由得勃然大怒，知道这涉及的是赌注和灵魂。

陌生的客人阴森森地站立一旁，朝着大师伸出魔鬼般的双手。

“你别想能够活活抓住我！”大师怒吼一声，纵身一跳，朝着下面倒栽下去。轰隆隆的雷声掩盖住他死亡的吼声，天空中大雨倾盆。天空成为水和火的海洋，一片咆哮、奔腾。

塔楼上传来失火的喊叫声。教堂建筑大师格哈德的住房被雷电击中了，大火毁灭了大师的计划和梦想。后来，又过了几百年，科隆大教堂才宣告竣工。教堂悲伤地悼念它的建造人。高高的大厅里空空如也，几座巨大的塔楼并没有投入使用。深夜时分，建筑大师格哈德的灵魂在工地上徘徊，发出悲伤的叹息。

科隆人不忘这位大师。他们在大师倒栽下去的地方建造一座石像，用来凭吊大师的伟大功勋。据说，从此以后，格哈德便停止了在教堂周围的出没和徘徊。

科隆的三圣王

从前，当弗里特里希·巴巴罗萨，即红胡子大帝率领人马围攻美丽的米兰城时，聪明的米兰人生怕他们的圣物，三位国王的遗体遭受损坏，便连夜把他们隐藏起来。说起来，这三位国王的遗体还是当年康士坦丁堡的主教奥宇斯多尔基斯送到米兰的。

后来，米兰城被红胡子大帝攻占，城里一片恐慌。红胡子大帝的部下有一位科隆的主教，名叫莱茵荷尔特。当时，一位地位很高的骑士前来求见主教，希望主教为他在皇帝面前说合，让骑士获得从前的特权。骑士信誓旦旦地告诉主教，他知道三位智者国王的遗体藏在何处。

主教莱茵荷尔特答应满足他的愿望，而且并不失信。于是，骑士领他去到藏着三圣王遗体的地方。后来，主教莱茵荷尔特获准移走三位国王的遗体，他把三位国王的遗体送往科隆，而且请求皇帝巴巴罗萨把他派往科隆任职。

弗里特里希·巴巴罗萨答应了他的请求，让主教莱茵荷尔特回到科隆。莱茵荷尔特立刻命令把三位国王的遗体安置在他的大教堂内，从此安定下来。科隆人对此感到称心满意，从此以后，他们把三位神圣的国王看作城市的佑护神和福星。

科隆城立刻更换了自己的城徽，在上面添加了三顶王冠。来自世界各地的朝拜者在三位圣人国王面前贡献了许多珍贵的祭品。三位国王的遗体现在还供奉在科隆大教堂内。世世代代，供人瞻仰。

多少文人志士和喜欢讲故事的人又为教堂和三圣王添加了精彩的故事，创造了一系列动人传奇，为科隆大教堂增添了许多的神圣。

赫尔曼·约瑟夫

科隆的马利亚教堂位于从前的罗马城堡里。相传教堂附近曾经住过一个贫穷的鞋匠，鞋匠勤奋干活，靠双手支撑着自己的生活和家庭。

鞋匠是个豁达的人，虽然生活艰难，他却感到十分幸福，因为他的小儿子如同春天的花朵一样蓬勃生长，给他带来许多安慰。男孩名叫赫尔曼·约瑟夫，跟许多同龄的孩子相比较，他更加勤奋，也知道谦虚谨慎。

赫尔曼·约瑟夫是个虔诚的孩子。他每次到学校去，或在教堂广场上玩耍时，都会庄重地走近三圣王的小门，朝着圣母马利亚献上衷心的祈祷。那里的马利亚是座雕像，手臂上抱着婴儿。赫尔曼·约瑟夫如同跟圣母以及圣母怀中的耶稣亲自会话一样，感觉那么自然、亲切、虔诚。他常常对着圣母和耶稣讲起自己学到什么知识、遇见的奇闻趣事，甚至邀请圣母马利亚怀里的孩子下来跟他一起玩耍。赫尔曼·约瑟夫觉得眼前的石像似乎是有生命的，甚至看到石像朝他友好地点点头。

有一回，他看到圣母马利亚好像作出示意，让他走近一步。他眼前的祭坛太高而无法上去，难以接受圣母的邀请。赫尔曼·约瑟夫不由得思想活跃起来。“亲爱的耶稣也许真有一天会朝你走下来。不过，你应该给他献上礼品。”

赫尔曼·约瑟夫怀着天真的思想。有一天，他给石像送上一个漂亮的苹果，那是父亲给他的礼物。瞧吧，石雕的圣婴好像真的想要下来取拿苹果了。赫尔曼·约瑟夫不由得心中大喜。从那时起，他就常常盘算着如何给石像送上礼物，无论是食物还是鲜花。

赫尔曼·约瑟夫觉得他跟石像结下了深厚的友谊，而且感到石像给他带来的佑护和祝福。后来，赫尔曼·约瑟夫长大了，他多么希望学习神学，可是家境贫寒无力承担所需费用。赫尔曼·约瑟夫感到孤立无助，于是来到教堂，对着石像诉说自己的困境和心愿。不一会儿，石像和蔼可亲地安慰他，给他指示一条途径，说只要翻开教堂走道的某个地方的石板，他就能找到自己需要的宝贝，能够助他圆满地完成学业。

呵，千真万确，那里的确藏匿着一笔不小的财富，让他顺利地选择了学业。

赫尔曼·约瑟夫为学业投入了巨大的精力，甚至耽误他前去看望马利亚和圣婴石像的时间。有一回，圣母马利亚和圣婴给他托梦，说为人虔诚和勤奋学业是不可偏废的，而且，做人比勤奋更重要。赫尔曼·约瑟夫从梦中惊醒，他觉得这是老天给他送来了暗示，他必须不折不扣地坚持执行。

从此以后，赫尔曼·约瑟夫选定了自己生活的准则。赫尔曼·约瑟夫一直活到高龄才无病而终，他受到后人的爱戴和尊重，那是因为他为人虔诚、学识丰富。

后来，罗马教皇亲口为他封圣。

直到今天，人们还记住他的坟墓，在罗马城堡的马利亚教堂内还为他建造一座石像。石像栩栩如生，正是赫尔曼·约瑟夫当年为圣婴献上一枚苹果的生动景象。

里希莫狄斯·冯·阿徒赫

那还是十五世纪中期，死神的阴影如同张开翅膀飞舞的巨鸟掠过科隆的上空。一个身穿深色衣衫的魔鬼惊慌失措地穿过大街小巷，这是一场可怕的瘟疫，黑死病。魔鬼鼓胀着毒气钻进了宫殿和民房，残酷而又无情地结束了成千上万人的生命，让鲜活的男男女女成为掩埋土下的尸体。

掘墓人在无数的家庭大门前画上一个个黑色的十字架，标志着可怕的幽灵已经到达这个地方。死亡的数字不断上升，许多人已经无法正常地被掩埋入土，而是被集体扔在一个土坑里，盖上一层土，旁边竖起一个十字架就算交待了事。古老的科隆城成为哭泣、抱怨、悲伤的场地，空中弥漫着死亡的气息。

就在离教堂不远的新市场附近居住着富裕的议员孟基斯·冯·阿徒赫，他的住房是一幢华丽的贵族楼。可是，可怕的瘟疫不分贫富贵贱，也降临到他的头上，他年轻的妻子被黑死病选中而惨死。

阿徒赫先生悲痛难忍，他始终陪伴在妻子的遗体旁，直到妻子入土安葬。他甚至在妻子入殓时亲自为她穿上白色的婚礼服，那是妻子在不久前穿戴过的婚纱。不仅如此，阿徒赫先生还用鲜花装饰妻子的棺木，给死者戴上金光闪闪的耳环和戒指。那些都是死者生前喜欢的饰物。

夜晚时分，临近教堂的墓地上一片安静，阿徒赫的妻子里希莫狄斯安息在那里，永远地离开了世界。突然，教堂大门的门闩轻轻地活动起来，两个黑影迈着狼一般的步伐顺着一排排坟墓朝着那座刚刚落葬的墓穴走过去。他们似乎对这里的一切都很熟悉。

的确也是这样，他们是两个当地的掘墓人。他们来到那座他们亲自开挖建成的新墓穴前，是他们在下午亲自把议员先生的妻子送入土下安葬的。当时，他们看到议员朝着妻子最后一次鞠躬，两人的目光非常贪婪，始终注视着死者穿戴在身上的贵重饰物。

现在深夜人静，两个掘墓人移开坟前的花圈，立刻把锋利的铁铲挖入土下。不一会儿，墓穴挖开了，旁边的泥土堆成一堆。可是，从下面传来一阵沉闷的响声，声音一直传到棺材盖，坟墓里透出一盏灯笼的亮光。

他们拉开棺材盖，把它扔在一边，朝着尸体上的白色婚礼服弯下身，准备动手了。灯笼的微光照亮着女人白皙的脸，其中一个掘墓人立刻抓住死者戴着戒指的手。突然，死者似乎痉挛一样地抖动一下，她那细长的手指开始活动了。两个盗墓的人大吃一惊，急急忙忙转过身子，逃之夭夭。他们不仅忘掉盖上棺材盖，连自己的铁铲都丢在那里，完全顾不上了。

墓穴里传来一阵深深的叹息。几分钟后，那个被活埋的女人疲惫万分地坐了起来。她睁开眼睛打量着周围陌生的环境，看到自己竟然坐在这般环境下，不由得一阵惊悸，毛骨悚然。难道这是一场噩梦吗？那么，现在是仍然在梦中，还是已经醒了呢？

女人无声地呼喊起来，没有人回答。秋风阵阵，落叶纷飞。树梢在风中发出哗哗的响声，如同吹奏的口哨。周围是死一般的寂静。突然，她明白自己的遭遇了：人们看到她昏睡过去，以为她已经死了，便把她送入墓穴埋葬了。

她的心几乎停止了跳动。可是，莫名的恐怖给这位生死不明的女人添加了新的活力。她已经站在棺材旁边的地上了，顺手抓起掘墓人丢在地上的灯笼，踉踉跄跄地在坟墓中间朝着出口走去。出口处的大门大开着，两个盗墓人行走匆忙，忘了把它关起来。

大街上连个人影都没有，空空落落，像被遗弃了似的。只有闪烁的星星眨巴着眼睛，看着正在大街上摇摇晃晃的白色身影。这个身影如幽灵一般，有时候靠在路边的房子旁休息一阵，然后又朝前走去，始终朝着新市场的方向走着。古老而又美丽的灰白色的住房默默无声地迎接着女主人，住房的窗口还透着灯光。

身心疲惫的女人在房前感慨万千。这幢房子见证了她的青春和爱情，不过也让她受尽了可怕疾病的折磨，竟至于把她送入教堂旁的墓穴。她想，丈夫也许正在房间里枯坐，或者心神不定地在房间里踯躅，希望能够摆脱心中的万般痛苦和悲哀。当然，他也可能躺在床上，双唇间不断地吐露着妻子里希莫狄斯的名字。身穿婚纱和寿衣的女人深深地叹息一声，举起手，竭尽全力地敲了敲门。

过了一会儿，年迈的仆人从栎树大门的瞭望孔对外张望一眼。他借着灯笼的光线，突然看到外面有个作祟的幽灵。里希莫狄斯呼唤他的名字，让他立刻打开大门。听到女主人的声音时，老人大吃一惊，他不由得急忙奔回房间，脸早已被吓得一片煞白。

老人一头撞进主人的房间，断断续续地说道：“呵，主人，死者苏醒了。外面站着我们的女主人，她想进门呢！”

主人听到这话，只是痛苦地摇了摇头，口中呐呐地回答：“呵，我的妻子里希莫狄斯已经死了，再也不能回来了，她再也无法回来了。”主人说到痛苦处感到无比悲伤，继续说道：“你说的事，我想一定是树影在晃动或者是小马驹在马厩里淘气，让你看花了眼。”

这时，院子里果然传来小马驹蹦跳的声音。主人走出房门外，看到两匹小马驹正在院子里无拘无束地撒野。不一会儿，通过墙上的窗口可以看到两匹马驹被放了出去，让它们扑进夜空。可是，另外一边，院子里有个男人，他正咧开大嘴又是笑又是哭。男人张开双臂，紧紧地搂住本已经失去了的妻子。

是啊，是他亲手把妻子送进墓穴的。从此以后，妻子里希莫狄斯又跟丈夫生活在一起，无拘无束，欢乐甜蜜。

几年以后，一群欢闹的孩子见证了他们夫妻的姻缘。平静的妻子心怀虔诚，人们自从那晚以后再也没有见到她放声大笑过。她把墓地的秘密默默地绣在自己的裹尸布上，周围配上天使飞舞的图像，还有马利亚端坐其中。

人们把这幅刺绣挂在教堂的墙上供世人观瞻，这幅特殊的壁毯一直挂到二十世纪七十年代。后来由于失火不慎被烧毁了。

在科隆城的新市场旁，有一幢古色古香的漂亮住房。它在山墙的窗口间配置两个木头的马驹脑袋，让人们不由自主地便能回忆起里希莫狄斯·冯·阿徒赫夫人的故事，令人动颜。而且，科隆人不忘里希莫狄斯女士的传奇故事，他们在临近新市场的地方开辟一条宽阔的街道，就叫里希莫狄斯大街。

哈因策尔小侏儒

从前的从前，人们常常在口中抱怨一切，对天地和祖宗表示不满。可是，当时有许多善良的小侏儒，他们不声不响地忙忙碌碌，只是想给嘟嘟哝哝的世人送上一点安慰和帮助。他们的住房都很讲究，如同宫殿一般，坐落在峡谷和山洞里。

小侏儒们在他们的住房里堆满了珍稀珠宝，当然也有许多其他的货物。他们看到世上的人类贪婪地制造昂贵的宝物，可是，他们又把那些宝物珍藏在谁也不知道的地方。后来，也不知道谁是藏宝人，他们或许死了，那些货物便成为无主之宝，被丢弃在一旁，例如尼伯龙根宝藏。小侏儒们便把它们收集起来，严加看守。

侏儒王国里也有国王，国王统率一切。可是，他们的国王不喜欢迈步外出，只是蹲在阴暗之中，连站在室外的石头上晒一阵太阳都不愿意。小侏儒们自当别论，他们是要顺着山涧或者石缝走到外面去的。

外面的世界多么精彩。不过，他们必须避开人类，不能被他们发现。否则，他们就将面临巨人的危险。

从前，人类曾经把他们当作有益的朋友，认为小侏儒们可以帮助自己。可是，时代变化了，人类把他们抛弃，甚至把他们驱逐出去。小侏儒们不明白时代是个什么东西，而且，小侏儒们更加不明白那个东西该不该变化。他们对什么叫变化也是一知半解。

小侏儒们是一群原始的居民，现在的人谁也没有见过小侏儒。其实，他们的个子是各不相等的。从一个大拇指到像一个四岁的孩子一样大。相对来说，小侏儒们都有一个大脑袋，身体有点儿畸形，略微有点儿隆起。他们穿着山民的服饰，戴一顶尖端有角的帽子，模样看上去有点儿滑稽，引人发笑。

他们把自己称做小小的哈因策。有时候，他们索性就叫自己哈因策尔小侏儒。

从前的年代里，神圣的科隆城自然不能例外，也有小侏儒。诚实的科隆人讲起侏儒们的故事时滔滔不绝，让听的人十分欢乐、感动。

当时有个木匠，他有很多节日，似乎比日历上登载的还要多。当他和其他木匠伙伴们躺在长凳上晒太阳时，便有许多小侏儒走上前来帮忙。他们用凿子凿、用锯子锯、用锤子锤，真是各尽所能——木匠们还没有休息完，他们手头上应该新建造的房子已经完工了，一幢崭新的房子完好地耸立在眼前。

面包房里也是这样。正当伙计们呼呼大睡时，侏儒们吭哧吭哧地扛着沉重的面粉袋过来了。他们开始加水、和面、又搓又拉，一会儿举起来，一会儿放下去。等到伙计们睁开眼睛醒过来时，他们不由得大吃一惊，房间里充满着新鲜面包的香味，面包已经被送上输送的木板，只待出门了。

还有肉铺的屠户，他们也遇到这般欢乐的事情。夜晚时分，当伙计们揉着眼睛正想睡觉时，小侏儒们又剁又斩，还帮着搅拌。等到伙伴们睡眼惺忪地醒来时，热气腾腾的香肠已经挂在架子上，发出引人口水的香味。

还有管理酒窖的伙计，甚至针线大师，他们都对勤劳的小侏儒表示赞赏。

这里还有一个美丽的小故事。有一回，德高望重的市议员委托大师缝制一件官袍。大师接到任务以后飞针走线，十分忙碌。可是，他也正如许多故事里讲到的裁缝那样，在炎热的夏天整天盘膝坐着做针线活，难免上下眼皮支撑不住，如同恩爱的夫妻一般合在一起了。

小侏儒们一个个爬上桌子。他们又缝又试样，还用熨斗把衣服烫平熨直。等师傅醒来时，议员的官袍已经缝制完毕，只待交活了。师傅心中大喜，他的妻子站在一旁，说了整整一筐感动人心的话。

晚上，裁缝师傅已经上床睡觉了。他的妻子悄悄地起床，往房间和楼梯上洒满了豌豆，桌子上放一件尚未完工的短上衣。裁缝的妻子点上一盏灯，把灯藏在自己的围裙下，然后站在门后侧耳倾听。不一会儿，楼梯上和房间里已经热闹非凡。

女人听到有的人短步急走，有的人摔倒在地，有的人滑了一跤，有的人捧腹大笑。他们中间夹杂着喧哗声、叫喊声、诅咒声，各种声音混成了一团糟。这时，裁缝的妻子迅速而又淘气地跳到门外，她的手上还端着一盏灯。可是，愤怒的精灵们全都倏忽一声，消失不见了。

小侏儒们自从他们的活动被偷听到以来，全都离开科隆。后来，再也没有人见过他们。不过，科隆人在一口井上为小侏儒们扬名歌颂，提醒后人不要忘记小侏儒们的善良和乐意助人。

乌苏拉和一万一千个姑娘

公元三世纪，主宰科隆地区的国王叫维欧纳拖斯，是个敢于抗击罗马人入侵的国王。维欧纳拖斯和他的王后以及女儿开始信仰基督教，据说是王后和女儿在梦中接受了天使的嘱咐，要她们听从教诲。

这位天使甚至劝导国王的女儿，让她除了颂扬基督教外，还要作好慷慨就义的思想准备。国王的女儿名叫乌苏拉，她下定决心，愿意听从梦中天使的教诲。

当年另有一位名叫阿格列庇奴斯的德国君王，他派使者前来寻找乌苏拉的父亲，希望为君王的儿子向乌苏拉求婚，娶她为妻。乌苏拉当即表示并不愿意嫁给任何一个王子，她要把自己的生命献给自己心目中理想的上帝。上帝为了人类的幸福不惜领受了十字架之死，精神何其可贵。

那天夜里，曾经托梦给姑娘的天使又来到姑娘的梦中，劝说她应该接受德国君王的婚约，因为姑娘是可以拯救君王灵魂的合适人选，应让他皈依基督教，从而做成一桩莫大的善事。此外，天使命令乌苏拉向她的父亲要求带领尽可能多的姑娘一起前往未来夫婿的住地。天使指示乌苏拉，她到达那里时必须赶在结婚前率领随从人马前往罗马朝拜，然后再回到科隆。

乌苏拉对天使的嘱咐言听计从，很快便领着一万一千个姑娘驾乘十一艘大船前往罗马。她们顺着莱茵河首先到达科隆，受到种种礼仪接待，再到巴塞尔。当年驻扎在巴塞尔城的罗马总督见有贵宾临门，立刻热情地帮助她们穿越阿尔卑斯山，到达罗马。

当年罗马的教皇齐里斯库斯为乌苏拉和随行的姑娘们赐福、庆贺。后来，他还陪同姑娘们一起返回，为了能够就近保护她们。

德国君王阿格列庇奴斯的儿子科曼专程来到美因茨，为了迎候他的未婚妻从罗马顺利归来。他看到罗马教皇亲自护送乌苏拉，而且随从的队列那么庞大、威武雄壮，心里大为感动，当即皈依了基督教。他们顺利地举行婚礼，而后高高兴兴地回到科隆。

那时候，匈奴人在美丽的德国横冲直撞，科隆人奋起反抗。可是，城市还是被匈奴人占领了。科隆城生灵涂炭，一切活着的生命全都被野蛮人杀害了，乌苏拉和她的丈夫也无法幸免。

乌苏拉和她的丈夫宁死不屈。他们原来可以逃脱被屠杀的悲惨命运，但是，他们看到兄弟姐妹们都被杀害了，于是慷慨就义，含笑而死，成了野蛮人屠刀下的烈士。

后来，乌苏拉被追认为圣女。在科隆有一座教堂就是以她的名字命名的，用来纪念乌苏拉的英勇不屈和可歌可泣。她的坟墓就在教堂的祭坛旁，那里还有一具石棺，大理石塑造的姑娘石像卧躺其间。她的脚旁蹲着一只白色的鸽子。

听说人们在为乌苏拉建造教堂时，一只飞舞的鸽子为他们指示了圣女坟地的确切位置，所以在圣女脚旁塑造一只鸽子，用来纪念当年的故事。

两个农民骂科隆

从前，科隆郊外有两个农民，他们省吃俭用，积攒了一些鸡蛋和黄油。一天，他们带着货物来到科隆城赶集。他们卖掉了鸡蛋和黄油，还卖到了好价钱，两个农民心里很高兴。

散集以后，两个农民在科隆城里兴冲冲地走来走去。他们流连于热闹的科隆城，不时地掏出赚得的钱喝了一杯又一杯的科隆啤酒。科隆啤酒味道好极了，他们喝得神清气爽。

傍晚前，两个农民摇晃着身子踉踉跄跄地朝着科隆城门走去。他们还记得自己的村庄就在科隆城门外的大路旁。不过，他们还是十分害怕和担忧，因为他们的口袋里只剩下几枚小硬币，其他的钞票通通被他们灌进肠胃里去了。他们知道，家中老婆少不了对他们嘲笑和谩骂，这已经算是对他们够客气的了。

两个农民出了城门，回过头来望了望科隆城，心里不禁充满了怨气，真想朝着城里人呸一声，骂他们一顿。呵，可恶的城里人，真的把农民的皮剥到耳根边了。他们容易吗？家里的母鸡、母牛、母女，省吃俭用一个星期，好不容易积攒起来的货物送上集市，换得一笔现钱。可是，他们现在囊中羞涩，拿什么回去交待呢？

两个农民醉醺醺的，连走路都不稳当，活像两只上蹿下跳的猴子。就这样，城里人也没有让他们少付钱。这不，口袋里原先还有一叠钞票，现在只剩下几枚了。两个农民嘟嘟哝哝，牢骚满腹。他们骂骂咧咧地进入一个山谷，等到他们回头看时，只见站在一座小山峰上正好可以观望科隆城，科隆城近在眼前。

两个农民已经告别了科隆城，可是在心里禁不住燃起了满腔怒火。于是，他们诅咒、谩骂，只要嘴里能够吐露出来的全都不避粗细，对着古老的科隆城张口就来，没有一句好听的，句句恶毒。

最后，他们甚至呼唤魔鬼为他们作主，带上一张魔鬼的罗网把科隆城罩住。“跟它一起下地狱去吧！”两个农民中有一个愤怒地说道。等到他们登上另一座山坡时，他们转过身来——呵，天哪，真是可怕极了——科隆城完全消失了。

两个农民不由得暗自沉思，一定是魔鬼满足了他们的心愿。他们相信，魔鬼就跟在他们的身后听到了他们的讲话。什么，魔鬼就在他们的身后？两个农民想到这里，顿时吓出了一身冷汗。然后，他们拔腿往前没命地奔跑，不知道是避祸还是逃难。

后来，他们实在跑不动了，便颤抖着双腿跪在地上，向上帝祈祷，请上帝垂怜科隆城的居民，好歹把他们从魔鬼的魔爪下解救出来，别让他们受苦受难。接着，他们一边祈祷一边往山坡上攀登，终于到达一座小山顶上。他们立刻转过身子回过头。呵，他们这回不仅看到科隆的塔楼，连城里的房子也看得清清楚楚。

两个农民回过神来，相信上帝为他们创造了奇迹，把科隆城从魔鬼的控制下解救了出来，呵，谢天谢地！两个农民立刻焕发精神，又是祈祷又是唱歌，欣喜若狂。不过，他们的确喝多了，连嗓子都有点儿粗野、沙哑，可是唱出的歌声却是虔诚的。

如果说两个农民唱歌、说话时真有不周之处，那是喝酒喝多了无可奈何，只得请上帝多加担待，少予责怪。

选主教

从前，科隆城里红衣主教的位子空缺已经很长时间了。居民们议论纷纷，成立了许多党派和团体，选出了很多候选人，各自都希望他们的候选人能够当选红衣主教。

当年的卡尔大帝正住在阿亨的宫殿里，科隆城的纠纷传到他的耳中，他便下达命令希望平息地方上的怨愤，而且表示，如果有必要，他会亲自送上一位红衣主教。后来，他没有让仆人提前宣告，也没有带上随从，单骑匹马，前往科隆。

他正思虑万千地往前走时，不知不觉地来到科隆附近的国王村。国王村的教堂钟声把他从沉思中惊醒过来，他看到眼前有许多人朝教堂走去，他们是前去赶做弥撒。虔诚的皇帝立刻下马，他把马儿拴在一棵大树旁，然后走进人群，步入教堂。

弥撒结束以后，他朝牧师走上一步，希望捐助一枚金币。可是，牧师却用手把金币挡了回来，而且不悦地说道："我们这里不需要这等捐助，你且把黄金收藏好。如果你想为这座教堂做一件好事，那么请你在狩猎时把打到的第一只小鹿皮送给教堂，因为我们的弥撒书正好需要一个新的封面。我看你像个猎人，不知道我是否看错了？"

牧师在话中显示了虔诚而又无私的思想，给卡尔大帝留下深刻的印象，因此，大帝在心里牢牢地记住这位牧师。大帝收拾了一下，又骑马朝科隆走去。他到达科隆城时立刻召见教堂和民间的代表人物，告诉他们自己对选拔红衣主教的打算。

科隆城的党派成员们立刻活动起来。他们给卡尔大帝送上大笔钱款，希望打动他，从而让自己一方获得更大的利益。卡尔大帝让仆人把各方送来的钱财全都赠送给教堂，让教堂支付盈亏账目。然后，他对众位代表说道："呵，你们都在期待着我作出有利于你们的决定。你们给我送上成千上万的钱财，为获得红衣主教的大礼帽用尽了心思，可是，通通枉然。我觉得你们之中没有一个人可以配得上这份殊荣，除了国王村教堂里的那位牧师。他嫌弃我送上的黄金，没有思考自己的利益，只想到弥撒书和弥撒书的封面。他只是希望获得一张小鹿皮，为弥撒书做个封面。去吧，你们把那个人接过来，让他当你们的红衣主教。"

简朴的牧师听到消息惊讶得连话都说不出来，完全没想到能获得这么大的荣耀。如同上帝的目光一直盯住了他似的，他在担任红衣主教时进退自如，处置有方。他让后人一直念叨他的名字，他就是主教希尔特荷尔德，圣彼得教堂的创始人。

现在，科隆大教堂就在那座教堂的原址上。

博士酒

伯恩卡斯特勒葡萄酒又叫博士酒，有人索性把它称做博士，又是医生的意思。这个神奇的名字已经经历五六个世纪了。

大约还是在十四世纪中叶的时候，在伯恩卡斯特勒地区有位主教，叫波黑蒙特。一天，他生病了，发着高烧，躺在城堡里无法动弹。主教强忍着吞下许多苦涩的药丸和刺鼻的药汤。可是，地方上的庸医们全都束手无策，他们感到回天乏术。主教躺在那里，真是害怕得快绝望了。

毫无疑问，他在地方上德高望重，在穆塞尔地区拥有自己的一座教堂，胜过在天堂的一席之地。于是，他让人在自己的教区范围内广泛告知，如果有人能够治愈他的高烧不退，不管他是平民百姓还是走访郎中，抑或是资深人士，主教都会向他显示最高的教会恩典，给他赠送丰富的礼物。

却说在特里尔王国有一位年迈的骑士，只是不知道他姓甚名谁。他看到主教濒临死亡的威胁，心中怜悯，愿意帮助他解除磨难。

年迈的骑士已经是二度出手帮助和拯救主教了。

那是几年前的事情。主教波黑蒙特遭受敌人围困，眼看脱险无望，正是这位骑士冒险冲进包围圈把主教救了出来。骑士觉得这位献身上帝的高贵人士现在多么凄惨，他知道高烧不退是件折磨人的事，他以前也曾患过类似的疾病。那时候，他的病床前堆满了药丸和药汤。骑士感到这些东西没有作用，一怒之下，便把它们通通扔到野外。他命令仆人给自己递上一个大酒杯，往酒杯内斟满了烈性葡萄酒，即有名的伯恩卡斯特勒葡萄酒。骑士仰起脖子大口吞饮，随即跌入梦乡，呼呼大睡，一觉睡了十二个小时。等到他睡眼惺忪地醒来以后，他感到浑身舒坦，高烧的事情好像从来没有发生过一样。

伯恩卡斯特勒的疗效为什么不能在高贵的主教身上再显神效呢？年迈的骑士思考了一阵，离开他的城堡，一路来到卧病在床的主教面前。骑士只带来小小的一桶烈性葡萄酒，身旁没有任何的随从。

主教躺在病床上疼痛难忍，一张脸早已被折磨得不成模样。他看到年迈的骑士时，心里一阵惊讶和感激，因为骑士给他送来一桶药剂。年迈的骑士示意一旁侍候的仆人暂且离开，然后对德高望重的主教报告，一面打开木桶上的塞子，给患病的人斟倒满满的葡萄酒。

呵，美酒飘香，难忍诱惑。

虔诚的主教接过大杯，一口喝得干净。喝完以后，他希望再喝第二杯，第……三杯美酒还没有喝完，主教倒头而睡，鼾声如雷。

第二天清晨，特里尔人高高兴兴地互相祝贺。他们的主教已经摆脱高烧的折磨，彻底痊愈了。波黑蒙特先生感激万分地又喝了满满一大杯的伯恩卡斯特勒烈酒，一面灵感大发，吟诗一首：

葡萄酒，葡萄酒，
高烧病魔害了羞。
让我健康让我走，
赛如博士左右手。

小淘气

上帝是位勤奋的神仙。他常常带领众位弟子来到莱茵河大地上，希望让那里的民众获得帮助，从此皈依他的信仰。不过，那时候的莱茵人还是异教徒，他们喜欢崇拜偶像，并不信任上帝。

一天，上帝来到穆塞尔河的山谷间。他看到那里的许多农民正在田间耕作，还有许多人在自己的葡萄园忙碌。上帝要给他们带来幸福，那也不是一件容易的事。多少人犟头倔脑的，并不相信上帝的话。

呵，真是一件艰难而又困苦的事业。可是，上帝是有耐心的。

他们一行数众常常翻山越岭，成年累月地冒着寒暑有时遇上狂风暴雨，加上路途又不平坦，这样的人间视察的确艰辛。他的弟子们早就怨声载道，特别在他们忍饥挨饿、干渴难熬时，脸上总是堆满了乌云，怨言更多。

大家都有一个深切的体会，夏天时容易口渴，喝水比冬天多。上帝自然在心里也是明白的。有一回，那是六月的季节，弟子们长途跋涉，忍受不住了。他们原来只是悄悄地嘀咕，后来，埋怨声终于按捺不住地喷薄而出，传到上帝的耳中。上帝知道他的弟子们都是聪明伶俐的道德典范，这回却看到他们神色大变，骂骂咧咧，不成体统。

可是，上帝心地善良，他还是原谅了弟子们的失礼，因为他们无法控制自己。上帝想了一会儿，决定帮助他们。他向四周环顾一阵，附近连一滴水也没有。可怕的炎热甚至把地面上最后一滴水都给吸干了。上帝垂下双目，俯瞰山谷，他看到下面有一座小小的村庄。那里种植着葡萄，青枝绿叶的，看上去多么活泼、可爱。他看到人们把满满的大桶葡萄酒从街上滚过，他又往前看，那里有一个美丽的姑娘正在擦拭店铺门前的招牌。

上帝看到这里，不由得面露微笑。他用手招了招彼得，开口说道："呵，就在那里，我的仆人和孩子，我给你五个赫勒小硬币。你立刻前往下面的村庄，那里的姑娘正在擦拭招牌。你代我向主人问好，他虽然只收到很少的钱，可是会给可怜的人们送上满满一杯优质葡萄酒。你把酒拿回来，我们可以友好地分饮，共度干渴之苦。"

圣彼得听到吩咐高兴得跳了起来。他看到其他的弟子们还在呼唇咂嘴，便急急忙忙地顺着陡峭的山路来到村庄，一路朝酒铺走去。

"呵，亲爱的店主人，我的先生吩咐我向你问候，"彼得看到主人时往前走上一步说道，一面送上五个赫勒硬币，"就是这么点儿钱。可是，你该给我们斟上满满一罐的优质葡萄酒。"店主人不久前刚刚完成洗礼，已经开始信仰上帝了。于是，他拿来一个大罐，把酒往里倾倒，直到罐口。

他把罐子交给彼得，顺便把钱退还给他，请他代为转达对上帝的问候。店主人说着，还对着上帝的弟子恭恭敬敬地鞠了个躬。圣彼得慢慢地往山顶走去，教堂里传来了午祷的钟声。他在手上紧紧地抓住酒罐，不让一滴葡萄酒从罐口边溢出去。

葡萄酒香沁人心脾。太阳无情地晒在彼得的头上，他不由得满头大汗。圣彼得又渴又累，狼狈不堪。他刚才下山时行走匆忙，把一顶草编的凉帽忘记在山上，夏天不戴凉帽，又在阳光下暴晒，谁能够忍受得住呀？葡萄酒在罐子里冒着小小的气泡。圣彼得行走艰难，头上的豆粒大小的汗珠不停地滚落下来，晶莹剔透。他已经唇焦口燥，如同干巴巴的地狱一样。

意料之外的事情往往是说来就来。

圣彼得脚下的路在前面一块巨石旁打了个弯。他稍稍地停歇一下脚步，一面俯下身子闻了闻穆塞尔葡萄酒的香味。后来，他又把鼻子慢慢地凑上去，撩起波浪般的大胡子，让双唇稍稍地浸润一下，后来又用舌头舔了舔清凉的佳酿。这时，他感到十分害羞，不由得呼哧呼哧地喘了一阵气才迈腿继续往前。

他在往上攀登的时候，脑子里不停地转动着，这回该如何才能瞒住亲爱的上帝和他的众位兄弟呢？他可是喝了一点罐子里的葡萄美酒呀？彼得寻思来寻思去，找不到合适的理由，他无法隐瞒曾经喝过葡萄美酒的事实。于是，他从口袋里掏出锋利的渔刀，把木罐子的口削了一点，让葡萄酒又像注满了似的，直到口边。

圣彼得把一切做得天衣无缝，再在道路的打弯处坐下来，稍稍地休息一会儿。当然，世上的弯路是很多的。于是，他逢到新的一段弯路时便把鼻子凑上去，喝一口美酒稍解疲乏，再把木罐稍稍削去一截，让葡萄酒看上去永远像是注满了木罐似的。

“呵，亲爱的主人，酒店老板给你和众位兄弟的葡萄酒我全部带来了。还有五个第尔赫姆，老板不仅退还给你，还给你带上友好的问候。”

上帝不声不响地接过明显被削刻过的木罐。他的众位弟子失望地看着罐口，里面的美酒显然不够，连沾湿一根大拇指都不行，别说湿润干渴的嘴唇了。圣彼得看到耶稣探究似的瞅着他，连忙举起手擦了一把脸上吓出的冷汗。他结结巴巴地说道，上帝曾经用五个面包和七条鱼就帮助五千个忍饥挨饿的人渡过难关，那么现在一定也能用一点点儿葡萄酒让大家解渴。而且，圣彼得当即慷慨地表示，在分享葡萄酒时，他可以放弃自己应该享受的那杯。

“呵，我是可以这样做。”上帝慈爱地说道，一面友好地看着众位弟子。他又顺便朝村子里回望一眼，看到几个种植葡萄的农民端着酒杯、拎着酒罐，他们在大街上走动。上帝开口说道：“我的天堂之父对一切生命都给予一个合适的名字，无论动物还是植物，每座山、每个人。可是，眼前这个奇怪的木罐存酒器，它可是莱茵河地区和穆塞尔地带从来都没有见过的古怪东西。那么，该为这个木罐起个什么名字呢？”

“呵，呵，”圣彼得不由得一连后退几步，他本想张口说一句就叫它“小罐子”，却不料连声地喊了起来，“叫它小可怜，小可怜！”

耶稣顿时笑了起来。“这个小桶是个糟糕的容器，无法为口渴如火的人解除喉咙之苦。因此，你从今天起，就把那个小木罐叫做‘小淘气’吧！”

从此以后，已经过去二千年了，小淘气的名字却一直留存到今天。其实，那是指所有的小杯小罐，用它们是无法解除口渴之苦的。穆塞尔人把这些喝酒不过瘾的小容器通通称做小淘气。

这是上帝留下的美称。

沉没的宫殿

在古老的安德尔纳赫城以西有一块圆形的盆地，拉赫湖就坐落在那里的盆地上。这个地方与一个古老的传说相关，不过，它已经古老得面目全非了。

从前，这片湖水的中间有一座蛋形小岛，岛上有一幢宫殿。这座宫殿留下不少的恶名，让人讨厌。

宫殿的主人是个骑士强盗，他的城堡建筑在山势陡峭的峰顶。强盗的秉性如同野蛮的山石一样生硬，又像湖底般阴沉沉，让人畏惧、害怕。湖水冲击着山岩，冲击着强盗骑士的灵魂。那是一个混乱的时代，天下无主，盗贼群起。手无寸铁的商人们怀着恐惧走过莱茵河边的多少通道。他们不时地提到需要防范的强盗大名，尤其让他们心惊肉跳的就是把宫殿建造在拉赫湖岛屿上的这位，这是个掠夺成性、杀人如麻的魔鬼。

骑士宫殿的大厅里常常聚满了大吃大喝的强盗酒友，传来多少浪荡女人的淫笑。可是塔楼的囚室中却关满了行路的客商，他们交不起保护费，通通被扣留起来，诅咒不绝。

*　　*　　*

一天，上帝终于对着恶棍伸出了正义的惩罚之手。上帝仁慈，他总是先提出警告，然后才施以惩罚。

湖旁有一片巨大的树林。树林里寂静无比，不透阳光，阴森森的，分外可怕。树林中住着一位隐士，这位虔诚的仆人明白岛上的主人为非作歹，于是忠诚地向上帝祷告，请求苍天给那位罪恶之人送上一道阳光，让他明白世道，不可欺人太甚。

有时候，强盗骑士在抢劫后顺着莱茵河边大道回去时也会经过隐士的居住之地，他们押解着被绳捆扎绑的商人和掠夺的货物。隐士看到他从门前经过时，常常拦住他的马头，请他释放受苦受难的商人，把货物还给他们，还给他们自由。可是，年迈的老人每回只是得到一阵粗鲁的嘲笑。他无可奈何，只得听着骑士的狂横笑声悻悻地回到林间住地。

一天傍晚，宫殿里又摆开了宴会的餐桌。酒醉糊涂的强盗们野蛮地欢呼，伴随着无耻女人的浪笑充彻大厅，真是不堪入耳。这时，大门突然被打开了，门外站着一位清瘦的老人。骑士认出他了，是的，他正是居住在林间的隐士。

“呵，骑士，上帝派我来到你的面前。我在梦中听到他对你作出威胁的警告。你要及时回头，免得遭受无辜的灭顶之灾。”听到老人的警告，厅堂里一片嘈杂，有人笑、有人叫、有人骂，多么混乱。

宫殿主人却以阴沉沉的目光打量着勇敢的老人。老人并无畏惧，反而朝前走上一步，举起干枯的右手以示不可欺侮。骑士顿时推开跟他缠绕在一起的漂亮女人，愤怒地拔出利剑朝着老人胸口刺去。仆人们朝着濒临死亡的老人扑了过去，把他拖出大厅。大厅里一片寂静，骑士看到他的女人面色苍白，低垂着双眉倒在自己的床上。

骑士吓得目瞪口呆，注视着地面上的血泊似乎有所醒悟。他感到大祸临头。客人们见状，也早已惊骇得不知所以，他们在酒杯后面找不到任何的藏身之地。死亡一般的寂静中突然传来一阵雷鸣般的轰响，犹如波涛轰鸣。电闪像蛇信子一样猛烈地扫射大厅，厅堂里的灯火顿时暗淡下来，只听到痛苦的呼喊声伴随着绝望的求救声透过寂静的夜空。

大自然释放出巨大的威力，奇迹无限。强盗骑士惨死其中，没有逃脱上天的惩罚。

第二天清晨，朝霞映红了大地，光芒万丈。可是，湖上的小岛却沉没水下，消失不见了。连同它一起沉没的还有傲慢得不可一世的骑士城堡，那里只剩下一道旋涡，旋涡指示着从前岛屿和宫殿存在的地方。

夜晚时分，湖边常有幽灵出没，水下也会传来悲痛的呼号。许多趁夜赶路的人总是想方设法地避开那边的火山湖。那里一共有六座火山，山上长满了树木，它们全都围绕着传说纷纭的湖水，默默地仰望前方。

葡萄酒地的火山湖

在下莱茵河畔有个村庄，名叫葡萄酒地。村里有一个火山湖，这座熄灭了的火山在历史上被称做老鼠山，它和由它所形成的三个火山湖常常让人们想起古老的岁月。

那里曾经有一座坚固的城堡，城堡主人是一位远近闻名的善良骑士，温和待人，乐于施助。可是，他的妻子却是个心地残忍的女人。这个女人宁可把面包扔给狗吃，也不愿拿它们接济穷人。

有一个寒冷的冬晚。一个疲惫的老人拄着拐杖来到城堡，老人请求住宿一晚，给予施助以解决饥渴之苦。“请夫人大发慈悲，可怜我的艰难处境。你只要稍稍地给予一点帮助，上帝自会看得清清楚楚，如同你对他的施舍一样。”老人低声下气地请求着，跪拜在伯爵夫人的脚前。

伯爵夫人冷冷地拒绝了老人。老人不由得使尽了最后的气力，呻吟着说道：“请你无论如何行个方便，至少给我一处休息睡眠的地方！”伯爵夫人恼怒地呼唤仆人：“把猎狗放出来，让它们扑咬这个讨厌的捣乱鬼！”真是个没有人性的女人啊。

她的一群恶狗呼地一声窜了出来，扑向老人，对着老人又撕又咬。可怜的老人被恶狗咬住了喉咙，窒息而死。突然，城堡上空乌云密布。虽然是在严寒的冬天，可是电闪雷鸣，山谷里不时传来炸雷轰隆的沉闷回声。不一会儿，城堡在巨大的雷鸣声中轰然一声倒塌了，只见本来承载着城堡的山头猛地开了大口，把城堡吞入腹中。

后来，一股急流从山坡缝隙间喷涌而出，大水在葡萄酒地的村子里汇成一汪圆圆的湖。它就是葡萄酒地的火山湖。

城堡遭受惩罚的厄运时，城堡伯爵正好领着仆人外出狩猎去了。当他打猎完毕，忙碌着收拾一切准备回去时，只见一个幸免于难的仆人气急败坏地找到他，向他报告家中发生的可怕灾难。这个消息太突然、太恐怖了，伯爵骑士不敢相信。

“不对，你在说谎！”他不由得恼怒地斥责仆人，“我更愿意相信，那是我的坐骑用马蹄在地上刨出来的池塘。”伯爵的话音刚落，他火烈的坐骑果然用前蹄刨地，地下顿时涌出两股清泉。伯爵看到这里，浑身上下吓得如同冰块一样，他急急忙忙地策马回去。

他的城堡不见了，眼前只是一汪湖水。曾经富裕得可比天庭王国的伯爵绝望地坐在湖边发怔。突然，他看到微波荡漾的湖面上浮着一个摇篮，摇篮里躺着一个孩子。伯爵连忙捞起摇篮，从中抱起孩子，把孩子按在自己的心窝上。

谢天谢地，这是他的孩子，获得了神仙的救助。

为了感谢这回神仙般的救助，伯爵在湖边的山坡上建造了一座修道院。这是一个圣洁的场所。村里人自豪地告诉参拜的人，修道院整洁得连蜘蛛网都没有结过。每当秋高气爽，蓝天白云掩映在清澈的湖面上时，细心的人还会看到湖下深处残留的城堡大门和墙基。

直到今天，人们都把山旁的清泉叫做马蹄泉。

泼吕姆的箭

泼吕姆是阿埃弗地区位于莱茵河不远的一座小城。小城的教堂里保留着两幅古老的油画。其中的一幅画面上画着一位骑士，骑士正在射箭，画面上还有他的妻子和仆人，他们虔诚地仰望天空，心里正在默默地祈祷。另一幅画上是一位牧师站在祭坛旁，他把一支飞箭送给巡天遥望的天使。两幅油画含有多么纯朴的诗意，传递着一个美好的传说。

相传画中的骑士名叫尼塔尔特，他是生活在公元九世纪末期法兰克北部的一个人物，距离德国非常遥远。尼塔尔特娶妻埃尔康弗利达，他们夫妻情笃，可是膝下荒凉，没有子女。骑士尼塔尔特只得承认现实，决定把自己的财产捐赠给一座修道院。当然，修道院的僧侣们必须在骑士和他妻子身后纪念他们生前的恩惠。

尼塔尔特听从一位牧师的劝告，他愿意把大力捐助修道院的喜讯告诉上天，由苍天决定他把财产捐给哪家修道院。于是，他把写着他捐助的凭据捆在一支利箭上，声明箭矢所到之处，他的财物便归那里的修道院所有。

骑士尼塔尔特选定一个时日，然后率领随从来到他自己城堡附近的山顶上。他朝着蓝天进行了一番虔诚的祷告，然后拉满硬弓，朝着天空奋力射出一箭。天使们看到了这一幕，他们知道骑士射箭的初衷和情由，便乐意地接过他的箭矢一路往前飞行了很长时间，最后让箭矢落下。他的箭头正好落在泼吕姆修道院旁。

德国莱茵河畔泼吕姆修道院院长安思巴尔特一天正站在祭坛旁。突然，他听到耳旁呼地一声，院长不知道是怎么回事，却见一支飞箭端端正正地落在他的脚前，深深地插进泥地。安思巴尔特拾起飞箭，读到上面的一张凭据。院长急忙走进市议会，向市长汇报一切。

泼吕姆修道院获得法兰克王国北部骑士尼塔尔特的巨大捐助。后来，多少人前往泼吕姆修道院，希望看到那支由天使之手亲自托着一直射到泼吕姆修道院的神箭，它为泼吕姆修道院留下一则漂亮的传说。

山鹑骑士

山鹑骑士身材魁梧，力大无穷。知道他的人都害怕他，尽量远避他，不敢跟他较量。

有一个冬天，山鹑骑士沿着小溪往前走，他这回要去打猎。外面雪花飞舞，让行人都分不清眼前哪里是路，哪里是河。山鹑骑士匆匆忙忙地进入一家打铁铺，希望躲避风雪。他看到铁匠正把一根铁棒塞进炉火中烧红，便悄悄地搬起沉重的铁砧，把它藏在大衣里面。

铁匠从炉火中篏出烧得通红的铁块，他正想把铁棒搁在铁砧上锤打时，发现他的铁砧不知到哪里去了。他相信站在面前的陌生人一定是个魔鬼。

山鹑骑士看到可怜的铁匠伙计惊恐不迭，一面在胸前连连地画着十字，一面还在口中念着经文。他忍不住扑地笑出声来，同时把铁砧从大衣里面掏出来，还给铁匠铺的两人。

* * *

另有一回，山鹑骑士赶集去买一把铁铲。他一连看了几把铁铲，然后对卖铲子的人说道：“你的货物太差了，我用双手都能把它们扳弯！”

“呵，你可不能说大话，”卖铲子的商人说道，“你如果真能把它们扳弯，那么，我铺子里的铁铲全部归你。”

“呵，这个赌打得好，我答应了。”山鹑骑士回答一声，拿起一把铲子把它弯曲着如同一张纸似的卷了起来。

“呵，天哪，”商人大声说道，“我输了。”山鹑骑士没有白拿他的货，还是给他点数银币，没有短少一文。

*　　*　　*

关于山鹑骑士，还有人说到他喜欢喝酒，而且喜欢斗牌玩耍。

有一回，山鹑骑士跟人斗牌赌博时输得倾家荡产，必须净身出户了。当赢家拿着公证的凭据来到山鹑骑士的城堡，希望他交出一切财物时，山鹑骑士急得满头大汗。可是，他却心生一计，挽回了败局。

他向跟他一起斗牌、一起打猎而这回前来催债的伙伴提出建议，希望跟他打赌饮酒。不过，他事先已经往十二只空瓶里注满了红颜色的水。旁人不知就里，还以为是上等佳酿。

他把注满了红水的瓶子通通搁在自己面前的餐桌上，而给他的对手送上刚刚从地窖里搬出来的陈年古货，闻起来都是酒香扑鼻，让人赞美不绝。先前跟他打牌赌博时赢了他全部财产的伙伴喜欢喝酒，他见到陈年佳酿来者不拒，连斟连饮，一面大呼好酒。

赌博赢家的脸越来越红，后来竟然如同晚霞一般美丽动人。他又连饮了几大杯，突然酒涌上心，不由得踉跄一步再大呼一声：“你赢了！”说着，这位赌博场上的赢家扑地一声，倒在桌下，完全醉了。

第二天早上，这位赌场赢家在睡了整整一夜后醒了。赢家不仅睡醒了，连头脑也似乎清醒了。他不由得思量起来，呵，真是幸运，陈年佳酿不仅满足了我的口福，还赶走了盘踞在我心中的贪婪魔鬼。否则，我差一点儿成为加害朋友的叛徒。赢家觉得他跟山鹑骑士是多年的猎友、牌友，往日的友谊如同陈年美酒那么淳厚，怎么能够因为一场牌局让他净身出户呀！

后来，他们两个多年的朋友相互谅解，两人的友谊更深厚了。可是，他们从此以后除了一起打猎、一起喝酒外，再也不上牌桌赌博了。他们知道赌博无论输赢大小，都是魔鬼。

可是，天下还是有许多人不识赌博是魔鬼，他们比魔鬼还要顽固不化，可怜。

伊释园的狼

从前，伯恩哈尔特骑士在他的城堡打死一头出来寻食的老狼。他正要拾起老狼时，猛地抬头看到从远方过来一位僧侣。伯恩哈尔特先生看到僧侣时十分惊恐，急忙吩咐他的猎友们躲藏在旁边的灌木丛中。接着，他手脚麻利地剥下狼皮，把狼皮裹在自己身上，装做一头老狼的模样蹲在草丛里，准备袭击前方的僧侣。

披着狼皮的伯恩哈尔特看到僧侣走近了，他起身一纵跳到僧侣面前，摆出想要撕咬他的模样。僧侣不曾防备，看到老狼要袭击自己，不由得大吃一惊。当然，他也不明白这是有人做假，是来吓唬自己的。

僧侣急中生智，连忙拔出用来防身的佩刀，对着毛茸茸的家伙就是一刀。这一刀正中骑士伯恩哈尔特的脖子，骑士疼痛难熬，大呼一声："圣母马利亚，请你保佑我！"说着，他便倒在地上死了。僧侣以为遇到了狼的妖怪，便抬起腿急急忙忙地逃走了。

伯恩哈尔特骑士的仆人和猎友们躲在灌木丛中，他们听到附近没有声音了，便一起拥了出来。可是，他们看到骑士倒在路旁的血泊之中。仆人们和朋友们连忙动手，把骑士从狼皮中拖出来。可是，骑士已经死了。

消息不胫而走，纷纷扬扬，传遍全国。后悔莫及的僧侣因为身犯无辜伤害罪被判处剥夺他的大师职位，骑士伯恩哈尔特却因为无聊的恶作剧获得应有的惩罚。当时，他们两人被判定为咎由自取。

不过，骑士死后，人们在计算他的财产、清算他往日侵占掠夺民间财产时发现他是一名强盗骑士，作恶多端，真是死有余辜。强盗骑士因为罪恶累累，所以得到了天理报应。可是，他后来却阴魂不散，常常以狼的模样出来惊吓路人。周围远近地方都害怕"伊释园的狼"，说那个强盗骑士到处作祟，骚扰地方，不得太平。

他们还说，那样的人比狼还凶恶，让人讨厌。

雷纳罗特的兔子

从前，在西方树林的雷纳罗特地区住着一群小侏儒。

冬天寒风刺骨，有个平常活跃在山顶上的小侏儒实在受不住了，便来到农民米歇尔的家中，希望稍避风寒。农民高高兴兴地收留了他，还给他端来膳食热汤。小侏儒受到这般热情的招待心中感动，便对农民说，让他许下三个心愿，这些愿望都能让他实现。

不久以后，从前坐落着农民破旧草房的地方耸立起一座强大的城堡。城堡里珠光宝气，十分富裕。城堡的院子里鲜花盛开，争奇斗艳。那里还长着一棵高大的杏树，这棵树长得那么漂亮，受到多少人的称赞、羡慕。它是地方上唯一的杏树。

那时住在城堡里的伯爵女儿身患重病。医生们经过反复诊断，说伯爵的女儿只有吃过杏子才能恢复健康。伯爵派他的仆人出去购买，仆人们走遍了大街小巷，四处打听，就是买不到杏子。伯爵女儿的病情愈加沉重，看来凶多吉少了。伯爵急得团团转，立刻当众宣布，如果有人能够给她的女儿送上杏子，让伯爵女儿治愈疾病，那么，伯爵答应将来把女儿嫁给他做妻子。

伯爵还吩咐仆人到处传扬他的声明，希望让他的女儿尽快恢复健康。住在美丽城堡内的农民米歇尔听到消息后来到树旁，他采摘了整整一筐的杏子，然后交给他的儿子彼得，让彼得给伯爵的女儿送去果实。他希望能够治愈伯爵女儿的重病。

彼得听到父亲的吩咐，拎着篮子急匆匆地上路了。他在途中遇到穿着一身褐色衣服的小侏儒。小侏儒看到他时，告诉他必须提防上当受骗。不过，小侏儒也对他说，如果遇到那种不利的局面，他只要用手拍一下伯爵府门前的黑色石头，小侏儒迅即就会过来帮助他的。

彼得高高兴兴地走进伯爵的宫殿，给伯爵的女儿送上满满一篮的杏子。伯爵的女儿吃过杏子以后，杏到病除，立刻恢复了健康。她显得精神饱满，十分活泼。可是，伯爵父女看到面前站着一个农民的儿子时，伯爵悔不当初自不消说，就连

他的女儿也对农民的儿子十分嫌鄙，不愿意嫁给他为妻。

伯爵的女儿心生一计，对彼得说道："如果你答应为我看管三百只兔子，三天之内，每个晚上都能如数地把它们领回宫殿，且不短少。那么，我可以嫁给你。"

彼得不知道该如何回答，于是起身来到门外，拍了拍路旁的黑色石头。小侏儒迅即来到他的面前。小侏儒听彼得讲完情由后，立刻掏出一根笛子交给彼得，鼓励他大胆行事。小笛子可以保证他万无一失。

第二天早晨，彼得来到伯爵宫殿。他从宫里吆赶着三百只兔子出了大门，来到山谷。彼得不时地吹起笛子，兔子们高高兴兴地聚集在一起。山谷里阵势壮观，秩序安然，一点儿都没有出现混乱。

伯爵的女儿站在房中的窗前，她把眼前的放牧看得清清楚楚。她唤来一名心腹女仆，让仆人直接赶到山谷，必须向彼得买一只兔子回来。女仆来到彼得面前提出请求，要向他买一只小兔子。彼得没有答应。可是，那位女仆十分机灵。她趁着彼得不注意的当儿顺手抓起一只小兔子，匆匆忙忙地赶回宫殿。

傍晚时分，被关在宫殿院子里的小兔子听到彼得吹奏的笛音，它挣扎着蹦蹦跳跳地朝着彼得飞奔而去。晚上，彼得领着他的三百只兔子回到伯爵宫殿。这样的戏法一直玩了三天，彼得圆满地完成了为伯爵女儿放牧三百只兔子的任务。

第三天晚上，彼得把三百只兔子送入伯爵宫殿，点数完毕。他高高兴兴地退了出来，回家去了，彼得没有向伯爵的女儿求婚的意思。伯爵的女儿看到这里突然感到悲伤起来，她连忙向仆人借了一套衣服，化装成女厨的模样，急急忙忙地来到农民米歇尔和他的儿子居住的城堡。

女厨希望向米歇尔买一只兔子，米歇尔慷慨大方地给她送上两只兔子。女厨十分感动，立刻自报家门，说自己正是伯爵的女儿，而且愿意嫁给农民米歇尔的儿子为妻。

农民高高兴兴地留她住了下来。第二天，他为儿子彼得举办迎娶伯爵女儿的婚礼。伯爵的女儿名叫埃拉，后来，农民米歇尔索性把他的城堡也按姑娘的名字叫做埃拉堡。

强壮的赫尔梅尔

从前，在莱茵河的两岸生活着并不信奉基督教的巨人。他们都是从外地乘船过来的，征服了两岸的许多城堡，迫使当地居民为他们服苦役。民众们忍受不住他们的虐待，热切地盼望着能有人从艰苦的仆人群中揭竿而起，成为他们的救星。

有一回，巨人们又强迫一个性格粗野的年轻人为他们干苦活。这个年轻人长得人高马大，拥有一身的野蛮力气。他的确是个可以跟那些巨人比试的人。周围的熟人给他取了个名字，叫强壮的赫尔梅尔。

巨人们抓住他后，把他送进了仓库，让他在里面打谷脱粒。不一会儿，赫尔梅尔一头倒在仓库角落里的麦秆草上睡了过去。巨人们来到仓库时，看到他正在呼呼大睡，便催他立刻起来干活。巨人们嘲笑他是个懒虫。

强壮的赫尔梅尔只是稍稍地抬了抬头，用手指着旁边的粮食说道："这样一小堆的粮食是用不着花费精力的。你们只要给我一点面包和肉，让我吃饱，然后让我推一车麦秆草铺个地铺。我就可以给你把全部的活儿干完，中午前就能完工。"

赫尔梅尔说着站起来，走进附近的大树林。他看到一棵特别粗壮的大栎树，赫尔梅尔用双手抓住树干，往上一拎，轻轻松松就把大树拔了出来。他用栎树做了一把大连枷，走进打谷场，开始打连枷脱粒。赫尔梅尔力大无穷，他不仅打断了麦秆，打飞了谷粒，连打谷场都被他打烂了。

赫尔梅尔把打下的谷子扬净，然后装进大口袋。他一连装了许多袋，把口袋堆在仓库墙边。巨人们看到赫尔梅尔干活利索，十分喜欢。可是，等到他们看着赫尔梅尔如何领取报酬时，他们挂在脸上的笑容顿时扑通一声掉在地上了。

赫尔梅尔装载了一车的麦秆，他装得那么满，连两头大公牛都拉不动。赫尔梅尔看到两头公牛如此不管用，只得把它们拴在车的后面。他自己轻轻地拉动大车，拎着两头公牛回去了。临行前，他还不忘对巨人们喊一声："谢谢你们送来的两头公牛，我现在只要有点儿面包就行了。"

巨人们不应该去招惹强壮的赫尔梅尔才是正理，他们也应该害怕赫尔梅尔力大无穷，看来正是他们的克星。可是，他们还是不愿意放弃报复赫尔梅尔的念头。

于是，巨人们唤来了赫尔梅尔，委托他下到五十米深的井下去打扫。他们看到他的确下到井底时，立刻端起巨大的石头往下面扔去。强壮的赫尔梅尔正在井下欢乐地唱歌。突然，他觉得有东西纷纷掉下井时，便昂起头对着上面喊道："呵，你们快把老母鸡从井栏旁赶走。它们扒起的许多小石子，掉在我的眼睛里了，痒痒的，不好受。"巨人们不顾他的叫喊，他们看到旁边有一块巨大的碾石，便动用十个人，还使用巨大的树干做撬棒，最后把它移到井旁，扔到井下。

赫尔梅尔却抬起来朝着上面赞扬一声："呵，你们这些人真是分外友好，怎么给我送上如此漂亮的脖颈挂件。"赫尔梅尔把碾石挂在脖子上，直到把下面打扫干净，才高高兴兴地回到井上。

巨人们看到赫尔梅尔一身特殊的装扮，不由得大为惊骇。于是，他们如中了邪一般四处奔逃。赫尔梅尔嘲笑似的呼唤他们："呵，你们跑得比兔子还快，怎么忘了给我布置干活呀？我这回在井下打扫了，你们当中是谁负责这件事，给我支付报酬呢？现在到晚上还早着呢，我不能无所事事地坐到晚上吧！"

巨人们连忙把他送进茂密的大树林，让他干苦活、伐木。赫尔梅尔却躺在一棵树下睡着了，而且鼾声如雷，震动得连大树都在打颤。巨人们看到这里，觉得现在是结果这位累赘之人的好时机。他们立刻在树林里放起一把大火。巨人们看到熊熊火起，高兴得手舞足蹈，不由得沙哑着嗓子唱起歌来。

赫尔梅尔还在酣睡，直到大火烧到身旁，他感到有点儿热才醒了过来。冲天大火倒也算了，烟雾腾腾的实在让他感到很难受。赫尔梅尔忍耐不住一连咳嗽几声，这才感到稍微轻松一点。可是，树林里的大火早被他的咳嗽唾沫浇熄了。

强壮的赫尔梅尔直到这时才意识到眼前的巨人们原来都是魔鬼般的人物，便止不住心头火起。于是，他从地上拔起一根大栎树，朝着巨人们横扫过去。那些来不及逃过莱茵河的巨人通通被他掸落在地上，再也爬不起来了。

神　裤

十一月份，莱茵河北部地区已经进入寒冷的冬天。

有一回，一个农民正在前往胜利堡的途中。跟他走在一起的还有一个小侏儒，小侏儒也许跟他同道。小侏儒看到农民忧心忡忡的模样，便问他为什么一脸不高兴。

农民沉默了一会儿，然后开口说道：“呵，我的家里有七个孩子，可是现在口袋里只有三个小钱。如果我用它们买面包，那么以后怎么办呢？这么多的苦难压在肩上，难道我的脸上还能有一丝笑容，我还能高兴得起来吗？”

农民说完话，他们又一起往前走。寒风呼啸，冰凉刺骨，天空间已经飘起了雪花。农民身上只穿一件薄薄的外衣和一条破旧的裤子，他一边走一边冻得直发抖，上下牙齿不由得捉对儿厮打，格格作响。

“你为什么发出格格的响声？”小侏儒不明白地问道。

“不足为奇，”农民悲伤地回答，“我的身上只有这么一点褴褛的衣衫，如何抵挡得住刺骨的寒冷？”

小侏儒还是不明白，问道：“你的妻子为什么不给你缝补结实？”

“我的妻子？她卧病在床，谁知道她是否还能重新站起来。我没有钱为她买药，也没有什么给她补养病体。”农民无可奈何地回答。

“呵，你真是个可怜的穷人，”小侏儒开始理解了，“我这里至少还有一条没有破洞的裤子，我愿意将它送给你。”小侏儒说着，从他的背囊里取出一条皮裤。这条皮裤不是新的，可是没有破损，穿在身上干干净净的，也很暖和。

农民脱下他的裤子穿上皮裤。呵，瞧吧：这条皮裤完全合身，大小正好。农民立刻从旧裤口袋里掏出仅有的三个格罗申小钱，塞在皮裤袋里。他把原来的旧裤扔掉，不再需要它了。

他们高高兴兴地往前走了一程。这时，小侏儒开口对农民说道：“呵，你呀，数数口袋里的钱币吧！”真是奇迹之上的奇迹！农民看到皮裤口袋里躺着六个格罗申，他清清楚楚地记得刚才是塞进去三个格罗申。

“现在，你把三个格罗申塞在右边的裤袋里，而把另外三个留在左边的袋底上。”农民按小侏儒的吩咐行事。

他们又走了一程，小侏儒又吩咐农民把裤袋里的格罗申点数一下。农民发现他的左右裤袋里各自藏着六个格罗申。

“呵，这些货币都会不断地成倍生长，”小侏儒说道，“你要记住及时把钱币取出。否则，它们会撑破袋底，最后从裤袋洞口中掉下去的。”小侏儒说完便消失不见了。

农民多么希望诚恳地谢谢他，现在却没有机会了。他又试了试，看看裤袋里的钱币是否如同刚才那般成倍地生长出来。他每回尝试，效果都是一样的。而且，他已经感到裤袋里盛放的钱币越来越多、越来越重了。农民一路走着，试着，高兴着。呵，他已经来到胜利堡，这是一座不大的城市。

他在城里到处走动，买了一辆大车，买了面包、火腿和一切必需之物，然后高高兴兴地回家去了。当然，他还买了一只大箱子，那是专门为了盛放格罗申钱币用的。

不久以后，他的妻子恢复了健康。孩子们个个吃饱穿暖，长得活泼可爱。农民有了钱财，立刻用来购买田地、添置牲口，他成了一个受人尊重的富人。农民成了富人以后不仅向往着吃得更好，而且攀比着谁穿得更加时髦、更加漂亮。于是，他把平常穿在身上的皮裤脱下来塞在箱子里。他在城里买上许多漂亮的衣服，把自己打扮一新，跟从前的寒酸相比起来，那可是天壤之别了。

一天，妻子打开衣箱，看到搁在里面的皮裤。她把皮裤取出来浸在水中，仔细地洗涤一遍。后来，她把皮裤放在晾衣绳上晾干时，不料从天空刮起一股旋风。旋风吹动皮裤，把它吹得无影无踪。

也许是小侏儒借着旋风的机会把皮裤收回去了，谁能知晓呢？

村里还住着另外一个农民，是个富裕而又吝啬的人。他看到从前贫穷的农民现在富得冒油，知道他在前往胜利堡的途中得到了小侏儒的帮助。吝啬的农民心里寻思，他能做到的，我也一定能够做到。

他想罢心思，便穿着一身褴褛的衣服，慢吞吞地朝胜利堡走去。也是十一月的天气，寒冷、下雪。吝啬的农民果然在途中遇到小侏儒，如同跟他约定了似的。吝啬的农民向他哭诉自己的贫穷，让小侏儒看自己身上穿的破裤子，装得那么可怜。小侏儒以为他真是一个苦难的穷人。

小侏儒对他说道：“呵，那么好吧，请把你的裤子脱下来！”他急忙脱下穿在身上的旧裤子，然后伸手就想抓住那条新裤子。不过，吝啬的农民连连地擦着眼睛，因为眼前既没有小侏儒，也没有了自己的旧裤子。

吝啬的农民急得双脚往上一跳，可是没有办法，他只得赤身裸体地冒着严寒往家里奔去。这下好了，吝啬的农民这辈子都少不了邻居们对他的嘲笑和讽刺了。

不过，另外的那位农民家也是好景不长。他还没有时髦几天，裤腿上已经磨出了洞眼，穷日子似乎朝他一步步地靠近。

瓦尔扑尔茨赫姆的圣彼得

阿尔谷的葡萄酒名闻遐迩，色泽暗中透红，纯如水晶，尤其用瓦尔扑尔茨赫姆成熟的葡萄酿制的美酒更是香醇可口，浓郁芬芳。这已经不是新鲜事了，多少葡萄酒友在痛饮美酒后回去的路上，如同莱茵诗人欢唱的克劳斯和魏尔登兄弟一样。一天，这两个友好的表兄弟正在回家的路上。魏尔登喝得酩酊大醉，走在后面，跌跌撞撞。克劳斯在悬崖陡壁上绊了一跤，径直滑下阿尔山谷——

一个人从鼻子里流淌出
鲜红鲜红的葡萄珍珠酥。
另外一位深深地坐在水下，
上身靠着粗壮的栎木大树。

这一切都是性烈如火的阿尔葡萄酒惹下的欢乐大祸，它可是瓦尔扑尔茨赫姆地区的酒中精华。如同这对表兄弟一样，圣彼得也在瓦尔扑尔茨赫姆遭遇不凡，让人听起来无比欢乐。

相传有一年，葡萄大丰收，一片欢乐景象。上帝和身上佩戴着天堂钥匙的弟子来到阿尔山谷。他们在各等酒肆都会停下休息一阵，喝上几杯。他们觉得阿尔葡萄酒特别上口。圣彼得喝得不仅上口，而且上心。

上帝不由得提醒般地看了他几下，看到他大口畅饮，心中不无担忧。圣彼得喝多了，不觉酒涌上头，走起路来高一脚低一脚，有点儿踉跄。他感到手上拎着的关锁天堂大门的钥匙比平日里更显沉重。

他们师徒二人在一家有名的种植葡萄的农民家里待的时间过长了，因此品尝了很多美酒。而且，这对天堂娇客对那户农家的葡萄酒特别赏识，不知不觉便喝得舌头发硬，差点儿不认识回天堂的路。直到瓦尔扑尔茨赫姆教堂里传来晚祷的钟声，天空中闪烁起一颗又一颗欢乐的星星时，上帝才开始严肃而又温和地示意圣彼得，他们应该动身回去了。

神圣的弟子留恋美酒，不觉又一仰脖子，大大地喝上一口。他还对着罐里没有喝完的美酒送上一束不舍的目光，这才站起身，驯服地跟着师傅立刻往回赶。他必须加快脚步，因为天堂大门关的时间太久，门前已经站着几个灵魂。他们迫切地要求进入天堂，可是天堂大门紧锁着，钥匙在圣彼得的手上，圣彼得是天堂大门的门卫。

当师徒两人经过一头花斑母牛的身旁时，这位神圣的大门看守猛地发现，原来他由于酒醉糊涂，把开启天堂大门的钥匙丢在好客的农民家中了。真是越忙事越多，惹人生气，因为这把钥匙太重要了。圣彼得想到这里，不由得骂骂咧咧地往回走，想要寻回钥匙。他要尽快回到天堂大门及时办公，免得耽误太多人的升天之路。

可是，他这回不是走原路，所以走着走着迷路了。他急得东找西找，最后还是没有找到那户好客的农民之家。这时，从远处传来上帝召他回去的呼唤声。圣彼得万般无奈，只得气呼呼地回去了。

圣彼得最终遭遇到怎样的结局，故事并没有作彻底的交待。当然，地方上的人也无法飞到那般高度，看个究竟。可是，瓦尔扑尔茨赫姆的酒店老板很快就明白那位客人的身份，因为他是个机灵的农民，所以立刻把他的酒店改名叫做圣彼得酒馆。农民把圣彼得遗失在他家的天堂钥匙装在店堂的进门处，算是永久的回忆。

今天，当你们经过瓦尔扑尔茨赫姆的圣彼得酒馆时，你们能亲眼看到那把重要的天堂钥匙。不过，能够打开天堂大门的那把钥匙并不重要，你们只是别忘了亲口尝尝那里的葡萄美酒。

教　堂

从前，法兰克大皇帝卡尔骑着马走出阿亨行宫。突然，他听到坐骑嘶鸣起来，而且迅速地从它无意踩入的林中泉水里抬起前蹄。卡尔大帝不由得大吃一惊，连忙下马。他把手伸进泉水，发现如同温泉一样。从此以后，成千上万的人在这口温泉里疗养身体，恢复了健康。

卡尔皇帝觉得温泉是上天送给下界的礼物，便下决心在当地赶造一座教堂，表示对上帝的深切谢意。皇帝以马蹄抬起的地方为中心，命令仆人们立刻动工。年迈的皇帝看着教堂的墙基在一天天地升高，可最终却没有看到教堂的竣工。

建筑工人们感到十分悲伤，尤其在看到继承大位的王子不是英明的人物之后，他为了自己头上的王冠，甚至要跟自己的孩子们大动干戈，于是为教堂的前程十分担忧。

卡尔大帝死了。他生前着手的许多事业全都停滞不前，包括那座大教堂。教堂的墙基、塔楼全都因为没有完工而荒芜在那里，宫殿里再也没有人注意到这个工程。市议会迫于无奈，只得向教徒们呼吁捐款。可是，捐款数目有限，无法支撑教堂的营造，还是无法让它完工。

城里的元老们常常坐在一起商议如何解决缺乏资金的困境，促使教堂早日竣工。他们不仅没有主意，也没有任何方向。大家空谈一阵，最后也都束手无策。

有一回，他们又坐在一起，突然看到从外面进来一位陌生的先生。先生径直走进市议会大厅，说自己有重要的建议可以供大家参考。元老们同意让他进来。陌生的先生侃侃而谈，建议大家筹措资金，以便让城市完成教堂的营造。德高望重的元老们见他拿不出任何更好的主见，便朝他投去不信任的目光，看到他留着小胡子。

陌生的客人看到大家盯着他时并不慌张，而是镇静地继续他的发言，并且十分礼貌。“呵，我愿意帮助你们，让你们摆脱目前的资金困境，而且并不要求你们归还。”元老们听到这里，不由得扬起了眉毛，竖起了耳朵。只听客人不加停顿地说道：“如果你们出于市民的骄傲并不拒绝我的帮助，我只愿提一个小小的条件：等到教堂落成举行庆祝典礼时，第一个踏进教堂的人应该归我，包括生命和灵魂。”

元老们听到讲话立刻从坐位上蹦跳起来，十分惊恐。他们当中有人连连划着十字，因为除了魔鬼外，谁还会提出如此地狱般的要求呢？德高望重的市议会元首闪烁着惩罚般的眼神，说道：“请你立即离开，你让我们十分生气。”

“呵，请让我用同样的虔诚回答你们，高贵的先生们。你们为什么显得如此惊慌失措？你们不妨睁开眼睛，看看外面的世界。父子之战、兄弟之战，多少人为了自己的贪婪不惜大动干戈，死于非命。现在，我只是提出一个微不足道的要求，你们难道不觉得就这样拒绝我太草率了吗？”

衣着陌生的客人在眼睛里流露出获得胜利的光芒，他从元老们思考的神色上已经读到有利于自己的答案了。犹豫的人越来越少，最终连最后一个人也改变了自己的主意，同意跟魔鬼缔结协议。

陌生的客人不由得面露喜色，元老们迫切地期待着可观的资助数目。他们看到款项在当天便兑现了，数目精准。阿亨城里洋溢着巨大的喜悦。

* * *

石匠和木匠又开始在阿亨教堂的建筑工地上忙忙碌碌，他们都在起劲地干活，希望把耽误的活儿重新补回来。建造教堂的工程日新月异，渐渐地接近完工了。

三年时间过去，教堂落成典礼的日期终于来了。这是阿亨城里一件欢乐的大事。无论是平民百姓还是教堂僧侣，他们全都来到教堂门前，纷纷赞扬教堂的宏伟，感谢虔诚人士的热情资助和慷慨大方。

市议会面临的窘境日益逼近，元老们并不看好那份协议。可是，他们守口如瓶，并不透露任何的细节。只有一个人眼看着时辰已到，便悄悄地向妻子泄密一二。从那时起，城市里大街小巷全都在交头接耳，不过全都叮嘱对方保守秘密，切莫外传。

落成典礼的那天，多少德高望重的修道院院长和牧师，以及众多的骑士和绅士全都带着敬畏前来观望。他们看到前往教堂的庄严队列旗帜飘舞，歌声嘹亮。可是，有一些衣甲闪亮和法衣艳丽的客人们只是心情不安地相互看着。有的人仰起头来，忧虑地看着清晨的天空，生怕上面突然出现一个骨瘦如柴的身影。那是一副鬼脸，头上生角，有一对马脚，背上扇动着蝙蝠般的翅膀，从空中俯冲下来。

突然，列队之中骚动起来。市议会的元老们大度从容地穿过街道走近他们，走在元老们前面的四个农民伸出手死死地抓住一只蒙着布面的笼子。那是一位智慧的修道院院长想出的主意，为了骗过年迈的妖怪。

行进的队列来到教堂门前。四个农民之中有一个站在最前列，双手扶着笼子。有个人拉开蒙住笼子的布面，笼子里露出一头顿时嚎叫起来的老狼，老狼露出一排凶恶的牙齿。另外两个农民伸出长长的利斧，拉开笼子的门闩。第一个农民拎起长矛，朝着老狼屁股刺了上去。老狼疼痛难熬，猛地往前冲了出去，口中还不绝地嚎叫着，如同谩骂一般。

恶毒的魔鬼就躺在教堂的后面。他看到有条生命踏进教堂，顿时贪婪地扑了上去。可是，他紧接着就发出一阵野蛮的怒吼，因为他看到阿亨山人竟然用一片血鳞蒙住了他的眼睛，让他受骗了。

不过，他还是追上去抓住老狼，把它的脖子拧断，然后骂骂咧咧地离开了。魔鬼张口骂人的时候，口中喷出许多的琉磺味，搅和得空气里一片雾霾，浑浊不堪。民众们一拥而上地进了教堂，听到钟声敲起，他们发出一片欢呼声，感谢上帝的仁慈和善良。

* * *

魔鬼大师乌里安骂声不绝，它觉得阿亨人用一头可怜巴巴的老狼就把自己骗得云里雾里，实在于心不甘。魔鬼不知不觉走到海边，他张开愤怒而又昏花的眼睛从黄色的海滩看到深蓝的大海，脑子里不由得想到一个地狱般的主意。他要把阿亨人，包括他们的骑士、元老、男男女女、老老少少通通埋葬在地狱里，让他们不得翻身。

于是，他猛地从海边搬起一座土山，扛在肩上原路返回阿亨。可是，回阿亨的路很远，魔鬼肩负重荷，早已累得气喘吁吁、汗流浃背。而且，他还怨恨刮得四周飞沙走石的大风。风不仅把沙子吹进他的眼睛，还不时地带来一场暴雨，把魔鬼淋得差点儿连鬼火都熄灭了。

他已经来到赛尔思山谷，这回累得实在连气都喘不动了。呵，天下有的负担重得甚至连魔鬼都吃不消。不过，世界上有许多人并不懂得这层道理。

一个干瘪的女人在路上蹒跚而行。她瞪着怀疑的目光看着肩负奇怪重担的同道行人。女人正想超越他往前走时，不期被魔鬼唤住，问她从这里到阿亨还有多远。女人不由得仔细地打量起陌生的同道人，她那张干瘪的脸上顿时添了几道皱纹，沉思般地痉挛起来。

女人明白是怎么回事了。她能够认出这位怏怏不乐的伙伴，而且知道他是人类的死敌，猜出他心怀恶意，想要毁灭可爱的阿亨城。

干瘪的女人想到这里连忙换上一张忧心忡忡的脸，可怜兮兮地回答道：“呵，同行的先生，请千万不要见怪，到阿亨的路还远着呢！你且看看我穿着这双行走的鞋，早已经走得头穿底落了。这还是我今天早晨请鞋匠修补一下的鞋。”

魔鬼听罢讲话，口中不由得发出一句亵渎上帝的恶毒咒骂，顺手把土山从肩膀上扔下来，口中还不绝地骂骂咧咧。魔鬼是喜欢骂人的。皮肤干瘪的老太太在胸前连连画着十字，想到自己竟然能够在阿亨的城门前拯救城市，让它免遭涂炭，心中欢乐不已。

直到今天，那座土山还堆在那里。这是一位老妇人战胜魔鬼的见证，当地人把它叫作命运山。

阿亨人为了纪念可怜的老狼，它没有能够逃脱魔鬼利爪，便把它刻在大教堂的铁门上，希望让天下人永远地记住当年的故事。教堂的大门上还残留着缝隙，那是上当受骗的地狱之王在盛怒之际离开教堂时留下的痕迹。他把大门在身后关上时用力过猛，连门框都松动了。

阿亨城的由来

卡尔大帝的帝国幅员辽阔，于是，帝国大地上到处布满了大帝的行宫。东南西北都有他的居住之地，留下他的行踪和足迹。

有一回，他住在苏黎世的宫殿里。宫殿靠近苏黎世湖，是个美丽的地方。大帝常常外出散步，美丽的大自然让他惊讶不止。有时候，他如同被美景拴住的一样，挪不动步。卡尔大帝是位热爱公平和正义的人物，尤其对待民众更是平易近人，受到许多人的称道。

在距离他住处不远靠近陡峭的莱茵河岸的地方，相传那里曾是两位骑士弗利克斯和勒古拉殉难的所在。卡尔大帝命人在那里竖起一根大柱，柱上挂一口小钟。如果有人希望让皇帝倾听自己的怨诉，他只要在中午时分敲响小钟，卡尔大帝就会亲自出来接见，听取他们的诉求。有时候，甚至能当场为他们作出决断。

钟声又响起来了，可是周围却连个人影也没有。第二天又是这样，钟声响起，立柱旁却不见人影。卡尔大帝觉得疑虑重重，于是命令仆人躲在一旁守候，希望把钟响的原因探究明白。仆人守候在那里，突然看到一条大蛇从莱茵河河岸的山洞里游出来。它游到立柱旁，然后摇动小钟发出声响。仆人看到这里，惊讶得目瞪口呆，说不出话来。

卡尔大帝还坐在桌旁。他闻听消息，便刻不容缓地站起身来，朝着大蛇走去。“无论是动物或是人，”卡尔大帝说道，“我都愿意给他们带来公平和正义。只要他们还有求于我，我便不会拒绝。”

大蛇看到大帝朝它走来，立刻竖起上半段身体，然后伸出脑袋朝着大帝弯曲三下，显然是鞠了三个躬。然后，它缓缓地退回自己的蛇洞。卡尔大帝和他的随从跟着大蛇，他们迫切地希望知道这条大蛇到底有何祈求。他们来到洞口时，看到蛇洞门前有一只巨大的蛤蟆。看起来，这只蛤蟆似乎堵住了蛇洞，让它进出不便。

卡尔大帝立刻传令，让仆人抓住蛤蟆并把它杀死，为大蛇作了主，让它进出时游动自由。

这件奇特的事情发生后的几天，卡尔大帝正在宫殿餐厅里跟仆人们用餐。这回让大家吃惊不止的是这条大蛇竟然游进大厅，它来到皇帝面前，朝着皇帝虔诚地鞠了三个躬，然后游近皇帝面前的大酒杯。它往酒杯里落下一颗硕大的宝石，宝石美丽无比。卡尔大帝和他的仆人们惊魂未定，大蛇已经缓缓地蠕动着身子游回去了。

卡尔大帝把宝石赠送给他的妻子。皇后珍惜大帝的礼物，把它当作一件漂亮的饰物别在自己的头发上。这件宝贝拥有神力，佩戴宝贝的女子可以获得巨大的魅力，让皇帝永远也不会离开她。卡尔大帝从此以后始终牵挂着他的皇后，一刻也不愿意离开她。

皇后很快明白丈夫依恋自己的原因所在，因此一直戴着蛇儿的宝石，从不取下。后来皇后身患重病，她在感到来日无多时，突然担心头上的宝贝将会传给不配当皇后的女人。于是，她把宝贝藏在自己的舌下，一直到死也未曾吐出来。卡尔大帝对待去世了的妻子仍然不能忘怀，始终挂念心中。他让仆人给皇后的尸体涂满了防腐剂，把它带上旅途，走遍四面八方。

当时的红衣主教一直伴随着卡尔大帝视察天南地北。他看到皇帝的柔情十分奇特，便在心中猜疑莫非有什么神秘的原因。于是，他凑近皇后的尸体，希望寻找藏在皇后身上的吉祥物。红衣主教很快找到了那块压在皇后舌根下的宝石，而且把它取出来占为己有。

说起来也是奇怪，卡尔大帝很快把自己的感情从去世的皇后身上转移到红衣主教身上。大帝不断地赏赐红衣主教，而且对他十分依赖，让他无法离开自己。后来，红衣主教对卡尔大帝如此器重自己也感到疲惫不已，开始腹中生厌了。

有一回，他们穿越德国的西部地区，红衣主教因为忍受不了卡尔大帝的过分宠爱，便把携带身上的宝贝拿出来扔进水里，从此再也找不到了。可是，这份宝贝的魔力仍然存在，只是红衣主教失宠了。不过，那块藏匿着宝贝的地方却让卡尔大帝魂牵梦绕，割舍不下。

从此以后，卡尔大帝不断地前往那里，还在那里建造了一幢宫殿，让这个地方成为了一座城市，这座城市就是阿亨。今天，卡尔大帝的大教堂便是证明。

想当年，卡尔大帝多么兴致勃勃地欣赏河边的草地，那里正是红衣主教扔下蛇儿宝石的所在。有时候，卡尔大帝可以整天坐在那里感伤地回忆起以往的岁月，他甚至是目不转睛地盯望着平静的湖面。藏匿在那里的小宝贝以神奇般的魔力把卡尔大帝的所有心思锁定在阿亨。

阿亨人对此深信不疑，他们尤其称颂阿亨温泉的神力，说它们来自大地的宽广胸膛，是为了给阿亨人送上福祉。

驼背的乐师

从前，阿亨城里住着两位乐师。他们在舞会、宴会或者其他重要的集会上演奏小提琴，以此赚得每日生计。两位乐师的日子过得逍遥、幸福。

他们中有个人叫弗里特尔，是个性格活泼的欢乐人。他热爱生活，也热爱自己的艺术。那时候，人们还普遍没有承认献艺的歌手地位，人们对他反唇相讥，说他如果不是生有缺陷，他所说的话一定可以让人相信。原来，弗里特尔是个驼背的乐师。另外一位名叫哈茵茨，也是个驼背的人，不仅如此，他的长相也有许多并不尽如人意之处。

一头蓬乱的红头发，两个小小的绿眼睛，僵滞的目光让人感到很不稳定，嘴角边上泛起一丝抹不掉的恶意——这一切都让他不受待见。因此，在种种演奏场合，人们总是喜欢弗里特尔的演出，对哈茵茨十分冷淡。当然，弗里特尔在演出时能够把琴弦拉得更加自如，加上他灵魂的自信和优雅的表演姿态，让他到处都能受到欢迎。可是，不修边幅的哈茵茨如同他那叛逆的性格一样，处处碰壁。

如同任何一位艺术家一样，弗里特尔很快坠入爱河。他爱上一位富裕葡萄酒家的女儿阿伽特，那是葡萄酒家唯一的女儿。弗里特尔感到庆幸的是，姑娘阿伽特并没有嫌弃他难看的驼背身躯。

两位热恋的青年男女几乎看到了幸福的彼岸。可是，阿伽特的父亲是位傲慢的小市民，他把钱财看得比什么都重要。因此，他希望在阿亨城的富人圈里为自己找得一位称心的女婿。父亲的想法为两位年轻人的未来蒙上一层乌云。

他们只得听天由命，不敢为自己作主。

父亲终于为阿伽特找到一位富裕的年轻人，可是，他是个一事无成的年轻人。弗里特尔看到事已至此，便壮着胆挺身而出，他来到富裕的葡萄酒商面前，袒露自己的心迹，表示愿意向他的女儿阿伽特求婚。父亲听到他的陈述，不由得朝他投去一束蔑视的目光，接着爆发出一阵狞笑，算是对他的求婚作了回答。

“你以为，”骄傲的商人大声说道，“我就这么迫切地想要找个女婿，甚至不惜把我的女儿丢给一个沿门乞讨的乐师吗？或许，你以为自己的背后隆起如同一座小山似的，会让我看了满意吗？不，绝对不行的。”

商人停顿了一会儿，又接着说道：“你还是趁早识相吧，我可不能留下这样的女婿，让他把驼背传到我的外孙外孙女，让我成为全城的笑柄。”他一面说话一面挥舞着双手，示意弗里特尔可以走了。

不幸的年轻人遭受到恶意的嘲笑和伤害，他急急忙忙地离开富裕的葡萄酒家。他从葡萄酒家的大门里冲了出来，可是却感到糊涂了，不知道脚下的道路究竟通往何方。他只是在田间小路上穿行徜徉，直到夜幕降临他才找到一棵大树，他就势躺在树下，不觉出了一身大汗。

他并不熟悉眼前究竟是个什么地方，也不知道如何才能找到回城的路。他只得起身漫无目的地走着，一直走了很长时间才看到城门。教堂里传来缓慢的半夜钟声，弗里特尔走上城里的大街小巷，看到眼前那么荒凉，那么空荡。

他如果不是专注于自己可怜的爱情，一定会看到眼前这可怕的一切。一群猫头鹰啼叫着，围着古老而又阴暗的塔楼和高高的房顶转个不停，许多鸟儿陪同着一起飞舞，一支装束奇特的部队慢慢地朝鱼市场扑了过去。看到这样的身影，有人一定以为妖魔出没，危害人间。身患相思病的乐师弗里特尔还不由自主地往那里走着。他只是专注于自己的郁闷事，对外面的一切都没有察觉。

可是，他刚刚踏上广场便看到眼前奇异的一幕：广场上汇聚着一束灯光，灯光下活跃着一群女人的身影，身影们无声无息地动着。弗里特尔觉得十分惊讶，便往鱼市场又走了几步，这回能够就近看清这些奇特的人了。

他突然记起来，今天正是妖魔鬼怪在鱼市场举办午夜野餐的节日。他正感到奇怪时，有个女士朝他走来。从装束上看是一个高贵的女士，如同女子群落里的首领一般。高贵的女士走到弗里特尔面前，牵着他的手，把他领到一张布满精美佳肴的餐桌旁，让他随意取拿、享用。

弗里特尔高高兴兴地享受一餐。这时，高贵的女人给他递上一把精致的小提琴，请他为即将舞蹈的人群伴奏。她们不断地让他享用可口的食物，弗里特尔来者不拒，大饱口福。当然，没有人提到给他钱当作报酬的事。他的小提琴刚刚发出声响，女士们便已经高高兴兴地起立。她们把餐桌和长凳移到一旁，接着开始了热烈的舞蹈。高贵的女人不时地给她们示意，让她们跳起一支又一支的舞蹈。

弗里特尔拉奏起欢乐的曲调，他的小提琴像中了魔一样，拥有了巨大的神力，因为曲调越来越快，舞伴们旋转的速度也跟着变快，最后变成激烈的混乱场面。弗里特尔终于拉不动了，瘫倒在椅子上。他的琴声戛然而止，舞场上顿时一片寂静，舞蹈停止了。

高贵的女士又朝弗里特尔走上一步，给他一个妩媚的微笑，称赞他的小提琴拉得漂亮，然后轻启双唇对他说道：“你且请跪下，接过我们对你的演出表示的谢意吧。”接着，她对着俯身跪在面前的驼背低声念叨了几句话，伸出左手往他的驼背上转动几回，轻松地把他的驼背取下来搁在一只空盆里，接着把盆加盖、上锁。

她的法术刚刚结束，教堂里传来深夜一点的钟声。说时迟那时快，眼前的女士，连同板凳桌椅和灯光通通消失不见了。弗里特尔环顾四周，他看到自己孤身一人站在鱼市场的黑暗之中。弗里特尔被眼前的事情搅得心乱如麻，十分激动。于是，他便匆匆忙忙地朝家中走去，希望享受片刻的安宁。

可是，他却经历了一个接着一个的怪梦。他一会儿梦见跟阿伽特急忙私奔，葡萄酒商像长腿的小侏儒一样在后面紧追不已。不一会儿，他又梦见自己的意中人如同鱼市场上遇见的高贵女士一般。后来，他又看到那位高贵的女士跟小提琴手哈茵茨步上婚坛。哈茵茨的长相如同希腊神话中爱神阿佛洛狄特爱上的美貌少年一般。他在梦中打滚、徜徉，一直折磨到清晨天亮。梦中的画面让他觉得都是无法想象的怪诞事情。

他不由得朝镜子里看上一眼，看到镜子里是个修长的身影，一点儿也没有驼背。更让他惊讶的还有，他的上衣口袋里竟然装着大额的钱物。这些钱币足以让他跻身城里富人的行列，跟他们不差分毫。他看到自己经历了这么巨大的变化，而且富得冒油，便立刻朝心爱女子的家中走去。

他在门前遇到姑娘阿伽特的父亲。阿伽特的父亲直瞪瞪地看着他，不知道他是一位陌生的来客，还是昨天带着驼背前来求婚的乐师。阿伽特的父亲在来者是谁后惊魂稍定，觉得更加惊讶。

年轻人重新阐述了他前来求婚的意愿，这回他可是心想事成。可是，这回的成功主要还不是他那修长挺拔的身材，而是他上衣口袋里的钱财。葡萄酒商人虽然老眼昏花，但并没有思想糊涂，他看到了厚厚的钱币，立刻答应让求婚人在三个月以后跟阿伽特前往教堂完婚。

可是，冒险的经历接踵而至。乐师弗里特尔跟他的岳父约定，一定要为他的婚姻大事保密。不过，愉快的好事如同长着翅膀的小鸟一样，最大的秘密顿时成为街谈巷议的新闻。

红头发的驼背乐师哈茵茨也听到风声了，他对聪明伶俐的弗里特尔一直怀恨在心，十分妒忌。现在，他更是怒火燃烧，仇恨满怀。红头发的驼背乐师哈茵茨到处游说，他在幸福的人群里煽风点火，造谣中伤，暗示性地告诉大家，弗里特尔是在魔鬼的帮助下才获得身躯的挺直和大量钱财。他的话让大家在心里产生了疑虑和恐惧。

不过，哈茵茨还是暗暗下定决心，他希望在下一回的魔鬼节日上赌一把自己的命运，至少要跟他的艺术伙伴弗里特尔一样，能挺直腰板，拥有钱财。

魔鬼们晚上在鱼市场的节日聚会又到了，它也是弗里特尔举办婚礼的大喜日子。哈茵茨带着他的小提琴急忙朝鱼市场走去。他决心不仅要从先天的驼背中解放出来，还希望获得尽其多的赠送，让他的财路直达天庭，冒上云端。

鱼市场上果然热闹非凡，烛光摇曳，高贵的女士们打扮得花枝招展。她们坐在装点得无比漂亮的餐桌旁，又吃又喝，其乐融融。女士们窃窃私语，没有高声喧哗也没有酒气冲天和乱说胡话。哈茵茨大胆地走上前去，示意自己是乐师，能够拉小提琴助兴。女士们立刻腾出位置，如同上回举办舞会一般。

这位乐师过分贪婪。他的目光始终不离餐桌上的金盆金盏，心里渴望着如同流水般的钱财作为报酬。因此，他顾不到节奏和曲调。其实，他本来的技艺就不精湛，这回更加可怜，拉动的曲子如同杀鸡一样呱呱乱叫。他的音乐惹得高贵的女士们乱成一团。

跳舞的女士们不由得心头大怒，纷纷走上前来，攒紧双拳对着他上下挥舞，左右翻飞。哈茵茨被打得鼻青脸肿，面目全非。高贵的女士连忙打了个手势，让他停止演奏，然后命令他就地跪下，准备领取报酬和封赏。

驼背乐师哈茵茨听到跪下领赏，心里感到高兴，以为这回演出成功，自己的心愿马上就能实现。于是，他急忙请求把那些贵重的酒杯以及其他的无价之宝通通赏赐给他。他已经朝着礼品伸出手去，不期脸上挨了重重的一巴掌。高贵的女士又从上了锁的大盆里取出善良的弗里特尔的驼背，把它装在乐师哈茵茨的胸前。

正在这时，教堂的钟声传来了深夜一点整的播报。惊魂不定的哈茵茨看到眼前的一切忽地一声通通消失，而他只是孤孤单单地独自一人站在阴暗荒凉的大街上。

呵，可怜的哈茵茨看到自己这回不仅驼着背，还挺着胸，这样的双重负担让他又愤怒、又绝望。天下有哪一支羽笔能够描述他的处境呢？他也不是个聪明的人，无法讲述自己的遭遇和故事。他只能遭受无穷无尽的嘲笑和咒骂，说他贪得无厌、自取其辱。

弗里特尔同情他的命运，便把他收留下来，一直为他养老送终。

朝圣的约翰

从前，住在莱茵河畔哈茵斯山的公爵约翰是个虔诚的男人。他和妻子玛伽雷塔十分恩爱，生活幸福，令人称羡。可是，天有不测风云，妻子玛伽雷塔突然身患重病而卧床不起，看来凶多吉少，濒临死亡。

公爵约翰急得在宫殿里团团转，而且立下重誓，如果妻子玛伽雷塔能够病愈恢复健康，他愿意前往耶路撒冷朝圣，亲自到基督的坟前跪拜谢恩。说来奇怪，玛伽雷塔的疾病慢慢地开始减轻了。后来，她又重新恢复了健康。

公爵约翰并不食言，他立刻上路，前往朝圣。约翰取道意大利，从威尼斯上船。他穿越浩瀚辽阔的地中海，准备从海路直达巴勒斯坦。他们在途中遇到土耳其海盗。船员们尽管英勇反抗，他们的船还是被海盗劫掠了。海盗们把被劫的船押到利比亚首府的黎波里，把船上拘押的人卖给当地人为奴。哈茵斯山的公爵约翰被卖给当地的苏丹，他进入苏丹的宫殿当了仆人。

约翰在宫殿里勤奋干活，粗细不避。除此以外，他还结识了苏丹的私人医生。一天，苏丹的医生对约翰说道："呵，你要知道，苏丹的儿子身患重病很长时间了，几乎无药可治。可是，有一种只生长在欧洲大陆的作物，那是一服良药，可以挽救他的生命。"

约翰听到医生准备动身前往欧洲寻访这种草药时，便对医生说道："我认识这种草药，我的家乡在伍尔姆和鲁尔之间，那里就生长着这样的草药。"医生听到后，心中大喜，他不用到处打听到处寻觅了，可以节省不少的精力和时间。于是，他答应约翰会给约翰的妻子送去关于公爵命运和身世的信息。

不久，苏丹的医生从欧洲回到的黎波里。他在欧洲果然找到了那种草药，治愈了苏丹儿子的疾病，让他恢复了健康。同时，他还给约翰转交了他的妻子玛伽雷塔托带的一封信。妻子在信中写道，她渴望着丈夫获释回来的团聚之日。

苏丹的儿子是个性格沉闷的人，苏丹的医生特地给他带回一名法兰克的歌手。法兰克歌手嗓音宏亮，弹一手漂亮的竖琴。他的音乐为苏丹的儿子释怀解闷，让他渐渐地欢乐起来。苏丹看到这些对竖琴手十分感谢，同时给他送上昂贵的珠宝首饰。可是，法兰克歌手并没有接受苏丹的赏赐，反而把它们转交给苏丹的仆人们。

苏丹问他："你是否有什么心愿？如果在我的力量范围内，我定会让你满足的。"

歌手回答："我看到来自哈茵斯山的约翰正在你们的仆人行列中，他非常适合住在我的家乡，因此，我请求你还他一个自由，让他回家去吧！"

苏丹同意了。他等儿子的病体彻底治愈时，便辞退了歌手和约翰。不过苏丹是个善良的人，他还派兵丁保护歌手和约翰，让他们先往耶路撒冷朝圣，在耶稣的坟前完成祈祷。然后，他们同路前往威尼斯。歌手和约翰在威尼斯分手，各奔前程。约翰急于回家去找妻子玛伽雷塔，希望看望他的众位朋友，那里才是他的祖国和家乡。歌手独自前往罗马，他也是重誓在身，希望亲自跪拜在圣彼得墓前，亲自祷告。

他们在告别时双方都心情沉重，于是互相约定从此成为朋友，再也不会忘掉对方。公爵约翰回到自己的城堡。骑士们、朋友们、民众们奔走相告，为公爵突然回到家乡感到幸福和激动。可是，公爵并没有看到妻子玛伽雷塔。仆人们告诉他，自从苏丹的私人医生来到城堡报告了约翰在彼处的消息再骑马离开城堡后，公爵的妻子玛伽雷塔便消失不见了。而且，再也没有任何关于她的音讯。

公爵约翰无可奈何。他认为妻子已经弃他而去，而且远走高飞，从此便没了影踪。公爵感到十分悲伤。

几个星期以后，一位陌生的行吟歌手来到城堡前。他举起双手拍动城堡大门，他就是亲自把约翰从仆人行列中解救出来的竖琴手。竖琴手高高兴兴地走进城堡的大厅，公爵约翰朝他走上一步，看到竖琴手从头上摘下礼帽，并脱下外衣，让自己的一头秀发飘拂下来，垂挂到肩。公爵约翰仔细看时，原来正是妻子玛伽雷塔站在自己面前。

他直到这时方才认出为自己解除奴仆身份的竖琴手不是别人，正是他的妻子玛伽雷塔。他们顿时幸福而又欢乐地扑向双方，交颈相吻。两个人久久不愿松开握得紧紧的双手。

妖 怪

从前，德国有一段妖孽横行的野蛮时代。野蛮的妖孽常常提出无礼的要求，催讨无数的祭品，让人无法忍受。民众们过不下去了，便把那些妖怪告上法庭。卡尔大帝的城市阿亨就遇到过审理妖怪的官司。

那是一个富裕的伯爵夫人，她是个精通魔法的人物，因此成了被告。伯爵夫人居住在公鹿街的角落上，可是，没有人知道她究竟从哪里来。城里谣言四起，民间甚至有人为她的胡作非为编起了顺口溜：

白天里盘剥大活人，
半夜里细数小铜钱。

许多阿亨人经过她的住房时必须连连在胸前划十字，才敢走过去。大家都知道伯爵夫人富得冒油，可是，她的钱财是从哪里来的呢？这样的问题如同她的身世一样，都没有答案。

白天，夫人住宅的窗户都是关闭着的，密不透风；等到了夜晚，那就是两样了。夫人住宅的窗户里透射出辉煌的烛光，里面又是歌声，又是乐器弹奏，如同隆重的节日一般。法官们希望找出审理妖怪女子的证据，其实，寻访证据并不是为难的事。

第一个证人来到法庭，开口说道："我已经想很久了，那幢房子里肯定没有好事。有一回，我听到里面热闹非凡，而且夹杂着'喵'的叫声。我透过门缝往里张望，看到里面的长桌旁坐着许多猫。桌子上堆满了澄黄的金币，大猫小猫们都在扒拉金币。我似乎感到，我们白天时常看到的一只大黑猫，它在房子周围转来转去。可是到了夜里，它就成了里面聚会的主席。法官先生们，你们瞧，这不是妖怪们的游戏，难道还有别的解释吗？"

住在伯爵夫人住宅周围的人都知道那里有一只淘气的大黑猫，觉得是个令人讨厌的东西。它常常把人的鞋子叼走，有时还拖走工匠们的工具，甚至跳到正在喝啤酒的人桌子上，把他们的啤酒杯碰翻，让啤酒流满一地。

修补房顶屋面的人对作为被告原伯爵夫人深恶痛绝，不惜对她口诛笔伐，说道："我每天攀高落低地干重活，因此，完工以后就希望稍稍休息一下，点上烟斗吸口烟。可是，那只可恶的黑猫却冲着我跳过来，把我的烟斗和烟草从手上撞翻。我很生气，操起一把槌子朝着黑猫扔过去，打下它的三根脚趾。黑猫'喵'地一声逃进房子里去了。我听到里面的人惊慌失措地聚集在一起大声叫嚷：'呵，我们的伯爵夫人受伤了，她的三根手指被打断了。'"

法官们听到这里觉得证据确凿，无可抵赖，认定伯爵夫人是借助魔鬼的法术变成黑猫。法官们引经据典，判处伯爵夫人是妖怪，必须接受死刑。

第二天，妖怪被押解着送到阿亨的大广场，再送上火堆当众烧死。

栎木种子

从前，登林地区的僧侣们并不满足于他们在教堂里修行。他们希望为本来就富得冒油的修道院继续增添财富，那是为了从此以后再也不会缺少钱财，可以让他们过上富足升平的好日子。

一天，他们想要占有寺庙旁一大片的土地，那片土地是属于邻近修道院的容克的。僧侣们并不缺借口，因为古老的文书上曾经记载过这片土地属于教堂。他们向邻近的容克提出占有土地的要求，让容克及时归还。

年轻的容克觉得这片土地是他们祖上留下来的，不相信凭修道院的一纸文书就应该把土地交到教堂，他觉得这是不合理的。修道院把他告上法庭，要求法庭判决他们的主张。

当时的法官们都很迷信，他们生怕秉公办理会得罪教堂，那可是人们寄托灵魂的地方。因此，他们不敢明确地作出判决，只是一拖再拖，把一场官司拖得无穷无尽，不知道什么时候能够结束。

年轻的容克知道他的对手十分强大，难以对付。他思考再三，便提出愿意结束这场旷日时久的争论，并且愿意把土地让给修道院。不过他提出了条件，希望在这片具有争议的土地上种下一批种子，而且要等它们长到成熟。修道院的僧侣听到有这等好事，心里高兴极了。他们满口答应，立刻起草了一份协议，答应履行其中的条件。

春天像一件绿色的衣衫披上了大地。僧侣们计算着还有多少时日便能接收那块田地。于是，他们兴致勃勃地赶到田埂前，想要看看容克将会收获怎样的一熟庄稼。可是，田里既没有麦苗，也没有其他颗粒作物，从地下冒出的是一片片嫩绿的小叶。

开始，僧侣们认不出那是什么作物。后来，等到终于从含苞的绿叶上认出是小小的栎树时，他们不由得大吃一惊，十分惧怕。年轻的容克以智慧惩罚了僧侣们的贪婪，让一切渴望公平和公正的人为之称赞，拍手叫好。

满地的栎树种子生根发芽，长成美丽而又挺拔的小树。等到高大的栎树树冠开始俯视修道院的高大房顶时，修道院里那批不善修行、只图敛财的僧侣兄弟早已长眠地下，喝过忘川水，记不起往常的事情了。

高大的栎树还在生长，它们抱团成林，仰望青天。不过，它们也有枯萎凋零的时候，只是高大的修道院早已塌倒一旁，成了瓦砾。

呵，此栎非那砾。

圣彼得和驴

有一回，夏天天气火热，阳光炙人。

上帝先生带着他的弟子圣彼得来到莱茵河下游地区。他们看到那里景色宜人，尤其看到莱茵河滚滚流淌，感到十分舒心。他们两人从天上下来已经走了很多路，圣彼得感到累了，于是央求上帝给他送上一头毛驴代步。因为他看到前面的草地上有一头毛驴，正在啃青。

上帝希望考验他一回，便点点头开口说道："呵，你可以得到那头毛驴。不过，你要一心一意地念颂《我们之父》的经忏，念颂时一点儿都不能让思想开小差！"圣彼得听到回答，心里为能够得到毛驴而高兴。他不由得暗暗思量："我可以一气呵成，把《我们之父》的经文迅速念完。"

于是，他开始祈祷、诵经。不过，他还没有念完最后一句时，心里忍不住急切地看看上帝，问道："呵，上帝，毛驴的缰绳也归我吗？"

上帝摇摇头说道："不行，这头毛驴也不能给你。你应该首先学会虔诚地祈祷！"圣彼得听到教诲，立刻拜倒在上帝脚前，发誓从今以后决定丢弃尘世杂念，诚心诚意地祷告。

后来，也不知圣彼得是否有长进，是否学会诚心诚意地念经、祷告，没有人知道。

上帝来到农民家

一天，上帝领着圣彼得一路行走。他们来到莱茵河畔的开泼恩，这是一个不大的村子。上帝和圣彼得走进村里的第一家农户，只见他们家的房子高大、结实，十分富裕。师徒二人希望在农民家的仓库房里借宿一晚。

农民是个欢乐的直性子人。他见有人请求住宿，立刻爽快地答应了，而且说道：“呵，好的，好的。你们都是身强力壮的人，完全能够为自己挣得一切的费用。依我看，你们可以留在这里住上整整一个星期。我给你们管吃管住，可是，你们必须帮我脱粒、帮我干活。”

圣彼得听到讲话，不由得对着农民投去一瞥警告的目光，因为他并不喜欢帮助农民脱粒。可是，上帝却平静地接受了农民的提议。

他们高高兴兴地用了一顿晚餐。然后，农民把他们送进客人住宿的地方，对他们说道：“呵，你们就睡在这里。明天，你们必须在半夜后的两点钟准时起床，然后到打谷场上开始打谷。”两个行走疲劳的人躺在宽大的床上准备睡觉，圣彼得睡在外床，他让上帝睡在里面。

第二天清晨大约六点钟的光景，圣彼得被一阵可怕的吵闹声惊醒了，原来是农民正在嘲笑他们。农民还伸手给睡在外面的圣彼得送上一掌，农民呼唤他们立刻起床，叫他们不要忘掉干活、打谷。

上帝和圣彼得立刻从床上跳起来，急忙朝打谷场走去，开始脱粒打谷。他们干了整整一天。两个人十分勤劳，而且高高兴兴地干着，一点儿都没有愁眉苦脸的模样。这一天，他们两个人干了几乎相当于六个人所能干的活。农民看到这里，不由得暗自心喜。他看到两个人如此勤奋，感到分外高兴，觉得这个交易很合算。

上帝和圣彼得干了一天的重活，累得精疲力竭。晚上，师徒两人临上床睡觉时，圣彼得希望让上帝睡在外床。

“我们的农民是个粗暴的人，”圣彼得说道，“对他是不可相信的。而且，我也不情愿天天挨打。”上帝是个随和的人，他平静地答应了圣彼得的建议，睡在外床。

第二天清晨，时钟刚过两点，农民就站在他们的床前，而且举着一根粗大的鞭子威胁着说道："怎么，又睡过头了吗？"

农民还大声地叫喊着："你们都是真正的懒人，可是，你们两人之中谁应该承担责任呢？昨天，我揍了睡在外面的人，我觉得揍过以后的效果很好。今天，我应该揍睡在里面的人，因为他没有催促伙伴立刻起床。"农民说着便抡起皮鞭朝着圣彼得抽打下去，他打得圣彼得弯曲着身子，连呼疼痛。

他们两人在白天干活时，圣彼得对上帝央求说还是离开这里为好，因为挨打挨骂的日子让他无法忍受。圣彼得气恼地说道："呵，谁能够忍受呀？白天干着劳累不堪的活，清晨还得挨一顿鞭子。这样的日子还是让别人去过吧！"

下午，上帝和圣彼得离开农民家，他们走在十分艰难的道路上，乡村的小路泥泞不堪。师徒两人走得头上冒汗。

圣彼得从中悟出一个道理，世界不是别的，它是一座充满苦难的山谷，而生活简直像个沉重的十字架，让人背着却丢弃不下。可是，怎么办呢？人长着两条腿却不往前走路，行吗？

索林根的刀

在公元十六世纪时，索林根地区有很多铸刀的工匠。可是，要铸成一把优质而又名贵的刀，可不是工匠们敢随便梦想的。虽然他们都在起劲地效仿有经验的东方人，可是很难成功，不少人甚至由于毫无成果的尝试最后倾家荡产，彻底崩溃。

当时有一位年迈的铸刀工匠，名叫罗特哈尔特。他操劳一生，算是有名的铸刀师傅。不过，他为自己的理想和愿望已经倾注了大半生的精力，连头发都熬白了，但创立当地名刀的初衷还是没有实现。罗特哈尔特眼睁睁地看着自己的财富被旷日持久的徒然尝试掏空了。他每次都怀着必胜的信心走进他的工场，结果却事与愿违。因此，他每次都苦闷万分地离开那里，走回他的家。

老人只有唯一的女儿，名叫玛尔塔。姑娘看到父亲的脑门上烙下了深深的皱痕，她不知道父亲究竟怀着怎样的愁苦烦闷，便千方百计地劝说他，希望让他开心起来。可是，女儿的万般心意全都付诸流水，罗特哈尔特不管女儿如何友好地跟他打招呼、安慰他，全都不加理睬，没有回答。

女儿十分担心，便趁着有一回圣诞节开导父亲说道："呵，亲爱的父亲，在这样神圣的时刻，你可不能去干活，它不会给你带来兴旺和幸福。你抡起锤子打得乒乓作响，把自己累得精疲力竭，为了赚取明日的面包。可是，我认为颐养天年所需要的钱财，你已经赚得足够了。你完全可以幸福安乐地度日，不用这等操劳。"

大师听完女儿的话，长长地叹息一声，算是对女儿作了回答。然后，他又沉默地吃了几块糕饼，站起身朝门外走去。

"父亲一定是病了，"玛尔塔不由得小声说道，"不过，他似乎并不反对听取我的劝导。这些话早已压在我的心间，几乎把我的心压碎了。我的父亲还有个勤奋的伙计威廉，父亲对他十分器重。父亲难以采纳我的意见，难道是因为他的伙计太贫穷，所以拒绝她的一番心意吗？"玛尔塔正在心思不定地想着时，看到威廉正好一脸不高兴地走进房间，真是一反常态。

威廉脸色苍白，神情不爽地朝着姑娘走上一步说道："呵，玛尔塔，我们全都完了。我刚才大着胆子向师傅表达对你的求婚之意，他阴沉着脸，显得十分迟疑。他已经明白我对你的爱情之意是坚定不移的，你知道他是怎样回答我的吗？"

"不知道，他是怎样回答你的呢？"

"他说，只要你铸成一把东方国度那般寒光嗖嗖的名刀，你就能成为我的女婿。否则，你的任何求婚都是没用的。他说完这些话后，为了证明宝刀的钢火有多么坚硬，便用它从墙上取出一支钉，墙上却没有留下破碎的缺口。接着，他又指了指大门，如同嘲笑般地要我出门前往东方的国度学习技艺。他说，你只有付出艰辛，才能实现自己的心愿。否则，我趁早告诉你，我是不会同意的。"

可爱的姑娘听到这番诉说，心情顿时沉重起来。她把一颗初恋的心牵挂在眼前明亮的小伙子身上。现在，他却要前往东方的国度学艺。他这一去该是多长时间，多少岁月呀？想到这里，两行清泪不由得从姑娘眼中滚落下来。

"我的幸福就跟着你一去不复返了，"姑娘哭诉着，"你这回要去大马士革学习铸刀技艺。可是，那是一个战乱的国度，你无法全身而退，无法从那里顺利回到家乡。你在那里我就会一直担惊受怕。天哪，只怕你还没有回到家，我已经先死了。”

“可是，”威廉担心地说道，“我们还有什么其他法子可想吗？无论眼前的旅途多么艰难困苦，充满着多少危险，也不管要持续多长时间，它还是给了我们一线希望的光芒。玛尔塔，你的泪水让我坚定了决心，我敢于克服一切困难，我要立刻准备行装，前去从事这番艰难的事业。你也许会在一年后的今天重新见到我，否则，我们就再也没有见面的机会了。”

年轻人说完话，旋风一般地冲出门去。第二天清晨，他没有告别任何人，独自上路去了。年轻的威廉在途中不辞辛劳，一连走了十天。等到第十天时，他踏上了荒凉的斯贝萨尔特山地，那里道路崎岖，如同走在迷宫里一般。

他正在树林里深一脚浅一脚地往前走时，不觉早已迷失了方向。他连太阳和月亮究竟挂在哪里都辨识不清楚了。威廉看到林深树密，他不敢相信今天能够找到一个住宿的地方，心里绝望了。不久，他看到前面有一座孤独的小草房，草房里透出一丝灯光。威廉急急忙忙地赶上前去敲了敲门，只见从里面走出一位年迈的丑妇人，给他开了门。

“晚上好，老妈妈，”威廉说道，“我是个可怜的迷途之人。你能容许让我借宿一晚吗？一餐简单的晚饭、一张草铺就已经是我求之不得的奢望了，我会报答你的。”

“进来吧，漂亮的小伙子，”老妇人尖着嗓子说道，一面扮着丑脸，用一双布满血丝的眼睛好奇地盯着他，“你不嫌陌生来到我的荒地，实在出乎意外。我愿意给你提供方便，让你住宿一晚。当然，我只能让你住在那个小房间里，免得受到打扰，可以一觉睡到天明。”

威廉没有办法，只得同意老妇人的建议。他们一起坐下，老妇人给他端上牛奶。威廉谢过以后，一面喝着牛奶，一面给老妇人讲起自己外出的目的。后来，他实在疲倦了，便躺在草铺上准备休息。可是，他却无法入眠。

老妇人的神态让他感到十分古怪。她还咋着嗓子唱歌，真是如同猫头鹰的啼叫，十分凄凉。两只猫在门前不停地叫唤，让他更加难以合眼。而且，老妇人在人迹罕至的大树林里如何知道会有人前来借宿呢？威廉躺在草铺上思来想去，根本无法入睡。

半夜时分，月亮把它的光芒投射在大地上，为大地塑造出千奇百怪的恐怖形象。起风了，吹在松动的窗框上，窗框发出吱嘎吱嘎的响声，如同多少人正在一起起劲地讲话。外面又传来哗哗的雨声，豆大的雨滴打在小房子的墙壁上，听起来像是盗贼的脚步声，让人无比惊恐。

突然，他感到耳边响起巨大的爆裂声。威廉不由得大吃一惊，吓得从草铺上跳了起来。他听到一阵丁丁当当的响声，好像有个东西重重地落进烟囱里似的。声音嘈杂，足以说明女主人不是独自一人，威廉听得毛骨悚然。他悄悄地站起来，透过门缝对外张望。他看到一个男人的身影，男人坐在火光熊熊的炉灶旁，炉火上方有只大锅，里面煮着什么。

威廉借着火光能够看清陌生的客人了。那人身穿红色的胸甲，头戴红色的礼帽。威廉看到男人蓄着浓密的大胡须，而且把一双大脚埋在灶下的炉灰里，男人目光炯炯地注视着眼前的老妇人，老妇人恭恭敬敬地站在面前。威廉似乎看到男人怒气冲天，可是，威廉无法明白他们说着什么话，这是一种神秘的喃喃之言。

不一会儿，老妇人突然朝威廉住着的小房间走过来。威廉急忙钻进他的草铺躺下，如同睡着的一样。他刚把眼睛闭上，就感到被抓住胳膊，耳旁听到声音："起来吧，年轻的小伙子。"那是老妇人的尖嗓子。

"起来，快，你应该认识一个来自东方国度的男子。他可以让你免去前往东方的困顿，因为他是个智慧的男人。你去央求他教你手艺，你必须十分诚恳。否则，他不会理睬你的。"

威廉急忙起身，跟在老妇人的身后。他虽然感到害怕，可是希望学得神秘艺术的本领以及对心爱姑娘的怀念，让他克服了畏惧和拘束。他来到那个神秘莫测的男人面前。

男人的目光如同死神一样盯着他。年轻人感到很不自在，腹中却在默默地念叨各路神仙，请求他们保佑自己，免遭魔鬼的伤害。神秘莫测而又十分可怕的客人瞪着毒蛇一般的目光看着威廉，他看了很久，然后以低沉而又沙哑的声音问他一声："你对我有什么要求吗？"

年轻人几乎难以控制自己的畏惧，便结结巴巴地向他诉说自己的命运以及外出学艺的目的。可是，他还没有说完，只听那个怪人已经发出一阵可怕的笑声。

"呵，我知道你想要什么了，"接着，他又朝着威廉俯下身子，几乎以低得听不清楚的声音说道，"可是，我不能白白地为你忙碌。我可以教给你方法和本领，

它会让你受用。可是，我有一个条件，那就是你从开始享用学得的本领起，你就隶属于我。我会给你七年零七个月的自由时间，让你享受青春、享受生活。你如果答应我的条件，那么你可以万事大吉。否则，你永远也无法从东方的国度回到你的家乡，永远也不能跟你的玛尔塔姑娘重新见上一面。”

威廉如果仔细掂量一下这个条件，也许会当即晕倒在地。可是，对爱情的渴望占据着他的内心。于是，他不假思索地拿起面前的鸡毛笔，朝着沸腾的液体里蘸了蘸，在给他递上来的羊皮纸上写下自己的姓名。于是，他收到一份加封的文件，如同信封一样。

威廉刚把文件拿到手，那个人便消失不见了。残夜如火，年轻的威廉只觉得一颗心在激烈地跳动。他不知道在什么时间睡着了，可是做了一连串的怪梦，十分恐怖。直到黎明时分，他才安心地睡了一会儿。等到他终于起来，离开他的草铺时，太阳已经挂在半空了。

可是，他在草房里既没有看到年迈的丑妇人，也没有看到其他任何的生命。他急急忙忙地离开莫名其妙的宿地，如同遭受复仇女神驱赶一样，走出门外。他在途中不停地走着，精疲力竭，全靠好心的农民给他一点儿接济和帮助，还有人为他指点如何踏上回家的路途。

罗特哈尔特以为他的伙计早已到了遥远的东方，现在见他回来了，不由得大吃一惊。他想，年轻人一定后悔自己的鲁莽，作出另外的打算。不过，当他听完威廉说起途中的险遇，还交出密封的文件时，他看到上面盖着三道印章，印章呈现火焰和利剑的图形，他在心里紧张得说不出话来。

“呵，上帝保佑，”虔诚的师傅惊魂稍定后，便转入沉沉的深思，然后说道，“上帝保佑你对我女儿的深情厚谊，不让爱情陷入毁灭。你的文件封得严严实实，不知道它给我们带来的是祸是福。可是，无论是我的手还是你的手，都不能把它打开，且把它搁在我的箱笼角落里，直到幸福临门。等到将来我的外孙、外孙女满堂，任何妖魔势力都无法祸及他们时，我们再来打开火印，取出里面的文件。”

岁月沿着春夏秋冬的轨道安安静静地往前推移。威廉赶在圣诞前夕成了心仪姑娘玛尔塔的丈夫，那是无比幸福、无比欢乐的大喜事。鲁特哈尔特把铸刀的工场和业务全都交给可靠的女婿，自己则安享清福，过愉快的老年生活去了。

威廉的勤劳和耐心让他度过了多少艰难的时日。几年时间，家中的财富日益丰厚，生活欢乐，年迈的鲁特哈尔特更是喜出望外，常常笑得合不拢嘴。又过了很多年，鲁特哈尔特已经和他的祖辈们排列在一起，连威廉也成为头发灰白的老人了。

一天，已经接替了父亲威廉行业的儿子，偶尔从外祖父的橱柜里翻出一封信。他急忙把信打开，看到里面详细介绍了铸刀的技艺，没有其他的内容。威廉的儿子心中大喜，急忙照着指示办事。他经过多年的锤炼，终于成为铸造大马士革宝刀的工匠和师傅，让索林根的宝刀享誉日久。

有人说，一个贵族，三代养成。其实，需要三代人持续不断地努力，终于成就一番事业的何止于贵族一门？

杜伊斯堡的起源

相传在几千年前，那时候的人十分自私，作恶多端，因此受到上天惩罚，世界上发了大水，淹死不少人。只有诺亚和他的子女们由于事先准备了一条方舟，因此避免了灭顶之灾。他的三个儿子中间有个叫亚彼得的，把自己的家搬到邻近欧洲的地方，而亚彼得名叫戈梅尔的儿子，按理说应该是诺亚的孙子了，有一回却徒步来到德国。

当时的德国人迹稀罕，一片荒凉。戈梅尔领着他的儿子阿斯克纳斯——这个孩子有另外的名字叫杜伊斯科，这回是诺亚的重孙了——他们在公元 134 年时来到莱茵河边。

杜伊斯科领着他的亲戚朋友一路往前，他们因为人多，所以想要找个安顿之地。他们看到鲁尔河流入莱茵河的山谷之地非常富裕，对这个地方很满意。于是他们立刻动手，在那里建造房屋、开辟道路，并且把建造的地方叫做“杜伊斯科城堡”。

这座城堡就是今日被称做杜伊斯堡的前身。杜伊斯堡人很高兴，因为他们的城市是个圣人后裔的洞天福地，让人感到骄傲。

吕 特

索林根附近有个吕特村，这个村名还是借用了一条大狗的名字。这条大狗被雕刻成石像，直到今天还被搁置在伍泼河旁边的山岩上。

有一个冬天，公爵阿道尔夫的儿子卢伯特率领随从前往被后人称为吕特的地方打猎。那天的收获颇为丰富，仆人们一起努力，把猎物装上大车，然后整理好一切准备回家。集合的号角吹响了，猎人们从各个方向聚拢过来，可是，他们没有见到公爵的儿子卢伯特。

没有人知道他到底去哪里了，正在这时，猎犬吕特可怜地吠叫着从树林里奔跑出来。它看到马儿站在大车前，看到大家准备回去时，便一口咬住拴马的缰绳，还叼着骑士的马镫扔在路面上。种种迹象表明，吕特希望阻挡他们回家的进程。

仆人们不断地尝试驱逐它，可是没用。几个骑士看到这里纷纷摇头，说道："呵，这条狗疯了。"一个年迈的仆人看着这一切，建议着："呵，众位主人，我担心这条狗带来一个可怕的音讯。可惜，它只是不会开口说话。"

年迈的仆人说着便选择了一条直插树林纵深的小道，闯了进去。猎犬在前面吠叫着引路，它有时跑在老人的前面，有时围着他打转。猎人们看到这里，便跟在他们的身后进入密林。猎犬引着猎人们穿过山坡和山谷，一直来到一座岩壁前。这座岩壁十分陡峭，从上面可以遥望伍泼河。猎犬敏捷地走上一条小道，小道垂直地引向下面的山谷。

突然，猎犬大声地吠叫起来，猎人们小心翼翼地跟在后面，沿着陡峭的山壁往下。后来，他们在山谷间发现了年轻的卢伯特。他受了重伤，躺在他的马腹下，猎犬吕特为他舔着伤口。

卢伯特是从山壁上倒栽下去的。如果不是忠诚的猎犬吕特帮助他解除危困，他也许会失血过度从而死去。猎人和仆人们一起把卢伯特抬着送回宫殿，经过精心调理，卢伯特很快就恢复了健康。他为了纪念和感谢救助他的猎犬吕特，便把它雕刻成石像，搁置在伍泼河旁的山岩峭壁上。

后来，那里居住的人多了成了村庄，人们便把那座村庄叫做吕特村。

狗的报复

相传乌图是十二世纪的贵族女子，她因为虚荣心强，又喜欢无理取闹，因此在地方上恶名相传，大家都讨厌她。也有人跟她初次相识时，对她表示仰慕，乌图立刻投怀送抱，显得十分温柔，那是为了日后捉弄那些人。

乌图的父母拿她没有办法，决定把她送入修道院。可是，她还没有等到在修道院立下祈祷的誓言便从修道院里逃了出去。父母无法忍受这般家庭耻辱，终于积郁成病，后来都死了。

乌图到处寻衅、行骗，熟悉她的人全都不愿意理睬这位姑娘，甚至对她愤恨不已。因此，她的情绪越来越阴暗，脾气越来越古怪。后来，不仅仆人们想方设法地远离她，连动物，诸如猫和狗也见她害怕，对她唯恐避之不及。

乌图家养着一对老狗，十分忠诚。可是，乌图经常毫无理由地虐待和鞭打它们。有时候，她嫌它们老了，索性一连几天不给它们喂食。

一天，城堡门前来了几个可怜的乞丐。他们希望得到一点儿施舍，能够让他们惨淡度日。城堡女主人见到穷人便心生恶意，立刻呼唤两条家狗，唆使它们追赶和撕咬乞丐。可是，两条家狗反而朝着乞丐们投去一瞥同情的目光，没有听从女主人的命令。乌图十分生气，便断了对它们的喂养，可怜两条忠实的家犬被活活地饿死了。

一天清晨，仆人发现城堡女主人乌图躺在床上死了。大家都很高兴，没有人为她掉一滴眼泪。作恶多端的女妖怪猝死在床，不是老天的合理安排和报应吗?

等到城堡女主人乌图被搁上灵柩时，人们突然听到周围响起了激烈而又可怕的吠叫声。仆人们抬头一看，呵，天哪！他们看到从各个村镇、集市、城堡和住家的屋里冲出来一群大狗、小狗、公狗、母狗、黑狗、白狗，看来只要是地区上的狗全部过来了。它们龇牙咧嘴的，叫声不断。

地方上的狗儿组成庞大的狗群，对着城堡冲了过来。不仅如此，它们还吠叫着冲进停着城堡女主人乌图灵柩的灵堂，把灵床掀倒，撕碎了死者的衣衫。最后，它们把城堡女主人的尸体撕得支离破碎，血肉模糊。

乌图家的仆人们没有办法了，只得急忙将女主人抬入墓地，草草安葬。可是，狗儿们还没有放弃，在坟地上刨土捕猎。主人家无可奈何，只得派仆人前去日夜守护，这才保得城堡女主人乌图勉勉强强地入土为安。

如果有谁还以为哑口众牲是不通人性的，他们还有人心吗?

木 锯

相传在公元十四世纪时，有位骑士居住在莱茵河下游的一处区域，他便把该地按自己的名字改叫做城堡豪森。这位骑士名叫布鲁诺，是个忠诚可靠的人，他坚持正义，被地方上称做法官。

当时，山区地带如同整个德意志大地一样，匪祸不断。剪径的强盗们昼伏夜出，骚扰得地方上没有一条道路是安全的。这是一个可怜而又可悲的时代。强盗们不仅抢劫行人货物，甚至攻城略地，杀人放火，无恶不作。呵，恐怖的时代里恐怖事件层出不穷。

在这批强盗当中有两个更是罪恶累累，让人们切齿痛恨。他们是一对兄弟，名叫察喷，是两个闻名江湖多年的盗匪。

有一回，察喷兄弟纠集一批强盗正在作恶，骑士布鲁诺及时获悉消息，他立刻派出仆人前往捉拿。他们抓住了察喷兄弟中的一人，另外捕捉到不少的其他强盗。骑士布鲁诺立刻把他们送上绞刑架，宣判他们死刑。当然，他也没有忘掉继续追捕其他的强盗，希望把他们一网打尽，彻底肃清。

强盗们对骑士布鲁诺又恨又怕，尤其是漏网在外的另一个察喷兄弟。他不时地窥测机会，想要为他的兄弟报仇雪恨，而且不怕流血，不怕遭受灭顶之灾。

在一个秋天的夜晚，狂风暴雨。察喷集合了一群强盗，他们悄悄地登上城堡，城里人一丁点儿都没有觉察到任何动静。突然，强盗们发一声喊叫，顿时大开杀戒。杀声惊醒了骑士布鲁诺和他的仆人们，可是为时已晚，谁也没有逃出强盗们的魔掌，他们通通成了强盗们报复之剑的牺牲品。

骑士布鲁诺遭受到最残酷的杀害。强盗们剥光了他的衣服，把他五花大绑，捆扎结实。然后，他们用一把特制的木锯，把他慢慢地锯成两半。强盗们看到骑士布鲁诺渐渐地死去，高兴得手舞足蹈，发出一阵阵疯狂般的狞笑。接着，他们又在城里大肆抢劫，最后在城堡里放一把冲天大火，这才悻悻地退了出去。

地方公爵看到强盗势力如此横行不法，便集合邻近城堡的力量，一鼓作气，把强盗察喷和他的残余势力通通剿灭干净。民间都说强盗们罪有应得，说他们都是夜间出没的魔鬼，作祟地方。而且，他们还别出心裁地使用特制的木锯锯人，简直天理难容。

后来，城堡豪森的主人换了一茬又一茬。不过，他们全都让废墟残留着，没有重新建造城堡。城堡豪森的废墟让人对强盗的残暴、对刑具木锯的传说切齿痛恨，难以忘怀。

肥肉豌豆

从前，选帝侯约翰·威廉在树林里打猎时迷了路。他独自一人在茂密的树林深处走啊走，找不到出去的路，时间过去了一个小时又一个小时。约翰·威廉东奔西跑，累得精疲力竭。另外，他还忍受着饥饿的折磨，真是苦不堪言。

他在树林里无可奈何地转来转去，直到傍晚时分才勉强走出树林。他看到前面不远的地方有一幢农舍，便朝农舍走去，女主人正在厨房间忙碌着。约翰·威廉连忙央求她，能否提供一点餐食止饿解渴。

女主人抬起头，她看到来人身上肮脏不堪，穿着一身简单的猎装，知道来者是个迷路的猎人，便回答一声："我煮了一点肥肉和豌豆，我的丈夫马上就要回来了。你且坐下，稍用一点儿充充饥吧！"

约翰·威廉饥渴难忍，吃着肥肉煮豌豆和农户家中自烤的燕麦面包，真是一道美餐。他吃过一道还嫌不够，又要来第二道，还要来了第三道。女主人看他胃口好，便对他十分友好，劝他多吃一点，因为他还要走很长的路才能回到家中。后来，选帝侯约翰·威廉回到杜塞尔多夫的宫殿。可是，选帝侯的厨房里送上来的任何精美佳肴都无法让他连称美味。

一天，他把选帝侯厨房的厨师长唤到自己跟前，命令他从今以后必须常常烧肥肉煮豌豆。他觉得这道菜胜过一切精美佳肴。选帝侯厨房的厨师长离开选帝侯时，忍不住地皱了皱鼻子，心中暗暗地发笑。

可是，他还是煮了肥肉豌豆。不过，无论他如何动足了脑筋，如何改善烧煮的方法，厨师长烧出的肥肉豌豆总是难以让约翰·威廉感到满意，无法提起他的兴趣和胃口。“我那天在树林里吃到的肥肉豌豆可口极了。”每当选帝侯对着他的厨师长皱起了眉头嫌鄙他的厨艺时，这句话就成了选帝侯的口头禅。

一天，选帝侯实在忍受不住了，于是派了一名使者带着一辆华丽的马车前往树林接取农妇，请农妇前来杜塞尔多夫的选帝侯宫殿。农妇必须在宫殿厨房里为选帝侯和王宫上下烧煮这道美味，约翰·威廉宣称自从离开农妇家后还从未吃到过当时那么可口的肥肉豌豆。

农妇开始感到十分奇怪，后来，她认出眼前的选帝侯正是当时浑身肮脏不堪的猎人。她是个勤劳的家庭之妇，于是按平常的方法烧煮她的肥肉豌豆，还亲自带来了刚刚烤熟的燕麦面包。勤劳的农妇把煮好的肥肉豌豆和燕麦面包送上选帝侯的精致餐桌。

约翰·威廉看到被他渴望和称赞已久的肥肉豌豆端上餐桌时，便拿起勺子尝了一口。他刚尝到一口汤时，便禁不住皱起了眉头，觉得这不是当时在农妇家中用来止饿解渴的佳肴，不如那时美味。直到这时，选帝侯约翰·威廉才悟出一层道理，原来这道菜中少了最为重要的调料品，那就是饥饿。

当时，他在树林里转来转去，早已累得饥肠辘辘，看到热气腾腾的肥肉豌豆时已经饥不择食，把肥肉豌豆和着燕麦面包吃到嘴里，自然连声称赞，而且连吃三道。选帝侯约翰·威廉顿时醒悟，他称赞干粗活累活的人即使面临粗茶淡饭，也会感到美味可口，不愧为人生的一大幸福。

于是，地方上流传出两句谚语：对待粗活脏活并不缩手缩脚的朋友，如同约翰·威廉终生难忘精美佳肴。

粗面包

一天，选帝侯约翰·威廉召集他的地方官员前往杜塞尔多夫，希望跟他们确定一项对民众普遍适用的土地税收政策。为此，他需要各个州生活状况的明细账目。

选帝侯的宫殿里装满了地方官员们提供的种种数据，搁在大小的橱柜抽屉里。可是，这些数据和材料无法满足选帝侯目前希望实现的意愿。为了能够亲眼确定民众们到底可以交纳多重的税赋，他想出一个奇特的方法。选帝侯发出命令，每个与会的人都必须带上一个当地农民日常生活中餐用的面包。

地方官员喜欢欺上瞒下。他们为了取悦于选帝侯，纷纷把精细的面包带到杜塞尔多夫。只有骑士胡恩例外，他带来几个粗糙的麸皮面包，那是当地民众们的主要食物。

高贵的官员们看到骑士胡恩送上的面包又粗又黑，纷纷笑话他。骑士胡恩不避嫌疑，如实地交出当地农民食用的燕麦面包，而且说明由于地方贫穷，似乎无法承担很多的土地税赋。选帝侯约翰·威廉看到这里，立刻答应他在下一个百年之内只交很少的土地税。

不让老实的官员吃亏，看来早在选帝侯约翰·威廉的时代里就有可靠的先例。

僧侣的谜

有一回，科隆的选帝侯前往杜塞尔多夫附近的杜塞尔山谷，希望拜访当地僧侣们的修道院。选帝侯进入修道院时，看到通往斋堂的过道上写着一行文字。他仔细一看，只见上面写着："我们的生活无忧无虑！"

选帝侯想要告诉僧侣们，即使就像他们那般生活也并不是没有忧虑的。于是，他向僧侣们提出三个问题。

第一个问题是："什么是弯而不圆的？"

第二个问题："什么不在路上也不在旁边？"

第三个问题是："大地的中心在哪里？"

修道院的院长面对着三个问题绞尽脑汁，希望找到合适的答案。可是，无论他如何开动脑筋，就是不得要领。院长只得悻悻地走了出去，无可奈何。

这时，地方上的猪倌看到院长从旁走过，不明白院长为何面有难色，如此悲伤？于是，他问院长是何原因。院长直截了当地把三个问题向他摊了开来。

猪倌稍稍地思索一阵，轻轻松松地回答："弯而不圆的是保龄球游戏中用来击倒瓶柱的球。不在路上也不在旁边的是火车轨道。至于大地的中心，那就是每个人站的脚下。"

修道院院长听到答案，真是喜出望外，向猪倌连连表示感谢。他把修道院院长的礼服脱下来让猪倌穿上，同时请猪倌走到选帝侯面前，向他回答了这三个问题。选帝侯听到回答十分高兴，对修道院院长连连夸奖。

猪倌听到一连串的赞美之词，便朝选帝侯走上一步，反复声明他愿意把最大的秘密告诉选帝侯。选帝侯更是满意，便把耳朵朝着猪倌凑过来，只听猪倌一字一句清清楚楚地说道："你以为是在跟修道院院长讲话吗？不对，站在你面前跟你上答下应的，不是别人，而是一位猪倌。"

西格弗利特的童年

在古老的年代里，尼德兰的国王西格蒙特和他的妻子住在桑腾的王宫里。他们有个儿子叫西格弗利特，体力特别强大，而且个性倔强，是个敢于嘲笑一切教导和技艺的王子。

西格弗利特刚满十一岁时，就觉得住在父亲的宫殿里无聊得让人无法忍受。于是有一天，他逃出了宫殿，希望外出闯荡世界，经历激动人心的冒险生活。

他沿着莱茵河一路往上，在七座山地区的山脚下遇到有名的铸造武器的师傅弥麦尔。师傅的手艺让西格弗利特大为佩服，他便决定留下来学艺，希望为自己铸造一件称心的兵器。可是，师傅弥麦尔的徒弟们很快就领教了西格弗利特的蛮勇和狠斗。他不只一回地把他们摔在泥地里，打得他们叫苦不迭。

西格弗利特实在不是个称职的铁匠。他不是打断铁棍和铁条，就是用力太猛，竟然把铁砧都打到地下去了。师傅希望摆脱这位粗野的徒弟，有一天打发他到树林里去烧炭。那个地方盘踞着一条可怕的恶龙，这条恶龙原来是由名叫法夫纳的巨人变化而来的。法夫纳作恶多端，遭到惩罚，被变成一条巨大的恶龙。恶龙担负着看守大宗金银珠宝的任务，有时候，它也出没在一座大山的山石间。

西格弗利特来到炭窑点燃了炉火，他刚刚点起熊熊燃烧的炭火，只见巨龙已经张开血盆大口朝他游了过来。它想把这位新来的烧炭夫连皮带毛地吞入腹中。

“呵呵，”西格弗利特不由得放声大笑，说道，“真是一回求之不得而正合我意的险遇，放马过来吧。”西格弗利特说着，从火中取出一根燃烧着的大栎树，把火焰腾腾的那一头对着恶龙张开的血盆大口抵送进去。

恶龙被烈火烫得唇焦口燥，痛得在地上打滚。它可没有吃过这样的亏，于是转动着长长的尾巴，愤怒地想把西格弗利特掸扫在地。西格弗利特身段灵巧，他左右躲闪，顺手便给它送上一拳。接着，他又瞅准机会挥上一刀，把恶龙的脑袋齐脖子斩落地下。

他把恶龙的躯体丢进熊熊燃烧的炉火。可是，他却看到从炉火中流淌出大量的脂油，如同泉水一样喷薄而出。恶龙的油脂在他的脚下淌成一汪水泊。这时，他听到头顶间传来一只小鸟的歌声：

你应该在龙油中沐浴，
呵，从此以后刀枪不入。
你的皮肤可以抗击任何战斗，
如同裹上铁甲，所向无敌。

西格弗利特听到歌声就毫不犹豫地脱下衣服，抓起黏稠的龙油往身上涂抹一遍。可是，他没有发现有一片树叶落在他的右肩，紧紧地贴在身上，于是那处地方漏滑过去，没有被涂上油。

西格弗利特把滚落地上的龙首拎在手上，回到铁匠铺。他已发现师傅弥麦尔用心不良，便狠狠地教训他一顿。然后，他找到一把合适的利剑和合身的盔甲，骑上高头大马离开铁匠铺，奔向新的冒险去了。

西格弗利特沿着莱茵河顺流而上，一路往南，来到海边。他登上一艘大船，借着风势，看到前面都是陡峭的岩石海岸。西格弗利特上岸以后，骑上他的高头大马，登上山岩。他看到附近有一幢中魔的宫殿，宫殿坐落在熊熊燃烧的火焰之中。年轻的英雄迟疑不决，不知道这回该怎么办。这时，头顶上又飞来那只曾经为他唱过歌的鸟儿，这回又啾啾地唱道：

大胆前进，振作精神，
勇敢地跳进冲天的火焰。
你将获得美丽的姑娘，
为她解除妖孽的羁绊。

于是，他踢着马刺，可他的马儿却停滞不前，倔强地竖起两条前腿。火光熊熊，西格弗利特几乎被呛得透不过气来。可是，他还是强迫坐骑大胆地跃入火中。

突然，宫殿在他的面前展现了毫无损伤的辉煌形象。他刚来到宫殿大门前，只听大门吱呀一声打开了。西格弗利特跨进大门，仔细观看里面的一切。那是一幢漂亮的建筑，里面有豪华的装饰，可是安静得如同坟墓一样。他看到里面的居民全都躺在那里，好像睡着了似的，感到更加吃惊。毫无疑问，他们全都中了魔。

瞧吧，女厨站在炉灶旁，马夫牵着骏马，牛马牲口通通在牲口棚的抹槽前，只是全都睡着了，毫无动弹。西格弗利特走进城堡大厅，他不由得发出一声惊叹，因为前面的卧榻上躺着一个美丽的姑娘。姑娘多么妩媚、漂亮，闪烁着宫廷王室的珠光宝气，可是身上却被铁链锁捆着。

西格弗利特看到这里，知道是位遭受了灾难的姑娘，便急忙走过去，为她粉碎了限制自由的锁链，然后弯下腰，朝着姑娘玫瑰般的双唇送上一个火焰般的热吻。咦，姑娘突然醒过来了，她朝着西格弗利特眨了眨眼睛。姑娘已经酣睡一百年了，这个吻就是解除姑娘昏睡百年的信号。

美丽的姑娘名叫勃隆希尔特，她张开眼睛感谢前来拯救她的骑士，而且，她还能说出骑士的名字叫西格弗利特。西格弗利特听到姑娘的话时非常吃惊，接着又听到姑娘的表白，说愿意忠诚于他。

宫殿里的一切全都被解除了魔幻之术，活动起来，如同从来都没有昏睡过一般。西格弗利特获得了甜蜜的报答，勃隆希尔特用爱情拴住了年轻的英雄，让他从此沉湎于家庭、炉灶和爱情。不过没多久，西格弗利特又在心里萌生起热烈的渴望，他抑制不住地向往新的冒险和战斗。

当然，促使他产生向往的还有那只鸟儿的提醒。它常常来到窗前，歌唱尼伯龙根的巨大宝藏，歌颂伟大的骑士业绩，鼓励他为之而献身，说那是在漂亮的姑娘和甜蜜的爱情之中感受不到的远大和宏伟。

一天，年轻的英雄把自己武装一新。他如同夜晚的小偷一样，悄悄地离开了魔幻的宫殿。神奇的鸟儿在前面飞舞着当他的向导，西格弗利特一路往北，鸟儿高高兴兴地往前飞着、停着、歌唱着。有时候，年轻的英雄会仔细地听着小鸟的美丽歌喉，只听它欢乐地唱着：

在那无人知晓的遥远北方，
有个美丽的尼伯龙根故乡。
那里生活着阴险的侏儒族第，
他们守护着大量的珠宝财产。
还有你日夜渴望的无价之宝：
一顶隐身帽，一把魔法剑。
呵，隐身帽让你来无影去无踪，
魔法利剑使敌人闻风丧胆，无法接招。

听到歌谣里的启发，西格弗利特心潮澎湃。他急急忙忙地朝着北方走去，经过长途跋涉，终于来到尼伯龙根王国。他已经走得精疲力竭，来到一棵树下躺着。他希望稍稍地休息一阵，不料看到一群小侏儒站在他的周围。小侏儒们奇怪地打量着他，他们想要捕捉大英雄，便把他捆绑起来。

身强力壮的西格弗利特奋力反抗，捉住了他们的首领阿尔贝利希，用小侏儒自己的长发把他捆绑结实，然后迫使他说出隐身帽和魔法剑藏匿在何处。

呵，取得这两件宝物的过程并不容易。首先，西格弗利特必须战胜性烈如火的巨人沃尔夫格拉姆贝尔，那是个守护一幢地下宫殿的勇士。另外，由于侏儒首领阿尔贝利希中途变卦，西格弗利特必须重新制服他，直到让他指认出藏匿隐身帽的地方。

西格弗利特战胜巨人沃尔夫格拉姆贝尔，把他捆绑着，让他交出魔术利剑巴尔蒙。西格弗利特把两件宝贝取到手后才放下他的两个仇家，让他们恢复自由。年轻的英雄西格弗利特见自己已经达到目的，而且杀掉了看守财物的恶龙，便动起了回乡的念头。

西格弗利特踏上归途，回到父亲的宫殿。他向父母讲述自己经历的种种冒险，父母看到儿子顺利地回到面前，又是欣慰又是欢喜。他们立刻命令举办盛宴，庆祝儿子归来。

老水里的海洋女人

莱茵河浩浩荡荡，波澜壮阔。它把巨大的水流灌进大海前，又把自己分成多条支流，状如粗壮的手臂朝着大海自由伸展。粗壮的手臂蜿蜒流淌，它们在奔腾向前的路程里形成了许多大湖小湖，像晶莹闪烁的星星，衬托着莱茵河的庄严和伟大。

当地人把由莱茵河支流组成的大湖小湖称做老水。却说在比尔腾和桑腾之间就有这样的一汪老水，它不仅留下了美丽的传说，也有吞食过不少牺牲的残酷故事。

有一回圣诞夜，一个农民做完子夜大弥撒回家。深更半夜，周围一片漆黑，真是伸手不见五指。农民在手上端着一支从教堂里带回的蜡烛，让幽暗的烛光照亮脚前的小路。可是，农民走啊走的就迷路了，因为浓雾弥漫，点燃的蜡烛只能照到他瘦骨嶙峋的手，根本照不到脚前的路。

突然，他看到远方有一丝微弱的灯光。于是，他朝着灯光慢慢地走去，出现了一幢结实的房子。农民走了进去，希望找个人打听一下回去的路。他看到眼前是一座大厅，大厅的墙根边上排列着许多稀罕的瓦罐。这时，他听到有人呼唤他的名字，这声音似乎是从瓦罐里传出来的。

农民想把这件事弄个明白，便不由自主地问了一声："是谁呼唤我的名字呀？"

"我是你的祖父。海洋女人把我拖入深渊，而后把我锁在她的瓦罐里。"

"可是，这幢房子是很结实的呀？"农民回答。

"不是。你已经陷入老水的深渊之地了，你在手上端着一支被赐福过的蜡烛，所以还没有让身体沉没下来。其实，你看到的漫天迷雾正是让你身陷的大水。现在，你正在海洋女人的家中。呵，趁着海洋女人还没有回家，你赶紧逃命去吧！"

“我如何才能找到回家的路呀?”农民吓得浑身发抖。

“你从口袋里掏出钥匙，用它打碎瓦罐的盖子。可是，你必须始终端着那支享过赐福的蜡烛。否则，你就失去了帮助。等到瓦罐盖子打破以后，你立刻在胸前用钥匙连连划上三回十字，然后转过身，拔腿就走！我会给你照明道路的，你只要紧紧地跟着我，别把头转过去看身后发生了什么。”

农民按瓦罐里的声音吩咐行事。当他来到门外时，他看到门外有一道摇曳的灯光。他紧紧地跟着灯光往前走，一面留神不让手上的蜡烛熄灭。农民觉得是朝着山坡方向走了一程，后来，他看到眼前的迷雾消失不见了。

农民终于平安、健康地回到他的住房，享受着欢乐的圣诞夜。

独腿母鸡

从前有个年迈的农民，他领着仆人从戈赫前往克莱弗，他们的路程一直穿过稠密的大树林，接着又是一片荒无人烟的旷野，真是十分艰难。年迈的农民在莱茵河下游地区很出名，绰号宽礼帽。他们走了很长时间，终于看到眼前有一幢房子。

年迈的农民急忙吩咐他的仆人前往那里请求一些吃喝，看能否供他们休息一下。不一会儿，仆人回来向主人复命，他在手上端着一只烤鸡。他们已经走了很长的路，仆人着实累了，疲惫不堪外加饥饿难忍，他撕下一条鸡腿放在嘴里，咀嚼着吃掉了。后来，他来到年迈的农民面前，把烤鸡递给主人，说道：“呵，你真是想不到我在农民庄园里看到什么稀奇的事了？那里的母鸡全是独腿的。”

绰号宽礼帽的农民一声未吭，他把烤鸡一分为二，给仆人递上一半。两个人高高兴兴地吃着，继续往前赶路。

中午的太阳灼热如火，他们来到距离克莱弗不远的一个村庄。仆人在那里看到大车和篱笆前的阴影下有许多母鸡正在休息，它们全都用一条腿站着。

“呵，你瞧，我对你说的全是对的，”仆人开口说道，一面用手指着鸡群，“看来，这个地区的母鸡也全是独腿的。”

“对呀，我已经看出来了。”年迈的农民回答，一面拍了拍手。

独腿站立的鸡群听到拍掌的声音顿时咯咯地叫着，放开双腿走动起来。“呵，它们怎么突然变成双腿母鸡了？”

仆人看到这里恍然大悟，一面哈哈大笑，说道：“呵，我的主人，这对你说来是个唾手可得的方便事。你的拍手是给它们长出第二条鸡腿的魔术。可是，刚才我给你端上独腿母鸡的时候，你为什么没有施展魔术的本领呢？你要是鼓掌、拍手，我们也可以多吃一条鸡腿呀！”

费尔森的智慧石

费尔森是莱茵河下游地区的一座历史小城。有趣的是，小城的广场上竖立着一块巨大的石头。这块石头历史悠久，名字也起得特别，叫智慧石。相传它是显示正义和公正的标志，如同法官一样。

在费尔森城，如果有人违法或者犯罪了，法庭就让一切与罪行有关的人集中到智慧石前。他们必须举起右手拍击智慧石，如果有人拍击石头时鼻子里流淌鲜血，大家就认定他是犯罪的人。

你瞧，智慧石多么灵验。

有一回城里出现谋杀案，与案情有关的嫌犯都被带到智慧石前，让他们举起右手拍打石头。这时，有个男子流淌鼻血，但是，他仍然举起双手庄严宣誓，声称自己跟谋杀案丝毫无关。他说的话根本不起作用，大家对智慧石的判决丝毫无疑。

刽子手把他押解着朝绞刑架走去。行刑的队伍经过一棵菩提树时，只听被判处死刑的男子大声说道：“你们众位且请听着，我是无辜的。如果上天认同我的冤诉，那么让这棵全青碧绿的菩提树当着你们的面立刻掉光它的绿叶！”

公正的上帝这回听到男子的呼喊，决定出来维护正义。却说男子呼唤的语音刚落，眼前的菩提树顿时如同遇到寒冬一样，碧绿的树叶纷纷飘落而下，铺满了大地。法官和刽子手们看到这里，不由得大惊失色，立刻宣告披戴枷锁的男子无罪，当场释放，让他获得自由。

从此以后，费尔森广场上的智慧石失去了判决活人生死的权力。不过，它给人们留下一则美丽的传说。

天鹅骑士

美丽古老的克莱弗宫殿屹立在城堡的山顶上，它的风向旗上画着一只生动活泼的天鹅。相传在古老的年代里，曾经有个治理克莱弗的氏族，他们喜欢把天鹅绣在自己的徽章上。这是一个发人深思的传说。

那个时候，克莱弗宫殿陷于巨大的麻烦之中，宫殿的女主人几乎面临绝境。她的公爵丈夫撒手人寰，仆人们刚把她的丈夫抬出去，还没有安葬完毕，有个诸侯小国便起来造反。那个诸侯王厚颜无耻，甚至对美丽的公爵夫人产生邪念。诸侯王宣称，夫人只能保留少量的财产和徒有虚名的头衔，因为公爵死了，他的夫人便丧失了一切的权力。

年轻的公爵夫人千方百计地央求她的仆人们帮助她，可是徒劳无益。仆人们人人自危，都想逃过难关。而且，他们知道，凭着诸侯王的蛮勇，恐怕无人敢与跟他匹敌。面临强敌迫境，谁敢起来对昔日的主人示好?

公爵夫人度日如年。她眼看着犯上作乱的诸侯王当着百姓的面来霸占公爵夫人及其领地的时刻就要来临，公爵夫人急得走投无路，不知道如何才能寻得脱身之计。

这一天终于来了。公爵夫人惊吓得脸色煞白，她戴上寡妇面纱，身穿孝服，一步步地朝着莱茵河走去。这时，可怕的诸侯王也赶了过来，他身披光芒闪烁的铠甲，瞪着阴沉沉的眼睛，以强硬的口吻提出霸占公爵夫人及其一切领地的要求。

本属于公爵的达官贵人们早已丧失了理智，他们对着谋反的诸侯王鼓掌喝彩。民众们都对他冷漠以待，把同情的目光投向年轻美丽的公爵夫人。诸侯王重申他的要求，还挑衅般地扫视着全场，显得无比狂妄。他不由得大声发问，下面是否有人敢于起来向他挑战，争夺对于公爵夫人的拥有权。

百姓群落里鸦雀无声。

公爵夫人万般痛心，她绝望地把玫瑰花环搁在自己的胸脯上，大声地呼唤上帝开恩。公爵夫人的玫瑰花环上垂挂着一枚小银铃，银铃拥有神奇的本领。它能自动地发出清脆的响声，传到很远很远的地方。正当夫人用一个小小的十字架触碰玫瑰花环时，突然在湍急的莱茵河面上出现一条小船，小船慢慢地驶近了。

大家看到美丽的小船时不由得大吃一惊，他们定睛一看，原来小船是被一只脖子上拴着链条的天鹅拖着往前移动的。船上站着一位身披银甲的骑士，头盔下露出缕缕金发，一双蔚蓝的眼睛勇敢无畏地朝着岸边望去。他的右手有力地扶着剑柄，真有万夫莫当之勇。

小船停靠在岸边的广场前。骑士走了出来，他对着天鹅示意一番，让天鹅跟小船一起停泊在莱茵河边。在场的人看到这里，全都不声不响地给陌生的骑士让出地方，心中十分担忧。

陌生的骑士跨着自豪的大步走进骑士们的行列之中，并向他们问候。他来到公爵夫人的面前，朝着夫人弯着膝盖行了一个大礼，然后转过脸看着忤逆不道的诸侯王，大声地对他挑战，要他出来跟自己厮杀，说如果赢了自己手上的利剑，那么诸侯王就可名正言顺地拥有公爵夫人及其领地和财富。

叛逆的诸侯王听到这里，不由得脸色发白，失去了主意。可是，他很快便振作起来，嘲笑般地拔出自己的利剑。两个骑士如同两团烈火，立刻打斗在一起。剑刃相击，铿锵有声。周围站立的百姓们看到陌生的骑士武艺超人，全都对他投去惊讶和赞赏的目光。

叛逆的诸侯王连连举剑砍杀，势大力沉。可是，陌生的骑士不慌不忙地轻轻避让。突然，传来一声撕心裂肺的惨叫，原来是诸侯王被陌生的骑士剑击中。他扑地一声倒在地上，生命垂危。周围传来雷鸣般的欢呼，回声在湍急的莱茵河面上掀起滚滚波浪。

正义战胜了邪恶，这是上帝作出的公正裁判。

公爵夫人感动得珠泪横飞。她一步跨到陌生的骑士面前跪倒在地，骑士立刻扶起夫人，跪伏在夫人面前为她压惊，同时向她求婚。公爵夫人迎来了平安和幸福，她把对骑士的万般感谢化作衷心的爱情，对骑士极尽温柔和敬重。可是，她感到头顶上仍然有层难以消失的乌云，那就是陌生的骑士从来都不让夫人问他从何而来，是何出身。

骑士在结婚前反复叮咛夫人，让她千万不得询问他的名字和家乡。夫人乐意地应承了，她还庄重地立下誓言。夫人忠诚地信守诺言，从不逾越半步。

斗转星移，一连过了几年。他们的婚姻无比幸福，并拥有了三个儿子。三个孩子茁壮成长，满怀希望地想要跨进骑士的行列。夫人每次看到三个如同鲜花盛开般的儿子时，便不由自主地想起宣立的誓言，觉得心情十分郁闷。如果她能知道丈夫的名字和身世，呵，她那颗淳厚的母亲之心该是多么骄傲啊！

三个孩子成了他们爱情的人质。夫人心想，丈夫一定出身高贵，是个了不起的丈夫。可是，他的儿子为什么不能把他的姓氏顶戴起来，走向世界呢？这是能给他的盾牌带来莫大荣耀的喜事呀！夫人想着，觉得心里越来越压抑，越来越沉重。

丈夫在她的心里是个光辉灿烂的人物，是她的生活的全部。可是，有时候他的形象又模糊起来。夫人在心里反复地思索着该不该询问丈夫姓名和身世，这件心事如同一只鸟儿在心房里扑扇着翅膀飞过来飞过去。终于有一天，它大胆地朝着夫人的双唇飞去，想要拉开这里的大门。

骑士丈夫听到妻子试探性的询问，他的脸突然变得阴沉起来。他不声不响地松开了搂抱妻子的双手，然后痛苦地喊叫起来：“呵，可怜啊，你这个无辜的女人。呵，我个可怜的人！你的询问毁灭了我们的幸福。我们从此以后必须天各一方，永远分离。”

夫人听到讲话不由得大吃一惊，痛苦地哭了起来。她听到丈夫以呆滞的声音向她告别，看着他走出大门。他的银角发出哭诉的响声，一只白色的天鹅拖着小船在绿色的水面上留下了远去的水洼。骑士悲伤地跨上小船，他再也没有回头，而是由着小船在可爱的莱茵河上随波逐流，最后消失在远方的云天雾海之中。

陌生的天鹅骑士从此再也没有回来。他的妻子绝望了，到处寻找不到丝毫的讯息。不久以后，死神降临，解脱了她的一腔苦难。

由陌生的骑士创立的氏族以天鹅为图腾，刻画在自己的盾牌上。直到今天，游客们还能在克莱弗的教堂里看到一块墓碑，上面刻画着一位骑士，骑士的脚旁有一只天鹅。

克莱弗城堡上的塔楼高高屹立，它的名字就叫天鹅塔。

被埋葬的权利

从前，在克莱弗山的公爵行宫里有一位宫殿丑角。他不仅能够为公爵演出取乐，有时在公爵的国家事务上也有重要的发言权，他是个能够改变公爵想法的人。

有一回，宫殿丑角来到杜塞尔多夫。他在途中遇到一个农民，宫殿丑角看到农民在臂膀上夹着一卷纸。丑角是个性格活泼的人，他看到农民这副模样便友好地跟他搭起了话："呵，你夹着一大块烤肉进城吗？杜塞尔多夫人有这等口福，这回一定会把他们的牙齿都咬下来的！"

农民听到他在开玩笑，可是，他却连一点儿开玩笑的兴趣都没有。他扮起一张抱怨的脸回答："呵，我只是希望政府的官员和法庭的法官能够抓住它们好好地咬嚼一顿。"

宫殿丑角顿时感到好奇起来，希望知道这件事情的谜底。于是，他请农民大着胆子把事情原委对他诉说一遍。农民听到他的鼓励，果然壮起胆对他讲了下列的故事：

"几年来，我一直在为自己的权利而奋斗。我的邻居是个骄傲的容克，他想尽一切办法想要侵吞我的财产，甚至把他们家的羊圈盖在我们家的厨房旁边，真是欺人太甚。按他这样的做法，我必须让出自己的家园，卖掉我的牧群，肯定负债累累，穷苦不堪。你别小看我的这些纸片，它们都是白纸黑字的真凭实据，载明了我的权利和财产。可是，如果没有人倾听我的冤诉，纵然有这些盖满了大印的凭据，又有什么用呢？"

农民说完话，愤怒地把纸卷扔在地上。他讲到这些不堪回首的往事时，已经无法控制自己的情绪了。宫殿丑角尝试着安慰他，让他平静下来。他连忙弯着腰，把纸卷从地上捡起来，一面仔细地看了看里面的记载。

宫殿丑角越往下读，他的脸便越是挂不住地阴暗起来。他感到农民明显地受到欺侮，有人在践踏他的权利，让他吃着莫名其妙的哑巴亏。于是，宫殿丑角暗自下定决心，希望帮助农民恢复他的个人权利。

"你现在就进城，寻找所有塔楼上敲钟的仆人。"丑角对农民说道，他看到农民一脸茫然的模样，根本不知道到底应该干什么时，便又建议着说道，"你给敲钟的仆人们支付报酬，请他们在中午时分敲响丧钟。然后，你可以直接走进公爵的宫殿，我就在那里等候你。"

却说公爵和他的宫殿上下刚刚坐上餐桌准备用午餐时，不料城里的教堂全都敲起了丧钟。公爵十分诧异，惊问是何等高贵人物撒手人寰。只见宫殿丑角朝他

走上一步，对着公爵暗示似的说道："呵，尊贵的主人，的确是我们之中的高贵人物，因为杜塞尔多夫的权利被埋葬了。"

公爵朝着宫殿丑角看了一眼，挥挥手让他出去，示意他在有关神圣的重要事务上不要多嘴多舌，更不能嘲笑生事。可是，宫殿丑角不仅没有知趣地退下去，反而又加重语气重复了一遍刚才所说的话，并且把路上遇见农民的故事对公爵说一遍，说农民的权利惨遭践踏，受尽了欺侮，于理不当。他说着，还掏出农民携带在身上的种种证据。

公爵立刻招呼法官领受任务，审议所有的文件和凭据。等到法官向公爵汇报，证实农民保管的这一切全都属于真凭实据时，公爵下令带农民前来见他，让农民把所受的冤屈详详细细地诉说一遍。公爵听完农民申诉的冤屈，立刻罢免了所有主管过这件冤案的法官，然后命令把那位容克投入监狱。

那位容克必须赔偿侵吞农民的财产，拆除砌在农民家厨房旁边的羊圈，承担由此产生的一切损失。后来，那位容克死了，暴晒了七天七夜也没人收葬。真是天理报应，活该。

呵，天网恢恢，疏而不漏，原来是普天下的古训，那是不分东南西北的。

圣居小教堂

相传在公元十七世纪时，开弗拉尔一连串地冒出几个有趣的传说，最恐怖的要数布什曼的故事了。

亨利希·布什曼是个虔诚的居民，1641 年圣诞节，他在开弗拉尔附近行走时，看到野外有个十字架。于是，他恭恭敬敬地走上前去对着十字架祈祷。突然，他听到有个声音说道："你应该在这里为我建造一座小小的圣人居室。"

几天以后，他经过那里又听到那个声音。布什曼抬头看了看四周，附近连个人影也不见。于是，他暗自下定决心，不向任何人讲起这样的奇遇，只是从自己微薄的收入中不断地节约，慢慢积攒，希望按照神奇的指示能建造一幢小小的圣居。

说话间已经过了冬天，春天莅临了，布什曼已经筹备了足够的款额。一天，布什曼的妻子对他讲自己做了个梦，说要建造一座小教堂，里面供奉圣母马利亚的神像。于是，夫妻两人征求邻近教堂的帮助，他们出资建造了一幢漂亮的小教堂。

1642 年 7 月 1 日，邻近有许多居民前来瞻仰新落成的小教堂。后来，进来礼拜的人越来越多，有的人索性在小教堂周围建造房屋住下来，不离开了。虔诚的人士越聚越多，终于建成了开弗拉尔村。

1842 年，开弗拉尔人庆祝他们的小教堂落成两百周年纪念日，相传有二十万人前来朝拜。德国人民优秀的儿子，诗人亨利希·海涅读到这则虔诚的传说时立刻赋诗一首，为开弗拉尔小教堂增添光彩：

前往开弗拉尔朝拜

母亲站在窗台旁，
看着病榻上的孩子。
“威廉，你愿意起来，
看看朝拜的队列吗？”

“呵，母亲，我重病在床，
既无法听，也无法看，
我想念死去的格莱卿，
心里感到多么痛苦、悲哀。”

“起来吧，我们前往开弗拉尔，
带上你的书和玫瑰花环。
圣母马利亚一定能够
让你的一颗心彻底痊愈。”

教堂的旗帜在风中哗哗作响，
一首多么动听的教堂歌唱。

虔诚的客人排列成行，
那是莱茵河边的科隆教堂。

母亲跟在人群的后面，
她引领着儿子缓缓地往前。
母子两人齐声歌唱：
“赞美你呀，圣母马利亚！”

开弗拉尔的神像马利亚
今天穿起了最漂亮的衣裳。
她今天需要处置许多事务，
多少病人虔诚地来到圣母像旁。

身患疾病的人士给圣母
带来了牺牲的祭供物品，
那是用蜜蜡制造的肢体，
有的用蜡做成手，有的做成脚。

有人给圣母供上了蜡制的手，
那么他在手上的伤口就会治愈。
有人给她祭供蜡制的脚，
病人的脚顿时获得健康。

从前有人驼着背走到开弗拉尔，
现在能够在绷紧的绳上跳舞游戏。
有的人手指根根疼痛患病，
现在灵活自如地拉起了小提琴。

母亲取来了一根蜡烛，

揉捏软了做成一颗心。
“用它献给圣母马利亚，
她会治愈你的万般疾病。”

儿子拿起蜡烛心，一声叹息，
慢慢地走到圣母的神像前。
一行清泪缓缓地从眼中流出，
心里的话儿不由得汹涌澎湃。

“高贵的女神，大慈大悲，
你是圣洁的神仙女儿，
是辉煌天空的王后，
我向你诉述自己的痛苦！

我和我的母亲住在
附近不远的科隆城，
科隆城啊，它拥有大大小小
成百家教堂，多么虔诚。

格莱卿从前住在近邻，
可惜现在已经离尘——
圣母马利亚，我献上蜡烛模心，
请你治愈我心中的伤痕。

请医治我一颗患病的心，
我愿意虔诚地祈祷、
歌唱，而且不分早晚：
赞美你啊，圣母马利亚！”

病中的孩子和母亲，
他们睡在小小的房间里。
圣母马利亚悄悄地推门，
迈着轻轻的步伐走来。

她朝着病中的孩子俯下
身去，一面伸出温暖的手
轻轻地搁在孩子的心窝，
慈祥地微笑，然后消失不见。

母亲在梦中见到一切，
呵，她也许看得更多。
母亲不由得从梦中惊醒，
听到外面狗儿吠叫，那么激烈。

她的儿子伸直了躯干，躺着，
可惜已经离她而去，她的儿子。
孩子的面颊苍白，脸上
闪烁着淡淡的黎明曙光。

母亲心痛地紧握双手，
她只是觉得手足无措。
母亲沉思着，虔诚地唱着：
赞美你啊，圣母马利亚！

圣格尔特洛的爱情

从前，在尼德兰王国住着一个年轻的姑娘。姑娘不仅长得漂亮，而且为人纯洁、虔诚，这在当年也是罕见的。姑娘的名字叫格尔特洛。

有位富裕而又骄傲的骑士看到格尔特洛时一见钟情，心里产生了抑制不住的冲动。可是，姑娘并不知晓他的情意。后来，姑娘看到骑士反复前来求婚，这才明白自己给这位陌生的男人留下了多么热烈的印象。而且，他的情感是多么激烈又痛苦。

可是，姑娘的想法十分严肃，她并不追求爱情的拥抱和甜蜜，更不想沉湎于家庭的欢乐和世俗的幸福。相反，她在刚成年时就在心里许下心愿，希望将来能在邻近的约翰尼斯修道院安度时日，远离尘世的喧嚣。

这是一颗希望摆脱人类一切情感局限的虔诚之心，这让她拿定主意选择自己的道路。她的心不为任何激情所动，只是希望为人类做好事、做善事。可是她的家境贫寒，让她的心愿难以付诸实践，这也许就是姑娘唯一的苦闷了。因此，陌生骑士的求婚也不是毫无结果的，姑娘答应让他前来跟自己好好交谈一番。

骑士看到能有这样的机会，心中的热情更加激烈，看来，这位骑士心甘情愿深陷情海。他被爱情的魔鬼捆绑结实，没有任何松动的余地。当他前来造访姑娘家的贫穷居室时，他希望可以陪伴姑娘、帮助姑娘行善，称赞姑娘有一颗做好事的慈悲心肠。有时候，他看到姑娘因为无法实现自己的愿望而伤心落泪时，他从旁再三劝慰，开导姑娘。

一天，骑士大着胆子说愿意把自己的大笔钱财让给姑娘，姑娘也高高兴兴地接受了。从此以后，骑士作出的资助不断增加，他乐意作出奉献。

可是，格尔特洛在十八岁时不顾骑士的劝阻，还是进了修道院，她希望生活在虔诚和安静之中。姑娘热烈地祈祷，一面还在不断地做好事、善事。她的善良和热情并没有因为修道院的平静而有所减弱，她的热情正好能够得到最好的释放，因为她没有经费的负担了。陌生的骑士每次都到修道院来，接济她，送上所需的费用。

多少年过去了，骑士的激情不减。他的许多钱财都通过捐赠成为供上祭台的牺牲，可是，骑士也痛苦地看到，他的慷慨连一回甜蜜而又感激的微笑都换不上。当他终于把最后一笔捐款送出去时，他便告别了姑娘格尔特洛，踏上了前往远方的旅程。他下定决心，希望外出赚取让自己可以随意支配的钱财。

他在国内外到处游走，任凭大道阡陌，也不管荆棘丛生的困苦，尝遍了人生的艰难和命运的捉弄。

有一回，那是深夜时分，他正在人迹罕至的原野上行走时，突然看到一个陌生的男人朝他迎面而来。这是一个让人感到内心发怵的人，他一张口便是一副沙哑的嗓音，对着骑士说道：“你怎么了，骑士先生，为何在这般时刻还踯躅在荒郊野外？你要相信我，我帮助过许多人，给他们出过点子、指点迷津。你莫非是需要钱财吗？你只要开口说一声，我便可以帮助你。可是，我们必须商量妥当，取得一致意见。到时候，不管你需要多大的数额，我都可以照单支付。我可以在七年时间里完全满足你的要求，让你的钱箱从不亏空。不过，这样的资助当然是有代价的，我只提出一个小小的条件。我这里有一个小小的羊皮卷，上面写着一个合同。你可以借着那里微弱的光线读上一遍，你要在七年以后把合同还给我。因为形式的需要，你必须用自己的鲜血在合同上签下你的名字，只要一滴血就够了。你如果认可，那么我们一切都照办。从现在开始算足七年时间，然后，我们在这里重新见面。”

愚蠢的骑士听说有这般优惠的条件，而且只要挤出一滴血便能签名，立刻答应了。签完字后，骑士大步流星地赶回家中，看到家中的箱子里果然装满了钱财，取之不尽，用之不完。于是，他又每天走进修道院贡献资助，他只是希望满足格尔特洛的心愿，获得她说一声“谢谢”，其他的别无所求，不奢望享受到人间的幸福和快乐。

七年时间很快过去了。骑士惊恐地看着自己最后的时辰日益临近，那是他最后还能看到姑娘的日子。那一天终于来到了，骑士绝望地准备前往辽阔的原野。他对格尔特洛只是说再次外出，然后朝着地狱一路前进。

可是姑娘却请他当着约翰尼斯的圣面为他们的爱情和虔诚而干杯，那是可以用来防范任何危险的。骑士接过酒杯一饮而尽，呵，他可从来都没有享用过这般美好的玉液琼浆。

当他终于跟心爱的姑娘告别，踏上前去冒险的路途时天色已晚。骑士赶着夜路，十分惊恐地来到之前说定的地方。

可怕的陌生人已经站在面前。可是，当他瞅见骑士时不觉大吃一惊，连忙畏惧地向后退缩着，发出一声声恐怖的呐喊，一面把他持有的合同撕得粉碎。“呵，我感到多么痛心啊，我没有任何支配你的力量，因为在你身后的马背上坐着圣人格尔特洛。你刚刚饮用过她的爱情美酒，力量无边。”

陌生的男人说完消失不见了，眼前留下一团硫磺的气息。骑士获得了解脱，格尔特洛的爱情为他赐福，拯救了他。骑士回到家，看到家中还有许多的金银珠宝。他立刻想起格尔特洛的劝导，于是把它们捐献出来帮助救贫济困，多做善事、好事。

后来，他自己也进入一座修道院，以虔诚和善良度过他的余生。

三百六十五个孩子

从前，海牙城里住着一位伯爵，名叫海纳贝尔克。

一天，他的妻子正在家中坐着，看到一个贫穷的女人手上抱着双胞胎孩子朝她走来，女人请求她稍稍地施舍一点，救济他们度日。伯爵的妻子看到女丐不请自来地走进整洁豪华的房间，心里感到十分不快。她不由得斥责一顿，说她擅自前来求乞是件丢人现眼的事。

后来，伯爵夫人看到女丐还没有立刻离开，便轻蔑地大声说道：“立刻滚出去，我对你同情就是犯罪。你是个勾引男人的浪荡货，哪有一个父亲同时给你两个孩子的？”听到这般亵渎的谩骂，不幸的女人从谦恭之下站立起来，面色之中流露出威胁的神情。一双眼睛几乎喷溅出灼热的火苗。

“呵，你个毫无怜悯之心的女人，你的诅咒只是适用你自己，”可怜的乞丐激烈地说道，“你因为信口开河、随意骂人，必须受到惩罚。因此，一年之中有多少天，你便拥有多少个孩子。”

女丐说着离开了伯爵夫人。伯爵夫人却骄傲地哈哈大笑，她嘲笑女丐不自量力，还说出这般威胁人的话来。可是，瞧吧，事隔不久，伯爵夫人便感觉怀有身孕了。九个月以后，她受尽惊恐和折磨地一连生下三百六十五个孩子。

奇怪的却是那些孩子相继而来，却又相继而去。他们生下来时都是好好的，不一会儿全都死了，最后连同母亲一起。母亲因为受尽了惊吓疯癫起来，后来就死了。

距离海牙不远的一个乡村教堂里立着那位伯爵夫人和她的孩子的墓。还有那只水盆，水盆曾经见证了三百六十五个孩子的洗礼。诗人卡尔·西门洛克听完故事后挥笔写下一首有名的诗：

如同一年天数的孩子

对待别人说的，写的，你们也许都不相信，
如果你们兴致盈然，不妨听听几句善意的批评。

有个海牙老人不久前给我讲过一则故事，
奇迹涉及伯爵海纳贝尔克的傲慢夫人。

一名丐妇来到她的面前，乞求施舍，
她在怀里抱着两个可怜的双胞胎儿。

福气临门，只是短少了钱财货物，
她只得流浪街头，低声下气地乞讨度日。

伯爵夫人愤怒地呵斥：“滚开，不要脸的女人，
你的身体里点缀着虚荣的无耻。
滚开，我的住家圣洁不容荡妇糟蹋：
一个父亲何能给你鼓捣出两个女儿。”

丐妇深受侮辱，回答：“我希望这是真实，
上帝给你赐送众多孩子如一年天数。”

誓愿脱口而出：伯爵夫人抱怨不迭，
后来果然分娩，却是奇迹一般：
正如一年里数到三百六十五天一样，
她生下三百六十五个孩子丝毫不差。

神圣洗礼时刻，为数众多的男孩女孩，
获得的礼品琳琅满目，生动活泼。

教父给姑娘们取名为伊丽莎白，
他把男孩们通通叫做约翰尼斯。

当年洗礼用的浴盆一直保留至今，
母亲却吓得张口结舌，毛发顿竖。

可怜母亲惊吓而死，孩子们也在
神圣洗礼后争相回到上帝的王国。

你们如果不信，那里的坟墓还在，
就在距离海牙不远的小小乡村。

斯塔福伦

从前，位于莱茵河入海口的维纳塔城传说众多，是个神奇的城市。

这里的商人全是海洋绅士，在斯塔福伦码头上停泊着来自四面八方的船只，船上装载着各地的珍稀货物。码头上的房屋鳞次栉比，如同宫殿一样。房子里面的陈设全都像《一千零一夜》中哈里发的住所，无比豪华。

城里住着一个美丽而又骄傲的女人，名叫里希贝尔塔。斯塔福伦商人的货物没有一个能够超过她的，她的货物之多无法计算。呵，完全如同涨潮一样，铺天盖地，汹涌澎湃。不过，有一样货物却是这位富商女子缺乏的，那就是女人气质。女人气质可以照亮女人的灵魂，而且能够温暖女人身边的一切。里希贝尔塔缺乏的正是这样的气质。

如同夜晚唤醒了动物，让它们在黑夜里到处行走觅食一样，里希贝尔塔的心中就是一片灰暗，没有丝毫的爱意，完全没有美好的感觉。因为那里有两只无形的手掌控着主人的情绪。一只让主人为自己的幸福而感到沾沾自喜，骄傲不已；另一只让主人对别人的幸福感到妒忌，无比愤怒。

一天，受到众人敬仰的行商女子里希贝尔塔举办了一场欢乐的节日庆典。正当众人大快朵颐时，突然来了个陌生的客人。客人自报家门，说他来自遥远的地方，结识了各地的许多乡绅。他希望前来欣赏行商女子的财物，因为他听说斯塔福伦里有个美丽富裕的里希贝尔塔，是个不得不见的传奇人物。

如同王后般气派的女商立刻走到陌生客人的面前，谄媚似的大声说道欢迎。她还按照当地习俗，不管客人来自何方，吩咐给客人送上面包和细盐。仆人去了以后回来说道，因为宴会十分豪华，一切珍馐佳肴应有尽有，只是短缺不上台面的面包。

客人听到讲话默不作声地坐上餐桌，不一会儿，他开始讲述自己的一路行程，讲自己的经历和得失成败。他还讲到尘缘无常，幸福和不幸如同翻书一样，都是这一页不知那一页的事。客人们看到他侃侃而谈，全都静下心来侧耳倾听。

可是，骄傲的女商人却鲜有兴致，而且脸色不快，因为陌生的客人没有恭维她的美丽和财富。女商人不愿意自己的虚荣心受到伤害，便请客人对自己作个评价。

陌生的客人十分正直，他对富商女人的豪宅未作任何的赞誉之词。他觉得在这幢住宅里正好缺少了最能代表高贵的货物。里希贝尔塔迫切地希望客人讲讲那是什么货物，周围的客人也是连连发问，齐声要求。陌生的客人见他们提问时如此急切，便站起来感谢着离开餐桌，走了。

* * *

却说大海的洋面上行驶着一艘骄傲的快船，奇怪的是连船长都不知道他们这回前往何方。快船的女主人正是来自斯塔福伦的富商女人里希贝尔塔，她这回派出船长前往四面八方，一定要找到陌生的客人提到过的世上最高贵的货物，把它带回家来。

船长奉命立刻驾船外出，驶上大海。他们找遍了地球上的东南西北，到处打听和寻找世上的高贵物品。

一天，海面上飞溅的浪花把海水带入船舱，结果灌湿了船上的不少面包。面包浸了海水不能食用了，不久以后，船上的面包告缺。船长在窘迫之中认识到，大地上最宝贵的货物不是珍珠玛瑙和金银财宝，他突然明白陌生客人的话究竟是何意思。

船长连忙驾船朝河岸驶去，他买下许多小麦，然后高高兴兴地启程返航。他见到富商女子时立刻禀告一切，说这是大地母亲给人类最可口最美好的货物。骄傲的女人听到讲话不由得讥讽般地哈哈大笑，一面问船长是从哪里装下这些小麦的。船长据实相告，说买下的小麦是从快船的右面装上船舱，运输回来的。

骄傲的女人立刻狂妄地下令，把整船的小麦立刻从快船的左侧通通倒入大海，颗粒不剩。斯塔福伦的码头上出现了动人的场面。无数的穷人跪在富商女人里希贝尔塔的脚前央求她大发慈悲，千万留下这船小麦，不可糟蹋宝贵的粮食，别让水手们把它们通通倾入大海。

骄傲的女人心冷如石，坚持不肯让步。她不管民众们怨声载道，坚持让水手们立刻执行暴殄天物的命令，把上帝赐送人类的礼物倾倒在万顷碧波之中。可是，被糟蹋的小麦颗粒却在水下发芽生长，如同雨后春笋似的在原地长成密密麻麻的麦穗树林。它们形成一道巨大的堤坝，隔断了任何外来的船只，让它们无法驶近码头。

斯塔福伦的码头被荒废了，城市顿时失去活力，贫穷不堪。富商女人里希贝尔塔被愤怒的居民们驱逐出去，她的财物全都成了滞销货，让她赤贫如洗，状如乞丐。斯塔福伦城外的海水在麦穗树林外汹涌澎湃，一天深夜，它终于冲破了麦堤，以无可阻拦之势排山倒海一般涌进城里，顷刻间便把城市变成了大海。

直到今天，人们在讲到莱茵河的入海口时都会提到从前的那座城市。有的人甚至说当海水清澈见底时，人们还可以看到斯塔福伦的城堡，不过它们全都沉没在深深的海水之中。

真是可惜。

后　记

我是在大学二年级学习德国诗人亨利希·海涅的诗歌《罗累兰》时接触到莱茵河这个名词的。当时，胡宗健老师教我们这首诗，让我们背诵，她还教我们唱这首歌。

弹指一挥间，半个多世纪过去了。可是，胡老师给我们上课的生动景象，包括莱茵河的地理知识却一直留存在脑海深处，成为美好的记忆。

1980年，我们中国一行十五位德语教师接受联邦德国歌德学院的邀请，赴德国进修学习，为期六个月。进修结束时，歌德学院组织一回"德国之旅"，游览了慕尼黑、策策湖、斯图加特、莱茵河等地，亲眼见到了罗累兰山岩。

回想当时的旅途，真是激动人心。从那以后，我似乎跟美丽的莱茵河结下了不解之缘，曾经多次经过它的身旁，也多次看到罗累兰山岩。

1999年，我和爱人曾兰英女士经历了一回长时间、远距离的欧洲之旅。我们从德国的卡尔斯鲁厄起程，乘火车经帕骚渐抵奥地利的首都维也纳，而后由孩子驱车前往意大利的佛罗伦萨、罗马、比萨，折道法国，经尼斯后游览马赛、里昂，然后穿比利时进入荷兰，其间还经过了留存在拿破仑历史上的滑铁卢。

我们在荷兰的鹿特丹时专程游览了浩浩荡荡的莱茵河，赞叹它在入海前的雄伟姿态。后来，我们又去了海牙，那是莱茵河临近跃入北海的最后一座城市。旅游途中，我们经荷兰首都阿姆斯特丹，然后穿德国的阿亨、科隆、沿着莱茵河回到卡尔斯鲁厄。

这回旅游加深了我对欧洲的概念，尤其加深了关于莱茵河中段以及下游地区的地貌印象，真是美不胜收，难以忘怀。

我对莱茵河的起源地段、莱茵河的上游，包括对莱茵瀑布以及莱茵河在瑞士巴塞尔城呈现膝盖般的大转弯而后垂直北去的浩荡流淌有挥之不去的深刻认识，那还要感谢我的瑞士友人胡博伉俪。

胡博先生是瑞士国某大型化工公司的总工程师，在我们上海高桥化工厂帮助工作十数年时间。他的夫人胡艾雯女士在上海生活期间写下了重要的记叙小说《梦中的家园》。一个瑞士女性，远隔千山万水来到中国。实地生活让她感到中国就是她自己的理想家园，这样的作品何其生动乃尔。难怪三联书店在发行这部作品的译著时，上海的大大小小报纸都刊登了消息，表示祝贺。我跟胡博夫妇是在上海相识并且建立了深厚友谊。

后来，他们回国后，我也接受他们夫妇的盛情邀请，四度前往瑞士国，跟他们畅叙多年的友谊。而且，承蒙他们不弃，每次都带我仔细参观瑞士国的许多名胜古迹。

有一回，胡博先生知道我对莱茵河十分衷情，便特地驾车，他还请了当地导游陪我参观莱茵河在瑞士戈特哈尔特的发源地，而后沿着年轻的莱茵河一路往前，看着莱茵河从涓涓细流、从双腿横跨便可以站立莱茵河两岸的小沟后来几经转折顿时成为滔滔江面，真是为之震撼，难以忘怀。

我们还在气势磅礴的莱茵瀑布前驻足留影。看着莱茵河从南部桥面下沙沙地含笑而来，参与落差二十多米的瀑布撞击，即使现在回想起来，仍然历历在目，如同发生在昨天一样。

瑞士的巴塞尔是莱茵河畔的风俗和风景名城。胡博夫妇曾经多次陪同我前往参观游览，看莱茵河在巴塞尔城陡地打弯，东来北往。我们还在巴塞尔大教堂附近的莱茵河旁的大道上发现了在1494年撰写《愚人船》的德国诗人塞巴斯蒂安·勃兰特的故居。

那一回，我刚刚完成对这部文学巨著的翻译。当时，我看到勃兰特故居的情景，即便在今天还是难以抑止自己的心情激动，它也加深了我对《愚人船》这部文学巨著的理解和诠释。这样的一回回激动，也许就是我编译《莱茵河传奇》的兴趣和动力所在，是我进行这部作品的初衷。

我们生活在全民旅游的欢乐时代。所谓旅游，说到底就是集欣赏美景、熟悉历史、聆听传说这样三大块为一体的欢乐活动。

多少人前往欧洲旅游，有的游客还顺着莱茵河纵横千里，不绝驰骋。《莱茵河传奇》面向我们广大的读者队伍，从初中、高中、大学开始，几乎没有年龄段的区分。它不仅可以满足广大读者的兴趣，而且还可以给不少读者送上再创作的契机，促使他们创造出《长江传奇》《黄河传奇》《黑龙江传奇》和《珠江传奇》，甚至创造出《雅鲁藏布江传奇》来，而这一切正是隐藏在译者心底的无限祈盼和祝愿。

《莱茵河传奇》能够得以付梓问世，我要感谢上海的九久读书人。正是由于编辑的孜孜不倦和含辛茹苦，才使一部一部的文艺作品源源不断地来到读者的眼底，让我们中国人在读书事业上始终走在世界的前列。

祝愿《莱茵河传奇》在我们伟大祖国的文艺百花园内繁荣昌盛，祝愿它为自己寻觅得更多的知音和朋友！

曹乃云 二〇一七年十二月二十四日写于维也纳

人地名一览表

Aachen　阿亨（地）
Aare　阿勒（河）
Aargau　阿尔地区（地）
Adssantos　阿特·桑图斯（地）
Adaldert　阿达尔勃尔特（人）
Adelgunde　阿特尔恭特（人）
Adeline　阿德丽娜（人）
Adelhart　阿特尔哈特（人）
Adelheid von Stolterfoth　阿特尔哈埃特·冯·斯朵尔特福特（人）
Adenau　阿登瑙（地）
Adolf　阿道尔夫（人）
Agathe　阿伽特（人）
Agnes　阿格纳斯（人）
Agrippinus　阿格列庇奴斯（人）
Ansbald　安思巴尔特（人）
Ahrtal　阿尔谷（地）
Allban　阿尔巴（人）
Allberich　阿尔贝利希（人）
Aloysius　阿洛伊西乌斯（人）
Altenahr　阿尔腾阿（地）
Andernach　安德尔纳赫（地）
Angela　安格拉（人）
Anselm　安塞尔姆（人）
Arabella　阿拉贝拉（人）
Askenas　阿斯克纳斯（人）
Assmann　阿诗曼（人）
Attich　阿铁西（人）
Auerbach　沃厄溪（地）
Bacchus　巴克科斯（人）
Bacharach　巴哈拉赫（地）
Bad Neuenahr　巴特·新阿尔（地）
Baden　巴登（地）
Balaestina　巴勒斯坦（地）
Balmung　巴尔蒙（剑）
Balzer　巴尔策（地）
Basel　巴塞尔（地）
Bayern　巴伐利亚（地）
Beerbach　贝尔巴赫（地）
Bernhadus　勃恩哈杜斯（人）
Bernkastler　伯恩卡斯特勒（人）
Bertha　贝尔塔（人）
Bernhard　伯恩哈尔特（人）
Bingen　宾根（地）
Birten　比尔腾（人）
Bodensee　博登湖（地）

Bodmann　波特曼（人）
Bodo　波多（人）
Bohemund　波黑蒙特（人）
Boehmen　波希米亚（地）
Bonn　波恩（地）
Boppard　波帕尔特（地）
Bornhofen　波尼荷芬（地）
Braubach　勃劳溪（地）
Braunhilde　勃劳恩希尔特（人）
Braunschweig　不伦瑞克（地）
Brunnhild　勃隆希尔特（人）
Bruno　布鲁诺（人）
Burgunden　布尔恭腾（民族）
Buschmann　布什曼（人）
Canossa　卡诺萨（地）
Cassius　卡西乌斯（地）
Clareta　克拉雷塔（人）
Clemens　克雷孟斯（人）
Cleve　克莱弗（地）
Coman　科曼（人）
Cyriakus　齐里雅库斯（人）
Dankwart　堂克瓦特（人）
Darmstadt　达姆斯塔特（地）
Daun　道恩（地）
Domleschger　杜姆勒西格（地）
Drago　特拉戈（人）
Drachenfels　巨龙岩（地）
Duenwald　登林（地）
Durlach　杜尔拉赫（地）
Ebernburg　公猪堡（地）
Edwin　埃特维（人）
Ehrenfels　荣誉岩（地）
Eginhard　艾琴哈尔特（人）
Eichel　阿埃锡尔（地）
Eifel　阿埃弗（地）
Elbegast　埃尔勃伽斯特（人）
Ellar　埃拉（人）
Elisabeth　伊丽莎白（人）
Ellegast　埃勒伽斯特（人）
Elsass　埃尔萨斯（地）
Els　埃尔斯（人）
Emma　埃玛（人）
Emerius　埃默利乌斯（人）
Epfenbach　埃普芬小溪（地）
Eppenstein　埃朋斯坦因（人）
Erkanfrida　埃尔康弗利达（人）
Etzel　埃采尔（人）
Eubingen　奥宇宾根（地）
Eustorgis　奥宇斯多尔基斯（人）
Fafner　法夫纳（人）
Falchert　法尔歇尔特（马）
Falkenstein　老鹰山（地）
Felix　弗利克斯（人）
Florenz　佛罗伦萨（地）
Floersheim　弗吕斯赫姆（地）
Frankenreich　法兰克王国（地）
Frankenstein　法兰克山（地）
Friedel　弗里特尔（人）

Fuerstenecker　君王角人（人）
Furtuna　福尔图娜（人）
Gaienhofen　戛恩荷芬（地）
Gehard von Ryle　格哈德·冯·里勒（人）
Gennoveva　盖诺维娃（人）
Gebhard　盖泼哈尔特（人）
Georg　乔治（人）
Gerda　格尔达（人）
Gerlinde　格尔林特（人）
Gernot　盖尔诺特（人）
Gerostein　格罗山（地）
Gerhard　格尔哈尔德（人）
Gertruidenberg　格尔特洛伊腾山（地）
Gilgen　基尔根（人）
Giselher　基塞尔（人）
Goch　戈赫（地）
Golo　戈洛（人）
Gomer　戈梅尔（人）
Grani　格拉尼（马）
Gretchen　格莱卿（人）
Gryn　格林（人）
Gundikar　恭迪卡（人）
Gunther　恭特尔（地）
Guta　戈塔（人）
Gutenfels　佳人山（地）
Habsburg　哈布斯堡（朝代）
Hammerstein　铁锤山（地）
Hagen　哈根（人）
Hans Warsch　汉斯·瓦尔希（人）
Haldenburg　哈尔腾堡（地）
Harderich　哈尔特利希（人）
Hartwald　哈尔特林（地）
Heidelberg　海德堡（地）
Heinrich von Meissen　亨利希·冯·迈森（人）
Heinsberg　哈茵斯山（地）
Heinz　哈茵茨（人）
Heinzel　哈因策尔（地）
Heisterbach　哈埃斯特巴赫（地）
Helena　海伦（人）
Henneberg　海纳贝尔克（人）
Heppenheim　赫朋赫姆（地）
Heppingen　赫平根（地）
Heribert　赫里贝尔特（人）
Hermann　海尔曼（人）
Hermel　赫尔梅尔（人）
Hildebrand　希尔特勃兰特（人）
Hildegard　希尔特伽德（人）
Hildegunde　希尔特恭特（人）
Hildehold　希尔特荷尔德（人）
Hochsimmern　霍赫西麦（地）
Horsrik　荷尔斯里克（人）
Hug　胡克（人）
Huhn　胡恩（人）
Hunold　胡诺尔特（人）
Ida　伊达（人）
Imme　伊默尔（人）

Ingelleim　英格尔赫姆（地）
Irmgard　伊尔姆伽特（人）
Isenstein　伊盛山（地）
Japhet　亚彼得（人）
Jerusalem　耶路撒冷（地）
Jettenbuehl　叶登比尔（地）
Johannisberg　约翰尼斯山（地）
Johann Boeckler　约翰·波克勒（人）
Jutta　犹塔（人）
Kammerberg　卡默山（地）
Karl　卡尔（人）
Karl Martell　卡尔·玛泰尔（人）
Karl Simrock　卡尔·西门洛克（人）
Karlsruhe　卡尔斯鲁厄（地）
Kastor　卡斯托尔（人）
Kaub　考泼（地）
Kedrich　凯特里希（地）
Kempten　开姆泼腾（地）
Keppeln　开泼恩（地）
Kevelaar　开弗拉尔（地）
Klaus　克劳斯（人）
Kleve　克莱弗（地）
Koblenz　科泼楞茨（地）
Kochbrunnen　考赫泉（地）
Koeln　科隆（地）
Koenigsdorf　国王村（地）
Koenigwintern　王冬（地）
Konrad　孔拉德（人）
Konrad Bayer von Boppard　孔拉德·巴阳·冯·波帕尔特（人）
Konrad von Hochsteden　孔拉德·冯·荷赫斯特登（人）
Konstantin　康斯坦丁（人）
Kreuznach　克劳宇茨纳赫（地）
Krimhild　克里姆希尔特（人）
Kuno　孔诺（人）
Kunz von Schwalbach　孔茨·冯·施瓦尔巴赫（人）
Kurt　库尔德（人）
Laach　拉赫（地）
Lahneck　拉纳克（地）
Landskron　朗茨克隆（地）
Langenstein　朗厄斯塔因（人）
Leucheider　劳宇希阿埃特人（人）
Leudeger　劳宇德格（人）
Leudegast　劳宇德伽斯特（人）
Leutesdoof　劳宇特村（地）
Liebenstein　爱情山（地）
Limmat　里玛特（河）
Linbold　林波尔特（人）
Linz　林茨（地）
Lorch　洛尔希（地）
Ludwig　洛特维希（人）
Luefteberg　吕芙持山（地）
Lueftehildis　吕芙特西尔狄斯（人）
Luettich　吕铁西（地）
Maifeld　玛埃菲尔特（地）
Mainau　玛埃瑙（地）

Mainz　美因兹（地）
Magareta　玛伽雷塔（人）
Maria　玛丽雅（人）
Marienberg　玛利亚山（地）
Marksburg　玛尔克斯堡（地）
Marne　玛尔纳（河）
Martha　玛尔塔（人）
Martina　玛尔娣娜（人）
Marus　毛鲁斯（人）
Meisen　玛埃森（地）
MeiBen　迈森（地）
Metz　迈茨（地）
Michael　弥歇尔（人）
Mimer　弥麦尔（人）
Mengis von Aducht　孟基斯·冯·阿徒赫（人）
Molay　穆拉埃（人）
Modau　莫道（河）
Monfort　蒙福尔特（地）
Mosel　穆塞尔（地）
Neumarkt　新市场（地）
Neuwied　瑙宇维特（地）
Niedeck　尼特克（地）
Niflheim　尼芙尔赫姆（地）
Nithard　尼塔尔特（人）
Nonnenwerth　修女岛（地）
Nuerburg　女儿堡（地）
Oberwesel　上魏塞（地）
Odenwald　欧腾瓦尔特（地）
Odilie　奥狄莱（人）
Ortwin　奥尔特文（人）
Oswald　奥斯瓦尔特（人）
Otto　奥图（人）
Peter　彼得（人）
Peter von Aichspalt　彼得·冯·埃西斯巴特（人）
Pfalz　普法尔茨（人）
Philipp　菲力普（人）
Plinius　泼里尼乌斯（人）
Ptolomais　泼掩罗马斯（地）
Rabbi Amram　拉比·阿姆拉姆（人）
Ramstein　拉姆山（地）
Reichenstein　富人山（地）
Reinhold　莱茵荷尔特（人）
Remagen　雷马根（地）
Rennerod　雷纳罗特（地）
Regula　勒古拉（人）
ReuB　劳宇斯（河）
Rheinbrohl　莱茵伯洛尔（地）
Rheineck　莱茵角（地）
Rheingau　莱茵区（地）
Rheinstein　莱茵山（地）
Rhens　伦斯（地）
Ricarda Huch　里卡尔达·呼赫（人）
Richard von Cornwallis　理查德·冯·考恩瓦利斯（人）
Richard Loewenherz　狮心理查德（人）
Richberta　里希贝尔塔（人）

Richmodis von Aducht 里希莫狄斯·冯·阿徒赫（人）
Rinbold 林波尔特（人）
Rizza 里查（人）
Roblert 卢伯特（人）
Robolaus 罗卜洛斯（人）
Ronatd 罗纳尔特（人）
Rolandseck 罗兰角（地）
Roland von Angers 罗兰·冯·安格尔斯（人）
Ruedesheim 鲁特斯赫姆（地）
Rudolf 鲁道尔夫（人）
Rumold 罗莫尔特（人）
Ruporecht 鲁泼勒希特（人）
Rupert 卢泼特（人）
Rur 鲁尔（地）
Ruthard 罗特哈尔特（人）
Ruthelm 鲁特赫尔姆（人）
Schoenberg 美人山（地）
Schuetz 许茨（人）
Seckenheim 塞肯赫姆（地）
Sers 赛尔思（地）
Siebengebirge 七重山（地）
Siebold 希波尔特（人）
Siegbert 西格贝尔特（人）
Siegburg 胜利堡（地）
Siegfried 西格弗利特（人）
Sieglinde 西格蒙特（人）
Sifrid 西弗利特（人）
Sindold 辛道尔特（人）
Solingen 索林根（地）
Staufen 斯陶芬（民族）
Stavoren 斯塔福伦（地）
St.Goar 圣果阿（地）
St.Goarhausen 圣果阿豪森（地）
St.Gotthard 圣戈特哈尔特（瑞士地名）
Sooneck 索约克（地）
Soonwald 松林（地）
Spessart 斯贝萨尔特（地）
Speyer 斯巴埃（地）
Sponheim 斯贲赫姆（人）
Stahleck 铁角堡（地）
Staufenberg 斯陶芬山（地）
Sterrenberg 斯德伦山（地）
Stolzenfels 傲山（地）
Strassburg 斯特拉斯堡（地）
Taland 獭狼（人）
Tassilo 塔西洛（人）
Taunus 陶奴斯（地）
Tegelstein 泰格尔山（地）
Thann 堂（地）
Thueringen 图林根（地）
Thusis am Hinterrhein 莱茵河畔的图西施（地）
Toggenburg 驼根堡（地）
Tomberg 托姆山（地）
Trier 特里尔（地）
Trifels 特里弗尔斯（地）